# A fifteen-year-old Captain

# 十五岁的小船长

[法国] 儒勒 • 凡尔纳 著 陶红亮 译 冰河插画 绘

海洋出版社

**图书在版编目（CIP）数据**

十五岁的小船长 / （法）儒勒·凡尔纳著 ；陶红亮译. -- 北京 ：海洋出版社，2021.12

（海洋名著与科学 / 陶红亮主编）

ISBN 978-7-5210-0767-1

Ⅰ. ①十… Ⅱ. ①儒… ②陶… Ⅲ. ①幻想小说—法国—近代 Ⅳ. ①I565.44

中国版本图书馆 CIP 数据核字（2021）第 095918 号

**海 洋 名 著 与 科 学**

**十五岁的小船长**

总 策 划：刘 斌
责任编辑：刘 斌
责任校对：肖新民
责任印制：安 淼
排 版：冰河文化

出版发行：海洋出版社

地 址：北京市海淀区大慧寺路 8 号（716 房间）
100081
经 销：新华书店
技术支持：（010）62100055

发行部：（010）62100090 （010）62100072（邮购部）
（010）62100034（总编室）
网 址：www.oceanpress.com.cn
承 印：北京中科印刷有限公司
版 次：2022 年 2 月第 1 版
2022 年 2 月第 1 次印刷
开 本：787mm×1092mm1/16
印 张：24.5
字 数：372 千字
印 数：1 ～ 4000 册
定 价：68.00 元

# 前言
# PREFACE

儒勒·凡尔纳是十九世纪法国著名的科幻小说家、冒险小说家、剧作家及诗人，是世界科幻文学的奠基人，被称为“科幻小说之父”。

凡尔纳出生于法国南特市的一个中产阶级家庭，因为他的家族有航海传统，所以凡尔纳从小就对海洋有着极大的兴趣，这一点也深深地影响了他日后的创作。童年时期，凡尔纳总能听到游客们谈及海上的生活，他经常会根据听来的消息幻想出一幅幅奇幻的图画，想象着自己终有一天也能够畅游其中。在十一岁的时候，他背着家人偷偷登上一艘大船，想要成为一名实习水手随船出海，不料却很快被父亲发现，被强拉下船，并向父母保证以后“只躺在床上在幻想中旅行”。虽然他梦寐以求的冒险生涯从此被终结，但是他对大海的向往却无法被磨灭。

十八岁时，凡尔纳在巴黎学习法律，因机缘巧合结识了法国作家大仲马，之后便放弃法律学习，开始尝试写作，这个选择让他从此失去了家里的经济资助。但是，这并没有浇灭凡尔纳的创作热情，他于一八五〇年发表了自己的第一部剧作《折断的麦秆》，这部剧作也是凡尔纳创作生涯的里程碑。

从此之后，凡尔纳开启了多元化的创作，他花费了相当长的时间去图书馆钻研地理、工程、数学、化学等学科，然后将这些学科都融入了自己的文学作品中，从而完成了他的第一部小说《气球上的星期五》。他试图出版这本书，但是连续十六家出版社都拒绝了，凡尔纳一气之下把书稿投入火中，好在他的妻子把书稿抢救了出来，送入第十七家出版社并终于得以出版。从此，凡尔纳开始了科学幻想小说的创作，而《十五岁的小船长》就是其中之一。

《十五岁的小船长》以大海为背景，主要描写了这样一个故事：双桅捕鲸船“流浪者”号在完成南极圈的捕鲸作业后，停靠在奥克兰市时，船主韦尔登先生的太太韦尔登夫人、她的儿子杰克、表兄贝内迪以及女仆南搭乘它返回旧金山。在途中他们遇到了一艘遇难船，救出了船上的五名黑人男子与一条大狗。接下来的航行中，“流浪者”号的船长及其他五名水手为了捕杀一头座头鲸而全部遇难，于是船长的重任就落在了年仅十五岁的实习水手迪克·桑德肩上。他沉着冷静地带领着大家乘风破浪，没想到船上的厨师内格罗是个黑奴贩子，他暗中搞鬼将这些人带到了可怕的非洲，并与另外一名骗子联手把迪克·桑德等人带到了非洲内陆，想要卖掉他们。在重重危机中，坚强的迪克·桑德带领大家历经重重险境，最终重返了美洲大陆。

《十五岁的小船长》创作的灵感是凡尔纳的儿子带给他的。凡尔纳有个儿子叫米歇尔，他继承了凡尔纳喜欢冒险的性格，这也让凡尔纳吃尽了苦头。在尝试过无数种办法之后，他将儿子送上了一艘轮船，让船上的水手去管教他，以此作为惩罚。哪想到米歇尔对这种惩罚的方式甘之若饴，并且在船上表现得很好，最终成了一名出色的水手。《十五岁的小船长》中迪克·桑德的光辉形象之所以给读者留下了深刻的印象，也是因为与他的儿子米歇尔有关。

在这本书中，不但描写了非洲丛林的奇异景象，而且还向读者揭示了当时贩卖黑奴的丑陋内幕。除此之外，读者还能从这本书中看到人类在认识海洋以及与海洋抗击的过程中所表现出的征服海洋的决心和勇气，这是一种海洋精神。大海是险恶的、善变的，它的变化莫测从海水的颜色中就可以体现出来。比如，文中韦尔登夫人看到了一片淡红色的海水，这种颜色会让人觉得海水似乎是被血染红了，又像是一种灾难即将到来的暗示。当赫尔船长与五名水手捕杀座头鲸时，看似风平浪静的大海突然掀起巨浪，一瞬间就撕碎了小船，把他们卷进了海底，这时显示出了大海的威力与它的不可抗性。

同时，大海对于勇敢的人来说又充满挑战性。当赫尔船长等人遇难后，船长的重任便落在了十五岁的迪克·桑德肩上，如何在危机四伏的大海中生存下来就成了迪克·桑德等人面临的一个巨大挑战。在此过程中，不但让读者看到了一个有胆魄、有谋略的英雄船长的形象，同时也向人们展示了在危难面前患难与共的海洋精神。

本书通过一系列跌宕起伏的剧情，向读者刻画出了一个谦逊、果敢、临危不惧、睿智机警的少年形象，同时也延续了凡尔纳作品中一贯的英雄情怀。年轻的小船长迪克·桑德成了全世界青少年的榜样。除此之外，本书中的海洋不仅仅承载了人们善于进取的昂扬斗志，同时也体现出了人们在面对困境时勇于挑战的精神。

# 海洋名著与科学丛书

# 目录

CONTENTS

## 第一部

## 第二部

# 第一部

## 第一章 “流浪者”号扬帆起航

**[名师导读]**

“流浪者”号是一艘在美国捕鲸者中极具盛名的捕鲸船，它还拥有一位非常出色的船长赫尔。“流浪者”号完成了在南极圈的捕鲸作业后，在奥克兰市接上了船主韦尔登的妻子和她五岁的儿子杰克、昆虫学家贝内迪表兄以及女仆南返回旧金山。那么，他们在回程中会有怎样的奇遇呢？

一八七三年二月二日，“流浪者”号正航行在南纬四十三度五十七分、西经一百六十五度十九分。它是一艘重达四百吨的捕鲸船，在旧金山加固装备后起航，目的地是南半球（指赤道以南的半个地球）海域。指挥这艘船进行远洋捕捞的是船长赫尔，但“流浪者”号真正的主人是来自加利福尼亚州（是美国西部太平洋沿岸的一个州，好莱坞和硅谷均在此州，1542 年被葡萄牙航海家罗德里格斯发现）的詹姆斯 · W. 韦尔登，他是一位非常富有的船商。赫尔受雇于韦尔登先生，并深得他的信任。这么多年来，韦尔登先生一直将这艘船交给他打理。

每到捕鲸季，韦尔登先生就会命令船队北上南下，向北穿过白令海峡（位于亚欧大陆最东点的杰日尼奥夫角和美洲大陆最西点的威尔士王子角之间，海峡连接北冰洋、楚科奇海和白令海。其名字来自丹麦探险家维他斯·白令，他于1728年在俄国军队任职时穿过白令海峡，这是人类第一次穿过北极圈）直到北冰洋，然后经过塔斯马尼亚岛（澳大利亚塔斯马尼亚州所在地，被称为“世界的尽头”，以秀丽风光和朴素人文为特色）、合恩角（是智利南部合恩岛上的陡峭岬角，位于南美洲最南端，通过这里的经线是大西洋和太平洋的分界线。以1616年绕过此角的荷兰航海家斯豪滕的出生地命名）海域，直到南极洲。“流浪者”号虽然是韦尔登先生的船队中最小的一艘捕鲸船，但它却是最好的。它不但拥有优越的性能，而且操作起来也很简便，那些极易操作的帆、缆、索具等设备只需要少量的人手，就可以在南半球那些难以通行的浮冰地带进行捕捞。

“流浪者”号上的水手们都说，富有经验的赫尔船长总能在冰山中“化险为夷”，为他们的船只寻找到一条巧妙的通道。为什么会这样说呢？原来在南半球有大量体积较小的浮冰，而这些浮冰比北冰洋的浮冰漂流的距离要远。南半球的这些浮冰会在夏季时漂流至新西兰和好望角（意思是“美好希望的海角”，是非洲西南端著名的岬角。因多暴风雨，海浪汹涌，最初称为“风暴角”，其改名的说法有两种：一是迪亚士发现“风暴角”后，葡萄牙国王若奥二世认为绕过这个海角后就可以到达印度，因此改名。二是达·伽马从印度满载而归后，若奥二世将其改名为“好望角”，以示绕过此海角会带来好运）所在的纬度。这些浮冰本来体积就不大，再加上在漂流的途中会相互碰撞，还会遭遇到洋流（指大洋表层海水常年大规模地沿一定方向进行的较为稳定的流动，分为暖流和寒流。若洋流的水温比到达海区的水温高，则称为暖流；若洋流的水温比到达海区的水温低，则称为寒流。一般由低纬度流向高纬度的洋流为暖流，由高纬度流向低纬度的洋流为寒流。洋流是地球表面热环境的主要调节者）的侵蚀，大部分的浮冰会投入到大西洋和太平洋的怀抱中，只留下一些小块的浮冰。虽然这些浮冰的体积不大，但还是会对他们的船只造成一定的威胁。

赫尔船长是一名杰出的水手，同时也是韦尔登先生的船队中最好的鱼叉手之一，在他的船上只有五名水手和一名见习水手。说实话，对需要很多人手才能进行的捕鲸活动来说，赫尔船长麾下的这几个人实在是少了些。要知道不仅捕鲸需要人手，在驾船进攻和切割猎物时也同样需要人手。可是韦尔登先生与其他船主一样，懂得利用更省钱的方法。他认为在旧金山只雇佣驾船所需的水手能够省下不少钱，而捕鲸所需的其他人手可以到了新西兰再补充。要知道新西兰那里到处都是各种国籍的鱼叉手、水手、逃兵和流浪者。这些身怀捕鲸技能的人会在捕鲸季到来时想方设法地出卖自己的劳动力。一旦捕鲸季过了，他们就会领薪水下船，等到来年再找活干。这种雇佣关系会让捕鲸者更好地使用那些闲散水手，同时为自己带来更大的利润。

“流浪者”号的船主韦尔登先生也是这样做的。

这艘捕鲸船刚刚在南极圈附近完成了它这一年的捕捞作业。可是这一次它明显失手了，船上用来装鲸油（由鲸的皮下组织、内脏和骨经熬煮而得的油脂。淡黄色至黄棕色，有鱼臭。鲸油曾是重要的照明和工业用油脂。如今鲸已列入受保护的生物，鲸油也不再使用）的油桶还未被装满，鲸须也远远不够。在这个时代，由于人们过度捕捞，鲸类动物已经越来越少，这使捕鲸变得十分艰难。在北冰洋中被称为“北方跳手”、在南半球海域被称为“水下黄粉蝶”的须鲸（是须鲸类动物的总称，没有牙齿，有鲸须，包括蓝鲸、长须鲸、座头鲸、露脊鲸、灰鲸等。全世界现存种类一共15种，中国发现的就有9种。须鲸类动物体长为15～20米，体重25吨左右，它们身体细长，背部呈黑色，腹部为白色，鳍肢和尾鳍的下面为灰色，背鳍呈镰刀形。须鲸类动物喷出的水柱又高又细且垂直。这里应该是指长须鲸、座头鲸等之外的须鲸），已经濒临灭绝了。这使得那些捕鲸者不得不去对付像长须鲸（体型呈纺锤形，长约25米，体重约70吨，是世界上第二大的板须鲸属，在板须鲸属中仅次于蓝鲸。长须鲸游泳速度很快，最高时速可达40千米，有“深海格雷伊猎犬”之誉。世界各大海域均有分布，但会避开接近南北极点、充满浮冰的海域与范围相对较小的海域）和座头鲸（其“座头”之名源于日文“座头”，意为“琵琶”，指鲸背部的形状。为热带暖海性鲸类。身体短而宽，一般长达13～15米。座头鲸以其跃出水面的姿势、超长的前翅与复杂的叫声而闻名。

雄性座头鲸每年约有6个月的时间整天都在唱歌，是鲸类中的歌唱家）等这样身体庞大的鲸类，但是想要捕捞这样的庞然大物，所要付出的代价也相对会高很多。

而这种大鲸正是赫尔船长这次猎捕的目标。不过，他心中已经暗自有了打算，下一次要航行到纬度更高的地区，如果有必要的话，他将去往能看见克拉里（指克拉里山脉，位于西南极洲）和阿德利（指南极大陆的阿德利地，迪蒙·迪尔维尔于1840年以其妻子的名字命名）的地方，据说这两个地区是被“阿斯特罗拉布”号和“泽雷”号那位名声在外的法国船长迪蒙·迪尔维尔（1790—1842年，法国探险家，1840年1月8日发现南极大陆，威尔克斯只比他晚发现一天。1842年与妻儿在一次火车事故中遇难）发现的，虽然美国人威尔克斯（查尔斯·威尔克斯，1798—1877年，美国探险家、海军军官，他于1839—1842年率领一支探险队前往南半球考察鲸类资源和南磁极，勘察了长达2414千米的南极海岸线，并绘制了海岸线图，为证明南极洲是一块大陆提供了重要证据，后来把这片南极大陆命名为威尔克斯地）不这么认为。[赏析解读：由于人们对鲸类动物的无节制捕杀，使鲸类的数量大幅度减少，这也正是赫尔船长想要开发新的捕鲸区域的原因。]

事实上，这个捕鲸季对“流浪者”号并不那么友好。在一月初时，正值南极的暖季（南极分寒、暖两季，每年的11月至次年3月为南极的暖季，4月至10月为寒季）来临，尽管对其他的捕鲸者来说还未到返航的时间，但是赫尔船长已经迫于无奈要离开这里了。因为他雇佣的那些水手以各种可怜的理由向他讨个说法，这使赫尔船长忍无可忍，毅然决然地辞退了他们。

一月十五日，“流浪者”号朝着新西兰所在的西北方向驶去，最终停靠在了北岛豪拉基湾（新西兰北岛东北部海湾。入口处有大巴里尔岛，形成天然的屏障。湾内为重要渔场）深处的奥克兰（新西兰北部的滨海城市，是南半球主要的交通航运枢纽，还是全世界拥有帆船最多的城市，所以又被称为“风帆之都”）的怀特玛塔港（奥克兰的主入海口，所以有时也被称作奥克兰港。“怀特玛塔”是毛利语，最早来到奥克兰的毛利人在港口看到闪闪透亮的海水，就把港口描述成“如宝石般闪烁的海洋”，即怀特玛塔）。在船靠岸后，赫尔船长就将那些临时雇佣的捕鲸者打发走了。

水手们都有点闷闷不乐，他们还没有经历过比这更糟的捕鲸季。因为按照“流浪者”号的装载能力，船上至少还差两百桶鲸油。赫尔船长也很失望，这一次的无功而返无疑给他杰出的捕鲸生涯留下了一个污点，而导致这一切发生的原因并不是他指挥失利，而是那些临时工不服从指挥。他那强烈的自尊心使他有点无地自容，他恨死那帮无赖们了。[赏析解读：前文中说赫尔船长是一位富有经验的船长，同时也是一位杰出的捕鲸鱼叉手，因此现在的结果令他十分不满意，而之所以会这样，就是因为临时工的不配合。但是无论怎么样，这次的无功而返对一向自信的赫尔船长来说无疑是一个沉重的打击。]

赫尔船长原本打算到了奥克兰后再重新雇佣一批新的捕鲸水手，但是这一希望也落空了，因为所有闲着的水手都已经上了其他的捕鲸船。无奈之下，赫尔船长只好放弃继续捕鲸的想法，准备离开奥克兰。

就在这时，有人要求搭他的船，而他对此无法拒绝。因为想要搭船的人正是船主的妻子韦尔登夫人以及她年仅五岁的儿子杰克，她的表兄贝内迪也陪同她一起。韦尔登先生因为商务原因常到奥克兰来。这一次他来的时候带上了家人，准备在办完事情后再把他们送回旧金山。

可是就在他们准备启程返回时，小杰克却病倒了，而韦尔登先生由于当时还有其他商务活动不能耽搁，不得不先行一步离开了奥克兰。

就这样，韦尔登夫人、小杰克与贝内迪表兄就在奥克兰住了下来，这一待就是三个月。三个月的分离让韦尔登夫人觉得异常难熬。但是值得庆幸的是，小杰克的身体在这三个月中恢复了健康。就在她打算动身回旧金山时，正好得知“流浪者”号抵达了奥克兰。在当时，韦尔登夫人想要回旧金山还是相当麻烦的。她必须先到澳大利亚乘坐“黄金时代”海运公司的一艘客轮，这家公司的轮船业务是从墨尔本（澳大利亚南部滨海城市，维多利亚州首府，有“澳大利亚文化之都”的美誉。以纪念英国首相

威廉·兰姆——第二代墨尔本子爵而命名）到巴拿马（是中美洲最南部的国家，首都为巴拿马城，其境内有著名的巴拿马运河）。到了巴拿马后，还必须在那里等待美国的客轮，那是定期往返于巴拿马和加利福尼亚州的客轮。单单从延误、转船等方面来看，这对一位带着孩子的女人来说无疑是一件非常辛苦的事情。此时正好“流浪者”号停靠在了怀特玛塔港，于是韦尔登夫人马上毫不犹豫地请求赫尔船长带他们一行四人返回旧金山。除了她、小杰克和贝内迪表兄之外，还有一位从小就服侍她的黑人女仆南。

从奥克兰到旧金山要航行三千海里！这对他们来说是一场漫长的旅行。不过赫尔船长的船保养得很好，而且赤道附近此时正是最好的季节，不会出现大的风暴。于是赫尔船长接受了韦尔登夫人的请求，并马上将自己的舱房收拾了出来让她居住。他希望在长达四五十天的航行期间，韦尔登夫人能在船上获得最大程度上的舒适。

其实对韦尔登夫人来说，这次航行还是有一些便利的。唯一不便的就是航期必须延长，因为“流浪者”号要先到智利（位于南美洲西南部的国家，首都为圣地亚哥）的瓦尔帕莱索（南美洲太平洋西岸的重要海港，1536 年由西班牙人胡安·德·萨维德拉发现并将这里以他在西班牙昆卡地区的家乡瓦尔帕莱索·德阿里瓦的名字命名。早期是环绕南美南端麦哲伦海峡和合恩角的船只的中转站，1914 年巴拿马运河开通后，船只不再绕道麦哲伦海峡，瓦尔帕莱索的重要性随之显著降低，这也导致了城市经济的大衰退）去卸货。等卸完货后，他们就可以趁着由大陆吹来的季风，愉快地向着旧金山航行了。[赏析解读：虽然“流浪者”号需要先去其他地方，航期也会被延长，但对韦尔登夫人一行人来说，能够不用那么麻烦就回到旧金山已经是一件值得高兴的事了。]

在这里不得不说一下韦尔登夫人，她是一个勇敢的女人，一点也不害怕大海。时年三十岁的她身强体壮，也已经习惯了海上的长途旅行。她曾经与丈夫一起经历过数次航行，对于乘坐一艘中等吨位的捕鲸船在海上旅行所要面临的危险或意外丝毫也不担心。她知道赫尔船长是一位出色的海员，自己的丈夫对他也很器重。而“流浪者”

号是一艘具有优越性能的捕鲸船，它在美国的捕鲸船中极具盛名。更重要的是，在韦尔登夫人急需要船只的时候，它正好出现了，这么好的机会，她当然不会错过。

而她的表兄贝内迪，毫无疑问会全程陪着她。

说到韦尔登夫人的表兄贝内迪，他也是一位颇有名气的人。虽然他已经五十岁了，但是让他独自出门仍然让人担忧。他身材瘦弱、纤长，头很大，毛发茂密。如果只是从外表气质上来说，贝内迪给人的第一印象就是一位戴着金丝边眼镜的学者。他脾气温和，心地善良，注定一辈子都像一个孩子那样充满了天真之气。通常来讲，这样的人一定会活得比较久。[赏析解读：作者在这里对贝内迪表兄进行了详细的描写，使他的形象生动地出现在读者面前。]

即使不是他的家人，大家也都叫他“贝内迪表兄”。而事实上，他也确实是一个像所有人的表兄般的好人。但对贝内迪表兄来说，他那纤长的手脚让他十分困扰，他甚至连日常生活中最平常的事情也无法自己完成。虽然总是需要别人的帮助，但请不要觉得他令人讨厌。相反，如果是自己的原因令他人感到困扰，他会觉得更尴尬。贝内迪表兄是个很随和的人，也很容易感到满足，对什么都能凑合，如果没有人给他送来吃的喝的，那么他就会忘记还有吃喝这件事。而且他对冷热都不放在心上，总会让人觉得比起动物界，他更适合在植物界待着。甚至可以把他想象成一棵无用的树，既不能结出果实，也没有几片树叶，没有办法死亡，也不能用来乘凉。但是他却有一点好，那就是他拥有一颗善良的心。

这就是贝内迪表兄，他总是会尽自己最大的努力去帮助别人，前提是如果他有这个能力。

即使这样，他的朋友还是会因为他的这些缺点喜欢他，韦尔登夫人就把他当作小杰克的大哥哥对待。

但无论如何，贝内迪表兄绝不是那种游手好闲的人。恰恰相反，他是个勤劳的人。他爱好的是博物学，这也是唯一一个让他甘愿付出身心的学科。

把它称之为博物学有些夸张。众所周知，博物学由动物学、植物学、矿物学和地质学等几大部分共同组成。就现状来说，贝内迪表兄不属于任何一部分的科学家。

那么或许你该问了："那他是个动物学家吗？"或者是像居维叶（法国自然科学家，比较解剖学的创始人）那样，通过解剖动物进行分析，然后再将动物进行归类？还是像他一样深入研究动物的种类，也就是脊椎动物、软体动物、节肢动物和辐射对称动物？在这四种不同类型的动物中，这位天真又勤劳的学者是不是已经观察并探究过不同的动物种群，并区分过物种的多样性了呢？

其实并没有。不仅如此，贝内迪表兄并没有研究过脊椎动物、软体动物和辐射对称动物。那么此时，动物学中的分支就只剩下节肢动物未被提及了，而贝内迪表兄钟爱的正是这类动物。

在这里我们要特别强调一下节肢动物的分支，它包括昆虫类、多足类、蜘蛛类、甲壳类和蔓足类等。

虽然从科学的角度来说，贝内迪表兄并不能区分出蚯蚓和蚂蟥、沙蝇和藤壶（是一种附着在海边岩石上、有着石灰质外壳的节肢动物，常形成密集的群落。它还会附着在沿岸码头、船底、海底电缆等处，往往造成很大的危害，如附着在船体的藤壶会使航速大大降低）、普通蜘蛛和假蝎子、虾和青蛙、赤马陆和蜈蚣。除去这些，他确实是一位昆虫学家。

从词源学（这里指的是《词源学》这本书，也称为"起源"。它是一本辞典体教科书，是7世纪西班牙塞维尔城大主教伊西多尔为修道院修士和普通教士编写的）上来说，昆虫学是包括所有环节动物的自然科学之一。然而在实际生活中，人们在运用这个词时往往将它狭义了。简单来说，就是它只应用于对昆虫的研究，是专门用来研究全身明显分为三段、有三对脚、称为六足虫的节肢动物。

虽然贝内迪表兄只是一个研究节肢动物的昆虫学家，但是我们不能对这个仅仅只是研究虫子的学科产生错误的认识。这种昆虫纲至少可划分为十个科目，其中包括直翅目、脉翅目、膜翅目、鳞翅目、半翅目、鞘翅目、双翅目、捻翅目、长翅目和缨翅目。而在这些科目中，鞘翅目目前被人所知的就已有三万多种，而双翅目则有六千多种。因此可以看出，昆虫学值得研究的课题一点也不少，这也正是贝内迪表兄为之付出身心的主要原因。

他把所有的时间都奉献给了这门学科，甚至连睡觉的时候也不例外。因为他总是能梦到各种各样的六足虫。而在他的袖子上、衣领上、帽子里和背心的饰边上到处都插着别针。每当贝内迪表兄采集标本回来，你都会看到他用别针钉住的昆虫挂满了他的帽子，简直成了“标本帽”了。[赏析解读：作者在这里特别强调贝内迪表兄的梦境，是为了突出他对这门科学的热爱。]

那么，现在我们知道了，他之所以与韦尔登夫妇一起来到奥克兰是因为他对昆虫学的热爱。他在奥克兰又找到了几种稀有昆虫的标本，所以想要急切地赶回旧金山，将它们放进他的标本橱柜中。

所以，在韦尔登夫人和小杰克要搭乘“流浪者”号返回旧金山时，贝内迪表兄陪同他们一起回去就再自然不过了。

但是韦尔登夫人也清楚，万一在旅途中出现了什么紧急情况，是不能指望这位贝内迪表兄的。但是好在现在这个季节很适合航海，更何况船上还有一位值得信赖的优秀船长。

“流浪者”号停靠在怀特玛塔港口的三天里，韦尔登夫人为了不延误起航的时间，匆匆地做了一些出发前的准备。她先将逗留在奥克兰时临时雇佣的仆人辞退了，然后在一月二十二日，四人一起登上了这艘捕鲸船。

与贝内迪表兄一同上船的还有一只珍藏着他收集到的各种稀奇古怪的昆虫的箱子，在那箱子中新添了一些属于鞘翅目的隐翅虫标本。这种隐翅虫的眼睛长在头顶上，似乎是新喀里多尼亚（位于南太平洋中部，是法国在大洋洲西南部的一个海外属地。1774 年 9 月，库克船长在环球探险中发现了这里。这里有世界上最大的潟湖，植物种类丰富，其中的心形红树林尤为有名）特有的一种昆虫。毛利人（是新西兰的原住民和少数民族，相传其祖先是 10 世纪后自波利尼西亚中部的社会群岛迁来，与部分欧洲人移民发生混合，也有文献说毛利人是4000 多年前从我国台湾迁出的原住民。毛利人还是世界上著名的吃人族，当然现在不会了。哈卡舞是毛利人的传统表演艺术，它是过去毛利人在开战前表演的战舞，借以恫吓对方）曾极力向贝内迪表兄推荐过一种被当地人称为“卡蒂波”的毒蜘蛛，据说只要被这种蜘蛛咬伤就会丧命。但是由于这种蜘蛛并不完全属于真正的昆虫，所以在贝内迪表兄的眼里没有什么意义。在他的众多收藏里，那只出色的新西兰隐翅虫是他的最爱。

毋庸置疑（指事实明显或理由充分，不必怀疑，根本就没有怀疑的余地），这个宝贝也让他耗费了很多钱财。但是在他看来这都不重要，他认为自己的收藏比“流浪者”号捕获到的所有鲸油和鲸须更为珍贵。

在船即将起航时，韦尔登夫人一行四人登上了船，赫尔船长向她走过来说：“韦尔登夫人，请原谅我把丑话说在前头，出了问题您要自己负责啊，我可担当不起。”[赏析解读：赫尔船长在这里说出这句话，是为了提醒韦尔登夫人，由于“流浪者”号是一艘捕鲸船，它的舒适度不会像客轮那样理想，而且在航行过程中也可能会出现各种各样的意外，为后文埋下伏笔。]

“为什么要对我说这样的话呢，赫尔先生？您这是要往下赶我吗？”韦尔登夫人不解地问道。

“因为在这件事情上，我没有收到您丈夫的指示，毕竟一艘捕鲸船无法让您像在客轮上那样安全舒适地旅行。”

“如果我的丈夫在这儿，您觉得他会因为要带着妻儿上船而犹豫吗？”

“不，韦尔登夫人，他当然不会。”赫尔船长马上说道：“当然不会！我本人也不会！无论从哪一方面看，‘流浪者’号都是一艘非常出色的纵帆船，虽然它这次的捕捞记录十分糟糕，但是我敢肯定地说，我对它非常有信心。我之所以会对您说那些话是因为我无法承担那么大的责任，而且我也应当提醒您，在这艘船上，您找不到您所习惯的舒适条件！”

“如果只是舒适的问题，赫尔先生，这还不能阻止我。我不是那种会抱怨房间小、饮食差的刁钻乘客。”

说完后，韦尔登夫人看了看拉着自己手的小杰克，接着说道：“我们出发吧，赫尔先生。”

随着起航命令的发出，“流浪者”号张开了船帆，全速驶离了海湾，向美洲海岸的方向驶去。

可是，就在出发的三天后，“流浪者”号遇到了强劲的东风，不得不调整方向。

到了二月二日，赫尔船长发现船所处的地区纬度太高，这可超出了他的预期。在这种情况下，作为一名富有经验的海员，最好的决策就是绕道合恩角。

## 第二章　“实习水手”迪克·桑德

[**名师导读**]

由于改变了原定的航线，使得航期也被延误。韦尔登夫人一行人在“流浪者”号上得到了船上所有船员们的热情对待。在船上有一名叫内格罗的古怪厨师，还有一名叫迪克·桑德的、年仅十五岁的见习水手，两个人在这些船员中格外引人注目。就在众人都觉得这是一场单调乏味的旅行时，小杰克与迪克·桑德发现了一艘失事船只的残骸正向着他们漂来。

这个季节的海上风光非常美丽，“流浪者”号的航行除了偶尔会因为逆风有所耽误之外，其他方面都还算得上顺利。在这艘船上，韦尔登夫人得到了很好的照顾。要知道在“流浪者”号的甲板上是没有船尾楼的，所以在船尾处也就没有房间可以给乘客提供住处。为了让韦尔登夫人能住得舒适些，赫尔船长坚持把自己的船长室让给了她。在这个狭小的房间里，不但住着韦尔登夫人、小杰克与老女仆南，每天早上她还要与赫尔船长和贝内迪表兄一起在这里用餐。

贝内迪表兄被安排在另一间舱房，而赫尔船长则搬进了一间原本为二副准备的小舱室。可是据我们所知，这艘船根本不需要二副也能正常航行。[赏析解读：这里对于没有“二副”的强调，一方面是为了说明船主节约不必要的开支，另一方面也强调了赫尔船长的优秀，以及韦尔登先生对他的信任。]

“流浪者”号上的船员们都身体强壮、心地善良，而且多年的出海经历已经让他们之间形成了默契，这些人都来自美国西部的加利福尼亚州。

大家都对韦尔登夫人表达了自己的十二分热情，以示对老板的忠心。当然，这样做的大部分原因是“流浪者”号为他们带来的巨大利益。不过，因为船上的人手有限，他们不得不多付出些努力，在每个捕鲸季结束后才能拿到更多的钱。虽然这一次的收获微乎其微，但是他们也没有抱怨什么，只是骂了那些新西兰的雇佣船员几句。[赏析解读：因为之前作者说过，“流浪者”号在美国捕鲸船队中是极具盛名的，也间接可以看出以往的捕鲸季为船员们带来的利益是相当可观的。虽然这一次失利了，他们也没有抱怨什么，体现了船员们的心态平和。]

在这些船员中，只有一个人不是土生土长的美国人。他叫内格罗，是一位说着流利英语的葡萄牙人，他在这艘船上担任厨师一职，平时就是做些琐碎的事情。

“流浪者”号在进入奥克兰后，船上的厨师就离职了。这时的内格罗还是一名无业人员，他自告奋勇（表示主动要求承担某项艰巨的任务）要填补这个空缺的职位。他是一个话很少的人，很少与别人交流，总喜欢一个人待着，但是对厨师这个岗位来说，他还是称职的。看来赫尔船长看人的眼光还是很准的，这位厨师自从上船后，还没有过任何过失。

唯一让赫尔船长觉得遗憾的是，他没有足够的时间详细了解内格罗的过去。他无法看透内格罗的那张脸，特别是他的眼神，常常会让人觉得不舒服。当让一个陌生人上船与大家共同生活在这么狭小又私密的空间中时，不了解对方的过去真的是件很冒险的事情。

内格罗看起来约有四十岁，中等身材，体格强健，有着一头深褐色的头发，皮肤呈小麦色，但是总给人一种神经质的感觉。他接受过教育吗？是的，这些从他偶然间的举止中就能看得出来。但是内格罗对自己的过去和家庭只字不提。没有人知道他从哪里来，更没有人知道他的未来会怎样。大家知道的就只是他曾说过自己要在瓦尔帕莱索下船。不管怎么说，他都是一个透露着古怪且神秘的人，谁也看不出他做过水手，因为他的航海经验还不如一个大部分时间都在海上度过的雇佣厨师。[赏析解读：作者在这里对内格罗进行了详细的描述，一方面是为了突出其古怪的性格，另一方面是为下文作铺垫。]

然而，每当在船剧烈的左摇右晃（在海上遇到风暴时，会产生巨大的海浪，在波浪起伏时，就会引起船只左右剧烈的摇晃）时，他都不曾表现出有丝毫的不适，这绝不是一个从来没有在海上生活过的人该有的表现，但是这却是一个船上的厨师最应当具备的品质。

总而言之，大家很少见到他。他白天都待在那个狭小的厨房里，守在那个占据了厨房大部分空间的火炉前。到了夜幕降临的时候，等到炉火熄了，内格罗就会回到船员舱室最末端的那间房间，迅速爬上床，然后马上睡过去。[赏析解读：此处作者对于内格罗的描写，仿佛让我们看到了一个形象生动的怪人，同时也为内格罗增添了许多神秘感，从而激发了读者的好奇心。]

我们之前已经了解，在这艘船上有五名水手和一名实习水手。这名实习水手是个年轻的孩子，只有十五岁。没有人知道这孩子的父母是谁，可怜的他在出生后就被抛弃了，是福利院收留了他并将他抚养成人。

迪克·桑德就是这个孩子的名字，他看起来应该是纽约人，更准确地说可能来自这个州的首府。

迪克·桑德这个名字其实是理查德的缩写，这个名字是他在被父母遗弃后的两三个小时后，捡到他的好心过路人为他起的。至于桑德这个姓氏，只是为了纪念捡到他的那个地方。那是一个被人们称为桑德—霍克海角的地方，是哈得孙河（是美国纽约州的一条河流，全长 507 千米，发源于阿迪朗达克山脉云泪湖，以发现西北航道的探险家哈得孙的名字命名）的入海口，纽约港的起始处。

迪克·桑德只有中等个头，但是他长得很结实，有着一头褐色的头发，蓝色的眼睛明亮清澈，总是闪着热情的光芒，让人丝毫不会怀疑他的盎格鲁—撒克逊（通常是指 5 世纪初到 1066 年诺曼征服期间生活在大不列颠岛东部和南部地区的文化习俗上相近的一些民族）血统。水手的生活使他比同龄的孩子成熟得多，也使他有了能够与生活抗争的能力。[赏析解读：这里强调了由于童年的不幸遭遇，使迪克·桑德比同龄人更坚韧，更懂得生活对于自身的特殊意义。] 迪克·桑德聪明机灵，浑身充满着生命的能量，这使他看起来不像是一位“鲁莽者”，而更像是一位“果断者”。人们总是用维吉尔（古罗马诗人，生活在欧洲古代文明的结尾、基督教即将统治欧洲的时期，他的历史地位颇像生活在中世纪和近代之交的但丁的历史地位，作品有《牧歌》《农事诗》和《埃涅阿斯纪》等）诗作中的一句话来形容他，那句话是这样说的：“命运女神眷恋鲁莽的青春……”其实这是一句被引用错误的诗句，维吉尔的原话是：“命运女神眷恋果断的青春……”

好运会始终伴随着那些果断的人，而不是那些鲁莽的人。因为鲁莽的人总是会凭一时冲动行事，而果断的人会在行事前先思考，这就是两者最大的区别。毋庸置疑，迪克·桑德就是一个“果断者”。

别看他只有十五岁，他已经能够自己做出判断，并且能够坚持不懈地朝着自己认定的目标努力。他那既活泼又严肃的神情，总是能很快地将他人的注意力吸引到自己身上。他也不像同龄的孩子那样总是急着炫耀和指手画脚。坎坷的童年经历让他明白生活中的一切都要靠自己去完成，而他也是这样做的，在别人称之为孩子的时候，他已经可以称之为男人了。

迪克·桑德无论做什么都非常灵敏，他是那种有天赋的人。对有天赋的人来说，他们生来就有两只左脚和两只右手，这使得他们无论做什么事都显得很轻松，而且迈出的步伐也很坚定。[赏析解读：作者在这里用到了“天赋”一词，刻画出迪克·桑德是个优秀的少年，他的优秀不仅体现在他的品质与成熟中，同时也体现在与生俱来的优势上。]

我们知道，迪克·桑德是由福利院抚养长大的，那是美国专门用来照顾被抛弃的儿童的地方。等到他四岁时，迪克·桑德进入了纽约一所由慈善机构赞助的小学，他在那里学习了数数和认字。

到了八岁时，天生对海洋的热爱促使迪克·桑德登上了一艘航行在太平洋海域的邮轮，从此开始了他的学徒生涯。在这里，他要学习如何才能成为一名合格的海员，而想要从事这一行，就必须从小学起。在那些对小迪克•桑德有着很大兴趣的船长的指导下，他渐渐地掌握了航海所需的所有技能。很快，迪克•桑德就被提升为实习水手。这个孩子从小就明白劳动是生存的必备条件，只有付出自己的汗水才能换来生存的面包，这是《圣经》给人们的指示，同时也是生活的原则。也许这个孩子注定会干出一番大事业，因为他有一种异于常人的坚韧意志。

在迪克•桑德还在一艘商船上当学徒时，就引起了赫尔船长的注意。这位正直的船长马上就对这个率直的孩子产生了好感，之后便将他介绍给了自己的船主韦尔登先生。韦尔登先生很喜欢这个孩子，不但资助他在旧金山完成了学业，还让他接受了自己所信仰的天主教。[赏析解读：这里的描述主要是为了体现出对迪克·桑德这匹千里马来说，赫尔船长就是他的伯乐。也正因为赫尔船长，才使迪克·桑德有了更多的学习机会。]

在学习期间，迪克•桑德对地理学和航海学表现出了强烈的兴趣，并一直持续到他在学习航海数学之前。在学习中，迪克•桑德将之前在海上的实践与那些数学理论相结合。这一次是他作为实习水手首次登上“流浪者”号，作为一名优秀的水手，熟悉航海和远洋捕捞是非常有必要的，这会为他将来的航海事业做好前期准备。

除此之外，这艘船是他恩人韦尔登先生的所有物，而船长又是他的保护人赫尔船长，这无疑是一个得天独厚的优势。

迪克•桑德深知他现在拥有的一切都是韦尔登一家给予的，所以他对他们一家人的忠诚毋庸置疑。虽然是这样，我们还是想用事实来说明一下。当知道韦尔登夫人将要乘坐“流浪者”号时，迪克•桑德高兴极了。这些年来，韦尔登夫人就像他的母亲一样，而在他把小杰克看作是自己的弟弟的同时，也不曾忘记对恩人的儿子该有的尊敬。而韦尔登一家也清楚地知道，他们撒出的种子已经扎根在一片肥沃的土地中了。在迪克•桑德充满感激的心中，就算是哪一天需要他为这些对他有教养之恩并指导他热爱上帝的人献出生命时，他也会奋不顾身地去做的。[赏析解读：作者通过具体描写迪克·桑德与韦尔登一家的关系，表现出韦尔登一家的仁慈让迪克·桑德十分感激，在这个善良热情的孩子心中，韦尔登一家就如同他的亲人一样，他可以为了他们而付出自己的一切。]总而言之，虽然他看起来只是个年仅十五岁的孩子，但是言行和思维的成熟度已像有三十岁了，这就是迪克·桑德。

正因为韦尔登夫人对迪克·桑德十分了解，所以她可以完全没有后顾之忧地把自己的儿子托付给他。迪克·桑德十分喜欢小杰克，而小杰克也对这位“大哥哥”十分依赖，常常会待在他的身边。当大海风平浪静、船只扬帆前行时，总能看到迪克·桑德与小杰克在一起的身影。这名年轻的实习水手带着小男孩，向他展示航海中所有能引起他兴趣的事物。[赏析解读 从这里我们也可以看出小杰克与迪克·桑德有着深厚的感情。]

韦尔登夫人总能看到小杰克在迪克·桑德的陪伴下，时而出现在船只的横桅索上，时而爬上后桅的尾端，又或是爬上中桅的顶端，然后再快速地从高耸的桅杆上滑下来，但是在她的脸上从来也没有出现过担心害怕的神色，因为她知道有迪克·桑德在小杰克的身边，他会做好随时保护这个五岁小男孩的准备。虽然因为前不久的大病让小杰克看起来脸色稍显苍白，但是自从登上“流浪者”号之后，借着这些“航海训练”和让人心宁神爽的海风，很快又在他的脸上看到了健康孩子该有的红润。

漫长的航程就这样进行着。航行的条件便是如此，只要不遇到糟糕的天气，那么乘客和船员就没有什么好抱怨的。

然而，这时赫尔船长却正在因为持续的东风而隐隐有些担忧，受到东风的影响，“流浪者”号无法回到正确的航线上。过了一些时间，到了南回归线（指南纬23°26′的纬线。太阳直射点自北移至该纬线时，折而往北返回，因而得名）附近的海域时，赫尔船长发现这里的海面风力变小，这种情况会使他们的航期再次被延误。同时，由于受赤道流域强大的逆流影响，船只会一直向西行。虽然这些自然因素并不是他能左右的，但是他还是担心会耽误韦尔登夫人的行程。他已经打算好了，如果在途中能够遇上一艘开往美国的客轮，他会建议他的乘客换乘客轮。但是不幸的是，他们的船一直被滞留在高纬度地区，无法遇到开往巴拿马的客轮。而且，当时来往于澳大利亚和美洲新大陆之间的客轮还没有现在这么频繁。

无奈之下只好听天由命了。看上去好像没有什么能干扰到这次平淡的旅行，然而就在二月二日这一天，第一个意外出现了，我们之前说到的那个特殊的经度和纬度，标志着这个故事的开始。[赏析解读：平淡的旅行好像从这里戛然而止，从下一刻开始，作者将带着我们踏上新的征途。]

二月二日上午快到九点的时候，天气非常好。这时，迪克·桑德和小杰克正坐在后桅的桅顶上，从那里可以看到整艘船，还能眺望大海。向身后望去，地平线的视野被后桅帆和主桅断开，大海和蓝天好像都被风帆遮盖住了。在他们前面的则是船头一直延伸至海面上的桅杆，桅杆上还紧挨着挂着三张大小不同、正随着海风飘动的三角帆，像是伸展着的三只翅膀。在他们身下是满张着的前桅帆，而头顶上则是第二帆和第三帆，帆边的绳索随着海风轻轻地抖动着。这艘纵帆船正借着左舷风全速前进。

迪克·桑德正在向小杰克解释“流浪者”号的压舱物（是压在船底、使船舶平稳的物体。压舱物可以是固体，也可以是液体。目前一般都采用水为压舱物，既经济又实用）装得很合适，使船体各个部位受力均衡，虽然现在船严重右斜，却不会翻船，小男孩突然打断了他的话。

“你看那是什么？”他说道。

“你看到了什么吗，杰克？”迪克·桑德一边说话，一边从桅上站了起来。

“对，就在那儿！”小杰克指着大三角帆和侧三角帆之间露出的空隙中的一个小黑点答道。

迪克·桑德仔细观察了一番那个小黑点，马上大声喊道：

“在我们右舷方向，有一艘失事船只的残骸正在漂过来！”

# 第三章　沉船

[名师导读]

听到迪克·桑德的叫喊声后，大家都跑上了甲板。那真的是一艘沉船。就在大家猜测船上是否还有幸存者时，突然听到了狗叫声，一条体格健硕的狗在用自己的方式向“流浪者”号船上的人求救。赫尔船长带人登船搜救，并在这艘名叫“沃尔德克”号的船的尾舱里发现了还有气息的五位黑人并将他们带了回去。只是有一件事让赫尔船长很不解，那条大狗好像对内格罗充满了敌意。

随着迪克•桑德的叫喊声，水手们都跑上甲板，赫尔船长也离开了自己的房间，向他们走来。

韦尔登夫人、南，连那个“两耳不闻窗外事”的贝内迪表兄也都走出了房间，俯着身子看向实习水手所说的漂浮物。[赏析解读：平淡的旅行被一个未知的漂浮物打破了，这个未知物同样也引起了贝内迪表兄的注意，不知接下来会发生什么样的事情，让我们拭目以待。]

唯有内格罗还和平时一样待在他的厨房里，在所有船员中，只有他对漂浮物丝毫不感兴趣。

这时甲板上所有人的注意力都被那个距离“流浪者”号约三海里的漂浮物所吸引。

“嘿！那会是什么呢？”其中一名水手说道。

“肯定是被人抛弃的木筏(是用长木材捆扎成的木排，是一种简易的水上交通工具。材质多为高大乔木的枝干)！”另一名水手不以为然地答道。

“或许还有一些幸存者。”韦尔登夫人说道。

“很快就知道是什么了。”赫尔船长说，“不过，它可能不是木筏，更像是一艘侧翻的船。”

“啊！那会不会是某种大型哺乳类的海洋生物呢？”贝内迪表兄也加入了猜测的队伍中。

“我觉得不是。”迪克•桑德答道。

“迪克，你觉得会是什么呢？”韦尔登夫人问道。

“那是一艘侧翻了的船，与赫尔船长所说的一样，韦尔登夫人。我似乎看到了它的铜龙骨在阳光下闪烁。”

“是的。确实是这样的！”赫尔船长答道。

他马上对舵手下令：“博尔顿，转向四分之一迎上去，以便接近沉船。”

“是！船长！”舵手回答道。

“可是，”这时贝内迪表兄突然开口说道，“我还是坚持我的看法。我敢肯定这是一只海洋生物！”[赏析解读：从这里可以看出贝内迪表兄十分固执的性格特点。]

“那么，它一定是头铜制的鲸吧。”赫尔船长回答道，“因为我也敢肯定，我看到它在阳光下闪闪发光！”

“不管怎样，贝内迪表兄，”韦尔登夫人这时说道，“你应该承认我们的看法是正确的，因为这头鲸一动不动，一定是死了。”

“噢，表妹，”贝内迪表兄固执地答道，“我们又不是第一次见到睡觉的鲸（鲸的睡眠时间是不固定的，如果遇到大风大浪的时候就干脆不睡，鲸睡觉时以鲸头为中心，围成一圈呈辐射状。鲸是漂在水面上睡觉的，因为它靠肺呼吸，无法长久地待在水里。然而它也无法在浅海或岸上睡觉，这是因为鲸的身体太大而且非常笨重，若没有水的浮力去帮它分担重量，那么它的内脏器官就会被压坏，也没办法呼吸，最终会因此而死掉。因此，鲸在睡觉的时候，总是几头聚在一起，找一个比较安全的地方，头朝里，尾巴向外，围成一圈，静静地浮在海面上，这样便于固定身体，保护幼仔和御敌。如果听到什么声响，它们立即四散游开。除此之外，鲸在睡觉的时候，只有一半脑子是在休息的，另一半则会继续运作维持身体的游泳姿势）在海上漂浮着。”

“说得也对，”赫尔船长回答道，“可是今天遇到的是一艘船，而不是鲸。”

“真相很快就会揭晓的。”愿意用北冰洋或南极海域的所有动物去换取一只珍贵昆虫的贝内迪表兄答道。

“博尔顿，转向迎上去！”赫尔船长又大声下令，“与沉船保持一链（指计量海洋上距离的长度单位，1 链等于 1/10 海里，合 185.2 米）的距离，注意不要撞到它！不要撞上它的船身，否则它会给我们的船造成损伤，我可不想让它擦坏了船身。调整方向迎风行驶，博尔顿，迎风行驶！”

本来“流浪者”号的船头是朝着沉船航行的，为了避开沉船，赫尔船长让舵手稍微调整了一下方向。

现在纵帆船离沉船还有一海里。每个人心里都充满了期待。也许这艘船上装载着贵重的货物，可以搬到“流浪者”号上来。按照规定，得到救援的货物中有三分之一是归救援者所有的，所以对他们来说，只要那艘船上的货物没有损坏，就称得上是“大丰收”了，这样就能弥补一下他们这次不成功的捕鲸之旅。

十五分钟后，“流浪者”号距离那艘沉船还有半海里。

这时漂浮物的真容也呈现在了众人眼前，那的确是一艘沉船。船的整个左舷下沉，只有右舷一侧露在水面上。海水一直漫到了甲板上，船身极其倾斜，基本上没有谁能够在甲板上站得住脚。它的桅杆也没有了，只剩下断裂的缆绳绳头和角索的链条还被固定在一截断裂的木桩上。右舷上的龙骨和凹陷的厚木甲板中间有一个明显的裂口。

“这艘船被撞了。”迪克•桑德说道。

“毫无疑问。”赫尔船长答道，“这艘船没有马上沉没，真是个奇迹。”

“如果它是被其他船撞成这样的，”韦尔登夫人边看着沉船边说道，“真希望这艘船上的人都被那艘肇事船救走了。”[赏析解读：由此可以看出，韦尔登夫人是一位心地善良的女人。]

“希望如此，韦尔登夫人，”赫尔船长说道，“不幸的是这艘船被撞后，那艘肇事船又继续前行了。唉！这样的事情经常会发生！”

“怎么可能这样！这太不人道了，赫尔船长！”

“是的，韦尔登夫人，是这样的！这种事情屡见不鲜（意思是常常见到，并不新奇）。说到这艘船上的船员，我更愿意相信他们弃船逃生去了，因为我并没有在这艘船上看到救生艇（是指设于船上，供船失事时救护乘员用的专用救生小艇。利用划桨、驶帆、动力机等推进。艇内常装有空气箱，使艇在进水后仍有足够的浮力以保证艇及艇上人员的安全。海船的救生艇上还备有一定量的淡水、食物和生活用品等）。或许他们已经被人救走了，我认为他们都是想登陆的。不过，从这里到美洲大陆或是大洋的距离上来看，我很担心他们不能成功。”

“但愿吧，”韦尔登夫人说，“我们永远也不会知道到底发生了什么。不过，也许还有船员留在了船上。”

“这不太可能，韦尔登夫人，”赫尔船长答道，“我们在向它驶近，要是有人早就发求救信号给我们了。不过我们还是要确认一下。调整一下方向，博尔顿，转舵！”赫尔船长一边下令，一边指挥着博尔顿。

此时，“流浪者”号与沉船之间的距离只有三链了。毫无疑问，沉船上一个人都没有。

突然，迪克·桑德做了个噤声的手势，让大家安静下来。

“听，听！”他说。

所有人都安静下来，不再出声。

“我好像听到有狗叫声！”迪克·桑德喊道。

的确，从沉船上传来了一阵狗叫声。那里肯定还有一条活着的狗，它也许是被人关起来了，或许关它的地方很紧闭，以至于它无法逃出来。可是这时大家看不到狗在哪里，遇难船只的甲板还没有出现在他们的视线里。

“哪怕只有一条狗，赫尔船长，”韦尔登夫人说道，“我们也要把它救出来！”

“是的，是的，”小杰克喊道，“我们必须救它。我会给它吃的。它会喜欢我们的！妈妈，我去给它拿些糖果来！”

“先别去，我的孩子，”韦尔登夫人微笑着叫住了小杰克，“我想这个可怜的小家伙已经饿坏了，它需要的是狗粮而不是你的糖果。”

“那我把我的汤给它吧！”小杰克叫道，“我不喝汤也没关系。”［赏析解读：小杰克天真可爱的话语中，体现出了一个孩子的善意，也表达出了他对狗的喜爱之情。］

这时，狗的叫声越来越清楚了，而两艘船的距离最多只有三百英尺。很快大家就看到一条体格健硕的大狗出现在右舷的栏杆上，它用前爪死死地勾着护栏，发出了一种接近于绝望的叫声。

“豪维克，”赫尔船长转过身对着船上的水手长命令道，“让船停下来，然后把救生艇放下去！”

“坚持住，我的狗狗，坚持住！”小杰克对着大狗叫道，而它似乎也听懂了，用半窒息的叫声回应了一下。

“流浪者”号用最快的速度降下船帆，调整好方向，使船与沉船的距离缩小到只有半链，并停了下来。

救生艇已经准备好了。赫尔船长、迪克·桑德以及其他两名水手快步走上了小艇。

大狗一直在叫。它努力地想扒住船舷（是指船舶两侧连接船底和甲板的侧壁部分。由舷侧板、肋骨、舷侧纵桁、舷边和舷墙组成），但每次都摔回到甲板上。这时，它的叫声不再冲着前来救援的人们了。难道它是对着船上的其他水手或乘客在叫吗?

“难道船上还有其他幸存者？”韦尔登夫人独自揣测着说道。

赫尔船长所乘的救生艇很快就来到了沉船那里。

可是就在这时，大狗忽然神态大变。它先是对着前来救援的人大叫了一声，紧接着却是愤怒的狂吠，看上去十分激动。

“这条狗到底怎么了？”赫尔船长觉得很奇怪。这时，救生艇已经绕到了沉船的后面，以便于靠近甲板部分。

正因为如此，赫尔船长并没有留意到内格罗的出现惹怒了大狗。因为他当时刚刚走出厨房，向着“流浪者”号的甲板走去。

难道这条狗认识厨师？这未免有些匪夷所思。

内格罗看到那条狗后，虽然没有表现出任何惊讶的神情，但还是快速地皱了一下眉，又返回了船员室。［赏析解读：虽然内格罗看起来和大狗没有什么直接的联系，但是他那几乎让人察觉不到的皱眉动作，让读者觉得事情并没有那么简单。］

这时救生艇转到沉船的后面，在这艘船的侧面船板上发现了一个名字：“沃尔德克”号。

在“沃尔德克”号上没有注明它属于哪个港口，可是凭借着多年的水手经验，赫尔船长第一眼就看到了一些细节，他马上认出这是一艘美国船。除此之外，它的名字也正好说明了这一点。不过，现在这个船体只是一艘五百吨重大型双桅船仅存的部分了。

在“沃尔德克”号的船首有一条很大的裂缝，这正是船被撞击的位置。之后船翻了，这条裂缝就在距离水面五六英尺的地方，这也说明了为什么到现在它还没有彻底沉没。

赫尔船长登上甲板后并没有发现有人的痕迹。

大狗离开了舷栏，勉强来到了中央开着的舱口处。它一会儿朝船舱里叫几声，一会儿又朝着赫尔船长他们叫了起来。［赏析解读：强调出大狗貌似在用自己的方式告诉赫尔船长些什么，但是对人类来说，它的言语好像不是那么好理解。］

“我可以肯定地说，这条狗不可能独自在船上！”迪克·桑德观察了大狗后，十分确定地说道。

“是的，这确实不太可能！”赫尔船长答道。

救生艇沿着半沉的左舷前行。如果这时有一个稍猛的大浪打来，那么，“沃尔德克”号就会马上彻底沉没。

这艘沉船的甲板上空无一物，只剩下残破的主桅杆和后桅。这两根桅杆损毁得非常严重，都是从距离桅孔两英尺的地方折断的，大约是在被撞击时断掉的部分连同其他东西都被冲进了海里。然而，在“沃尔德克”号四周并没有发现有任何漂浮物，这也似乎能够说明它已经遇难好几天了。［赏析解读：作者在这里对沉船甲板进行了详细的描述，突显出了“沃尔德克”号在受到撞击后的惨状，可见这场撞击带来的后果是极具毁灭性的。］

“如果在两船相撞后还有人存活的话，”赫尔船长说道，“那么他大约也会被饿死或渴死了，因为海水肯定已经漫过了储藏室。现在船上只能找到尸体了！”

“不是这样的，”迪克·桑德喊道，“不对！只有尸体的话，狗是不会这样叫的！上面一定还有幸存者！”

大狗似乎听懂了实习水手的话，它滑进海水中，艰难地向救生艇游过来。它看起来累坏了。

大家把它从水中捞起来，它急切地冲向盛着半桶淡水的水桶，无视迪克·桑德递过来的面包。

“这可怜的家伙快要渴死了！”迪克·桑德叫道。

为了找到能够登上“沃尔德克”号的位置，救生艇先向外划了几下。没想到大狗以为救生艇上的人不想登船了，于是死死地抓住迪克·桑德的上衣，开始拼命大叫起来。

大家马上明白了它的意图。因为它的动作和语言，已经与人类能够表达的没有什么差别了。救生艇立刻又靠到了沉船左舷前部的锚架（伸出舷外，供收存锚用的支架）边，两名水手把救生艇牢牢地拴在那里。赫尔船长、迪克·桑德以及那条大狗几乎同时踏上了甲板，吃力地爬到了断裂的两根桅杆之间的舱门前。

两人从敞开的舱门进到了船舱里。

“沃尔德克”号的船舱已经有一半被灌入了海水，里面没有储藏任何货物。这艘帆船上只有压舱物，其中有一袋压舱（船舶最怕空舱，因为空舱容易翻覆。无论是奇大无比的远洋油轮，或是小得只能在内河航行的小火轮，一旦把货卸净，必须弄点什么东西到空舱里压住，或用海水，或用石头，或用沙土，或用其他任何有重量的东西，以便使船平衡稳定，在航行中仍保持吃水线）用的沙子已经滑到了左舷的位置，这也正是船体会保持一侧倾斜的原因。很显然，在这里没有任何需要他们抢救的东西。

“这里没人。”赫尔船长说道。

“没人。”迪克·桑德跟着说了一句，紧接着走向了船舱的底部。

可是，待在甲板上的大狗的叫声一直没有停止，似乎有意要引起他们的注意。

“去上面看看。”赫尔船长对迪克·桑德说。

于是两人又回到了甲板上。

大狗朝着他们跑来，然后拼命地把他们领向船尾。

两人跟着大狗来到船尾，在这里的休息室里躺着五个人。

“应该是五具尸体。”赫尔船长当时是这么想的。借着甲板窗透进来的光线，赫尔船长辨认出这是五位黑人。

迪克·桑德从他们身边挨个走过，发现他们还有气息。[赏析解读：通过作者在此处的描写，可以看出这个正直的少年做事十分谨慎，这与他较成熟的思维方式有着密切的关系。]

“快点，快来救人，他们还活着。”赫尔船长喊道。

留在救生艇上的两名水手听到赫尔船长的呼喊声后，马上爬上了沉船，赶过来救人。

大家合力将这些幸存者艰难地搬出了舱室。两分钟后，他们就出现在了救生艇中，在这期间这五位黑人完全没有意识。如果小心地给他们喂上几滴强心剂（是一种能加强心脏肌肉收缩力量、减慢心脏搏动次数，从而使心脏排出的血量增加，改进血液循环的药物），再灌点新鲜的水，然后细心照顾，或许还有救醒他们的可能。

救生艇载着他们很快返回了大船边。船上的水手从大桅上放下一条长缆绳，依次将五位黑人吊上船，然后把他们平放在“流浪者”号的甲板上。

而那条大狗也一直陪着他们。

“啊，上帝，这群可怜的人！”韦尔登夫人看着那些毫无生气的人，不禁感慨道。

“他们还活着，韦尔登夫人！我们会救活他们的！他们会活过来的！”迪克·桑德大声说道。

“他们怎么了？”贝内迪表兄问道。

“等他们醒过来，一切都会明了的。”赫尔船长答道，“他们会告诉我们到底发生了什么。不过，现在我们应该先让他们喝点掺有朗姆酒的水！”

说完后，赫尔船长转过身，叫了声：“内格罗！”

听到这个名字时，大狗突然有了动作，它好像对这个名字十分熟悉，全身毛发竖了起来，并且张开了嘴。

但是厨师却没有出现。

“内格罗！”赫尔船长又喊了一声。

大狗又表现出了狂怒的样子。

这时，内格罗走出了厨房。他刚踏上甲板，大狗就像疯了一样冲过去，想要咬住他的喉咙。[赏析解读：作者通过此处的描述，可以看出大狗只有在赫尔船长喊内格罗的时候才会出现奇怪的反应，当内格罗出现后，它又想要咬死内格罗。这就不得不让人细想，内格罗是不是与大狗有着什么特殊的联系？]

内格罗忙用手里的拨火棍使劲打了一下它，在赶过来的几名水手的帮助下，大狗被暂时赶走了。

“你认识这条狗吗？”赫尔船长问这位沉默寡言的厨师。

“我吗？”内格罗答道，“我从来都没有见过它！”

“这就奇怪了！”迪克·桑德喃喃自语道。

## 第四章 “沃尔德克”号沉船上的幸存者

[**名师导读**]

五位黑人的身份让赫尔船长产生了一个大胆的猜想——他们是被贩卖的黑奴，但这也只是猜想。随着五位黑人的醒来，其中那位最为年长的黑人——汤姆向“流浪者”号上的所有人讲述了整个事件的来龙去脉。大家也知道了那个特殊幸存者的名字——大狗丁戈。黑人的遭遇令人唏嘘，赫尔船长让这些可怜的人与他们同行，带他们回到美国。

奴隶贩卖交易依然在非洲的赤道地区大规模存在。尽管英国和法国的军舰会不断地巡航，但是每年还是有满载奴隶的船只从安哥拉（位于非洲西南部，原称葡属西非，由1475年葡萄牙探险家迪奥戈·康发现，1975年独立，首都为罗安达，西滨大西洋，有“非洲的巴西”之称）和莫桑比克（非洲东南部国家，其前身是葡属东非洲，1498年3月被葡萄牙航海家达·伽马所率领的船队发现，1975年脱离葡萄牙的殖民统治而独立，1995年加入英联邦）海岸出发，把黑奴运送到世界各地进行贩卖，或许应该说运送到那些文明世界的不同地方去。

赫尔船长非常清楚这种情况。虽然这里并不是贩奴船常经过的海域，但是他还是不禁自问：刚被救上来的五位黑人是不是贩奴船上的幸存者？“沃尔德克”号是不是正要把他们运送到太平洋海岸的某些殖民地去？即使真的是这样，无论怎样，只要这些黑人踏上了自己的船，那么他们就是自由的，于是他迫不及待地要去告诉他们这些。

[赏析解读：从这些描述中不难看出赫尔船长的正直和善良，他并没有因为对方是黑人就对他们存有歧视。]

此时船上的其他人正在全力照顾被救上来的幸存者。韦尔登夫人在南与迪克·桑德的帮助下给五位黑人分别喂了些淡水，这些可怜的人已经有好几天滴水未沾了。之后又给他们吃了一些有营养的食物，看样子他们可以活过来了。

没过多久，这五人中年纪最大的那个黑人已经可以说话了，他看起来大概有六十岁了，好在他可以用英语回答大家的问题。

"你们乘坐的船是被撞坏的吗？"赫尔船长第一个问道。

"是的。事情发生在十天前，那天晚上很黑，当时我们都已经睡下了……"老黑人答道。

"'沃尔德克'号上其他的人呢？他们都去哪儿了？"

"当我和我的同伴爬到甲板上时，他们就已经不在了。"

"也就是说，其他人都登上了肇事船吗？"赫尔船长接着问道。

"可能吧，但愿是这样的。"

"而那艘船居然没有回来救你们？"

"并没有。"

"难道那艘船也被撞沉了吗？"

"它没有被撞沉，"老黑人摇着头答道，"因为我们亲眼看到它趁黑逃走了。"

"沃尔德克"号上的其他幸存者也证实了老黑人的话，也许听起来十分令人费解。但是这样的事情时常会发生，有些船长因为自己的疏忽而造成了可怕的海难，而在事情发生后，他们往往会选择迅速逃离，根本不会去救援！[赏析解读：从这些话中可以看出，肇事后逃逸在当时的海上很普遍，同时也可以反映出那个时代鲜明的社会现状。]

马车夫也常常会这样做，他们把被撞的人扔在大街上不管不顾，自己闯的祸却让别人去承担。这种行为是非常恶劣的！那些被扔在大街上的人会被别人很快发现，并能得到及时的救助，可是那些被扔在海里的人呢？等待他们的将会是死亡。这种行为简直令人发指！

赫尔船长并不是第一次听到这种丧心病狂的行为，因此他只能如实说给韦尔登夫人听。

紧接着，他又继续问老黑人。

“‘沃尔德克’号来自哪里？”

“墨尔本。”

“那么你们是不是奴隶？”

“不是，先生！”老黑人突然挺直身体，飞快地答道，“我们住在宾夕法尼亚（是美国东北部的一州，为立国13州之一。美国历史上的许多重要篇章都是在这里谱写的。由于该州地处13州的正中，再加上该州在美国独立时的中坚作用，故有“拱顶石州”之称），是自由的美国公民！”

“朋友们，”赫尔船长说，“请你们相信，在你们登上‘流浪者’号时，你们的自由就有了保障。”

“沃尔德克”号上的这位最年长的黑人确实是宾夕法尼亚人。他在六岁时就被从非洲卖到美国做奴隶，随着解放黑奴法令的颁布，他获得了自由。而他的那几位年轻同伴，他们的父母在他们出生前就已经获得了自由。因此他们生来就是自由人，任何白人都没有权力将他们当作是自己的财产。他们甚至不会说，也不会使用“黑奴语”。那是一种不带冠词、只有动词不定式的语言，在南北战争后就逐渐消失了。因此这些黑人可以自由出入美国。[赏析解读：在这里对老汤姆等人的身份进行详细的介绍，为下文作铺垫。]

他们还告诉赫尔船长，他们受雇于一个英国人，这个英国人在澳大利亚南部的墨尔本附近开发了一座很大的矿山。他们在那里工作了三年，也有了不少积蓄，这时正好合约结束了，所以他们想要回到美国。

于是他们和其他普通乘客一样买了“沃尔德克”号的船票。在十二月五日那天，“沃尔德克”号载着他们驶离了墨尔本，然而就在十七天后的一个晚上，有一艘大型汽轮将他们乘坐的船撞翻了。

当时他们五人正在睡觉。在发生猛烈撞击后，他们以最快的速度冲到了甲板上。

他们看到“沃尔德克”号的桅杆被撞倒了，船身也向一侧倾斜，但是还没有沉没，因为船舱还没有被海水全部灌满。

而“沃尔德克”号上的船长和船员们都不见了踪影，或许有人掉进了海里，又或许有的人已经上了肇事的船。总之，那艘船撞翻了“沃尔德克”号之后就扬长而去了。

船上就只有这五位黑人了，这时船身已经被淹没了一半，而他们无论想在哪里登陆，都至少还有一千二百海里的距离。

这些黑人中年纪最大的那个名叫汤姆，凭借年龄、充沛的体力以及在历练中获得的丰富经验，他自然而然地成了一行人中的领袖。

其他四位黑人都是年龄在二十五岁至三十岁之间的年轻人，他们分别是老汤姆的儿子巴特、奥斯汀、阿克顿和埃居尔（埃居尔在英语里的意思是大力士、大力英雄）。这四个人都身强体健、精力充沛，在中非的黑人市场一定能够卖个好价钱。[赏析解读：从这句话中不难看出，当时贩卖奴隶的行为是很猖獗的。]尽管他们刚刚经历了一场可怕的灾难，但是人们还是可以很快看出，在他们身上带有其民族独特的体格特征，以及北美自由教育在他们身上留下的印记。

撞船事件发生之后，汤姆与他的同伴们只能孤独地待在那里，无计可施，也无法离开那里，因为船上原有的救生艇已经在发生碰撞时就化为了碎片。他们唯一能做的就是在“沃尔德克”号上等待其他船只经过，而沉船在海流（是指海水在大范围内相对稳定的流动。“大范围”是指海流的空间尺度大，可在几千千米甚至全球范围内流动；“相对稳定”是指海流的路径、速率和方向，在数月、一年甚至多年的较长时间里保持一致。一般将发生在大洋里的海流称为洋流）的作用下开始慢慢漂流。这也很好地解释了为什么“流浪者”号会发现它。因为从墨尔本出发后，这艘失事的船应当在低纬度的航道上航行。

从发生撞船事件一直到“流浪者”号发现他们的这十天中，这五位黑人就靠舱房仅有的一些食物来充饥。由于无法进入被海水淹没的储藏室，而甲板上的储水桶也早在撞船时就被打碎了，这十天中他们没有喝到一口淡水，每天都在忍受着缺水的折磨。就在遇到“流浪者”号的前一天，他们五人终于忍受不住口渴的煎熬，逐渐失去了知觉。[赏析解读：从汤姆五人的遭遇可以联想到，如果赫尔船长没有出现，他们面临的最终结局就是死亡。即使他们不会饿死，也会因没有淡水而渴死。由此可见，对于海上航行的人来说，淡水是多么重要。]

虽然汤姆只是简洁地向赫尔船长讲述着事情的经过，但是他的话丝毫没有可疑的地方，而且他的同伴也可以证实。除此之外，大家看到的事实也足以证明这一切都是真的。

另外，失事船只上还有一个特殊的幸存者，如果它可以说话的话，相信它也可以证明汤姆所说的话的真实性。

它就是那条见到内格罗就表现得非常不友好的大狗。它对那位厨师总是带着一种匪夷所思的敌意。[赏析解读：和内格罗素未谋面的大狗为什么会对他带有敌意呢？作者在这里留下了一个谜团，为下文埋下了线索。]

它的名字叫丁戈，是一种新荷兰（指澳大利亚，荷兰人是最早登陆澳大利亚的欧洲人，当时将其命名为新荷兰）特有的大型猛犬。“沃尔德克”号的船长却不是在澳大利亚发现的它。两年前，流浪的丁戈出现在非洲西岸接近刚果河（位于非洲中西部。全长约4640千米，流域面积约370万平方千米，为非洲第二长河，仅次于尼罗河）河口的地方，那时它已经饿得半死了，“沃尔德克”号的船长收留了这条漂亮的大狗。但是这条狗好像并不那么喜欢与人亲近，它好像总是在怀念自己以前的主人。也许它是被迫与主人分离的，而在那个荒芜的沙漠地区，它再也不能回到主人身边了。

在丁戈所戴的项圈上刻着“S · V”两个字母，也许在这两个简单的字母中，记录着丁戈那些无从追寻的神秘往事。

但无论怎么说，丁戈都是一条漂亮且健硕的大狗，它比比利牛斯山一带的狗（比利牛斯山是欧洲西南部最大的山脉，也是法国与西班牙的天然国界。而比利牛斯山犬又称大白熊犬，身体健壮，是如今最有力量的犬种之一）还要高大，可以说它就是新荷兰大型猛犬的典范。当它站起来向后仰头时，足有一人高。它的灵敏性和肌肉的力量足以使它去向美洲虎、熊或猎豹这样的动物发起进攻。丁戈的长尾巴结实又笔挺，看起来虽然毛茸茸的，但是却和狮子的尾巴一样。它全身的毛发是深褐色的，只有鼻子上微微泛白。它生起气来会变得非常可怕，所以大家都能理解，为什么内格罗对丁戈的迎接方式那么不满意了。

不过，丁戈虽然不喜欢与人亲近，但是还说不上是条恶犬。它在很多时候看上去都比较多愁善感。[赏析解读：拟人的描写手法，对丁戈神情的描写，是作者为下文埋下的伏笔。]老汤姆在“沃尔德克”号上就观察过它，发现丁戈好像不太愿意与黑人亲近。它不会对他们造成什么伤害，只是会尽量避开他们。或许这是由于它在非洲海岸流浪的时候，受过当地人虐待的原因吧。所以，即使汤姆和他的同伴们都是正直的人，丁戈也从来不会靠近他们。在“沃尔德克”号遇难后的十天里，它总是离他们五人远远的，虽然他们不知道这条大狗是怎样维持生命的，但是它肯定与自己一样口渴难耐。

这些就是那艘失事船上差点被大海吞没的幸存者了。如果不是“流浪者”号延误了航期，那么就不会与“沃尔德克”号不期而遇，赫尔船长就没法救起他们，而他们也会随着沉船消失在大海中。

现在赫尔船长要做的就是把这些幸存者送回美国，这样他的善举也得以圆满了。但可惜的是，这五个人在海难中失去了他们三年劳动的积蓄。

“流浪者”号在瓦尔帕莱索卸货后，就会沿着美洲海岸直行到加利福尼亚。在那里，韦尔登先生会亲自招待汤姆与他的同伴们。因为慷慨热情的韦尔登夫人已经向汤姆等人做了保证，等到了加利福尼亚后，她的丈夫会为他们准备回宾夕法尼亚所需的一切物品。

这些正直的人在解决了后顾之忧后，不停地感谢着韦尔登夫人和赫尔船长。事实上也是这样的，他们欠这两个人的太多了，虽然自己只是渺小的黑人，但还是希望有一天可以有机会回报他们。

# 第五章　丁戈的字母

［名师导读］

“流浪者”号继续前行，汤姆一行人的加入在他们平淡的航程中激起了一些涟漪。有一天，在小杰克玩拼单词的游戏时，他们惊奇地发现，丁戈竟然认识字母。“S”“V”两个字母仿佛对丁戈有着很特殊的意义，而且它对厨师内罗格的态度也引起了赫尔船长的怀疑。

“流浪者”号继续全速向东前行。由于海面平静，纵帆船的行驶速度并不快，赫尔船长为此感到有些忧虑，他倒不是担心从新西兰到瓦尔帕莱索所延误的航期，而是担心被拉长的旅行时间会使韦尔登夫人感到劳累。

不过，韦尔登夫人倒是没有一点怨言，她很有耐心且又很达观（心胸开朗，见解通达）地对待长途旅行的辛劳。

在二月二日快到傍晚的时候，失事的“沃尔德克”号就已经完全消失在海面上了。

赫尔船长尽可能地将汤姆与他的同伴安排在一个相对舒适的住处。由于“流浪者”号的船员舱房都在甲板上，看上去就像一个个的仓库，而且住满了人，于是赫尔船长便把前甲板下的舱房空出来给他们居住。虽然居住条件不怎么理想，但对这些早已经习惯了艰苦环境的黑人们来说并不算什么。何况现在天气很好，温暖的气候也有助于人的健康，这样的住处已经让他们很满足了。［赏析解读：作者在这里用了“很满足”，间接地说明了汤姆等人以往的生活条件，以及他们吃苦耐劳的品质。］

经过这场意外之后，“流浪者”号又恢复了以往单调平静的航行。

汤姆他们希望能在船上帮着做些琐碎的事，可是最近海上风平浪静，船帆也已经竖起，无事可做。不过在船开始调整航向时，汤姆和他的同伴们倒可以帮得上忙。身高六英尺的埃居尔就得到了大家的认可，又高又壮的他力大无比，拉起绳索来抵得上一架滑车。

小杰克很喜欢这个大力士，他一点也不害怕这位大个子黑人。每当埃居尔把他像玩具娃娃一样高高举在手上时，总能听到小杰克发出兴奋的叫喊声。

“把我再举得高一点儿。”小杰克大声说道。

“好的，杰克主人！”埃居尔答道。

“我是不是很重？”

“你的重量对我来说完全没有感觉。”

“那就举得再高一点儿！用你的胳膊举到最高的地方！”

于是埃居尔就会握住孩子的两只小脚，然后像在马戏团表演一样举着小杰克走来走去。而埃居尔把小杰克举得越高，他就会越高兴。他甚至还会故意向下蹲以加重自己的体重，不过这点儿重量对于埃居尔来说实在是太小儿科了。[赏析解读：通过对埃居尔和小杰克的描写，表现出了埃居尔彪悍的外表下有着热情温和的一面。]

小杰克有了迪克·桑德和埃居尔这两个朋友后，又马上交到了第三个朋友，那就是丁戈。

在之前我们就知道，丁戈并不是一条喜欢与人亲近的狗，或许是“沃尔德克”号不适合它。在“流浪者”号上，这种情况却发生了变化。丁戈是那种非常招孩子喜欢的大狗，而小杰克似乎很有一套，他从来不伤害丁戈，而且还打动了它的心，让它变得很喜欢和这个小男孩玩耍。丁戈会乐意让小杰克骑在自己的背上，就像骑战马那样取乐，甚至把它的脚变成轮子。所以大家经常能够看到小杰克骑在丁戈背上在甲板上飞奔，而丁戈看起来也很愿意。[赏析解读：前文中提到丁戈是条不喜欢与人亲近的大狗，但却不是条恶犬，这里起着呼应上文的作用。]事实上，小杰克的体重对于丁戈来说也完全不是负担。小杰克找到新朋友是一件令人高兴的事，不过仓库里的糖果也因此消耗得更快了。

很快，丁戈就博得了大家的喜爱，但这些人中并不包括厨师内格罗。他总是尽量避免看到这条大狗，因为丁戈总是对他充满了令人难以理解的敌意。

小杰克并没有因为丁戈而忽略了他的老朋友迪克·桑德。只要不干活时，总能看到这个实习水手与小杰克在一起的身影。

韦尔登夫人看到他们这样亲密无间，心里非常高兴。[赏析解读：从韦尔登夫人的表现里可以看出她对迪克·桑德的喜爱。]

二月六日这一天，韦尔登夫人和赫尔船长谈起了迪克·桑德，赫尔船长对这个年轻的实习水手评价极高。

“这个孩子以后一定会成为一名优秀的海员，”赫尔船长对韦尔登夫人说道，“我敢肯定！他对大海的热爱足以弥补他暂时欠缺的专业理论知识。他学习航海的时间并不长，就已经掌握了这么多技能，实在是太令人惊讶了！”[赏析解读：从赫尔船长的言语中，不难看出他对那位年轻的实习水手的认可。]

“我必须要说，这个孩子所具备的品质已经远远超出了他这个年龄段应该具备的，”韦尔登夫人说道，“自从我们认识他，他几乎没有犯过错。”

“他的确是个好孩子，”赫尔船长接着说，“这也正是大家喜欢、欣赏他的原因。”

“我知道这次航行结束后，我的丈夫将安排他去继续学习航海的相关课程，为将来取得船长资格做准备。”韦尔登夫人说道。

“韦尔登先生的做法从来没有出过错，”赫尔船长说，“迪克·桑德将来一定会成为一名令人骄傲的美国海员。”

“这个可怜的孤儿从小就受尽了痛苦的折磨，”韦尔登夫人颇有些感慨地说道，“他终于可以不再吃苦了！”

“这是毫无疑问的，韦尔登夫人。但是这些人生经历对他来说也并不是完全没有意义。他从这段经历中学会了如何让自己克服种种困难走向成功，而他现在已经在成功的道路上了。”

“是的。艰苦让他成长。”

“你看，韦尔登夫人，”赫尔船长继续说道，“他正在掌舵，目光正视着前桅（是帆船最接近船首的一根桅杆）方向。他精力集中，不会受到其他事情的影响，这样船就不会偏离航道了。对实习水手来说，迪克·桑德已经相当老练了！韦尔登夫人，我们这个职业一定要从小学起。一个没有做过实习水手的人，永远也无法成为真正的水手，至少现在的商业船上都是这样的。船上所有的事务都需要学习，同时还要将学到的一切恰当地使用在做决定和执行决定中。”

“不过，赫尔船长，”韦尔登夫人说道，“在海军中也不乏优秀的指挥官。”

“是这样的，”赫尔船长说，“但是我认为那些最好的指挥官基本都是从孩童时期就已经开始他的航海生涯了，更不要说纳尔逊（霍雷肖·纳尔逊，1758 — 1805 年，英国风帆战列舰时代最著名的海军将领及军事家，被誉为“英国皇家海军之魂”。在 1805 年的特拉法尔加战役击溃法国及西班牙组成的联合舰队，自己却在战事进行期间中弹阵亡）与其他著名的指挥官了。相比起来，那些平庸的指挥官往往都是没有做过学徒的人。”[ 赏析解读：通过赫尔船长的叙述，让我们了解到想要成为一个优秀的海员并不是一件容易的事。]

就在这时，他们看到贝内迪表兄从船舱的扶梯后面走了出来，与往常一样，他还是一副专心致志、不问世事的样子。[ 赏析解读：从简单的描述中，突出了贝内迪表兄的人物特征。] 他将双手背在身后，在甲板上来回踱步，而他的眼睛似乎在寻找着什么，特别是对甲板的缝隙之间看得尤为仔细，甚至趴在了甲板上。

“嘿！贝内迪表兄，”韦尔登夫人说，“你还好吧？”

“是的，我很好，表妹，我只是想找些我想要的东西……哪去了？”

“什么东西，你要找什么东西？”赫尔船长疑惑地问。

“找昆虫，船长先生！”赫尔船长的问话好像让贝内迪表兄回到了现实世界，“除了昆虫，您觉得我还能找什么？”[ 赏析解读：通过此处的语言描写，强调了贝内迪表兄对于昆虫的痴迷程度。]

“找昆虫！对对对，这是您一贯的作风啊，不过在海上可能找不到您想要收藏的昆虫品种。”

“那可不一定，说不定在船上也能找到一些不错的昆虫标本……”

“贝内迪表兄，”韦尔登夫人突然插话，“你这是在责备赫尔船长吗？要知道他的船一直都那么干净，看来要让你失望了。”

赫尔船长顿时发出一阵爽朗的笑声。

“韦尔登夫人您过奖了，”他接着说道，“但是不管怎样，贝内迪先生您要想在我们船上找到昆虫标本的话，可能是在浪费时间了。”

“好吧！我很清楚，”贝内迪表兄耸了耸肩，接着又说道，“我已经白忙活很多天了……”

“我建议您到货舱里看看，”赫尔船长说，“您也许能找到一些蟑螂，就是不知道您对于这种没有什么价值的品种有没有兴趣。”

“我怎么会没有兴趣呢？这可是曾被维吉尔和贺拉斯（公元前65—公元前8年，古罗马诗人、批评家，他的《歌集》和《讽刺诗集》曾对英国诗歌产生重要影响）诅咒过的、在夜间活动的直翅目昆虫！”说到这里，贝内迪表兄不自觉地挺直了身子，反驳道，“这可是很有趣的，要知道东方蟑螂和美洲蟑螂都是它们的近亲，它们居住在……”

“居住在哪儿呢？”赫尔船长突然出声打断了他的话，问道。

“它们在船上能够主宰一切。”贝内迪表兄激动地说。

“它可真是昆虫王国最和蔼可亲的君王啊！”

“贝内迪先生，您其实并不是一位昆虫学家吧？”

“我从来不研究这些东西。”

“好了，贝内迪表兄，”韦尔登夫人微笑地说道，“不能因为你热爱科学，就希望我们被这些昆虫吃掉吧！”

“当然不是这样的，表妹。”热情的昆虫学家答道，“我只是希望能再多找到些珍贵的昆虫，以便丰富我的收藏。”

“难道新西兰的收获还不能让你觉得满足吗？”

“我当然很满足，表妹。我觉得我很幸运，竟然得到了一种新的隐翅目昆虫。要知道这种昆虫只在距离新西兰几百英里的新喀里多尼亚岛上才能找到。”这时，一起玩耍的小杰克和大狗丁戈蹦蹦跳跳地来到了贝内迪表兄的身边。

“走开！走开！”贝内迪表兄边说边用手推开了丁戈。

“原来你喜欢蟑螂却讨厌狗啊，贝内迪先生！”赫尔船长看到他推开丁戈后不满地喊道。

“而且还是条好狗！”小杰克一边把丁戈的大脑袋用小手搂住，一边说道。[赏析解读：小杰克的动作体现出他和丁戈的关系很好，同时也从侧面表现出了孩子的天真与善良。]

“它确实是条好狗，我可没有说它不好！”贝内迪表兄解释道，“你们希望我怎么做呢？这个家伙是好，但还没好到让我想要遇到它。”

“噢！我的上帝！”韦尔登夫人说，“难不成你想把丁戈作为藏品收藏到双翅目或是膜翅目？”

“当然不是，”贝内迪表兄认真地说，“不过，像丁戈这种新荷兰的狗却在非洲海岸被人收留，是真的吗？”

“当然是，”韦尔登夫人说道，“汤姆常听到‘沃尔德克’号的船长谈论起这件事。”

“好吧，我觉得在这条大狗身上或许可以找到某些非洲特有的半翅目品种。”

“天啊！”韦尔登夫人忍不住惊呼。

“我只是说也许，”贝内迪表兄又接着说道，“我只想找到一种跳蚤的新品种而已……”

“你听到了吗，丁戈？”赫尔船长这时打趣地说，“你听懂了吗，千万不要让昆虫学家失望啊！”

“我把它身上的皮毛都仔细翻了一遍，”贝内迪表兄非常遗憾地说，“可惜连只跳蚤的影子都没有看到。”

“我希望您要是找到的话，能马上毫不犹豫地杀死它们！”赫尔船长大声喊道。

“赫尔先生，”贝内迪表兄语气有些生硬地说，“你一定知道约翰·富兰克林（1786—1847 年，英国船长，著名北极探险家，曾赴加拿大北极海岸探险，在探索西北航道时失踪）爵士吧，他就是保护昆虫的典范。即使是咬起人来比跳蚤还要厉害的蚊子他都不会杀。而且你不得不承认，他还是一名优秀的水手！”

“毋庸置疑。”赫尔船长一边说一边鞠了个躬。

“有一次，富兰克林被一只双翅目昆虫狠狠地咬了一口，而他丝毫没有生气，只是用嘴轻轻地吹走了它，还尊称它为‘您’，说：‘您走吧，天地这么大，总有您和我的容身之地的。’”

“啊！”赫尔船长不禁叫道。

“这是真的，船长先生。”

“好的，贝内迪先生，”赫尔船长反驳道，“不过我在他之前就曾听另外一个人说过这样的话了。”

“什么人？”

“这个人叫托比大叔。”

“那他也是一位昆虫学家？”贝内迪表兄迫不及待地追问道。

“并不是。这位斯坦纳的托比大叔在赶走了一只咬了他的蚊子时，曾说了和富兰克林一样的话，不过他并没有称蚊子为‘您’，而是用了‘你’。他说：‘走吧！你这只可怜的蚊子，世界那么大，我们不用非要待在一起。’”

“啊，正直的托比大叔啊！”贝内迪表兄感慨地说，“他已经死了吗？”

“我想他确实已经死了，”赫尔船长认真地答道，“因为，他从来就没有存在过！”

所有人都看着贝内迪表兄哈哈大笑。[赏析解读：此处的描写起到了渲染气氛的作用，贝内迪表兄的出现为大家平淡单调的海上生活增添了快乐。]

和平时一样，只要谈话中涉及昆虫方面的内容时，贝内迪表兄一定在场。大家也都靠着这样的闲聊来打发无聊的时光。

海上的风光其实非常迷人，唯一不足的就是海风常常会让纵帆船抢风调向。[赏析解读：这里对海风的描写，强调出了海上气候的多变、不稳定。]

“流浪者”号在微风的吹动下缓慢地向东前行。如果这时出现有力的顺风，那么他们早就驶出去很远了。

值得一提的是，贝内迪表兄尝试着让年轻的实习水手学习昆虫学知识，可是迪克·

桑德却完全没有兴趣。于是，我们的昆虫学家又试着启发黑人朋友们的兴趣，而他们却完全听不明白。为了逃避贝内迪表兄的专业课，汤姆、阿克顿、巴特和奥斯汀不惜采用逃跑的方法。贝内迪表兄只好把希望都寄托在埃居尔身上，因为这个黑人看起来似乎有一些天分，他可以区分出长翅目和缨翅目昆虫。

于是，这位身材高大、体型健硕的黑人就常常身处在满是鞘翅目昆虫、肉食虫、猎物虫、炮手虫、掘地虫、虎甲虫、硬壳虫、步行虫、金龟子、鹿角甲虫、粉虫和瓢虫等各类昆虫的房间里，开始学习研究贝内迪表兄的收藏品。不过，每当贝内迪表兄看到埃居尔用他那双又粗又大的手摆弄他那易坏的标本时都十分担心。但是值得欣慰的是，这位高大的学生对昆虫课有着强烈的求知欲，总是专心地听他讲课，这让这位教授觉得拿自己的标本冒险也是值得的。

贝内迪表兄在这边辛勤地传授着他的昆虫学知识，那边韦尔登夫人也没有让小杰克闲着，她亲自教小杰克读书、认字，而迪克•桑德则负责教他算术。

准确地来说，五岁的小杰克还是个孩子，用游戏的方式去教育他要比用枯燥的理论有用得多。

小杰克用来认字的方法并不是靠课本，而是使用一些印有字母的积木，他可以一边玩一边把它们拼成不同的单词，这样的学习方法让他很感兴趣。韦尔登夫人偶尔会先用积木拼出一个单词，然后打乱，再让小杰克重新组合起来。[赏析解读：作者在这里对小杰克的学习方法进行了详细地说明，为下面的剧情作铺垫。]

小杰克非常喜欢这种学习方式，他每天都要在这种游戏上花费好几个小时，有时在船舱，有时在甲板，他一遍遍地将单词组合起来，又一遍遍地打乱重新拼。

然而就是这种认字方式，在某一天引出了一件特别的、出人意料（事物的好坏、情况的变化、数量的大小等出于人们的意料）的事。我们必须得细细说一下。

那是二月九日上午，小杰克正半躺在甲板上与老汤姆玩着拼字游戏。他先拼出一个单词，打乱后再由老汤姆重新组合起来。为了不让老汤姆偷看，小杰克还非要让他把眼睛蒙住。

这些贴有不同字母的积木约有五十个，其中有一些字母是大写的，有一些是小写的。另外还有一些积木上写着数字，这些积木既可以让小杰克学习认字，又可以让他学习数学。

积木被摊在甲板上，小杰克一会儿拿起这块，一会儿拿起那块，看样子这真不是一件容易的活。

就在小杰克拼字母的时候，大狗丁戈一直在他身边绕来绕去。它走着走着突然停住了，死死地盯着一个地方，接着举起右爪，尾巴激动地乱摇着，猛地扑向积木，咬起其中一块，放在了距离小杰克几步远的甲板上。[赏析解读：作者通过对丁戈的动作描述，引发读者的好奇心。]

这是一块写着大写字母“S”的积木。

“丁戈！你真棒，丁戈！”小杰克兴奋地大叫道，一开始他还害怕大狗会把“S”吞进肚子里。

随后，丁戈又走回到积木堆里，重复着刚才的动作，叼起一块积木，把它放在了第一块旁边。

这一次的积木上写着大写字母“V”。

小杰克再也忍不住地大叫起来。

韦尔登夫人、赫尔船长和迪克·桑德听到叫声后快步跑了过来。小杰克把刚才发生的事讲给他们听。

丁戈认识字母！它能认字！这是真的，小杰克刚才都看到了！

迪克·桑德走上去，想要把那两块积木拿回来还给小杰克，但是丁戈对他龇着牙表达自己的不满。

最后，年轻的实习水手还是从丁戈那里拿回了积木，将它们重新放到了那堆字母里。

这时丁戈再次向着积木冲过去，重新叼起了这两个字母，并把它们放到了一边。这次它把两只前爪都按在了积木上，好像这样能够表达出它要将它们扣下的决心。而对于其他的字母，它好像看不到一样。[赏析解读：这里的细节描写突出了这件事情的神秘性，并为下文作铺垫。]

“这真是太奇怪了！”韦尔登夫人说。

“确实，真的太奇怪了！”赫尔船长仔细看着那两个字母说。

“S、V。”韦尔登夫人说道。

“S、V。”赫尔船长重复道，“这不正是丁戈项圈上的那两个字母吗？”

赫尔船长突然转向老汤姆。

“汤姆，”他问道，“你能告诉我这条狗被‘沃尔德克’号船长收留了多久吗？”

“先生，”汤姆答道，“其实，丁戈来到那艘船最多不超过两年的时间。”

“你不是说过这条大狗是船长在非洲的西海岸捡到的吗？”

“是的，先生，据那位船长说，大概是在刚果河河口附近发现的它。”

“也就是说，没有人知道这条狗的主人是谁，也没有人知道它来自哪里？”赫尔船长继续问道。

“没有人知道，先生。这比捡一个孩子还糟糕！它没有任何证件，而且还不能说话。”

赫尔船长没有继续发问，而是沉默了，好像在想着些什么。[赏析解读：从侧面写出了赫尔船长心思细腻，呼应上文，引出下文。]

“这两个字母让你想到了些什么吗？”韦尔登夫人在赫尔船长沉思了一会后，开口问道。

“是的，韦尔登夫人，它们的确勾起了我的一些回忆，或者说至少让我想到了一件特别的事。”

“什么事？”

“这两个字母一定具有特殊的意义，而且它使我想起了一位勇敢的旅行家的故事。”

“您到底在说什么？”韦尔登夫人不解地问道。

“是这样的，韦尔登夫人。一八七一年，也就是两年前，在巴黎地理学会的倡议下，一位法国旅行家向着非洲出发了，他想要做一次从西到东穿越非洲大陆的旅行。他的起始地正好是刚果河河口，而他的目的地可能是位于鲁伍马河（非洲东部常年性河流，是东非的南界限，总流程约760千米，流经数处大瀑布，仅下游约97千米的河段通航）入海口的戴达古海角附近。这位法国旅行家叫塞缪尔•韦尔农！”[赏析解读：作者在这里提到的这位旅行家，为后面剧情的展开做了铺垫。]

“塞缪尔·韦尔农！”韦尔登夫人重复着这个名字。

“是的，韦尔登夫人。他姓名的开头缩写正是这两个字母，而丁戈的项圈上也刻着这两个字母。”

“是的，那位旅行家后来怎么了？”韦尔登夫人问道。

“在他出发后，”赫尔船长答道，“我们就再也没有他的音讯了。”

“再也没有他的音讯了？”实习水手说。

“没有了。”赫尔船长重复道。

“你是怎么认为的呢？”韦尔登夫人问道。

“很显然，这位旅行家没有到达非洲的东海岸，或许他在途中被当地人掳去了，或许在半路就已经死了。”

“那这条狗是怎么回事？”

“如果我没有猜错的话，这条狗大概是他的，而且它比它的主人幸运多了，它又回到了刚果河河口，那里不但是他们出发的地方，而且所有的事情都是在那里发生的，这也就是为什么‘沃尔德克’号的船长会在那里收留了它。”

“可是，”韦尔登夫人有些疑问，“你怎么知道这位法国旅行家是带着狗上路的呢？这仅仅是你的猜测吗？”

“我不否认这只是我的一种猜测，韦尔登夫人。”赫尔船长答道，“但是能够确定的是，丁戈认识S、V这两个字母，而这两个字母也正是那位旅行家名字的首字母。虽然现在我们无法解释丁戈为什么会认识这些字母。但是我得重申一次，它的确是认识的。您看，它用爪子推着字母，好像是在喊我们去和它一起看一看。”［赏析解读：通过赫尔船长的分析，体现出了他的睿智与冷静。］

事实上，赫尔船长并没有误解丁戈的意图。

“那么，塞缪尔·韦尔农从刚果河河口离开的时候是一个人吗？”迪克·桑德问道。

“这就没人清楚了。”赫尔船长答道，“或许他会在一些当地人的陪同下出发的。”

就在这个时候，内格罗从厨房里走了出来，登上了甲板。一开始并没有人注意到他的出现，自然也没有人发现内格罗在看到丁戈爪子下的两个字母时的古怪眼神。不过丁戈却看到了这位厨师，马上露出了异常愤怒的神情。[赏析解读：通过这两处细节的描写，引起了读者对于内格罗与丁戈之间仇怨的好奇。]

内格罗马上走回船员舱房，期间他冲着大狗做了一个威胁的手势。

“这事确实有点神秘。”这一幕被赫尔船长看到了眼里，他喃喃自语道。

“但是，先生，”实习水手说，“一条狗能够辨认字母，这本身不就是一件令人费解的事情吗？”

“不！”小杰克叫道，“妈妈总是会跟我讲狗的故事，它们不但会读书、写字，还会玩多米诺骨牌游戏，就和老师一样！”

“我亲爱的孩子，”韦尔登夫人听后笑着答道，“那是一只名叫缪尼托的狗，根本不像你想的那样聪明。这是我听到的故事，但在我看来，它并不能很清楚地辨认出那些组成单词的字母。然而缪尼托的主人是一位聪明的美国人，他知道缪尼托的听力十分好，于是便通过训练让它达到了令人倍感惊奇的效果。”

“他是怎么做到的，韦尔登夫人？”迪克·桑德问道，他对这个故事的兴趣丝毫不比小杰克的小。[赏析解读：通过语言的描写，表现出了迪克·桑德有着强烈求知欲。]

“让我告诉你们，我的朋友。当缪尼托必须要在人们面前表现时，他就会将很多类似的字母都排列在桌子上。那条狮子狗在桌子上走来走去，无论人们大声或是小声地说出一个单词后，它都能马上辨认出来。但是这样做的前提条件是它的主人必须要认识这个单词。”

“如果它的主人不在呢？”实习水手问道。

“那么缪尼托就什么也做不了了。”韦尔登夫人答道，“是因为这样：字母排列在桌子上，狗在字母中走来走去，当它走到所组单词需要的那个字母前时，它就会停下来。而它之所以会停下来，完全是因为它听到了那位美国人捏断了原本放在口袋里的牙签的声音，但这个声音是其他人都无法察觉到的。这就是那位美国人给缪尼托的信号，然后它就会叼起字母，按顺序拼成所需要的单词。”[赏析解读：韦尔登夫人做出详细的解释，从侧面体现出她很有耐心。]

“这就是全部的奥秘了？”迪克·桑德喊道。

“对，这就是全部了。”韦尔登夫人回答道，“其实很简单，就像变魔术一样。如果那位美国人不在的话，那缪尼托就只是一条普通的狗。但是现在我很诧异，即使旅行家塞缪尔·韦尔农是它的前主人，它在主人不在场的情况下也居然真的能够认出这两个字母。”

“确实，”赫尔船长说，“这是一件令人费解的事。可是，要知道的是，我们说的只是两个特殊的字母，而不是随意选出的一个单词。毕竟狗会按女修道院的门铃，只是为了去吃那些送给穷人的饭食，还有一些狗会轮流去转烧烤叉，如果轮不到它，它还会拒绝去工作。依我看，这些狗都比丁戈聪明。此外，我们面对的是一个毋庸置疑的事实：丁戈从众多的字母里只选出了S、V这两个，但是好像并不认识其他的字母。因此，我们可以得出结论，由于某些我们不知道的缘由，丁戈的注意力只是集中在这两个字母上。”

“啊！赫尔船长，”年轻的迪克·桑德说，“如果丁戈会说话就好了！这样它就会告诉我们这两个字母到底有什么含义，也能告诉我们它为什么会对我们的厨师这么不友好了！”[赏析解读：由此可见，大家都对丁戈与内格罗恶劣的关系很好奇，而且急切地想要弄清楚。]

“真的是非常不友好啊！”赫尔船长答道。这时丁戈正张开嘴，露出了它锋利的犬牙。

# 第六章　巨大的诱惑

**[名师导读]**

丁戈认字这件事在“流浪者”号上引起了轰动。当大家都对它认字这件事有诸多猜测时，迪克·桑德却对内格罗产生了一种不信任感，让他想不通的是人与狗之间为何有那么强烈的仇恨。这时，由于海上风向的减弱，“流浪者”号摆脱了难以前进的困境，就在大家都享受着闲暇时光时，一头鲸出现在了他们的视线里。那是一头体型庞大的座头鲸，而此时这艘捕鲸船要做的就是捕杀它。

自此之后，丁戈认字的事情成了韦尔登夫人、赫尔船长以及年轻的实习水手的热议话题，还被反复提起。特别是迪克·桑德凭直觉认为内格罗有问题，但是就目前的情况来说，他确实并没有出现过什么过错。[赏析解读：这里描写了迪克·桑德心里的疑问，为下文埋下伏笔。]

船上的其他人也在谈论着这件事，不过他们的观点与韦尔登夫人他们的不一样。水手们觉得丁戈不只是一条认字的大狗，或许它写起字来也很棒。至于说话，或许只是因为它现在不想说而已。

“如果，”舵手（操舵驾驶船的人）博尔顿说，“有一天那条大狗过来问我们要去哪里，风向是西北吗？我们该怎么回答它呢？有些动物是会说话的。如果它愿意说话，用狗嘴说话总比鸟嘴容易！”

“毋庸置疑，”水手长豪维克说，“还没有人听到过狗说话。”

然而事实恰恰相反，有名水手告诉他们的确有人见过狗说话：有一个丹麦人曾养过一条狗，这条狗能清晰地发出二十个单词的读音，但是有没有人能听懂就很难说了。显然，那条狗确实是能够发出有规律的声音的，不过它和鹦鹉、喜鹊类的动物一样，并不能理解自己说的“话”是什么意思。说话对它们来说只是一种单纯的声音模仿，却没有任何其他意义。

无论怎样，丁戈已经成了船上的传奇，虽然它自己并没有因此表现出自豪的样子。有好几次，赫尔船长又做了那个实验，他把带有字母的积木摆放在丁戈面前，每一次它都能毫不犹豫地选出那两个字母，没有一次是错误的，而其他的字母还是像不存在一样，引不起它的注意。[赏析解读：S、V两个字母一定对丁戈有着特殊的意义，所以它每次都能准确地找出。]

虽然这样的实验总被重复地进行，但是贝内迪表兄却一点兴趣都没有。

有一天，贝内迪表兄突然说：“事实上，我们不要以为只有狗在这方面会表现得很聪明，其他的动物也是一样的，那些不过是它们的本能而已。比如老鼠会离开要沉没的船只；河狸（长得像老鼠，被称为大自然的建筑工，能通过自己的能力改变栖身的场所，也是加拿大的国宝）会预知到水面上涨，因而修高它们的洞穴；尼克默德、斯堪德伯格和欧皮德的马会在主人去世后悲痛而死；而驴子则有着惊人的记忆力；有些训练有素的鸟会准确无误地写出他人说的词语；美冠鹦鹉就像数学家一样，能精确地算出客厅里的人数；有只鹦鹉因为能为身为它主教的主人准确地背诵《使徒信经》（传统基督教四大信经之一。《使徒信经》被视为早期基督教会信仰的叙述，很可能写于1或2世纪的“辩士时期”，主要目的是澄清信仰内容，特别是回应当时已被判为异端的诺斯底主义）而身价高达一百金。总的来说，当一个昆虫学家看到一只普通的昆虫能表现出高度的智慧时，就印证了‘在细微之处亦有上帝的创造’这句真理，他会由衷地感到骄傲。与那些比最大城市的公共建筑设计者更为高明的小蚂蚁、不懂机械原理却能制造潜水钟的水蛛（又名银蜘蛛，生活在水中，善于在水生植物间吐丝结网。当它潜入水中时，全身长满的防水绒毛就会附着许多气泡，犹如进入了一个空气层封闭的套子里，让它得以在水中存活），以及那些跳起来比专业炮兵发炮还要快、还要准的跳蚤相比，丁戈并没有什么可值得赞美的。如果它在认字这方面表现出了天赋，那也是因为它属于某一种特殊品种的猎犬，而这种狗在动物学上还没有被归类，暂时可以将它归类于‘新荷兰字母犬属’。”

尽管贝内迪表兄不承认丁戈很聪明，但大家对于丁戈的尊重完全不受影响，关于大狗的话题一直是船上所有人议论的焦点。

然而，内格罗还是无法对这条大狗产生热情，或许他觉得这条大狗太聪明了，而丁戈一直都对这位厨师充满了敌意，如果不是因为这条大狗不会对他造成伤害，再加上船上的人对这条大狗的喜爱，内格罗早就准备对丁戈下手了。

所以只要丁戈在哪里，内格罗就避免出现在哪里。[赏析解读：内格罗对大狗丁戈的忌惮，使这个谜团变得更神秘了。]

迪克·桑德发现自从上次的字母事件后，内格罗和这条狗之间的冲突更加尖锐了，这实在是一件令人感到费解的事情。

二月十日，“流浪者”号随着东北风的逐渐减弱结束了漫长且难以前进的航程。赫尔船长希望海上的风向能快点改变，这样这艘纵帆船就可以加速前进了。“流浪者”号已经航行十九天了，并没有耽误多久，只要风向理想，它应该很快就能弥补耽误的时间。但是根据目前情况来看，至少还要几天时间才能等到风向改为向西吹。

这一带的太平洋海域向来都很荒凉，是一个被航海家遗弃的纬度，没有任何船只路过这里。而那些在南半球海域作业的捕鲸船，这个时候还不会穿越赤道返航。“流浪者”号之所以在这个时候出现在这里，是由于某些特殊的原因被迫在捕鲸季结束前返航。[赏析解读：这里用“被迫”一词，强调出了“流浪者”号的身不由己。]因此大家并不期待在这里能够遇到任何去往美洲的船只。

虽然海上荒凉，却不妨碍人们欣赏风景。对那些粗心大意的人来说，大海是一成不变的，而对那些细心的人来说，大海却是变化无穷的。这些难以捕捉的变化，会激起人们心中无限美好的想象。一株随波漂动的海草、一株在海中漾起轻波的马尾藻（褐藻的一属。我国沿海均有分布，生长于中、低潮间带岩石上。可提取褐藻胶、甘露醇，幼藻可食用和作饲料。常见种类有半叶马尾藻等），偶尔还会出现一段漂浮着的船板，这都会让人沉醉在想象中。在辽阔的大海面前，没有什么可以束缚住人的思维，人们可以天马行空地想象。每一滴水珠都延续着水天之间的循环，也许在它们身上承载着些许无人知道的海难。[赏析解读：作者用生动的词语描写出了大海的美丽。]

我们钦佩那些将全部精力都用来探索海洋的人，他们的精神能够从一望无际的海面上升到高远的天空。

在海面上和海底里都会有生命的存在。成群的海鸟（是指能够适应海洋气候环境的鸟类，其种类有许多，在我国就记录有183种，如红喉潜鸟、黑脚信天翁、海燕、小军舰鸟、海雀、白鹭、海鸥等。海鸟较其他鸟类长寿、晚育，大部分种类的海鸟会聚居在一起，少则数十，多则百万）会在冬季来临之前离开极地，在水面上追捕小鱼。迪克·桑德多次向大家展示了他从韦尔登先生那里学来的东西，与此同时，他也证明了自己确实是一位好学生，他凭借非凡的射击能力打下了许多正在快速飞行的海鸟。[赏析解读：迪克·桑德从韦尔登先生那里学到了很多东西，也从侧面突出了韦尔登先生对他的恩情以及迪克·桑德的优秀。]

在这一带的海域上有许多白色的海燕，其中有一些海燕翅膀上带着褐色的花纹。偶尔，还有一些企鹅（是一种最古老的游禽，有“海洋之舟”的美称，全世界的企鹅共有18种，大多数分布在南半球。体型最大的是帝企鹅，最小的是小蓝企鹅。企鹅能在－60℃的严寒中生活、繁殖。在陆地上走起路来一摇一摆，可是在水里企鹅那短小的翅膀成了一双强有力的“划桨”，游速可达每小时25~30千米，一天可游160千米。主要以磷虾、乌贼和小鱼为食）成群游过。赫尔船长告诉大家，虽然这些企鹅在陆地上行走起来既笨重又滑稽，但它们有着非常高超的游泳技术。企鹅短短的翅膀在水里就像船桨一样，游起来甚至能赶上速度最快的鱼。也正是因为这个缘故，很多时候水手会将它们误认为是金枪鱼。

巨大的信天翁（体长70~140厘米，为大型海鸟，主要分布于南半球，少数生活在北太平洋和赤道地带。成年信天翁一年飞过的距离可绕地球3圈，一只50岁的信天翁一生的飞行距离可超600万千米，相当于来回月球8次。这是地球上最能飞、最珍重爱情的鸟，一旦认定伴侣便终生不离。信天翁超过90%的时间都在海上漂泊，但它们却记得那个几乎固定不变的家。体型最大的信天翁就是漂泊信天翁，翼展最长可达3.7米）在高空挥动着翅膀，那对翅膀足有十英尺宽，它们会在捕食时落在水面上。

所有的一切将这里构成了一幅多姿多彩的画面，只有那些思想停滞的人才会在面对大自然的魅力时觉得枯燥乏味。

这天，韦尔登夫人正在“流浪者”号的甲板上散步，突然有一种奇异的景象吸引着她。海水瞬间变成了淡红色，看上去像被血染红了一样，而这种无法解释的红色景象布满了她的视野。

迪克•桑德与小杰克当时正和韦尔登夫人在一起。

“迪克，”韦尔登夫人向着年轻的实习水手问道，“你看到了吗？太平洋的海水为什么会变成这样的颜色？这是因为有什么特殊的海草在这里吗？”

“不是的，韦尔登夫人，”迪克•桑德答道，“这种颜色是由一群小的贝壳类动物形成的，鲸类动物就是吃这种东西的，所以捕鲸者都称它们为‘鲸的食物’。”［赏析解读：由此可以看出，迪克·桑德对海洋有着深刻的了解，同时也为下文作铺垫。］

“贝壳类动物！”韦尔登夫人说，“可是它们那么小，可以称之为海洋中的昆虫。也许贝内迪表兄会想要收藏它们的。”说完后，韦尔登夫人喊道：“贝内迪表兄！”

话音刚落，贝内迪表兄几乎和赫尔船长一同从船舱走出来。

“贝内迪表兄，你快看这红色的海域，简直看不到头。”韦尔登夫人说道。

“噢！这不是‘鲸的食物’吗？”赫尔船长说，“贝内迪先生，这可是你研究这种甲壳类动物（因身体外披有“盔甲”而得名。大多数生活在海洋中，少数栖息在淡水中和陆地上。世界上的甲壳类动物大约有2.6万种之多，最常见的就是虾和蟹）的好机会啊！”

“没意思！”昆虫学家不满地说道。

“什么？没意思！”赫尔船长惊叫起来，“你不应该表现得如此冷漠啊。如果我没记错的话，这种甲壳类动物可是属于六种节肢动物中的一种，而且……”

“没兴趣！”贝内迪表兄摇头重复说了一遍。

“作为一位昆虫学家，您这样自傲真是让我觉得很奇怪。”

“也许你说得对，”贝内迪表兄答道，“但是赫尔船长，你可能忘了，我只是一位专门研究六足昆虫的学者！”

“不管怎么样，如果它们没有引起你的兴趣的话，只能说明它们对你没有任何用处。要是你有一个鲸的胃的话，那就完全是两码事了。你会说，多棒的食物啊！韦尔登夫人，您要知道，如果这么多的甲壳类动物在捕鲸季出现在我们这些捕鲸者的面前时，我们就得马上准备鱼叉和绳子了，因为这预示着附近一定会有鲸。”

“这么小的动物怎么能够被那么大的鲸吃呢？”小杰克说。

“噢，我的孩子！”赫尔船长答道，“面粉很小吧，但是它们不都能做成好吃的面包吗？在自然界也是一样的。对鲸来说，这些红色的海水就是它的面包，它只需要把它的大嘴张开就可以了。当这些小虫子跑到它那张像宫殿一样大的嘴里时，鲸只要动一动它那像渔网一样的鲸须，那么水就会全部被滤了出去，而那些小虫子就会全部被它吃进肚子里，这就像你吃饭时喝汤一样。”［赏析解读：为了能够让小杰克理解，赫尔船长的语言里透露着些许童趣，非常生动形象。］

“杰克，你想想，”迪克·桑德突然出声，“鲸妈妈可不会像你挑选小虾那样去挑选那些甲壳类动物。”

“而且，”赫尔船长这时再次开口，“正因为鲸忙着进食，才让我们有更好的机会去接近它，而不会引起它的怀疑。这个时候用鱼叉来捕捉它成功率是非常高的。”［赏析解读：短短几句话，体现出了赫尔船长有着丰富的捕鲸经验。］

就在这时，似乎是为了验证赫尔船长之前的话，一名水手在船头大声喊道：“左舷前方有一头鲸！”

赫尔船长听到后精神一振，大声叫道：“有鲸！”在捕鲸者本能的驱使下，他以最快的速度冲到了“流浪者”号的船头位置。［赏析解读：这里体现出了赫尔船长在听到有鲸后激动、狂喜的心情。］

韦尔登夫人、小杰克、迪克·桑德和贝内迪表兄马上跟在他身后向船头跑去。

果然，在上风方向四海里的地方，海水翻腾，捕鲸者们可以确定那里一定有一头巨大的鲸正在那片红色的海水中游动着。但是由于距离太远，他们无法辨认出那头鲸的种类。不同种类的鲸的差别还是很大的。

这是不是捕鲸者在北冰洋苦苦寻觅的那种须鲸呢？这种鲸只长着一个脊鳍，体长与一头北冰洋鲸（分布在北冰洋的鲸类有蓝鲸、露脊鲸、白鲸、角鲸、抹香鲸、虎鲸和格陵兰鲸等。其中白鲸、角鲸和格陵兰鲸都是只生活在北极圈内的鲸）相等。

赫尔船长和其他水手虽然还不能对这头鲸的身份做出精准的判断，但是他们的目光中满是期待。

如果说一个修表匠在看到一座挂钟时无法克制自己不去拧它，那么对一个专业的捕鲸者来说，当他眼前出现了一头鲸时，他想要将其占为己有的念头要比修表匠强烈数百倍。人们常说，猎人们抓小动物的热情根本无法与捕捉大猎物的热情相比，因为猎物越大，就越能激发出人们心中的占有欲！不知道那些捕象者和捕鲸者在面对猎物时是什么样的感觉？况且，还是在“流浪者”号这次捕鲸失利的情况下……[赏析解读：鲸的出现让“流浪者”号上的捕鲸者热血沸腾。]

此时，赫尔船长仍在努力地辨认那头鲸，只是距离实在太远了，让他观察起来很是吃力。即使这样，凭借着一位优秀捕鲸者的多年经验，他还是轻松地辨别出了鲸身上比较明显的特征。

他看到有一股带有水汽的水柱从鲸的鼻孔里喷了出来，这个显著的特征引起了赫尔船长的注意，使他辨别出了这头鲸的种类。[赏析解读：仅凭一个特征就辨别出了鲸的种类，赫尔船长无疑是一位优秀的捕鲸者。]

“那不是一头须鲸”，他大声地说道，“须鲸喷出的水柱会更高，但是水量却比这个少，而且须鲸喷水时会发出一种类似于远处打炮的声音，我觉得这头鲸属于脊鳍鲸。但是我不敢确定，因为从喷水的声音听上去并不完全相同。”

“你认为呢，迪克？”赫尔船长转身望着实习水手问道。

“船长，”迪克•桑德想了想说道，“我也同意你说的。我们遇到的应该是一头座头鲸。从它喷出的水柱中可以看出力量很大，而且它喷出的水要比浓缩的水汽多，正是这一点让我产生了这样的想法。如果我没有记错的话，这是座头鲸的一个特点。”

“你是对的，迪克。毋庸置疑，漂浮在红色海水里的就是一头座头鲸！”赫尔船长答道。

“真是太好了！”小杰克喊道。

“是的，好孩子！想想那头鲸正在吃它的早餐，它根本就没有想到自己已经被捕鲸者盯上了！”

“我敢确定就是一头相当大的座头鲸！”迪克•桑德观察着说。

“确实，”赫尔船长答道，他很明显已经越来越兴奋了，“我估计它最少有七十英尺长。”

“太好了！六头这么大的鲸就能装满我们的船了。”这时水手长突然说道。

“是的，足够了！”赫尔船长一边应答着，一边爬上了船头的桅杆，他想看得更清楚些。

“要是能捕到它，几个小时后我们船上空着的两百只桶就会有一半被装满了。”水手长难掩兴奋的神色接着说道。[赏析解读：如果能捕到这头座头鲸，就会使这次捕鲸失利的“流浪者”号挽回一些损失，这的确是一个令人兴奋的发现。]

“是的！你说的没错！”赫尔船长自言自语道。

“毫无疑问。但是想要抓住这个大家伙并不是一件容易的事。”迪克•桑德说道。

“非常难！”赫尔船长一边说一边从桅杆上下来，“这种鲸的尾巴力大无比，想要接近它需要非常小心。要知道最结实的小船也经不起它的尾巴有力的击打。不过，为了这样的收获还是值得冒险的。”[赏析解读：赫尔船长很了解这种鲸的习性，也知道想要捕杀它是有危险的，但是这头鲸对他来说无疑是个巨大的诱惑。]

“一头好的座头鲸对于我们来说无疑是很棒的战利品。”一名水手说道。

“而且还能获得很多利润！”另一名水手附和道。

“如果不跟它打个招呼那不是太遗憾了吗？”

很明显，那头座头鲸的出现让这些勇敢的水手们情绪高涨。在他们看来，那简直就是一桶桶等着他们搬到货舱里的鲸油，而他们现在要做的就是将那些漂浮在海上的鲸油装满“流浪者”号。

有几名水手爬到了船头的绳梯上，高兴地大喊大叫。赫尔船长沉默了许久，可以看出他有些为难。那头座头鲸就像一块有着致命吸引力的磁铁一样，将“流浪者”号上所有水手的心都吸走了。[赏析解读：座头鲸的出现让“流浪者”号上的水手们为之疯狂，他们迫不及待地想要把它占为己有。]

“妈妈！妈妈！”这时小杰克大声说，“我想要那头座头鲸，我想知道它长什么样子！”

“噢！你想要那头鲸吗，孩子？那为什么不可以呢？”赫尔船长听到小杰克的话后，欲望终于占了上风，[赏析解读：小杰克的话让原本还在理性思考的赫尔船长最终败给了欲望。]“其实，我们的人手并不够，不过我们这几个人……”

“我们可以的！可以的！”其他水手就像商量好了一样，齐声答道。

“这可不是我第一次作为鱼叉手去捕鲸了，”赫尔船长说，“等一会儿让你们看看我是怎么扔鱼叉的。”

“太棒了！太棒了！”水手们都欢呼起来。

# 第七章　前期准备工作

[**名师导读**]

座头鲸的出现点燃了“流浪者”号上水手们的热情。赫尔船长马上为捕鲸做好了准备，虽然依照以往的经验，捕捉它并不是什么难事，但还是要谨慎一些。他先将船上的事做了安排，并把“流浪者”号交给了迪克·桑德，之后便带着豪维克和其他四名水手离开了大船，乘坐着捕鲸艇向着座头鲸驶去。

大家很快就理解了为什么这头鲸会让“流浪者”号上的水手们都兴奋不已了。

此时，那头漂浮在那片红色海水中的鲸看起来相当庞大，要是能将其捕获，一定能够将“流浪者”号的货舱全部装满，这对捕鲸者来说是多么大的诱惑啊！怎么能让这么好的机会白白浪费掉？［赏析解读：当“流浪者”号上的水手们看到那头巨大的座头鲸时，想要让他们放弃是根本不可能的事了。］

不过，韦尔登夫人还是有些担心，她要再和赫尔船长确定：在这种情况下去捕鲸会不会有什么危险？

“您放心吧，韦尔登夫人。”赫尔船长说，“有很多次，我只搭乘着一艘小艇去追捕鲸，最后也都成功了。我再向您重申一次，我们不会有任何危险的。当然，您也不会有什么危险。”

赫尔船长自信满满的话打消了韦尔登夫人心中的疑虑。［赏析解读：对于赫尔船长的能力与丰富的经验，韦尔登夫人还是十分信任的，但最后如愿了吗？］

接下来，赫尔船长开始为捕鲸做准备。以他的经验，他知道想要抓捕到一头这样的大鲸还是有一定困难的，所以他要做好万全的准备。

这次捕鲸最大的不便在于全体水手只能装备一艘小艇去工作。“流浪者”号的主桅和后桅之间挂着一艘大艇，还有三艘捕鲸艇中的两艘分别挂在左舷和右舷的柱子上，而第三艘现在正挂在船尾栏杆外的吊环上。

通常，捕鲸时三艘小艇会同时追击，但那是受雇的新西兰捕鲸者还在“流浪者”号上帮忙的时候。

而现在“流浪者”号上只有五名水手，这样的配置只能让他们出动一艘捕鲸艇。虽然汤姆和他的同伴们主动请缨，想要参与捕鲸作业，但那是不可能的。因为捕鲸艇的操作要经过专业训练，一个错误的掌舵手势，或是错误的划桨方式，都会使小艇陷入危难之中。[赏析解读：由于人手不足，使赫尔船长捕鲸的难度变大了很多。]

还有另一个原因：赫尔船长不想在“流浪者”号上没有一个值得依赖的人的情况下离开，他要为未知的事情提前做好准备。

“迪克，我离开船的这段时间，船由你来负责。希望我不会离开太久！”赫尔船长说道。

“好的，先生。”年轻的实习水手答道。

原本迪克·桑德是很想参与这次捕鲸的，这对他来说更具有吸引力。但是他也明白，他现在的体力与其他成年水手相比还是有很大差距的，而且现在“流浪者”号只有他更适合接替赫尔船长，所以他同意留在船上。

捕鲸艇上一共有五个人，其中包括水手长豪维克，也就是说“流浪者”号的成年水手都在这里了。其他四人划左右两边的桨，豪维克负责船尾的桨，尾桨的作用是掌握方向。一般来说，靠着一根船桨并不能很快地转向，但是如果左右两边的桨都失去作用时，只要尾桨掌握得好，就能够躲过鲸的袭击。[赏析解读：由此可以看出，豪维克是位十分出色的舵手。]

至于赫尔船长，他主要负责投鱼叉。正如他所说的，这并不是他第一次作为鱼叉手去捕鲸。他必须先将鱼叉投掷到鲸的身上，然后解开鱼叉尾部的绳索以监视鲸的活动，当鲸再次浮出水面时，再给它致命一击。

有时候，捕鲸者会在捕鲸时使用火器。那是一种特殊的捕鲸小炮，可以装在船的甲板上，也可以装在船的前端。这种小炮既能发射像赫尔船长使用的这种带有绳索的鱼叉，也可以发射炮弹，而被袭击的鲸会因此受到致命打击。

然而，在“流浪者”号上并没有配备那样的装置。那种装置不但价格昂贵，而且不易操作。捕鲸者还是更喜欢用传统的工具，再依靠他们熟练的技术去捕鲸。

这次赫尔船长采用的也是传统的捕鲸方式，使用长矛去捕杀那头距离“流浪者”号五海里远的座头鲸。

海上的天气对他们的这次出行十分有利。平静的大海有助于捕鲸艇灵活地驾驶。在水手们捕鲸的这段时间，“流浪者”号虽然会慢慢地随风漂浮，但是却不会漂得太远。

四名水手登上了从右舷上放下的捕鲸艇。豪维克把两根粗大的标枪和两把尖头的捕鲸矛递给了他们，接着将捕鲸者称为“鲸线”的五捆柔软又韧性极佳的绳索装上了小艇。这些绳索长达六百多英尺，绳索必须要足够长，因为鲸遭到袭击后有时会带着鱼叉不断向前跑，绳索太短就会将小艇带翻。

这就是捕鲸需要的所有装备了。

准备就绪之后，豪维克就与其他四名水手一起等着赫尔船长下达出发的命令。

在捕鲸艇的最前面有一个空位，那是留给赫尔船长的。在离开“流浪者”号之前，水手们已经把所有的船帆都调整到了最适当的角度，以确保这艘纵帆船能够抵消所受的风力，处于几乎停止的状态。[赏析解读：因为留在“流浪者”号上的除了一名实习水手外，就是一些完全没有出海经验的人了，所以水手们在离开前把一切准备工作都做足了。]

在登上捕鲸艇前，赫尔船长最后看了一眼“流浪者”号。他确定一切都已经安排好了，升降索系好了，船帆的角度也没有问题。虽然他把实习水手留下来作为临时负责人，但是他希望在他离开的这段时间，除非有紧急情况，迪克·桑德尽量不要去操作这艘船。

在要离开的前一刻，赫尔船长再次不放心地叮嘱年轻的实习水手。

“迪克，”赫尔船长说道，“现在这艘船只剩下你一名水手了。一切要小心！如果我们追那头鲸追得太远了，而你又遇到了必须要重新开船的情况，那么就让汤姆与他的同伴们帮助你。只要你能明确地告诉他们应该怎么做，我相信他们会做得很好的。”

“是的，赫尔船长，”老汤姆说道，“迪克先生可以完全依赖我们。”

“是的！是的！”巴特提高了声音答道，“我们非常想做些什么！”

“现在还需要拉什么吗？”埃居尔一边问一边挽起了袖子。[赏析解读：这些黑人朋友们一直想要为船上的人做些什么来表达自己的谢意，所以在听到可以帮忙时都表现出了十二分的热情，表明这群黑人懂得知恩图报。]

“目前并没有。”迪克·桑德笑着答道。

“随时听候您的吩咐！”黑壮的巨人说道。

“迪克，”赫尔船长又说，“天气很好，风也停了，依照现在的情形来看，短时间内不会变天。你要记住，无论发生什么事情，都不能把救生艇放下海，更不能离开船！”

“好的。”

“如果我们需要你们来接应，会在捕鲸艇的船尾升起一面旗子作为信号。”

“请放心，船长。我会一直观察你们动向的。”迪克·桑德答道。

“好的，我的孩子。你一定要有足够的勇气，并保持冷静！你要把自己当作船长的助手。要以能够担任如此重大的职责为傲，要知道还没有人能在你这个年龄就当上了船长！”

迪克·桑德这次没有答话，只是红着脸微笑，赫尔船长自然也明白这其中的含义。

“真是个正直的好孩子，”赫尔船长低声呢喃道，“谦虚而乐观，这正是他的本性！”

很显然，从赫尔船长的叮嘱中可以看得出，虽然这次出行并没有什么危险，但是赫尔船长其实并不愿意离开自己的船，哪怕只有几个小时。但是捕鲸者有着无法抗拒的本能，尤其是在要把船上的货舱用鲸油填满的强烈的欲望驱使下，使他不得不去冒这个险。[赏析解读：“流浪者”号在捕鲸季的失利是赫尔船长的心结，即使他知道这次捕鲸会有一定的危险，他还是坚持要去做。]另外，此时的天气对他们捕鲸非常有利，这对他们来说都是无法抗拒的诱惑。天时地利的前提条件，使赫尔船长坚信这次捕鲸一定会非常成功的。

下定决心后，赫尔船长走向了舷梯。

“祝你好运！”韦尔登夫人对他说。

“谢谢您，夫人！”

“我希望您尽可能地不要太伤害那头鲸！”小杰克说道。

“我会小心的，我的孩子！”赫尔船长答道。

“您一定要轻轻地抓它，先生！”[赏析解读：小杰克显然不知道捕鲸是怎么回事，孩子的天真与善良在这里表现得淋漓尽致。]

“好的，我戴上手套去抓，小杰克！”

“有时候，我们会在这种巨大的哺乳动物身上找到一些稀有的昆虫。”这时，贝内迪表兄突然说道。

“好的，贝内迪先生，”赫尔船长笑着说，“等我们把这头座头鲸拖到甲板上时，您就可以去采集昆虫了。”

之后，赫尔船长转头对汤姆说道：“汤姆，等那头鲸被运到船上时，我需要您和您的同伴一起来帮忙切割。”

“听候您的吩咐，先生。”老黑人马上答道。

“好的！迪克，这些诚实的人会帮你准备好空桶。在我们回来之前，你们要把桶都放到甲板上来，这样等到我们回来就可以很快地干完了。”赫尔船长说道。

“我会按您说的去做的，船长。”

在这里需要向大家说明一下，当座头鲸死后，必须马上将它拖到“流浪者”号上，然后将它固定在右舷旁。接下来水手们就要穿上带有钩子的防滑靴站在鲸背上，将鲸从头到尾地切割成平整的切片。这些切片还要再次被分割成大约一英尺半大的小块，然后再次切成更小的肉块装进鲸油桶，最后这些桶会被送到舱底。[赏析解读：切割座头鲸是一件费时费力的大工程，凸显出座头鲸之大。]

通常捕鲸船在完成捕鲸后，都会尽快返回陆地，以便完成接下来的处理工作。登陆后，水手们会在最短时间内对鲸肉块进行熔炼，把鲸肉熬成鲸油。一般来说，一头鲸身上可以提炼出占它体重三分之一的鲸油。

但是在目前这种情况下，赫尔船长准备打破他们以往的惯例，等船到了瓦尔帕莱索后再去加工鲸油。而且海上的风向马上就能转向西面，所以他希望能够在二十天之内到达美洲海岸，还好这二十天的时间还不至于让鲸肉受到影响。

此时那艘捕鲸艇准备出发了。“流浪者”号在调整船帆前，距离那头鲸所在的海域已经不太远了。

座头鲸还在那片红色的甲壳类动物中大口大口地进食，不断地将那些微小的生物吞进腹中。

凭着捕鲸者的经验，根本不用担心这头正在进食的鲸会突然逃走。

赫尔船长顺着绳梯下到了捕鲸艇上，站在船头。韦尔登夫人、小杰克、贝内迪表兄以及老汤姆和他的同伴们最后一次向赫尔船长表达了真挚的祝福。

丁戈此时也站立起来，把头探过船栏，好像在向那些水手们告别。

大家都来到了“流浪者”号的船头，不想错过这场令人心潮澎湃的追捕行动。[赏析解读：所有人都对这次的捕鲸作业充满了期待。]

捕鲸艇出发了，在四支船桨有力的划动下，它与“流浪者”号之间的距离也被快速拉大。

“一切小心，迪克！一定要小心！”赫尔船长最后一次嘱咐年轻的实习水手。

“请相信我，船长！”

“一边看着大船，一边看着我这里，孩子，不要忘了！”

“我会按您说的做的，船长！”迪克·桑德在回答赫尔船长的同时，已经站在了舵手的位置上。

捕鲸艇已经距离“流浪者”号好几百英尺了。赫尔船长站在小艇的船头，即使他的声音已经传不到大船上了，他还在继续用手势重复着他的叮嘱。

这时趴在船栏上的丁戈突然发出了一声哀号，顿时让所有人都有了一种不祥的预感。[赏析解读：丁戈的哀号好像是一种不祥的预感，此处也为下文作铺垫。]

这种哀号甚至让韦尔登夫人发抖。

她对大狗说道：“丁戈，丁戈！难道你就是用这种方式去鼓励你的朋友们吗？来，用明亮欢快的声音去鼓励他们！”

可是丁戈不再叫了，它放下前爪，慢慢地走到了韦尔登夫人身边，轻轻地舔着她的手。

“它没有摇尾巴！”老汤姆低声道，“这并不是好兆头，绝不是好兆头！”

就在这时，丁戈突然挺立身体，发出了一声怒吼。

韦尔登夫人转过头去。

她看到内格罗正好从厨房里走出来，向着甲板走来。不用想，他一定也想观看这次捕鲸的过程。

丁戈猛地扑向这位厨师，依然带着那种令人费解的狂怒。

内格罗马上抄起一根撬棒，摆出自卫的姿势。[赏析解读：面对一条处于狂怒状态的大狗，内格罗的内心也很害怕。]

“到这里来，丁戈，回来！”迪克·桑德惊叫道，马上离开了他所站的位置，跑到了船头。

韦尔登夫人也一直站在大狗旁，试图让丁戈平静下来。

丁戈虽然不太情愿，但还是走向了迪克·桑德，一边走一边低声吼叫着。

内格罗则是一句话也没有说，但是他的脸色有一段时间却变得惨白。他扔下手中的撬棒，再次回到了他的房间。

“埃居尔，”迪克·桑德说道，“你帮我特别监视这个人。”[赏析解读：丁戈的异常反应让迪克·桑德对内格罗的怀疑越来越大了。]

“我会的！”埃居尔简短地应答，并紧紧地握起了他那两个巨大的拳头，做出了同意的表示。

小插曲过后，韦尔登夫人、迪克·桑德又将他们的注意力放在了捕鲸艇上，它在四支船桨的挥动下正快速前行。

捕鲸艇越来越远，逐渐变成了海上的一个小黑点。

# 第八章　灾难突然降临

[**名师导读**]

赫尔船长带着“流浪者”号上的成年水手们乘坐捕鲸艇慢慢地接近了那片淡红色的海域。那里确实有一个大家伙在等着他们。就在他们发起了第一波进攻后，水手长豪维克意外地发现这头座头鲸还带着一头幼鲸。这让赫尔船长意识到这次捕鲸之旅不会那么容易，那么这些人又该何去何从呢？

追捕这样一头庞大的座头鲸是一件困难的事，不能出现任何失误。作为一名经验丰富的捕鲸者，赫尔船长做出了非常周密的安排。[赏析解读：由此可以看出，赫尔船长对于这次的捕鲸作业十分谨慎。]

赫尔船长让小艇从下风方向靠近鲸，让鲸无法发现船只向它靠近。豪维克熟练地掌着舵，让小艇在淡红色的海域附近呈弧线状航行，而漂浮在这片海水中的就是那头座头鲸。他们以这种方式绕到了大鲸的背后。

水手长豪维克是一名非常优秀的水手，他在驾船时非常冷静，因此深得赫尔船长的器重。赫尔船长从来不用担心豪维克会在工作中开小差。

“小心驾驶，豪维克。”赫尔船长说，“我们要出其不意。只有到了能投掷鱼叉的距离，我们才能够暴露自己。”

“我知道了，先生。”水手长答道，“我会让船一直绕着这片红色海域前行，处在下风位置。”

“好的！”赫尔船长说，“小伙子们，划桨的时候尽量轻声一点儿。”

包着稻草的船桨小心翼翼地划动着。小艇在豪维克灵活地指挥下，很快就靠近了那片甲壳类动物活动的海域。右舷的船桨还在碧绿清澈的水中划动着，而左舷的船桨已经浸在淡红色的海水中了，红色的海水就像流动着的血珠，不断地从船桨上滚下来。[赏析解读：几句简单的描述，将海洋的美生动地呈现在读者的眼前。]

“真像红酒和清水！”一名水手说道。

“是的，”赫尔船长说，“不过我们都不能喝。好了，小伙子们，别再多说了，用力划桨靠过去吧！”

捕鲸艇轻轻地滑行在仿佛覆盖着一层红油的海面上。

那头座头鲸依然在水上一动不动，好像并没有发现有船只靠了过来。

赫尔船长让小艇在鲸附近绕了一圈，这时他们离“流浪者”号更远了。在海上，远处的物体飞速地变小，如果我们想要看清它们，就必须借助望远镜。这种视觉上的错觉是因为在辽阔的海面上没有参照物而形成的光学现象（指来自太阳或月球的光与大气、云、水、灰尘及其他粒子相互作用的结果，各种光学现象产生的效果不同）。这种错觉也发生在“流浪者”号上，它在人们眼中就是一个小黑点，好像比真实的距离更远。

在离开“流浪者”号三十分钟后，赫尔船长和他的同伴们到了鲸的下风位置，而鲸则正处于“流浪者”号和捕鲸艇之间。

这是靠近鲸的最佳时期，只要尽量不发出一点声音，就非常有可能在鲸发觉前靠近它，并在有利的位置向它投掷鱼叉！

“慢一点儿，小伙子们。”赫尔船长低声说道。

“依我看，这个大家伙好像察觉了什么。它喷气没有刚才那么厉害了！”豪维克说道。

“安静！安静！”赫尔船长重复道。

五分钟后，小艇出现在了离鲸一链远的地方。

水手长站在船尾操纵着小艇，从鲸的左侧缓缓地靠近它，他在行驶中还要尽量小心地避开座头鲸那条巨大威猛的尾巴，要知道这条尾巴只要摆动一下，就可以把他们乘坐的小艇打成碎片。[赏析解读：座头鲸的一条尾巴就有这么大的威力，在这里也从侧面说明了他们这次捕鲸作业的危险性。]

赫尔船长此时站在船头，他把两腿微微打开让自己保持重心，手里拿着鱼叉准备向鲸发起进攻。人们完全可以相信他的技术，他肯定能够把鱼叉扎在浮出水面的鲸背上！

在赫尔船长的身边放着一只桶，桶里放着五盘渔线中的第一盘，而线的一头牢牢地系在鱼叉上。一旦鲸潜到海底，其他的四盘渔线随时会与第一盘渔线相连。

“准备好了吗，小伙子们？”赫尔船长小声地问道。

“好了！”豪维克一边说一边用大手牢牢地握着船桨。

“横靠过去！靠过去！”

水手长马上执行了赫尔船长下达的命令，将小艇停在了距离那头鲸不到十英尺远的地方。

然而鲸一动也不动，就像睡着了一样。

“这种情况真奇怪啊！”赫尔船长心想，“这头狡猾的鲸应该不是在睡觉，这里面一定有问题！”[赏析解读：在赫尔船长他们乘坐的捕鲸艇靠过去后，那头座头鲸还是一动不动，这样的异常现象让赫尔船长心里有些疑虑。]

这也正是水手长的想法，他试着绕到鲸的另一侧，看看到底是怎么回事。

不过现在并不是思考的时候，他们只能进攻了。

赫尔船长为了能够投掷得更准，握着鱼叉调整了好几次平衡，然后对准了座头鲸的侧肋用尽全力投了出去。

“往后退，往后退！”他马上喊道。

水手们立刻同时挥桨，让小艇迅速向后退去，以防止鲸用尾巴向他们发动进攻。

这时水手长一声大喊，为大家揭示了这头鲸为什么长时间浮在水面上一动不动了。

“这里有一头幼鲸！”水手长喊道。

原来这头鲸在受到鱼叉的袭击后，身体几乎完全右翻，这也让那头吃奶的幼鲸暴露在他们眼前。[赏析解读：这里将赫尔船长的疑虑解开了，原来座头鲸一动不动是为了哺育幼鲸。]

赫尔船长立即意识到在这种情况下捕鲸的难度会增加。为了保护自己和它的孩子，母鲸会不顾一切地进行反抗。

这时，受伤的座头鲸并没有像他们担心的那样马上冲向小艇，也没有试图在逃走前挣断鱼叉上的渔线，而是和大部分情况一样，先是带着幼鲸倾斜着潜入海里，然后又高高跃起，劈开海水后用异常快的速度向远方游去。

就在这头座头鲸第一次潜入海中之前，赫尔船长和水手长就已经看清了它，并估算出了它的价值。

这是一头非常大的座头鲸，从头到尾总长约有八十英尺。它的全身呈黄褐色，上面还布满了各种咖啡色的斑点。

在成功的第一击后再放弃这样一头有价值的鲸，实在是太可惜了。

于是，他们继续追捕鲸。捕鲸艇上的船桨已经被收了起来，小艇就像离弦之箭似的在水面上滑行。

尽管小艇晃动得让人恐惧，但是丝毫没有影响到豪维克掌舵时的冷静。[赏析解读：由此可以看出，水手长豪维克也是一名经验丰富的优秀海员。] 而赫尔船长的双眼一直在盯着他的猎物，嘴里不停地说：

“当心，豪维克，当心！”

他们可以完全放心，水手长一直保持着高度的警惕。

然而鲸的速度比捕鲸艇的要快得多，鱼叉上的渔线转得飞快，让人担心它摩擦船舷时会燃烧起来。赫尔船长将装渔线的桶里灌上了水，以便使渔线保持湿润。

座头鲸完全没有要停下来的意思，也没有减慢速度。第二盘渔线已经接到了第一盘的线尾，而这盘渔线也以同样飞快的速度被拖进了海里。

五分钟之后，就已经接上了第三盘渔线，而这盘渔线又再次飞快地沉进了海里。[赏析解读：受了伤的座头鲸带着赫尔船长他们不停地向前飞驰，由此可见捕鲸其实是一件非常危险的事情。]

座头鲸还在不停地飞奔！很明显，赫尔船长投出去的鱼叉并没有刺中它的要害部位。他们甚至可以顺着渔线的倾斜角度看到鲸不但没有浮出海面的迹象，反而往更深的海底游去。

“见鬼！”赫尔船长骂道，“这个狡猾的家伙是想要耗光我们的五盘渔线！”

“它想把我们远远地拖离大船。”水手长说。

“不管怎么样，它总要回到海面上换气的！”赫尔船长说，“它不是鱼，它需要像人一样呼吸空气（鲸是哺乳动物而不是鱼，它们没有鳃，是用肺来呼吸的，它们无法在水下呼吸，每隔几分钟就要浮出水面一次，喷出汽水混合物，再吸入新鲜空气）！”

“它肯定为了游得更快而屏住了呼吸！”一名水手笑着说。

的确，渔线始终被以飞快的速度拖进海里。

没用多久，第四盘渔线就被接到第三盘渔线尾端了，这种情况让水手们有些担心后面的捕猎。

“见鬼！见鬼！我从来没有见过这种事！这是一头魔鬼一样的座头鲸！”赫尔船长不停地咒骂着。

最后第五盘渔线也被拖进了海里，而且很快就消失了一大半。就在这时，渔线好像有些松了。

“好啊！好啊！”赫尔船长喊道，“渔线已经没有那么紧了！座头鲸一定是开始累了！”

这时的“流浪者”号在捕鲸艇下风方向约五海里的地方。赫尔船长在艇尾挂起了一面信号旗，指示大船向他驶近。

几乎就在信号发出的同一时刻，他就看到迪克·桑德在汤姆和他的同伴们的帮助下开始调整船帆，使其能够更好地迎着风向。

然而这时风力微弱，时有时无，而且风向不稳定，“流浪者”号想要靠过去还是非常困难的。

就在这时，正如大家料想的那样，座头鲸浮出海面，侧肋上插着那把鱼叉。它漂浮在海面上一动不动，似乎在等待因疯狂逃跑而落后的幼鲸。[赏析解读：受了伤的座头鲸在浮出水面后没有再继续逃跑，而是选择等待落后的幼鲸，即使这样做会让它再度面临危险。从动物的身上也能感受到母爱的伟大。]

赫尔船长趁机命令水手挥桨划过去，很快就来到了座头鲸身边。

两名水手先把船桨竖起来，和赫尔船长一样握着捕鲸用的长矛，准备攻击这头鲸。

豪维克熟练地掌着舵，随时准备着在鲸突袭时能够让捕鲸艇快速地逃开。

“小心！”赫尔船长说，“不能失手！瞄准了，小伙子们！豪维克，准备好了吗？”

“准备就绪，先生！”水手长答道，“可是我有些担心。刚才鲸还跑得那么快，为什么现在这么安静呢？”

“的确，豪维克，我也觉得可疑。”

“我们得谨慎点儿！”

“是，我们继续前进吧！”

赫尔船长越来越激动了。

捕鲸艇继续向那头座头鲸靠近。这时座头鲸只是在原地打转，幼鲸没有在它的身边，也许它在寻找那头幼鲸。

突然，它一扬尾巴，忽地游出去三十英尺远。

它又想要逃走了？他们还要继续在海面上做这些无休止的追捕吗？

“注意！”赫尔船长喊道，“这个大家伙准备反击了！豪维克，快转舵！转舵！”[赏析解读：经验丰富的赫尔船长在鲸的一个动作中就能察觉到它的意图。]

果不其然，座头鲸转过身来，直对着捕鲸艇，然后挥动着它那巨大的双鳍，向着船头飞奔而来。

早有准备的水手长把舵一转，完美地避过了它的攻击。座头鲸从小艇旁边冲过，并没有撞上小艇。

赫尔船长和另外两名水手在座头鲸冲过去的一瞬间，将手中的长矛对着它的要害部位投了出去。[赏析解读：多年的合作，使这些水手与赫尔船长之间建立起很好的默契。]

座头鲸猛然停下，随后喷出了两股带血的水柱。它再次转过身冲着小艇跳了起来。无论如何，它跃起来的样子简直太可怕了。

若不是富有经验的捕鲸老手，看到这样的情形估计会被吓得惊慌失措、面无血色吧。

水手长豪维克再次娴熟地避开了座头鲸的进攻，将捕鲸艇快速地驶向了另一边。

这时又有三根长矛向着座头鲸的要害部位投出，它的身上顿时又新添了三处伤口。

可是就在座头鲸从小艇划过去时，它的尾巴猛烈地拍击了海面，使海面掀起了一道巨浪，刹那间大海变得波涛汹涌起来。

小艇几乎要被拍翻，海水涌入了艇里，很快就灌满了半艘艇。

“桶！桶！”赫尔船长大声喊道。

两名水手马上扔下手中的船桨，用水桶将小艇中的海水舀出去。与此同时，赫尔船长割断了渔线，因为这时已经用不上渔线了。

但是这样做已于事无补了！座头鲸已经绝望了，它也没有了想要逃跑的念头。现在该它进行反击了，而身上的痛楚使它变得很可怕。[赏析解读：身上多处受伤的座头鲸放弃了挣扎，它现在想要做的就是给这些人一些颜色看看。]

它转过身，第三次与他们“面对面”，再次向着捕鲸艇冲了过来。

捕鲸艇已经灌进了半艇海水，没有刚才那样轻巧灵活了。在这种情况下，怎么能够避开这致命的攻击呢？这时连舵都无法掌好，更不要说逃开了。

而且无论小艇的速度有多快，座头鲸还是能够轻松地追赶上。就目前的情况来看，自卫明显要比进攻重要得多。

赫尔船长对于形势的判断完全没有失误。

座头鲸的第三次进攻成功了，小艇没有完全躲开。座头鲸经过小艇时，巨大的背鳍蹭了下小艇。这个对它来说轻轻擦过的动作，对捕鲸艇来说力量却太大了，水手长豪维克一下就被掀离了他所在的位置。[赏析解读：此处用“轻轻擦过”和“掀离”形成了鲜明的对比，凸显出鲸的厉害和他们处境之危险。]

三根捕鲸矛也在这一次剧烈的摇晃中没有击中目标。

“豪维克！豪维克！”赫尔船长喊道，就连他现在也无法完全控制平衡。

“不用担心！”水手长一边说一边爬了起来。但是不幸的是，他发现控制方向的长桨已经从中断开了。

“另外再拿把桨！”赫尔船长说。

“是！”豪维克说道。

距离捕鲸艇不远处的海水下面开始翻腾起来，随后一头幼鲸出现在了水面上。座头鲸看到它后，快速地游了过去。战斗的形势已变得更白热化了，座头鲸将要为它们母子而战了。

赫尔船长向着“流浪者”号望去，手里拿起旗杆，拼命地摇着信号旗。

迪克•桑德看到赫尔船长的第一次信号旗后，都做了些什么呢？他等到“流浪者”号调整好了船帆，就立刻扬帆向着赫尔船长所在的地方驶去。可是这艘纵帆船没有装配让船加速的螺旋桨，即使放下一艘救生艇，让汤姆与他的同伴们先赶去支援，那也只是在浪费时间。而且赫尔船长在离船之前千叮万嘱，命令迪克•桑德无论发生什么事也不要离开大船。虽然这样，迪克•桑德还是让人把船尾的救生艇放了下去，用缆绳拖在大船后面，以便在必要时可以让赫尔船长和其他水手避难。[赏析解读：迪克·桑德一直观察着赫尔船长他们的动向，所以在赫尔船长打出信号旗后他就马上采取了行动，从他所做的安排上可以看出，迪克·桑德是个心思细腻的人。]

座头鲸用身体护着幼鲸，又向捕鲸艇发动了进攻。这一次它直接将身体调整到可以击中小艇的位置。

“要小心，豪维克！”赫尔船长最后一次喊道。

然而水手长这时并没有什么装备，他手里只有一截断桨，而桨则是越长越有力量。

豪维克竭尽全力想去调头，但那是不可能的。

水手们明白他们在这场战斗中失败了。所有人都站了起来，发出了一声令人毛骨悚然的惨叫，这声音即使在远远的“流浪者”号上也一样听得很清楚。

座头鲸用尾巴将小艇掀了起来，小艇被一种无法抗拒的力量抛到了空中，随后又重重地摔了下来，断裂成了三截，落在座头鲸飞速游动激起的波涛中。[赏析解读：在这样一个大家伙面前，捕鲸艇显得是那样的渺小和脆弱。]

不幸的水手们虽然已经严重受伤，但是可能还有力量支撑着，他们或是在水中游动着，或是抓着漂浮的木板。

赫尔船长这时也抓着一块木板，人们还看到他把水手长拉到了一块木板上。

可是这时的座头鲸已处于狂怒状态，它转过身体，又再次跳了起来，这也许是它垂死前最后的挣扎吧！它用尾巴发疯似地拍打着水面，不断地掀起了阵阵恐怖的巨浪，而那些可怜的人还在水里游着呢！

在这短短的数分钟内，“流浪者”号上的人只看到铺天盖地的海浪猛然砸下，又四下散开。

当迪克•桑德带着五位黑人乘坐着小艇赶到灾难发生地点时，已经是一刻钟后了，那里没有了任何动静。在染着鲜血的海面上，只有一些捕鲸艇的碎片静静地漂浮着。

# 第九章　桑德船长

[名师导读]

这场可怕的灾难不但夺去了赫尔船长和所有成年水手的性命，还使“流浪者”号陷入了困境。现在这艘船上除了乘客，就只有一位年仅十五岁的实习水手了。迪克·桑德在强烈的使命感驱使下，担起了要让所有人都安全登陆的重任。十五岁的他成了这艘纵帆船的新船长，那么还有怎样的考验在等着他呢？

“流浪者”号的乘客们都亲眼看见了这场可怕的灾难，他们的第一反应是惊恐中掺杂着怜悯，他们的思维定格在了赫尔船长与他的水手们惨死的画面上。这骇人的一幕就发生在他们的眼皮子底下，但是他们却无能为力，只能眼睁睁地看着这场惨剧发生，什么也做不了。他们甚至不能及时赶到捕鲸艇旁救出那些可怜的同伴，也不能用“流浪者”号的船身去抵挡那头座头鲸猛烈的拍击！赫尔船长和他的水手们就这样永远地消失在了那片海域中。[赏析解读：眼睁睁地看着自己的朋友死在眼前却无能为力，这种痛苦和挫败感充斥着每个人的内心，极其地震撼。]

当“流浪者”号赶到悲剧发生的地点时，韦尔登夫人双膝跪地，将双手举向上天。

“让我们为他们祈祷吧！”这个虔诚的女人说道。

小杰克哭着跪在妈妈身边，为逝世的人们祈祷，可怜的孩子已经完全明白发生了什么。迪克•桑德、南、汤姆及其他几位黑人也都站在旁边，低垂着头。所有人都重复着韦尔登夫人向天祈祷的内容，请求上帝能够对发生在这里的一切赐予无限的恩典。

然后，韦尔登夫人慢慢地转过身，对着她的同伴们说：“现在，我的伙伴们，让我们祈祷上帝赐予我们力量和勇气吧！”

是的！他们现在需要向上帝祈祷，希望他能够赐予他们力量和勇气，因为此刻的处境对他们来说就如同面对死亡。

载着他们的这艘船已经没有船长来指挥了，也没有水手掌舵了。它正位于辽阔的太平洋中，离这里最近的陆地也有数百海里，而他们什么也做不了，只能随波漂泊。

那头庞大的座头鲸在“流浪者”号的旅途中带来了怎样的灾难啊？又是什么让平日里如此理智的赫尔船长执着地冒着巨大风险非要去装满他的货舱呢？这无疑是捕鲸史上难得一见的灾难，捕鲸艇上的水手无一生还！

是啊！这真是一场浩劫！

事实上，“流浪者”号也的确没有水手了。不对！还有一位！还有一位十五岁的小伙子，那位实习水手迪克·桑德。[赏析解读：此处的总结起到过渡的作用，故事从这里将开启新的篇章。]

船长、水手长、水手，迪克·桑德现在身兼数职。

船上还有一位女乘客和她的儿子，他们的存在让事态变得更加严重。

此外，船上还有几位黑人，那都是一些正直而勇敢的人，他们充满了热情，随时做好准备听从命令，但是他们对水手这个职业一无所知。[赏析解读：“流浪者”号现在的情况不容乐观，除了迪克·桑德之外，其他人都是完全没有航海经验的人。]

迪克·桑德安静地站在那里，交叉着双臂，凝视着赫尔船长刚刚消失的地方，那里吞没了他的保护者——如同父亲一样的赫尔船长。之后，他的目光望向天际，试图从那里寻找到一艘能够给他们帮助的船只。这样一来，至少他还可以让那艘船将韦尔登夫人母子带上。

但是海面上还是一片荒凉。自从那个大家伙消失在海面上后，这里就再也没有什么变化。在“流浪者”号的四周只有一望无际的大海和天空。年轻的实习水手清楚地知道，他们所在的位置并不是商船经常往返的航道，而其他的捕鲸船这时还在遥远的南半球海域进行捕捞作业。[赏析解读：简单的几句话将“流浪者”号现在的窘迫处境表达了出来。]

不管怎样，对他们来说最重要的就是接受现实。迪克·桑德在内心深处祈求上帝能给予自己帮助和支援。

他将会采取怎样的措施呢？

就在这时，在惨剧发生之后离开了甲板的内格罗再次出现了。没有人知道像他这样一个让人无法捉摸的人在看到这场无力回天的灾难时心中是怎么想的。他凝视着这场灾难的发生，就像他平时的表现一样无动于衷。然而很明显，他的眼光一刻也没有离开过那场灾难。如果大家去观察他，就会惊讶地发现他的脸上没有任何表情，甚至连细小的抽动都没有。不管怎样，在韦尔登夫人虔诚地进行祈祷时，他就好像一个局外人一样，没有对此做出任何反应。[赏析解读：通过对内格罗的描述，为读者呈现出了一个冷血无情的怪人的形象。]

内格罗走到船尾，迪克·桑德站在那里一动不动，他在距离实习水手三步的地方停下了脚步。

“你有什么话想对我说吗？”迪克·桑德问道。

“我有话要和赫尔船长说，”内格罗的语气中没有一丝感情，“他不在的话，我希望与水手长豪维克谈一谈。”[赏析解读：内格罗明明知道赫尔船长和其他海员已经葬身海底，还故意说这样的话，间接地表现出了他的图谋不轨。]

“你很清楚他们已经遇难了！”实习水手大声叫道。

“那么，现在这艘船由谁指挥呢？”内格罗盛气凌人地问。

“我！”迪克·桑德毫不犹豫地答道。

“你啊！”内格罗耸了耸肩，不以为然地说，“十五岁的船长？”

“对，十五岁的船长！”实习水手一边说一边向着内格罗走去。

内格罗连连后退了几步。

“你们都要记住！”这时韦尔登夫人说，“这里只有一位船长，那就是桑德船长。大家都知道他很优秀，足以担任船长一职！”

内格罗鞠个了躬，嘴里用讽刺的语调嘟囔了几句大家都不明白的话，然后转身返回了他的厨房。[赏析解读：韦尔登夫人的认可让内格罗无话可说，他虽然心有不满，但也没有办法反抗，凸显出韦尔登夫人对迪克·桑德的信任。]

大家明白，迪克·桑德决心已定。

此时这艘纵帆船在逐渐增强的风力作用下，已经慢慢地驶离了那片淡红色的海域。

迪克·桑德仔细地检查了一下船帆的状态，然后他的目光落在了甲板上。他已经感到有一项艰巨的任务从此就落在了他的肩上，而他没有退缩的权利，只能迎难而上。他以坚定的目光看向“流浪者”号上的人们，而这时大家的目光也都望向了他。从他们的眼神中，迪克·桑德看到了对他的信任，而他也对他们表达了感激之情，以此作为回应。

迪克·桑德报以真诚去接受现实赋予他的考验。

在汤姆和他的同伴们的帮助下，迪克·桑德能够根据现实情况对船帆进行调整。但是很明显，他还没有掌握通过计算决定航向的技能。[赏析解读：迪克·桑德的不足之处在这里埋下了导火索。]

直到四五年后，迪克·桑德才完全了解了海员这个词的真正含义。到那时，他已经学会使用六分仪（指用来测量远方两个目标之间夹角的光学仪器。可以用它测量某一时刻太阳或其他天体与海平线或地平线的夹角，以便得知海船或飞机所在位置的经纬度）了，当年赫尔船长每天都会拿着这个仪器，用来测量恒星的高度。到了那时，迪克·桑德可以计算出计时器上的格林尼治时间（是指位于英国伦敦郊区的皇家格林尼治天文台的标准时间，因为本初子午线被定义为通过那里的经线。自1924年2月5日开始，格林尼治天文台每隔一小时会向全世界发放调时信息。如今格林尼治时间已经不再被作为标准时间使用。现在的标准时间——协调世界时由原子钟提供），从时角上判断出经度。太阳会每天为他指明道路，月亮和行星们会告诉他在海上航行时应该把船停在哪里。天空中的星辰移动就像完美运作的时钟上的指针，不管怎么摇摆和震动都不能影响它的精确度，天空会准确地告诉他时间与距离。他还可以利用天文观测——就像赫尔船长一样——在不超过一海里的误差范围内，辨别出船只所处的航线位置和即将驶向的目的地！

但是对现在的迪克·桑德来说，他只能根据测程仪去判断航线，利用航海罗盘（海上航行的指向仪器）给出的数据调整航向，避免出现偏航的情况。他只能靠自己摸索着前行。[赏析解读：测程仪和罗盘是迪克·桑德唯一可以利用的工具，情况不容乐观。]

即使这样，他却没有表现出丝毫犹豫。

韦尔登夫人非常了解他，她知道这位果断的实习水手内心的全部想法。

“谢谢你，迪克。”韦尔登夫人平静的声音响起，“赫尔船长已经不在了！他的全部水手也与他一起消失在那片海域中了。现在这艘大船的命运就掌握在你的手里了！迪克，你一定能够拯救这艘船，拯救这艘船上所有的人！”

“是的，韦尔登夫人，”迪克·桑德说道，“是的！我会在上帝的帮助下尽力而为！”

“汤姆和他的同伴们都是好人，你可以完全信任他们。”

“我明白，我会让他们通过学习变成一名真正的水手，然后跟我一起工作。如果天气不错，航行就简单了。如果遇到天气不好的情况，我们也会努力的，我们不会放弃任何一个人，我会救您和小杰克的！是的，我知道我应该怎么做。”[赏析解读：从这里可以看出，迪克·桑德年纪虽然小却十分有担当，也非常有责任心。]

他又重复了一句：“在上帝的帮助下！”

“迪克，现在你知道船在什么位置吗？”韦尔登夫人问道。

“很简单，”迪克·桑德答道，“我只要查一下航海图（供航海使用的各种地图的统称。世界上最早的航海图是14—17世纪的波托兰海图。我国现存最早的航海图是明代的《海道指南图》，最著名的则是《郑和航海图》）就可以了，昨天赫尔船长在上面做了记号。”

“那么你可以让船开向正确的方向吗？”

“可以的，我可以让船头一直向东，那里应该是我们即将前往的美洲海岸方向。”

“可是，迪克，”韦尔登夫人不放心地说道，“你很清楚，这场灾难可能已经使我们最初的航行计划改变了，不是吗？我们没有必要再驶向瓦尔帕莱索了。最近的一个美洲港口将是我们的目的地。”

“是的，韦尔登夫人，”迪克·桑德说道，“你不用担心！美洲的海岸线向南延伸得很长，我们一定会到达那里的！”

“那么最近的海岸在什么地方呢？”韦尔登夫人问道。

“就在这儿，朝着这个方向。”迪克·桑德看过罗盘后指着东方答道。

“好的，迪克•桑德，不管我们是到达瓦尔帕莱索，还是到达别的海岸，都没有关系！能够靠岸才是最重要的。”[赏析解读：“流浪者”号目前的状况不得不让韦尔登夫人担心，她现在最希望的就是能够早些靠岸。]

“我们会靠岸的，韦尔登夫人，我一定会将你们送到安全地带的。”迪克•桑德以坚定的语气答道，“而且，一旦我们可以靠岸了，我还会继续寻找那些往返的客轮。啊！韦尔登夫人，开始刮西北风了！希望上帝能够让它一直这样刮下去。那么我们就会一直顺利行驶。我们要扬帆以便能够快速前行。”

迪克•桑德就像一名真正的海员那样自信地说话，因为他知道自己脚下的是一艘无论从哪个方面看都会听从主人指挥的好船。当韦尔登夫人提醒他确认“流浪者”号的位置时，迪克•桑德正要去操纵舵柄（装在舵顶上用以转动舵的臂状构件），并吩咐他的同伴们扬起船帆。

的确，确认位置是最重要的。迪克•桑德走到船长室去取昨天标明方位的航海图。他将纵帆船现在所在的位置指给韦尔登夫人看，现在他们所处的方位纬度是四十三度三十五分、经度一百六十四度十三分，可以说这二十四小时以来，纵帆船几乎是停止状态。

韦尔登夫人俯身察看航海图，她注视着这片代表着太平洋右岸大陆的褐色图案。那里是南美洲海岸，它就像是用来阻隔太平洋和大西洋的屏障，从合恩角一直延伸到哥伦比亚海岸。从航海图上来看，整个大洋都尽收她的眼底，让“流浪者”号上的乘客都能登陆并不是一件难事。但是，对那些不熟悉航海图比例标识的人来说，这只是一种幻觉。事实上也是如此，韦尔登夫人觉得陆地就应该像航海图上显示的那样近在眼前。

然而，如果在这张白纸上以精确的比例来标注的话，那么“流浪者”号会比最小的纤毛虫（属纤毛门，身上有纤毛，是行动和摄取食物的器官）还要小！这么精确的一个点，根本无法估计出它的尺寸，这就是为什么它无法被标示出来的原因。

迪克•桑德的感觉与韦尔登夫人不同。他很清楚陆地远在千里之外，数百海里的航行还不足以让他们登陆。但是他心中已经有了决断，当船长的重担压在他的肩头时，他就已经是个担负重任的男人了。

该是行动的时候了。他必须借助这股强劲的西北风，让船乘风扬帆。当逆风变为顺风时，空中飘着朵朵状似蘑菇的云朵，这表明这股有利的西北风将会持续一段时间。[赏析解读：从这里可以看出，迪克·桑德对于海上的气候还是非常熟悉的，他很清楚自己应该做什么。]

迪克•桑德马上叫来了汤姆与他的同伴们。

“我的伙伴们，”迪克•桑德说道，“我们船上除了你们就再也没有任何水手了。如果没有你们的帮助，我也无法驾船。虽然你们并不是真正的水手，但是你们有强有力的臂膀。那么让你们的臂膀为‘流浪者’号服务吧，这样我们才能操控着它继续前行。只有让船上的一切运作正常，才能拯救我们大家的性命。”

“迪克先生，”老汤姆首先说道，“我们现在就是您的水手。我们有着坚强的意志。我们随时听候您的差遣，只要您让我们去做，我们就一定做。”[赏析解读：忠诚的黑人朋友们在“流浪者”号遭遇困境的时候，愿意毫无保留地贡献出自己的力量，可以看出他们善良、热情的性格特征。]

“说得好，老汤姆！”韦尔登夫人赞叹道。

“的确，说得非常好，”迪克•桑德接着说道，“可是我们还是必须要小心，为了不冒险，我不会将船帆全部升起。现在的处境需要我们将安全放在第一位，哪怕速度慢一些。我的朋友们，现在我来告诉你们每个人要做的事情。而我呢，只要不是累得必须要去睡觉，就会一直掌舵，我只要睡几个小时就能够恢复精力。但是在我休息的那几个小时中，必须由你们中的一个人来接替我的工作。汤姆，我会教你怎么用罗盘来掌舵，这并不是很难，只要专心，很快就能学会如何让船头朝着正确的方向行驶。”

“随时待命，迪克先生！”老汤姆认真地答道。

“那么你和我要一直站在舵手的位置上，直到天黑。如果我太累的话，就需要你来接替我几个小时。”迪克•桑德说道。

“那我能做什么呢？”这时小杰克说道，“我能帮助我的好朋友迪克做些什么呢？”

“是的，亲爱的孩子，”韦尔登夫人一边说一边把小杰克搂进自己的怀中，“你可以向你的好朋友学习掌舵。我敢肯定，由你掌舵我们一定会顺利的。”[赏析解读：对于小杰克积极参与的想法，韦尔登夫人并没有因为现状去打压他，而是对小家伙做出了鼓励。]

“那是一定的！一定的！妈妈，我敢向你保证！”小杰克高兴地拍着他的小手说道。

“是的，资深的老水手都知道一位出色的小学徒有多重要，因为他知道怎样能为船带来好风。”迪克·桑德面带微笑地说道。

随后，他又转过身子，面向汤姆和他的同伴们。

“我的朋友们，”迪克·桑德对他们说道，“我们现在需要调整船的横桁，让它能够扬帆航行。我需要你们的帮助，按照我说的那样去做！”

“是！”汤姆答道，“随时听候您的差遣，桑德船长！”

## 第十章　随后四天时间里

**[名师导读]**

迪克·桑德带着船上的五位黑人在顺风的情况下满帆航行。如果不出意外的话，他们应该在不久后就能登陆了。船上的一切都在顺利地进行着，就在这时意外发生了。那个古怪的内格罗利用一块磁铁改变了原本的航线，他要把大家带去哪里呢？他这么做是为了什么呢？所有的一切都变得扑朔迷离，让人无法看清。

迪克·桑德就这样成了“流浪者”号上最年轻的船长。他争分夺秒，做好了一切准备，以确保“流浪者”号能够快速前行。

大家都很清楚，如果不能到达瓦尔帕莱索，那么他们随便停靠在美洲海岸的任意一处都可以。迪克·桑德现在的首要任务就是明确“流浪者”号的方向和速度，以此来估算出前进的平均速度，这需要每天把测程仪和罗盘上显示出的里程和方位都标注在航海图上。在“流浪者”号上确实有一架带指针和螺旋仪的“精确测程仪”，它能够精准地显示出船的航行速度。这架实用且易于操作的仪器发挥了它最大的作用，连那些对水手这一职业不是很了解的黑人们也都很快会使用它了。

现在唯一一个会使他们计算发生误差的不利条件就是海流的变化了。[赏析解读：由此可以看出，在海上海流是变化莫测的。]为了克服这一点，只是靠仪器计算是不行的，还要借助天文观察去判断。但是对这位年轻的船长来说，以他现在的能力是根本无法做到的。

迪克·桑德曾经想让“流浪者”号返航至新西兰，这比他们去往美洲的航程短一些，在风向没有变为西北风之前他一定会那样做。但是就目前的情况来看，他们顺风驶向美洲会更好一些。

的确，风向来了一个大逆转。现在不但西南风变为了西北风，而且风力越来越大。他们完全可以利用这个时机尽可能地加速航行。

所以，迪克·桑德准备扬起所有的帆，让“流浪者”号利用后侧风全速航行。

“流浪者”号是一艘双桅纵帆船，在它的前桅有四张横帆，前桅大帆在下面，第二帆位于下帆的上面，前桅的顶端则是第三帆，位于最上面的是顶帆。而主桅却恰恰相反，它上面的帆很少。在主桅下方有一张后桅帆，上面是一张主桅顶帆。而在两根大桅杆中间、在那两根从船头固定桅杆的支索上，还可以再挂三层三角帆。船头最前面的斜桅和斜着伸到船外的斜桅顶上也可以挂三张三角帆。

斜桅上的三角帆、后桅帆和后桅顶帆，还有三层支索三角帆，它们不需要先放松帆绳，然后在支架上将其拉紧，因此都是比较好调整的。只要站在甲板上就可以将它们直接挂起来，无须爬上桅杆。[赏析解读：这里对“流浪者”号上的风帆做了详细的描述，为下文作铺垫。]

但是要升起前桅上的那些帆就不一样了，它需要作业者有熟练的专业技能，而且在张帆之前，还要顺着帆架爬到前桅上，或是爬到帆架顶上，这样做不但可以张开船帆，而且也可以为了减少帆面受风面积而卷起部分帆。

这样一来就无法避免会在桅杆上面的踏脚绳上走来走去。踏脚绳是系在帆下面的几条活动的绳索，作业时只能一只手工作，而另一只手则要抓住绳索或帆架来维持身体平衡，这项工作对没有干过的人来说确实是太危险了。因为前桅过高，船身在行驶过程中会出现剧烈的晃动，这种晃动的幅度会在桅顶上变得更大，而船帆在风力的鼓动下会震动，一不小心人就会被掀下去。所以，这项工作对完全没有经验的汤姆和他的同伴们来说是非常有难度而且十分危险的。

值得庆幸的是，现在海风并不太大，大海也比较平静，“流浪者”号的晃动还处在一种相当和缓的节奏中。当迪克•桑德在看到赫尔船长打出的信号旗、驾驶着“流浪者”号驶向出事地点时，船上只扬起了船头的三角帆、后桅帆、前桅下帆和前桅第二帆。这是由于当时是顺风行驶，他只需要让人将前桅的支架调整好就可以了，所以汤姆与他的同伴们做起来还是较轻松的。

现在他们需要满帆（张起比平日数量多的风帆，以达到最高的速度）前进，而且为了使船上所有的船帆都能发挥作用，还需要将前桅第三帆、前桅顶帆、后桅顶帆和支索上的三角帆都升起来。

“我的伙伴们！”实习水手对五位黑人说道，“听从我的指令去做，我们会成功的！”

迪克•桑德站在舵手的位置上，大声命令道，“汤姆，你快去解帆！”

“解帆？”这个词显然让汤姆觉得一头雾水，他不禁又重复了一遍。

“对！就是把绑着船帆的绳子解开。巴特，你和汤姆一起去解帆。对！用力拉紧！小心，向上！”

“这么做对吗？”巴特问道。

“对！就是这样。太棒了！过来，埃居尔你用力拉这边！”

迪克•桑德一时情急对埃居尔下达了“用力”的命令。那位巨人马上使出了能把绳子拉断的力气。[赏析解读：这里体现出了这位黑人大力士的忠诚与耿直。]

“别！别用那么大的力气，朋友！”迪克•桑德看着那位正直的巨人笑着说道，“你的力气会将桅杆拉倒的！”

“我只是稍拉了一下。”埃居尔答道。

“可以了，拉个样子就行了！你看着可以就行！好，放松！系缆（系结船索）！太好了！全都系紧！升上去，继续拉帆架！”

此时左舷帆架上系着的前桅帆的帆绳都已经松开了，船帆开始慢慢地向西北方向移动。海风瞬间吹鼓了帆，“流浪者”号的速度马上就得到了提高。

迪克•桑德又让汤姆他们将斜桅三角帆的绳结松开，之后便让他们都集结在船尾。

“做得不错，朋友们！现在我们要调整主桅上的船帆了。不过，埃居尔，你要小心别拉断任何东西！”

“我尽量注意！”这位巨人不敢肯定地说道。

这一次的操作与之前比起来要容易多了。主桅帆架下的帆绳已经慢慢地松开了，主桅帆也已经被海风鼓起，它所产生的推动力大大加强了前桅四张船帆的威力。

主桅顶帆这时就挂在主桅大帆的上面，因为它原本就是折叠在顶帆架上的，所以只要把帆架往下拉，张开顶帆，之后再固定住帆架就可以了。然而在大力士埃居尔的努力下，再加上他的朋友阿克顿的帮忙，就连小杰克也在后面用力，绳子毫无疑问地被拉断了。

三个人在甲板上跌了个人仰马翻，好在没人受伤。小杰克哈哈大笑起来。[赏析解读：这里的描写主要是为了渲染气氛，使原本凝重紧张的氛围变得轻松了些。]

“不要紧！不要紧！先把断掉的绳子接上，然后再慢慢向下拉！”迪克•桑德向着他们喊道。

在整个过程中，迪克•桑德都没有离开舵手的位置，这一切都是在他的监督下完成的。

“流浪者”号的速度已经明显加快了，船头也向着东方，他们现在一直朝着这个方向行驶就可以了。这一切看起来很简单，再加上现在海风很顺，丝毫不用担心会出现偏航。

“很好，朋友们。在结束这次旅行前，你们就可以成为合格的水手了！”迪克•桑德说道。[赏析解读：虽然这些黑人朋友是第一次做这样的事，但是结果却很好，他们的极力配合同样得到了迪克·桑德的认可。]

“我们一定会努力的，桑德船长！”汤姆答道。

韦尔登夫人对这群热情正直的人也是赞不绝口。

而小杰克由于也参与到了工作中，得到了众人的鼓励和赞扬。

埃居尔笑着对小杰克说：“说真的，杰克先生。我觉得就是你把绳子拉断了！你瞧你那双小手多有力啊！如果没有你的帮忙，我们也做不到那么好！”

小杰克为此感到自豪。他抓着巨人朋友的手，不停地摇晃着。[赏析解读：看得出来，小杰克非常喜欢埃居尔。]

但是调整风帆的工作并没有因此而结束。

“流浪者”号还有高处的几张帆没有张开。在满帆前进的情况下，那几张帆的作用是非常大的。对于“流浪者”号这种纵帆船来说，将前桅第三帆、前桅顶帆及支索上的三角帆全都升起来可以大大提高航速，所以迪克•桑德决定把这些帆都升起来。

这些事做起来要比刚才的难得多，这不像调整支索上的三角帆那样，只要站在甲板上就可以完成。要想把前桅顶上的小方帆和顶方帆都升起来是一件很难的事，需要水手爬到桅杆顶部才可以做到。迪克•桑德考虑到黑人朋友们的安全，决定由自己亲自去做。

他安排汤姆守在舵位上，并教会他该如何控制船的方向，然后安排埃居尔、巴特、阿克顿和奥斯汀站在自己的位置上，让他们两个人负责前桅顶帆的帆绳，另外两个人负责小方帆的帆绳，之后他便快速地爬上了桅杆。

他先爬上前桅下边的支索、大帆背面的桅杆，接着又来到了二层帆桅杆上的支索处，最后才到达了小方帆的桅顶。整个过程对这位年轻的实习水手来说简直易如反掌，不到一分钟的时间，迪克•桑德就已经解开了系着小方帆的帆绳。

然后他又踩着横桅杆，爬上了前桅顶帆的支架，迅速打开了顶帆。

迪克•桑德在完成了这些作业后，抓住一根固定在右舷上的桅绳，滑到了甲板上。[赏析解读：这里的描述体现出了迪克·桑德熟练的技巧。]

随后他又站在甲板上，指挥着人们把两张方帆拉开、系紧。当主桅和前桅间的支索帆也被升起时，整个升帆的工作就算结束了。

而埃居尔这次没有弄坏任何东西。

“流浪者”号在大家的努力下满帆全速前行。迪克·桑德本来还想将前桅的那几张辅助帆也张开，但是考虑到目前的情况，他打消了这个想法。因为如果突然出现风暴天气，他们无法快速地收掉那些辅助帆。[赏析解读：迪克·桑德的考虑还是很周全的，他把所有可能会出现的因素都想到了，凸显出他的成熟和稳重。]

一切完成后，迪克·桑德又回到了舵手的位置上，将老汤姆替换下来。

风力还在渐渐增强。“流浪者”号的船身微微向右倾斜，在海面上迅速地行驶着。船后留下的那道平滑的水纹表明了它曾走过的航迹。

“走得很快，韦尔登夫人。我们现在只要向上帝祷告能一直顺风就行了。”迪克·桑德说道。

韦尔登夫人紧紧地握住了迪克·桑德的手。要知道最后的这几个小时里，她一直处于紧张的状态中，以至于现在突然放松下来让她觉得疲惫不堪。她回到自己的舱房，倒在床上，陷入一种掺杂着痛苦的昏睡状态。[赏析解读：一连串的意外使这个勇敢的女人再也无法承受了，韦尔登夫人为失去了赫尔船长他们感到痛心，也为自己一行人未来的命运感到忧虑。]

而这时全体新水手仍留在甲板上随时候命，以便在风向发生变化时能够及时调整船帆的角度。不过就目前的情形来看，风向和风力一时也不会发生改变，所以他们似乎没有什么可做的了。

那么，在这段时间里，我们的贝内迪表兄在做什么呢？

此时此刻，贝内迪表兄正在用放大镜研究一只普通的支翅目昆虫。这可是他好不容易才在船上找到的，这种昆虫的脑袋藏在前胸的部分，翅膀平滑且长，肚子呈圆形，是一种美洲蟑螂。

说得更精准些，这只昆虫是在内格罗的厨房里找到的，当时那位古怪的厨师正准备将这只虫子砸死。这让贝内迪表兄非常生气，而内格罗却毫不介意。

然而，在赫尔船长与其他水手为了追捕那头座头鲸而离开“流浪者”号后，贝内迪表兄知道之后发生的事情吗？当然。在“流浪者”号到达悲剧发生的地点后，他还亲眼看见了那艘被拍成碎片的捕鲸艇，甚至还看到了那些可怜的人葬身海底那一幕。

如果我们非要说那场灾难并未对他产生任何影响，那会让他觉得很委屈。恻隐之心人皆有之，而贝内迪表兄也不例外，而且他也十分关心表妹的境遇。他曾经握着韦尔登夫人的手安慰地说道："别怕，我在这儿。我就在你身边！"

然后他就回到了自己的舱房，或许他需要仔细地想一想灾难之后随之而来的会有哪些情况，以及他应该怎么办。

不过，刚走到一半，他就碰到了那只蟑螂。他有一些观点与某些昆虫学家相反，他一直认为这种颜色夺目的蟑螂与一般的蟑螂的生活习性是截然不同的。为了证明这一点，他马上对这只蟑螂进行了研究。他忘记了"流浪者"号上曾有一位非常出色的赫尔船长，也忘记了这位船长与那些水手们刚刚葬身于海底！［赏析解读：船上发生的任何事情都比不上贝内迪表兄的昆虫，只要有昆虫他就能够进入忘我的状态中。］他的心里、眼里全都被这只蟑螂占据着！他对这蟑螂充满了欣赏与重视，仿佛那就是一只金甲虫（是哥斯达黎加的一种稀奇生物，有着金光闪闪、光鲜亮丽的外表）。

现在"流浪者"号上的生活又恢复到了往常的样子，尽管船上的人们还没有从那场灾难中恢复过来，而那场令人心碎的悲剧会永远存在于他们的记忆中。

迪克·桑德一整天都在各处忙碌着，他把船上的一切都安排得有条不紊，并随时解决可能出现的问题。黑人们也很配合，听从他的指挥，这让"流浪者"号上的一切都井井有条。［赏析解读：每个人都在做着自己应该做的事情，对"流浪者"号来说是有利的，一切会这样顺利地发展下去吗？］大家都希望能一直这样下去，不要再出现什么事端。

内格罗也没有再出来挑战迪克·桑德的权威，他好像已经接受了新船长这个事实，像平时一样待在厨房里，几乎不会出现在人们的视野里。迪克·桑德已经拿定了主意，只要内格罗有不服从命令的表现，哪怕只有一次，他就会把他送到货舱里，让他一直待到航行结束。只要迪克·桑德一声令下，埃居尔就会轻而易举地抓住这位厨师。那时，会做饭的女仆南就会成为新的厨师。而内格罗似乎认清了这一点，知道自己并不是一个不可替代的角色，而且在有人监视他的同时，他也在极力避免自己会被抓到什么把柄。

一直到晚上，风力仍在不断地增强，但是“流浪者”号上的桅杆和帆具都非常良好，使他们在保证正常航行的前提下，不需要调整任何船帆就足以抵御比这大得多的风力。

按照惯例，到了夜间通常是要收起一部分船帆，特别是主桅顶帆、前桅顶帆和第三方帆。这样做其实是为了慎重起见，预防突然遇到的暴风雨天气。不过迪克·桑德认为依现状来看，并没有出现什么不好的预兆，而且我们年轻的船长已经下定决心，要在甲板上度过他上任后的第一个夜晚，他要监视船上的一切情况。

不减少风帆，自然就会使船行驶得更快一些，迪克·桑德迫切地想让船离开这片荒凉的海域。[赏析解读：“迫切”一词体现出了年轻的船长的忧虑。]

我们已经知道，测程仪和罗盘是迪克·桑德能够使用的所有工具了，他只能依靠这两种工具大概地估算出“流浪者”号的航线。

一整天的时间，他每隔半小时就会命人把测程仪放下水一次，用来记下航速。

由于迪克·桑德所掌握的知识有限，他只有在获得了航速数据后，再辅以罗盘定位，才能大概知道“流浪者”号的方向和位置。

一般在船上会有两个罗盘，一个装在罗经柜里，能够放在舵手的面前。这个罗盘的盘面白天靠阳光，晚上则有两盏灯在旁边一直照着，以便舵手能够随时辨别出船航行的方向。

而另一个罗盘则是一个反向的倒置罗盘，它被装在船长的舱房墙壁上。这样一来，船长不用离开他的舱房，就知道船有没有按照正确的航线行驶，舵手是不是由于疏忽或技术原因而使船偏离了航向。

任何一艘长途航行的船只，最少都会配置两个罗盘，这就像为船配备了两台计时器。船长可以通过核对这两台仪器的数据来校正它们的误差。[赏析解读：此处对这两个罗盘的描述是为了更好地引出下文。]

不得不说，“流浪者”号在这方面的配置还是齐全的，迪克•桑德已经嘱咐过他的水手们，一定要特别注意保护这两台对他们来说无比重要的仪器。

然而不幸的事情还是发生了。在二月十二日夜间，迪克•桑德正值班掌舵时，一场意外发生了。那个原本被铜丝牢牢地固定在木板上的倒置罗盘突然掉到了地上。人们在第二天才发现了它。

谁也想不通那根牢固的铜丝到底是怎么断开的。有人觉得是因为铜丝老化，船身发生摇晃时，一下子就把罗盘甩下来。虽然那一夜的海浪确实很大，但是无论是什么原因，事情已经发生了，罗盘被摔坏了，而且无法修复。

这让迪克•桑德非常恼火，可也没有办法。他以后只能靠那个安装在罗经柜中的罗盘来掌握方向了。很明显，倒置罗盘被摔坏这件事，怪不了任何人，可是却会对他们的航行产生极其严重的影响。迪克•桑德必须要时刻保护好仅存的这个罗盘，以防再出现意外。[赏析解读：船长舱房被摔坏的罗盘被大家当作一个意外，作者在这里为下文埋下了伏笔。]

总之，到目前为止，除了摔坏了一个罗盘外，“流浪者”号上的一切都还算顺利。

韦尔登夫人看到迪克•桑德遇事沉着、冷静，也逐渐恢复了信心。这倒不是说韦尔登夫人一直处在毫无信心的绝望中，因为她深信上帝会保佑她。作为一个虔诚的天主教徒，她会从对上帝的祈祷中得到安慰。

迪克•桑德总是安排自己在夜里掌舵。白天他只睡五六个小时，但是这已足够他恢复精力了，因此他也并没有觉得自己很累。在他休息的那几个小时里，就由汤姆和他的儿子巴特来接替他掌舵。在他的教导下，汤姆和巴特已经学会掌舵了。

韦尔登夫人会经常与迪克•桑德在一起闲聊。年轻的船长非常乐意听取这位聪明又勇敢的夫人的见解。他每天都会指着船上的航海图向她说明“流浪者”号航行的路线，虽然那条航线只是他根据船只行驶的方向和航速大概估算出来的。

“韦尔登夫人，您看这里，”总是能听到迪克•桑德这样对韦尔登夫人说，“根据现在的风向来看，我们一定会到达南美洲海岸的。虽然我不能确保，但是我可以确定地说，当我们能够看到陆地时，那就代表我们离瓦尔帕莱索不远了。”

韦尔登夫人对于“流浪者”号航向的正确性没有丝毫怀疑，特别是在西北风的推动下。不过，“流浪者”号好像距离美洲大陆仍然很遥远。在船和大陆之间，只要天气和海洋出现任何变化，就会让他们的处境变得十分危险！［赏析解读：在海上航行，天气和海洋的变化都是不可控因素，而往往正是这些因素会使航行的人陷入危险之中。］

小杰克与他同龄的孩子一样，总是那样无忧无虑，他又开始像往常一样与丁戈在甲板上嬉戏打闹。虽然他发现他的朋友迪克·桑德不能再像平常那样一直陪着他了，但是妈妈已经告诉过他，他们一定要让迪克·桑德全身心地投入到工作中去。也正是因为小杰克明白这个道理，所以他才不会去打扰那位年轻的船长。［赏析解读：从这里可以看出，小杰克被教育得很好，很懂事。］

船上的生活一如既往地进行着。五位黑人非常聪明，他们越来越熟悉水手这个职业了。汤姆自然而然地成了船上的水手长，显然他的同伴们只会选他当水手长。在迪克·桑德休息时，汤姆会安排大家值班，他和巴特、奥斯汀都可以接替迪克·桑德掌舵。而另外一班由阿克顿和埃居尔组成，由迪克·桑德直接指挥。这样就可以保证当一个人掌舵时，总会有两个人在船头守望。［赏析解读：五位黑人对于航海生活越来越适应了，而迪克·桑德也十分信任他们，一切似乎朝着好的方向发展着。］

尽管现在“流浪者”号所在的海域极少有船只来往，他们不用担心发生撞船事件，但是迪克·桑德还是下令让他们在夜间严密监视海面上的情况。他从来不让挂在船舷两侧的夜航灯熄灭，这些工作他总是做得一丝不苟。

迪克·桑德连着几晚都值班掌舵，这让他时常觉得有一种无法摆脱的疲劳感缠着他。他并没有意识到自己这时已经过度疲劳了，而他的两只手只是在下意识地进行掌舵。

二月十四日凌晨，出事了。那时迪克·桑德特别累了，他不得不去休息几个小时，于是让老汤姆接替了他的工作。

二月十三日那天，乌云密布，在冷空气的作用下，到了傍晚时乌云已经黑压压地笼罩着海面上空。海上变得很暗，几乎无法看清高处的船帆。埃居尔和阿克顿这时正在船头的甲板上值班。船尾舵盘的金属在昏黄的灯光中反射出几点柔和的光。船舷的灯光照射在船的两侧，使甲板陷入一片黑暗中。

凌晨三点左右，一种昏昏欲睡的氛围突然笼罩了老汤姆，这种感觉使他逐渐失去了意识。他长时间盯着罗盘里的亮光，突然一瞬间好像什么也看不到了。随后，他马上就陷入了黑暗中。[赏析解读：这里对场景的描述，透露着诡异的气氛，使读者产生好奇。]

这个时候，他不但看不到东西，即使有人用力摇他或掐他，他也不会有知觉，自然也就没有发现有一个黑影悄悄地摸到了甲板上。

这个黑影就是内格罗。

只见他来到了船尾，把手里一块看起来极为沉重的东西塞到了罗经柜的下面。

他不慌不忙地看了一会儿罗盘上发光的指针，接着又悄悄地溜走了。当然他所做的这一切都没有第二个人看到。

事实上，他拿着的是一块磁铁，它可以在不知不觉中改变罗盘指针指向的方向。而这时罗盘里的指针已经不再指向与地球正北方略有偏差的“磁北”了，而是指向了东北方，这就使航向整整偏差了四十五度。也就是说，现在的航向已经偏差了一个正角的一半了。[赏析解读：内格罗想要把他们带到哪里去？显然没有人知道，但是可以确定的是他是有预谋的。]

没过多久，汤姆就清醒了过来。他的眼睛落在了罗盘的指针上，指针指出的方向让他有理由相信“流浪者”号已经偏离了正确的航向。于是他立刻转舵，让船头重新转向东方，至少他认为那就是东方。

但是谁也没有想到，罗盘指针的偏差让“流浪者”号正向着偏离原本航线的东南方前行。在顺风的推动下，人们丝毫没有发现航向已经有所变化，他们依旧觉得“流浪者”号还在向着他们所期望的方向行驶着。

# 第十一章　暴风雨来临

[名师导读]

“流浪者”号在强劲的西北风推动下正全速前进，当所有人都认为不久后就会到达美洲海岸时，却不知道此时的“流浪者”号正带着他们去往另一个未知的地方。与此同时，迪克·桑德发现海上的天气发生了变化，他们即将面对一场真正的暴风雨。最让人觉得怪异的还是那位古怪的厨师，他故意让船脱离计划好的航线是为了什么呢？

在二月十四日至二十一日的这一周里，没有发生任何意外事件。西北风不断在增强，“流浪者”号在海上乘风破浪，快速前进，平均每天的航程达到了一百六十海里。对于这样一艘大型纵帆船来说，这种速度几乎已经是当时能够达到的最高航速了。

按照迪克•桑德的估算，他的这艘船已经离往返于两个半球之间的远洋客轮经常航行的海域非常近了。他一直希望遇到一艘客轮，这样他就可以将韦尔登夫人母子等人送上客轮，或是向客轮借几个水手，甚至是借一位水手长。他一直在海面上寻觅，生怕会错过任何一艘船只，但是一无所获。

这让迪克•桑德感觉十分不解。他曾经三次参加前往南极海域的捕鲸作业，经常往返于太平洋这一带海域。按照他计算出的经度和纬度，在这一带海域中竟然看不到任何一艘上行至合恩角，或下行至南美洲的英美客轮，这显然很不正常！

当然迪克•桑德并不知道，他甚至都无法发现“流浪者”号已经航行在高纬度地区了，这要比他所估算的位置更偏南。

造成这种结果的原因有两个：

首先，迪克•桑德只能大概测出“流浪者”号在这片海域中的航速，而这片海域的海流已经在他没有察觉到的情况下使“流浪者”号偏离了原来的航线。

其次，在罗盘遭到内格罗的破坏后，罗盘的指针已经无法指出正确的方向了。自从船长舱房的罗盘被摔坏后，迪克•桑德就无法对驾驶室的罗盘进行校正了。因此，他一直认为，而且也有理由认为船在向东行驶，而事实上是在向东南行进。迪克•桑德的眼睛没有离开罗盘，测程仪也一直按时放到水中测出数据，这两种仪器是“流浪者”号行驶的依据。但是很明显，这是远远不够的。

即使这样，迪克·桑德还是尽力安慰韦尔登夫人，因为航行中的一些小意外总会让她忧虑不已。

“我们很快就到了！很快！”迪克·桑德不断重复着，“我们肯定会达到美洲海岸的，不管是哪一个港口。现在对我们来说停在哪个港口都可以，我们一定能够到达港口的！”[赏析解读：这些看似安慰韦尔登夫人的话，其实也是迪克·桑德的自我安慰。]

“是的，我相信我们一定可以，迪克。”

“的确。韦尔登夫人，如果您没有在这艘船上，我就只需要去考虑我们这几个人，那样我会轻松一些，可是现在……”

“但是，如果我没有在这里，”韦尔登夫人答道，“如果贝内迪表兄、杰克、南和我没有登上船，如果汤姆他们没有从海上得到救援。那么迪克，现在这艘船上就只剩下你和内格罗了，你该怎么办呢？你身边除了一个像魔鬼一样的家伙，你还能信任谁呢？我的孩子，你会怎么做呢？”

迪克·桑德斩钉截铁地说道：“我会先把他关起来！这样他就无法伤害到我！”

“那你要一个人做事吗？”

“是的，但还有上帝与我同在！”

这些坚定的回答正是为了鼓励韦尔登夫人。可是当她看着小杰克时，依然会忧心忡忡。虽然她不愿意让别人看出一位母亲的忧虑，但是仍难免流露出内心深处的痛苦。[赏析解读：由此可以看出，韦尔登夫人是个坚强、勇敢的女人，她把担忧与痛苦都埋在了自己的心里。]

虽然这时的迪克·桑德在水道测量学上的造诣还有着明显的不足，但是他却具有一名合格的水手所特有的预见天气的能力。天空的气象与气压计（用以测量大气压强的仪器）上的变化都会使他警觉起来。赫尔船长精通气象观测，而且他曾经教过迪克·桑德怎样使用气压计，而在这方面迪克·桑德无疑是一名优秀的学生。

以下这些是观察气压计需要注意的事项：

第一，如果好天气持续了很长一段时间之后，气压计里的水银柱（温度表中随温度变化而升降的柱状水银液体）突然持续性下降，那就说明一定有雨。但是，气压计里的水银柱也可能会提前两三天的时候就开始下降。这个时候人们还未能察觉到大气有什么变化。水银柱下降的时间与下雨之间间隔的时间越长，那么降雨持续的时间也就越长。

第二，如果降雨在持续了一段时间后，气压计里的水银柱开始缓慢且有规律地上升，那就说明天要转晴了。水银柱上升的时间与天晴之间间隔的时间越长，那么晴天持续的时间也就越长。

第三，在以上两种天气变化中，如果水银柱出现迅速上升或下降的现象，那么这种刚刚变化了的天气是不会持续很久的。

第四，如果气压计中的水银柱一直处于持续上升的状态，即使现在还在下雨，天气也会转晴，反之亦然。然而，如果在雨天水银柱持续上升后，又在天气变晴后出现迅速下降的情况，那就说明马上会变天，反之亦然。

第五，在春秋两季，如果气压计中的水银柱突然下降，说明会出现大风天气。在炎热的夏季，如果水银柱突然下降，那么就说明会出现暴风雨。在结冰的冬季里，如果水银柱突然下降，那就说明会变风向，同时还会伴有大雨和解冻的现象。如果在出现持续的结冰天气后，水银柱急速上升，则说明会出现大的降雪天气。

第六，如果气压计中的水银柱上下波动频繁，这并不表明天气会发生变化，只有当它缓慢上升或下降时，才有准确预测阴晴的意义。

第七，秋末，如果持续了一段风雨天气后，气压计里的水银柱开始上升，这就表明即将要刮起西北风了，而离结冰的日子也就不远了。

以上这些就是以气压计来判断天气的依据。[赏析解读：从气压计上的不同变化可以看出，海上的气候是十分善变的。]

很显然，迪克·桑德对这些常识十分熟悉。在他作为实习水手的这些年中，这些常识经常应用在实践中，丰富的经验让他足以去应对海上变化莫测的天气。

其实，将近二月二十日，这位年轻的船长就注意到气压计上的水银柱已经发生了变化。他每天都很仔细地关注着水银柱上的每一次微妙变化。水银柱开始缓慢地持续下降，这表明要下雨了。但是雨迟迟不来，迪克·桑德就知道糟糕的天气会持续很久。而事实也确实如此。[赏析解读：迪克·桑德丰富的实践经验让他能够感知到天气的变化。]

在这样的季节里，风雨会同时到来，而且强烈的大风已经先到了。此时的风速已经达到了每秒六十英尺，也就是每小时四十多英里。

迪克·桑德知道自己必须要采取一些预防措施，避免“流浪者”号上的桅杆和风帆受到损坏。他先命人将前桅顶帆、主桅顶帆和第一斜桅的三角帆收了起来，随后将前桅第三方帆收起，最后收起前桅的第二方帆。

最后这项作业对他的水手们来说还是极有难度的。不过虽然没有工作经验，但是现状已不允许他们有迟疑，事实上也并没有人因此犹豫不决。迪克·桑德和巴特、奥斯汀一起爬上了前桅的桅杆，好不容易才收起了前桅的三角帆。如果形势不这么紧急的话，迪克·桑德或许会把帆架留在桅杆上，但是他知道在大风即将到来时，有可能需要加固桅杆，甚至还需要把它拆下来，所以他把那两个空帆架直接卸了下来，把它们放在了甲板上。众所周知，海风过于猛烈时，不仅要收起船帆，还要收起桅杆上的所有用具，以便可以最大限度地减轻船只的负担。因为船顶部的负担小了，船只受到海风影响所产生的起伏和摇摆也会相对减轻。

两个小时后，他们完成了第一部分的工作。紧接着，他们又开始拆除帆架。这样做可以减轻桅杆的负担。“流浪者”号与大多数新式帆船不同，它没有安装方便调整操作的双层桅杆，所以迪克·桑德和他的新水手们只能按照传统方法进行操作。

到了二月二十二日那天，迪克·桑德发现水银柱一直保持在二十八点七英寸以下。

看样子，水银柱在短时间内是不会上升了。此时的天空阴沉得可怕，风变得很猛烈。海面上的浓雾久久不散，几乎连太阳都看不到了，因此很难辨认日出、日落的方位。

迪克·桑德感到十分忧虑。此时他一步也不能离开甲板，他几乎连觉也不睡了。在强大的精神作用下，他将那深深的忧虑都压在了心底。[赏析解读：恶劣的天气会使他们的航行变得危险，迪克·桑德深知这一点，为此他十分担心。]

二月二十三日上午，风力有所减弱，但是迪克•桑德深知不会风平浪静的。果然不出所料，下午时分，风力开始增强，海面上波涛汹涌，看上去十分可怕。

临近下午四点钟时，鲜少露面的内格罗竟然离开了厨房出现在甲板上。大狗丁戈此时应该是在船上的某个角落睡觉，否则现在人们早就应该听到它那饱含着愤恨的狂叫声了。

内格罗就那样静静地站着，在半个小时的时间里，他都只是默不作声地望着地平线。

长长的海浪在海面上前仆后继地向前涌去，虽然它们没有相互冲击，但是在海风的推动下，一浪高过一浪。由此可以肯定，在离这里很近的西部海面上，情形一定比这里还要恶劣，而且这一带的海域很快也会受到影响。

“流浪者”号身处险象环生的大海中，内格罗先是注视着无边的大海，然后又将他冷漠的目光投向了阴沉的天空。

天空中的景象令人心生恐惧。海面上的雾气在汇集，而天空中的乌云也在以不同的速度滚动着，甚至分成了两层，上面的一层跑得快，而下面的那层跑得慢。遇到这种情况就要格外警惕了，因为一旦空中的乌云下降，这种“疾风（气象学上指7级风，时速为50~61千米）”天气马上就会演变成为一场暴风雨或是飓风（大西洋和北太平洋东部风速达到33米/秒的热带气旋，飓风中心有一个风眼，风眼越小，破坏力越大）。

不知道内格罗是一个无所畏惧的人呢，还是对海上的灾难气象一无所知，反正他好像什么也没有看到一样，甚至在这样的天气下，他的嘴角竟然还出现了一丝微笑，那是一丝可怕的微笑！[赏析解读：内格罗的异常表现让人猜不透他的想法，这个阴险的人对这样的现状好像很满意。]如果有人看到这种情形可能会认为这家伙一定在幸灾乐祸。但是在某一段时间，他却爬上了船头的桅杆，一直爬到固定帆架的帆索（系帆的绳，用以升降船帆和控制受风。又名篷索）上，这样会让他看得更远一 些。他好像在寻找地平线上可供他辨认位置的地理特征。最后，他平静地爬下了桅杆，依旧保持沉默，转身返回了他的休息室里。

虽然一切都看起来很糟糕，但至少还有一件令人感到欣慰的事情，这是大家都能想到的一件事情，那就是风向。虽然现在风很大，而且会越来越大，但是风向对他们来说一直是有利的顺风。照这种速度行驶下去，“流浪者”号应该很快就能看到美洲海岸了。当然即使没有受到现在这种恶劣天气的影响，“流浪者”号继续像之前那样安全行驶，那么等它靠岸时，也会面临许多没有预料到的危险。

这正是迪克·桑德感到忧虑的地方。等到能看到海岸时，如果没有领航员（主要工作是为第一次到本港口的船舶提供从锚地到指定泊位的航行线路指引、航标和堤头灯的指认以及浅点辨识、潮流的提示等，一般乘坐拖轮到靠泊的船上去指导靠泊作业）来带领船只，那么他该如何入港呢？如果海上的恶劣天气使他找不到一处港口避风时该怎么办呢？虽然就目前的情况来看，他的担忧有些为时过早，但是一旦发生了那些情况，迪克·桑德就必须做出决断。是的，他一定能做到的。

在二月二十四日至三月九日这十三天中，天气没有发生任何大的变化，一直都是浓雾弥漫，风力也时强时弱，气压计上的水银柱曾出现过两三次的波动，上下波动的幅度约有十二英分（英制长度单位，1 英分 3.175 毫米），因为速度很快，所以很难从中做出判断。而且水银柱现在一直在快速下降，这也表明坏天气想必会持续一段时间。

曾有几场可怕的暴风雨来得很突然，这也是让迪克·桑德感到不安的原因。其中有两三次，闪电就在离“流浪者”号几链远的海面上炸开。紧接着倾盆大雨在海面上形成了一阵阵水蒸气和雾气的漩涡，把“流浪者”号包围在一片水雾之中。

在好几个小时中，人们什么也看不见，“流浪者”号只能在水雾中摸索着行驶。[赏析解读：暴风雨这种恶劣的天气，会使迪克·桑德他们的航行严重受阻，大家陷入了危机重重的困境当中。]

尽管“流浪者”号吃水很深，但仍不可避免地剧烈颠簸着，好在韦尔登夫人感觉尚好，只不过这种剧烈的起伏和摇摆让小杰克感到十分痛苦，所以韦尔登夫人不得不一直陪着他。贝内迪表兄的身体却好像和他的那些美洲蟑螂一样好，他依旧每天待在自己的房间里，花费所有的时间去研究那些蟑螂，平稳得就像坐在自己旧金山的书房中一样。

好在迪克·桑德的新水手们非常适应这种海上生活，他们并没有发生晕船的现象，可以随时听候差遣，而对迪克·桑德来说，在这种条件下进行操作也早已习以为常了。

船帆的减少并没有影响“流浪者”号的航速。迪克·桑德很快就发现他或许应该再减少船帆，可是他又很想保持目前的这种状态，因为这样或许并没有什么危险。按他的估算，他们很快就可以靠岸了。大家都打起了十二分的精神注视着前方。但是迪克·桑德还是不放心，他担心他的同伴会错过任何一点陆地的迹象。要知道无论一个视力多么好的人，如果没有相应的经验，是很难在这种大雾天里辨别出海岸线的形状的，因此迪克·桑德必须亲自做这件事。为了能够看得更远，他常常会爬上桅杆。可是，他连美洲海岸的影子也没有发现，这让他觉得很奇怪。[赏析解读：按照迪克·桑德的估算，他们应该离岸边不远了，一直没有发现海岸使他的心中产生了疑团。他只是不知道一切都与内格罗有关，作者这么写符合事态逻辑。]而韦尔登夫人也从他的只言片语中感受到了他的忧虑。

三月九日，迪克·桑德站在船头，时而望向大海和天空，时而看向船上的桅杆。桅杆在狂风的摧残下勉力支撑着。[赏析解读：“勉力”一词体现出了当时天气的恶劣程度。]

“还是看不到吗，迪克？”韦尔登夫人在迪克·桑德结束瞭望后问道。

“看不到，韦尔登夫人！不过，在大风的吹拂下，地平线看上去清晰多了。”年轻的船长答道。

“那么，你认为我们离海岸还远吗？”

“不远了，韦尔登夫人。可让我感到奇怪的是，我为什么还没有看到它？”

“我们的航向一直是正确的，对吗？”韦尔登夫人继续问道。

“是的，自从赫尔船长他们遇难之后，就刮起了西北风。我们的航向就一直没有问题。那天是二月十日，今天是三月九日，我们已经航行了二十七天了！”迪克·桑德答道。

“二月十日那天，我们离美洲海岸有多远呢？”韦尔登夫人问道。

“大约是四千五百海里，韦尔登夫人。别的事情我不敢确定，但是我确信对这个数字的误差不会超过二十海里。”[赏析解读：从这里可以看出，迪克·桑德对自己的估算还是有信心的。]

“这些天，我们的平均速度是多少呢？”

“风力增加后，我们平均每天行驶一百八十海里。这也正是我觉得奇怪的地方。为什么还是看不到陆地？更让我觉得奇怪的是，在这个经常有客轮航行的海域，我们竟然没有遇到一艘船。”

“迪克，你没有算错航速吧？”韦尔登夫人问道。

“我确定没有算错，韦尔登夫人。每隔半小时我就会把测程仪放下去，然后记录下上面显示的数据。现在我正好又要把它放下去了。过一会儿您就会看到我们现在的航速是每小时十海里，也就是说每天我们能行驶两百多海里！”

接着，迪克•桑德叫来了汤姆，命他把测程仪放下水。这件事对汤姆来说已经轻车熟路了。

他把拴在绳子上的测程仪放下了水，可是就当他放至一百五十英尺时，绳子突然断了。

“糟糕！迪克先生！”汤姆惊声叫道。

“发生了什么事，汤姆？”

“绳子断了！”

“断了！测程仪丢了？”迪克•桑德叫道。[赏析解读：迪克·桑德的反应足以说明这个仪器对他们的重要性。]

汤姆将手里剩下的半截绳子拿给他看。事实上，并不是测程仪没有绑牢，而是绳子从中间断掉了。要知道这种绳子的质量是非常好的，如果不是磨损得过于严重，它是不会断掉的。然而，迪克•桑德虽然可以断定汤姆手中的绳子确实是被磨断的，但是他的心里却有着一个疑问：这种磨损真的是使用造成的吗？[赏析解读：这里的反问句，表达出了迪克·桑德对此事持怀疑态度。]

无论如何，测程仪已经丢了。迪克•桑德再也没有其他仪器可以准确地计算“流浪者”

号的航速了。现在他唯一能够依靠的工具只剩下一个罗盘，而他还不知道这个罗盘已经被人动了手脚，上面显示的数据是错误的。

韦尔登夫人感觉到了迪克·桑德的难过，所以她没有再继续询问，只是心情沉重地回到了自己的舱房。

虽然再也不能精准地计算出“流浪者”号的航速，但是迪克·桑德依然能看得出这艘船的航速很快。

到了三月十日这天，气压计上的水银柱迅速下降到二十八点二英寸，这表明大风将至。

在这股时速达到六十英里的大风来临前，迪克·桑德他们最该做的就是要尽快再次调整船帆，避免使船陷入危险。

迪克·桑德决定把前桅的第三帆和主桅拆除，同时将前桅和主桅下面的大帆收起来，只留下小三角帆和下面已经收起来的第二方帆。

迪克·桑德让汤姆和他的伙伴协助自己，一起进行这项困难的操作。但是由于时间紧迫，在他还没有完全结束工作时，暴风雨已至。[赏析解读：由此可以看出，海上的气候变化非常快。]

迪克·桑德、奥斯汀、阿克顿和巴特同时爬上了桅杆。汤姆则负责掌舵，而埃居尔就站在甲板上待命，只要迪克·桑德一声令下，他就马上松开帆绳。

他们费了好些工夫才将主桅的桅杆和前桅的小方帆收起。由于桅杆一直在剧烈晃动，迪克·桑德等人多次险些被甩进海里。紧接着，前桅的第二方帆也被收起了一部分，前桅的大帆也收了起来。现在只留下小三角帆和下面的第二方帆还在发挥着作用。

即使现在只留下了少量的船帆，“流浪者”号的速度也似乎并未受到影响，仍在飞速疾驶。

三月十二日，恶劣的天气丝毫没有收敛的意思。在天要亮时，迪克·桑德发现气压计上的水银柱已经降到了二十七点九英寸。这种情况让他心生恐惧，这表明一场真正的暴风雨就要来了，而他们现在急需把所有的帆都收起来。

迪克·桑德还发现，前桅的第二方帆就要被狂风撕破了，因此急忙下令将它收起来。可还是晚了一步，狂风卷着这张帆扬长而去。这时接到命令的奥斯汀正爬上了第二方帆的帆架上，狂风带起来的左舷桅绳狠狠地抽到了他的身上。好在伤势并不严重，他还可以慢慢地回到甲板上。[赏析解读：这里的描述不但体现出了海风的猛烈，同时也让读者为迪克·桑德等人的命运而担忧。]

迪克·桑德此时心急如焚，他知道在这种强烈的风暴中，“流浪者”号随时都可能会触礁（指船舶触碰礁石致损或驶上海岸、礁石及其他坚硬物件并搁置在上面，失去进退自由，在短时间内难以脱险的情况）。按照他的估算，他们离海岸附近的礁石已经不太远了。他又回到船头再次观察，但是依旧没有发现陆地的迹象，只好返回驾驶室中。

没过多久，甲板上出现了内格罗的身影。他站在那里注视着前方，突然情不自禁地用手指向了地平线上的某一个点。这表明他已经透过大雾看到了陆地！

内格罗的脸上再次绽放出了邪恶的笑容。他没有将他的发现告诉任何人，转身回到了厨房。

## 第十二章　在地平线上

**[名师导读]**

“流浪者”号一直在暴风雨中行驶，大家对陆地的渴望已经到了白热化。迪克·桑德对一直没有看到陆地感到十分疑惑，同时对内格罗的怀疑也越来越大。所有的一切看似并没有什么异样，但是却又无法解释。直到有一天埃居尔发现了一座孤岛，而那座孤岛也让迪克·桑德确定了他们所处的位置，这让迪克·桑德对他们的航行再次充满了信心。

“流浪者”号遇到的是飓风式的暴风雨，此时它正疯狂地刮着西南风，气流的最高时速达到了九十英里。

这种恐怖的飓风可以把停靠在海湾里的船卷到岸上，甚至连海岸上最坚固的建筑也难逃厄运。在一八二五年七月二十五日，这种可怕的飓风就将瓜德罗普（位于加勒比海小安的列斯群岛中部，哥伦布曾于1493年到达该岛，其名字来自西班牙埃斯特雷马杜拉地区的瓜德罗普夫人）摧毁了，甚至那些大炮和很多重达二十四磅的炮弹也都被风卷走了！不难想象，像“流浪者”号这样一艘以波涛汹涌的大海作为支撑点的船只，等待它的命运是怎样的了。幸运的是，船可以随风漂动。虽然一艘船并不能抵挡狂风，但是只要它的结构坚固，还是可以与巨浪抗衡的。“流浪者”号就是这样一艘坚固的船。[赏析解读：在文中的一开始就指出“流浪者”号是一艘最好的船，在这里又再次体现出了它的优越性，呼应前文。]

在前桅第二方帆被大风撕碎的几分钟后，“流浪者”号中桅的小三角帆也被狂风带走了。迪克·桑德只好放弃升起风暴艏（封闭式舰艏）三角帆这个念头。风暴艏三角帆是一种用亚麻布做成的小三角帆，升起这样的小帆会使驾驶船只更容易些。

在没有任何船帆的情况下，“流浪者”号继续前行。狂风不断地击打着船体、桅杆和索具，因此“流浪者”号的速度依然很快。它时而浮在浪尖上，看起来像掠过了海浪。

暴风雨卷起的巨浪疯狂地击打着“流浪者”号，使船体产生剧烈的颠簸。更危险的是，船尾不断受到凶猛的巨浪的拍击。奔腾的海浪疯狂地追逐着“流浪者”号，速度比它要快得多。如果“流浪者”号不能及时冲上浪峰，海浪就会随时冲上船尾。任何一艘帆船在暴风雨中挣扎都是极端危险的事情。[赏析解读：此处的描写，一方面渲染了紧张的气氛；另一方面体现出了“流浪者”号当时处境的危险。]

可是，怎样才能避开这些危险呢？“流浪者”号上已经没有一片船帆，想让它加速是不可能的了。现在唯一能够依靠的只有舵，但是它能够起到的作用微乎其微。

迪克·桑德寸步不离地守在舵位上。为了防止被巨浪冲走，他在腰间绑了一根缆绳。在他身边还站着汤姆和巴特，以便能够随时给予他帮助，他们的腰上也同样有一根缆绳。埃居尔和阿克顿则把自己固定在了缆桩上，继续负责瞭望的工作。[赏析解读：即使处在这样危险的环境里，迪克·桑德和他的黑人朋友们依然坚守在自己的岗位上。]

韦尔登夫人母子、南和贝内迪表兄他们则按照迪克•桑德的吩咐，全都待在船舱里。原本韦尔登夫人是想要留在甲板上的，但是迪克•桑德执意让她待在舱房里，因为根本没有必要让她在上面冒险。

船上的所有舱门都严严实实地盖好了，这样可以防止巨浪卷上甲板时，海水灌入船舱。如果舱门不幸被巨浪冲破了，船只就会因船舱灌满了海水而沉没。幸好“流浪者”号是一艘坚固的船，它的舱门很牢固，货舱里的货物也安排得非常合理，因此在船身剧烈地摇晃中，那些货物也没有互相碰撞。

迪克•桑德甚至都不敢去睡觉了，韦尔登夫人十分担心他会因此而病倒，在她的反复劝说下，迪克•桑德才答应去休息一会儿。[赏析解读：韦尔登夫人十分心疼这个少年，可以看得出来，她将这个收养的孩子视为己出，为人心地善良。]

三月十三日到十四日的半夜，又是在他睡觉的时候，发生了一桩新的意外。

汤姆和巴特正在船尾的舵位值班，极少出现在甲板上的内格罗突然出现了，他向他们走来，看样子想与他们聊上几句，但是很显然汤姆与巴特并不想理他。

突然，船身在巨浪的冲击下剧烈地摇晃了一下，内格罗摔倒在甲板上了。如果不是一把抓住了罗经柜，他无疑会被甩进大海。

汤姆看到他抓住了罗经柜，顿时惊叫起来，他害怕内格罗将这唯一的罗盘打碎。

正在休息的迪克•桑德听到汤姆的叫声后，马上就醒了过来，他急忙冲出自己的舱房，直奔船尾。

这时，内格罗已经从甲板上爬了起来，但是他的手里多了一个东西，那就是他之前放在罗经柜下面的那个磁铁。在众人发现之前，他已经把磁铁藏了起来。[赏析解读：这个阴险的葡萄牙人刻意摔倒，在众人没有察觉的时候取走了他放在罗盘下的磁铁，这不禁让人想到他的阴谋就要得逞了。]

那么，难道他想让罗盘上的指针恢复正确的方向吗？是的，因为现在刮的西南风对他有利。

“怎么回事？”迪克•桑德急忙问道。

“这位愚蠢的厨师刚才摔在了罗盘上！”汤姆答道。

听闻此言，迪克·桑德心中一惊，马上查看罗盘的情况。还好罗盘并没有坏，它在灯光的照耀下，依然静静地待在它的同心圆上。

迪克·桑德松了口气。如果这个罗盘再摔坏了，那么后果将不堪设想。

自然也就没有人发现，在内格罗拿走了磁铁后，罗盘的指南针就恢复了正常，现在上面的指针正指向了“磁北（是指南针所指示的北，由于地球的磁场两极与地理上的南北两极不重合，因此指南针指示的北为磁北而非真北，磁北会随着时间而变化）”。

虽然内格罗看起来并不是有意的，但是迪克·桑德却不得不怀疑他来到船尾的目的。

“你到这里来干什么？”迪克·桑德问道。

“干我想干的事！”内格罗冷冷地回答。

“什么！”迪克·桑德再也不能控制住自己的情绪，忍不住怒吼道。

“我是说，船上并没有规定说我不能到后甲板散步啊！”内格罗继续说道。

“那好，我现在就规定，以后禁止你到后甲板来！”

“你真的要这样做吗？”内格罗一边说一边做了一个威胁的动作。

迪克·桑德立刻掏出手枪，枪口直指着内格罗的脑袋。

“内格罗，记住，只要你敢反抗一下，我就会打烂你的脑袋，这支左轮手枪随时都在我身上！”迪克·桑德向他发出了警告。[赏析解读：迪克·桑德虽然只是一个十五岁的少年，但他也是一名船长，他有着船长所具备的胆识和魄力。]

内格罗还没来得及说什么，就不由自主地倒在了甲板上。

原来是埃居尔把他按倒了，他只不过把按到内格罗肩膀上的大手稍微用了点力。

“桑德船长，你想让我把这个恶棍扔下去吗？我想海里的鱼群一定会非常高兴能够饱餐一顿的。”这个正直的巨人说道。

“没有必要。”迪克·桑德答道。

在黑人将他的大手从内格罗的肩膀拿开后，他立刻爬了起来，一边往回走一边小声地咒骂道：“黑鬼，以后跟你算账！”[赏析解读：内格罗的这句话，也是作者为后续事态的进展埋下的伏笔。]

这时，风向忽然发生了变化，或者说风向好像突然转了四十五度。这种变化让迪克·桑德很费解，因为海上的气象丝毫没有预示着会有这种变化。船头的方向一直没变，海风和大浪原来是直接冲击船尾的，现在却变成了击打船的左舷了。这很危险，因为“流浪者”号的左舷承受了海浪的冲击。迪克·桑德无奈之下只好将船转头四十五度，以此来减轻船只受到的冲击。

迪克·桑德现在比任何时候都更警惕。他的心里不断地升起疑问，内格罗的摔倒和船长舱房的罗盘摔坏有没有联系？他去船尾干什么呢？他是不是为了掩饰自己那些不可告人的目的，想要把那个罗盘也弄坏呢？他会有什么样的目的呢？这一直都让人无法理解，难道他不想与大家一样尽快地登上美洲海岸吗？

迪克·桑德和韦尔登夫人谈起了这次意外事件，韦尔登夫人觉得迪克·桑德的怀疑并没有什么问题，可是想不出内格罗为什么要这样做，或许这个理由就是内格罗犯罪的动机。[赏析解读：虽然大家都对内格罗的怪异举动感到怀疑，但是没有证据去证明。]

为了慎重起见，内格罗还是被严密监视起来。内格罗倒也很遵守迪克·桑德的禁令，再也没有出现在船尾，那里的工作也从来不叫他来参与。更何况丁戈一直守在那里，因此厨师也不敢靠近。

整整一个星期，暴风雨丝毫没有缓和的迹象，气压计上的水银柱还在下降。从三月十四日至二十六日，“流浪者”号根本没有机会扬帆前行。虽然它一直向着东北方向急驰，每天最少行驶两百海里，但是仍旧看不到陆地。要知道美洲大陆的经线跨度超过一百二十度，它就像是横在太平洋和大西洋之间的长堤。

迪克·桑德简直怀疑自己是一个傻瓜，是否仍有正确的判断力。难道这些天“流浪者”号一直都在自己不知道的情况下向着错误的方向前进吗？不，不可能！他坚信自己是对的。虽然他没有看到藏在云雾后面的太阳，但是它一定是在船头升起，在船尾落下去的。那为什么他的船总也到不了美洲大陆呢？难道它消失了，还是已经移到别处了？一定会到的！不管是南美洲还是北美洲，无论发生什么样的混乱，他们总会到达其中任意一个港口的。[赏析解读：迪克·桑德反复多次地自我反问与自我肯定，恰恰体现出了他心里因看不到海岸而产生的焦虑。]

自从这场可怕的暴风雨开始降临，究竟发生了什么事情？如果真的无法到达美洲海岸，无论最后的结果是好还是坏，他们还会面临什么样的事情呢？迪克•桑德甚至猜想罗盘给了自己错误的信息，因为自从船长舱房的罗盘摔坏之后，他就无法校正航向了。但是不论怎样，总是看不到陆地让迪克•桑德十分恐慌。

所以，当迪克•桑德不掌舵的时候，他就一直研究那张航海图，可是无论怎么看都是一团迷雾，因为在内格罗给他制造的圈套中，没有人可以依靠航海图去解释这一切。

在三月二十一日早上快八点钟时，一切好像发生了转机！

当时正在船头值班的埃居尔突然大叫道："陆地！是陆地！"

迪克•桑德立刻冲到了前甲板。[赏析解读：一个"冲"字体现出了他急切与激动的心情。] 他有些担心埃居尔没有航海经验，该不是看错了吧？

"陆地在哪儿？"迪克•桑德大声问道。

"在那里！"埃居尔一边说着，一边指着东北方的地平线，只见那里有一个几乎看不清的黑点。

暴风雨和海浪的咆哮声让他们交谈起来十分困难。

"你确定那是陆地吗？"年轻的船长再次问道。

"我确定！"埃居尔十分肯定，他的手仍指着左舷的方向。

迪克•桑德再次向着那个方向看了很久，可是他什么也没有看到。

韦尔登夫人听到埃居尔的叫声后，也顾不上不准她上甲板的禁令，急忙跑了上来。[赏析解读：从这里可以感受到韦尔登夫人对于陆地的渴望。]

"韦尔登夫人，快回去！"迪克•桑德叫道。

韦尔登夫人似乎没有听到迪克·桑德的叫声一样，来到了前甲板上，尽管她曾经答应不来这里。

“夫人！”迪克·桑德喊道。

韦尔登夫人的嘴唇动了动，但是她的声音在暴风雨和海浪声中显得那样轻微。她顺着埃居尔的手望去，集中精力搜寻着那片陆地。

毋庸置疑，埃居尔的手指错了方向，因为无论是迪克·桑德还是韦尔登夫人，他们都没有看到任何东西。

然而这时，迪克·桑德突然大叫：“陆地！是陆地！”只见一块山顶一样的东西在浓雾的缝隙中露了出来。迪克·桑德有着一双富有经验的水手眼睛，它是不会看错的。

“总算到了，总算到了！”他兴奋地搓着手。韦尔登夫人一直在埃居尔的搀扶下，目不转睛地看着那块寄托了所有人希望的陆地。

那片海岸在“流浪者”号下风数十海里处，太阳透出的微光让一切都变得更清晰了。这可能是美洲大陆的某个海岬。没有扬帆的“流浪者”号无法靠近那个海岬，可是他们又不得不在那里登陆。

现在对他们来说靠岸不过是早晚的问题。现在是早上八点钟，他们在中午之前就会到达那里。

迪克·桑德担心韦尔登夫人受不了甲板上的猛烈颠簸，便让埃居尔送她回到了舱房。

年轻的船长又在船头待了一会儿，然后回到驾驶室，老汤姆正在掌舵。迪克·桑德总算看到了梦寐以求的大陆，但是这姗姗来迟的海岸却让他心生恐惧。[赏析解读：发现了陆地对他们来说无疑是件好事，但是那些未知的危险也使迪克·桑德感到害怕。]

以“流浪者”号现在的情况来看，在暴风雨的推动下，它正在飞速前进。而陆地处在下风头，靠岸意味着将发生各种可怕的海难。

两个小时后，海岬出现在人们的视线中。这时内格罗出现在甲板上，他仔细地观察着海岸，摇了摇头，心中有数似的说出一个谁也没有能听清的地名，便又返回了舱室中。迪克·桑德这时并没有留意内格罗，他所有的注意力都放在了搜索海岬后面的美洲海岸上。两个小时在不知不觉中就过去了，海岬依然在左舷的后侧，但是美洲海岸却还是没有任何踪迹。

在众人等着靠岸的期间，天气逐渐转晴，人们看到那座像美洲大陆的海岸被一望无际的安第斯山脉（位于南美洲的西岸，从北到南全长8900余千米，是世界上最长的山脉，有“南美洲脊梁”之称）环绕着，而它距离“流浪者”号不过二十多海里。

迪克•桑德举起望远镜，朝着东方的天边仔细地察看着。

什么也没有！什么也看不到！

到了下午两点钟时，海岬最后的影子也消失在大家的视野中了，迪克•桑德用望远镜看，再也找不到一丝踪迹。

这时迪克•桑德不由自主地大叫了一声，然后快速地离开了甲板，奔向了韦尔登夫人的舱房，韦尔登夫人母子、南和贝内迪表兄都在那里。

“刚才只是一座孤岛！”迪克•桑德说道。

“一座孤岛，迪克！是哪个孤岛？”韦尔登夫人说。

“看看航海图就明白了。”迪克•桑德说完马上回到他的房间，将海图拿了过来。

“这儿，就在这儿，韦尔登夫人！我们刚才看到的那座孤岛是一座在太平洋中很难找到的小岛！那么，它只有一种可能，那就是复活节岛（复活节岛属于智利，以巨大石雕像而著名。1722年4月22日荷兰航海家雅各布·罗格文率领船队发现了这座奇异的小岛。由于这天是“基督教复活节的第一天”，罗格文把它命名为复活节岛，意思是“我主复活了的土地”。岛上的土著人称这座小岛是“世界中心”），因为这一带海面上再也没有别的小岛了！”迪克•桑德说道。

“我们已经驶离了那座岛了吗？”韦尔登夫人问道。

“是的，它在距离我们上风很远的地方。”

韦尔登夫人仔细地看着航海图上的复活节岛，它在航海图上只是一个不起眼的小点。

“复活节岛离美洲海岸有多远呢？”

“三十五度，也就是大约两千英里。”

“如果我们离大陆还有这么远，也就是说“流浪者”号几乎没有动过？”

“韦尔登夫人，”迪克•桑德支着额头回答道，他看起来是在进行思考，“说实话我也不太明白是怎么回事，我无法解释这种几乎没有动的情况是怎么一回事！除非是罗盘出了问题。但是可以肯定的是，这座岛一定是复活节岛，因为风一直推着我们向东北方向前进，我们应该感谢上天，它让我们知道了我们的方向和位置。这就是复活节岛！而我们离海岸还有两千海里！暴风雨带我们来到了这里，如果暴风雨停下来，我们还是可以回到美洲大陆的，毕竟我们的船还没有迷失在太平洋上。”

大家听到年轻的船长这番坚定的话，顿时信心倍增，连韦尔登夫人都觉得自己被说服了。这群不幸的人好像觉得就要苦尽甘来了，只要大海落潮，迎风行驶的“流浪者”号就可以进港了。[赏析解读：迪克·桑德现在是所有人的精神支柱，而且大家对他无比信任，同时也可以看出大家对他的能力十分认可。]

其实复活节岛真正的名字是瓦伊乌岛，它是在一六八六年被戴维斯（爱德华·戴维斯，英国著名海盗。1686年，他登上复活节岛，惊奇地发现在这座荒凉的小岛上竖立着许多巨大的石像，因此称这座小岛为“一个悲惨和奇怪的地方”）发现的，库克船长（詹姆斯·库克，1728—1779年，英国航海家，曾经三度奉命出海前往太平洋，带领船员成为首批登陆澳大利亚东岸和夏威夷群岛的欧洲人，也创下首次有欧洲船只环绕新西兰航行的纪录）和拉佩鲁斯（康特·德·拉佩鲁斯，1741—1788年，法国航海家，曾探索太平洋，发现并以他的姓氏命名了拉佩鲁斯海峡，1788年3月从澳大利亚起航后失踪）也曾到过这里。这座岛坐落于南纬二十七度、东经一百一十二度，人们理所当然地认为“流浪者”号曾经向北偏移了十五度以上，而这个结果显然是由于西南风向的暴风雨造成的。

此时，“流浪者”号距离美洲海岸还有两千英里，但是在暴风雨的推动下，用不了十天他们就可以到达美洲海岸的某个地方。

所有人都希望天气能够好转，这样“流浪者”号就可以扬起船帆顺风行驶，使他们能够顺利登陆，而这也正是迪克·桑德所希望的。他在心里对自己说，这场持续了多日的暴风雨的好日子也该到头了！而复活节岛的出现，让迪克·桑德明确了自己身处的位置。这让他再次恢复了驾驶“流浪者”号的信心，他坚信自己一定会将它停靠在一个安全的港口。[赏析解读：复活节岛的出现不但让迪克·桑德确定了他们现在身处的位置，同时也增强了他的信心。]

确实，能够在辽阔的大海中辨别出这座孤零零的小岛，简直是上天的恩赐，这也使迪克·桑德因此恢复了信心。即使暴风雨不停歇，他也毫不气馁，因为至少他们的航行不再是盲目的了。

此外，“流浪者”号结构坚固，设备精良，在暴风雨的袭击下基本没有受到任何损伤。它唯一的损失就是那张前桅的第二方帆和一块小三角帆，而这个损失可以说是微不足道且很容易弥补。船体和甲板上的缝隙都很严密，因此一滴水也没有渗进船舱里。由于没有什么令人担心的地方，所以船上的抽水机就成了一个摆设。

暴风雨仍然肆无忌惮地袭来，无尽地发泄着自己的愤怒。虽然迪克·桑德能够凭借自己的驾驶技术让“流浪者”号与风浪抗衡，可是他却没有办法让风浪停下来，也无法让天气转晴。如果说在船上他是上帝之后的第二个主人，那么船外的世界则由上帝独自掌管。[赏析解读：由此可以看出，在海上航行，最大的威胁就是天气的不可控性。]

## 第十三章 陆地！陆地！

[**名师导读**]

暴风雨天气逐渐退去，天气也慢慢转晴，这对“流浪者”号来说无疑是一件值得高兴的事。迪克·桑德安排他的水手们升起了一些帆，这样可以让船速更快一些。随着日子一天天过去，所有人对于大陆的渴望更加强烈了。就在迪克·桑德对一直没有遇到船只和看到陆地感到奇怪时，大陆就出现在了他们的眼前。但同时他们要面对一个事实，那就是想要靠岸就必须弃船。

很快，迪克·桑德的这种信念就在某种程度上得到了证实。

在三月二十七日这一天，迪克·桑德发现气压计的水银柱开始上升，很显然这次的上升并不是大幅度地忽然上升，而是缓慢地上升，而且看上去这种上升的趋势还会不断地继续。这意味着暴风雨就要过去了，虽然风浪依旧猛烈，但是风力会慢慢减弱，风向也偏西。

这时，迪克·桑德仍然不能扬帆，因为最小的帆也会被风卷走。他只是希望在二十四小时内可以将风暴艏的三角帆升起来。

事实上，风力在夜间已经开始明显减弱，因为“流浪者”号在风中颠簸的幅度已经减小了。

因为再也不用担心会被卷入海中，所以船上的乘客又开始在甲板上活动了。[赏析解读：承上启下，总结上文，引起下文。]

第一个走出舱室的是韦尔登夫人，因为迪克·桑德害怕暴风雨会让大家遭受危险，便下令不许他们走出船舱。韦尔登夫人是想要与迪克·桑德谈一谈。对迪克·桑德来说，整个暴风雨期间完全是靠着超乎寻常的意志力才抵抗住超负荷的疲劳。[赏析解读：迪克·桑德坚强的意志力来自他身上所背负的责任和使命。]这使得他看起来很瘦，而且带着一种病态。对他这种正在长身体的少年来说，不睡觉是非常损害身体的行为。迪克·桑德坚强的意志成为他战胜困难的利器，也许他以后会为此而付出沉重的代价，但并不是现在。迪克·桑德一直在鼓励自己不能在这个时候倒下，这也是在韦尔登夫人看来，他仍旧精力充沛的原因。

这个勇敢的少年充满了信心，让人分不清是信心支配他，还是他在支配信心。

“迪克，我的好孩子，我的船长！”韦尔登夫人向迪克·桑德伸出了自己的手。

迪克·桑德看到韦尔登夫人后，笑着惊叫道：“亲爱的夫人，您又违反了船长的规定。您竟然无视他的祈祷，离开了您的舱房到甲板上来了。”[赏析解读：这里迪克·桑德虽然因为韦尔登夫人的出现感到惊讶，但是明显感觉到他紧绷的神经放松下来了。]

“的确，我违反了你的规定。但是我有一种预感，它告诉我暴风雨已经停了，或者说它将要停了。”韦尔登夫人答道。

“没错，韦尔登夫人，”迪克·桑德说道，“它确实就要停了，你的预感太准了！从昨天开始，气压计的水银柱就再也没有下降过，而且现在风也没有那么大了。我有理由相信，最艰难的日子已经过去了。”

“迪克，上帝听到了你的祈祷，他知道你受了多少苦，可怜的孩子，你做了……”[赏析解读：从韦尔登夫人简单的言语里表达出来的不仅仅有心疼，还有感激。]

“我只是做了我应该做的，韦尔登夫人。”

“现在你可以好好休息一下了吧？”

年轻的船长却摇头说道，“休息！不，韦尔登夫人，我暂时还不需要休息！在上帝的帮助下，我觉得我很好，我必须坚持下去！既然我是船长，那么就必须要坚守在这个位置上，直到船上的所有人都安全登陆！”

“迪克，我和我的家人永远都会记得你所做的一切的！”韦尔登夫人继续说道。

“这都源于上帝的恩赐。”迪克·桑德答道。

“我要再说一次，我的孩子，你坚强的意志和充沛的体力都已经表明你是一个真正的男人了，而且是一位合格的指挥官。我会向我的丈夫提议，在你完成学业后，你将会成为一名真正拥有指挥权力的指挥官。我想韦尔登先生一定会同意的。”

“我……我……”此时迪克·桑德连一句整话都说不出来，只是用那双充满了泪水的双眼告诉人们他有多么激动。[赏析解读：韦尔登夫人的提议让这个喜爱航海事业的孩子激动万分。]

韦尔登夫人接着说道，“迪克，你本来就是我们收养的孩子。那么，现在你就是我们的儿子，也就是我与你的弟弟杰克的保护人。亲爱的迪克，让我代表家人来拥抱你吧！”

这位勇敢的夫人在拥抱迪克·桑德时本不想太过于激动，但是她无法克制自己的感情！对迪克·桑德来说又何尝不是这样呢？他可以为了保护自己的恩人付出一切，甚至是生命。这样的信念使迪克·桑德不再畏惧那些未知的困难。

在和韦尔登夫人谈过之后，迪克•桑德感到自己全身充满了力量。[赏析解读：韦尔登夫人的爱为迪克·桑德重新注满了力量，她让他更加认定了自己的使命感。]只要等风力变小，扬起一些船帆，他相信凭着自己的能力足以让船停进港口，让所有人都能安全登陆。

三月二十九日，风力明显小了很多。于是迪克•桑德想把前桅大帆与第二方帆升起来，以便能够提高“流浪者”号的航速。

黎明时分，迪克•桑德站在甲板上呼喊着他的水手们，“快来，汤姆，我的朋友们！我需要你们的帮助。”

“我们随时听候命令，桑德船长！”老汤姆先答道。

埃居尔紧接着说道：“我们已经准备好了去做任何事情，要知道这些天，我闲得都快生锈了！”

“你可以用你的大嘴吹气啊！我相信你一定和大风一样厉害！”这时小杰克插嘴道。

“这确实是一个好办法，杰克！”迪克•桑德哈哈大笑，“等风停了，我们就让埃居尔吹动那些船帆。”

“那是我的荣幸，先生！”黑巨人边说边用力鼓起他的腮帮子，那样子简直就是北风神（希腊神话中的北风之神，名为波来。传说中他力大无穷）的化身。[赏析解读：此处的描述衬托出了一种轻松的氛围，也由此可以看出危险已经过去了。]

“现在言归正传，伙伴们！由于之前我们的第二方帆被狂风吹走了，所以我们要先把一张备用帆系在横桁上。或许干这个活非常困难，可是我们必须做。”

“必须做！”阿克顿回答。

“我能帮忙吗？”小杰克在旁边一副跃跃欲试的样子。

“你需要和我们的伙伴巴特一起去掌舵，杰克。你可以协助他去驾驶这艘船”。迪克•桑德回答。

这样的安排显然让小杰克很满足，他为自己能够成为“流浪者”号的舵手助理而感到自豪。[赏析解读：这里表现出了小孩子天真烂漫的性格特征。]

“现在让我们开始吧，”迪克·桑德继续说道，“不过我们务必要多加小心。”

在年轻船长的带领下，黑人水手们马上行动起来。

对于这些新水手来说，把备用的第二方帆挂在横桁上确实不是易事。他们要先把卷起来的方帆吊起来，然后将它用绳子固定在横桁上。不过在迪克·桑德出色的指挥和众人的极度配合下，一个小时后第二方帆就已经挂好了，接着他们把横桁升了起来，第二方帆正好张开了一半。

在暴风雨来临前，前桅大方帆和第二、第三角帆就被收了起来，虽然现在风力仍旧很猛烈，他们还是很轻松地就把它们都张开了。[赏析解读：长期的航行生活，让迪克·桑德的指挥能力得到了提高，而且汤姆等人与他的默契度也有所增加。]

所有的工作在这天早上十点钟就结束了，“流浪者”号在前桅大方帆、第二方帆以及三角帆的推动下快速地前行。

迪克·桑德觉得在目前这种情况下，不需要再去冒险多挂一张帆了。如果风力不减弱的话，现在升起的这三张帆足以保证船只每天行驶两百英里。这样，不出十天他们就能到达美洲海岸了。

迪克·桑德觉得很满意，他回到了驾驶室，向舵手助理小杰克表达了他的感谢。此时的“流浪者”号再也不是那只随波逐流的“无头苍蝇”了。它在迪克·桑德的指挥下，正在向着正确的航向前进。[赏析解读：这里所指的正确的航向，也只是迪克·桑德所认为的“正确”。]迪克·桑德从心里散发出来的快乐，是那些了解航海的人都能理解的。

第二天，天空还是布满了乌云，但是阳光已经偷偷地从那大朵大朵的云团缝隙中洒了下来。生机勃勃的阳光就像顽皮的孩子，时而把“流浪者”号照得暖融融的，时而又与它玩起了捉迷藏。但是不管怎样，天气已经开始转晴了。

“流浪者”号上的所有舱门都被打开了，以便清新的空气进入船舱中。人们把潮湿的船帆摊放在阳光下，还把甲板打扫得干干净净。迪克·桑德希望自己的船在入港时可以保持干净整洁。他的水手们并没有因此而感到辛苦，他们每天只需要花费几个小时去打扫卫生。即使是这样的进度，几天后，整艘船也已经被从里到外彻底地打扫了一遍。

虽然船上已经没有了测程仪，但是迪克•桑德还是依靠自己的经验，通过船只航迹上留下的水纹估算出了航速。[赏析解读：这里体现出了迪克·桑德丰富的航海经验。]他确信，“流浪者”号会在一周内到达美洲大陆。他把自己的想法告诉了韦尔登夫人，并在航海图上指出了他们当前所处的位置。

“那我们会到达哪一带的海岸呢，亲爱的迪克？”韦尔登夫人问道。

迪克•桑德一边指着航海图上那条从秘鲁到智利之间的海岸线，一边答道：“在这里，韦尔登夫人。但是我不能确切地说出我们会停靠在哪里。你看，这里是复活节岛，它现在位于我们身后的西边。根据现在的风向来看，我们会在东边登陆。在这一带的港口很多，所以我现在还不能做出精准的判断。”

“好吧，迪克，我们愿意停靠在那里的任意一个港口。”

“好的，韦尔登夫人。您在那里能够找到最短时间内回到旧金山的最佳途径。要知道太平洋航运公司在美洲海岸有着完善的服务系统，这家公司的客轮在沿线的主要港口都会做短暂地停留。在那里可以很容易地找到去往加利福尼亚的客轮。”

“你不打算把‘流浪者’号开到旧金山吗？”韦尔登夫人有些疑惑。

“我最终会把它开回去的。但是在这之前，如果我能找到一个水手长和几名水手的话，在你们上岸后，我们会把船开到瓦尔帕莱索，在那里卸货。之前赫尔船长也是这样计划的，然后我们再回到原来的港口中。至少这样不会耽误您太多的时间，虽然和你们暂时分开会让我感到难过。”[赏析解读：迪克·桑德虽然年纪不大，但是他把一切都计划得很周密。]

“好吧，迪克。这件事我们以后再说。现在你要告诉我，你是不是为靠岸时将会发生的事情而感到担忧？”

“确实，我有些担心。不过比起这个，我觉得更奇怪的是，我一直都想着我们会遇到一些来往的船只，但是事实上，我们一艘也没有遇到过。哪怕是我们能够遇到一艘船，那么我们也能和它取得联系，得知我们当前所处的准确位置。这样，当我们发现陆地时，靠岸就会容易一些。”

“不是有领航员吗？”韦尔登夫人问道。

“通常来说是有的。但是他们只出现在靠近海岸的地方。那就意味着我们必须走到岸边才能找到领航员。”迪克·桑德回答道。

“如果我们在靠岸时找不到领航员怎么办？”韦尔登夫人继续询问，她想知道这位年轻的船长在应对各种意外时的反应。

“韦尔登夫人，如果真的遇到这种情况，在天气不错的前提下，我会尽量在海岸上寻找一个可以停靠的港口。但是如果风力很大的话，那么就……”

“那时，你会怎么做呢，迪克？”

“依照‘流浪者’号现在的情形来看，在那种情况下还要勉强停靠，就会在靠近陆地时搁浅，再想起航就很难了！”

“那你会怎么做呢？”韦尔登夫人不断地追问。

迪克·桑德的表情看起来有些沮丧，但是他还是答道：“我是不会让船搁浅的，那会让我们陷入绝境。上帝不会对我们这么残忍的。而且我需要再向你重申一次，韦尔登夫人，这样好的天气，我们不会连一艘船或是领航船都遇不到的。只要遇到一艘船，那么我们就有希望了。现在我们正在向着陆地的方向航行，而且我相信不久以后就能看到美洲大陆了。”

事实上，如果船只陷入了搁浅的境地，那么，即使是精力最充沛的水手也会束手无策，所以迪克·桑德并不想在这个能够避免的问题上做太多的设想。[赏析解读：船只搁浅对他们来说无疑是最怕遇上的意外。]

但是随后的几天里，天气变化无常，时好时坏，这让年轻的船长十分不安。风力一直未减，气压计上的水银柱也一直在上下浮动，这表明风力还会持续加强。迪克·桑德为此感到担忧，他为要不要放下全部的船帆而犹豫。在风力不足以卷走船帆的情况下，他希望至少要保留住前桅的第二方帆。他命人将横桅索和桅杆的后支索调得更紧，这样做是为了加固桅杆。还有最重要的一点，那就是当“流浪者”号的桅杆被损坏时，至少船只还可以正常航行。

气压计上的水银柱出现过一两次上升的情况，为此大家都十分担心，害怕风向会出现什么变化。准确地说，大家怕风向会变为东风，那样的话他们就要逆风行驶了。[赏析解读：现在对“流浪者”号上的所有人来说，能够尽早靠岸才是最好的，如果风向发生变化就会延长他们的航期，而这正是他们不想看到的。]

这就又让迪克·桑德产生了新的担忧。他不禁想如果真的出现逆风怎么办？他们还要逆风行驶吗？如果他们必须要逆风行驶的话，那就会耽误很多时间，甚至还会被风浪推离海岸更远。

值得庆幸的是，这些担忧并没有变成事实。在随后的几天内，风向不停地在变化，最终变为了西风。虽然这是不幸中的万幸，但是这样的风力一直很猛烈，大家生怕它会毁掉船上的桅杆。

到了四月五日这一天，距“流浪者”号离开新西兰已经有两个多月了。因为长达二十多天的逆风和无风天气，使他们的航期被拉长。直到后来，风向转变得对他们有利，船才飞快地行驶起来。在暴风雨期间，他们的航速更是快得离谱。据迪克·桑德估算，他们那时每天的航程最少也有两百海里。但令人奇怪的是，他们为什么至今还没有看到美洲海岸呢？难不成大陆是在随着“流浪者”号跑的吗？

然而，不论他们每天怎样翘首以待，直到现在仍旧没有看到陆地的迹象。

迪克·桑德经常会爬上桅杆用望远镜观望，他努力地搜寻着山脉的踪迹。由于安第斯山脉的海拔很高，所以他必须在地平线的雾气中去寻找那耸入云端的山峰。

汤姆和他的同伴们时常将高耸在地平线上的云团当作陆地，而且亲眼看到的东西让他们坚信那就是陆地。但是不久以后，他们就不得不承认那只是一种错觉，因为他们口中的“陆地”会迅速移动，而且很快就消失得无影无踪。

四月六日这一天，真正的陆地出现了。

这天早上八点钟，迪克·桑德刚走上船头。在第一缕阳光穿透雾气时，他清楚地看到了地平线的身影。

紧接着他发出了一声惊叫声：“陆地！那里有陆地！”随后，人们都跑上了甲板。

小杰克是在好奇心的驱使下跑过来的，而陆地对韦尔登夫人来说，无疑是结束她苦难的决定性条件。对汤姆与他的同伴们来说，登陆则意味着他们又能重新踏上美洲大陆了。而贝内迪表兄只是希望能够将一批新的昆虫放进他的标本橱柜中。[赏析解读：陆地对“流浪者”号上的每个人的意义都有所不同，唯一相同的是这是他们共同的渴望。]

在这些人中并没有发现内格罗的身影。

现在甲板上的每个人都将目光放在了迪克•桑德说的陆地上，有些人看得很清楚，而有些人则是出于对同伴的信任，认为自己也看到了。但对迪克•桑德这种有经验的水手来说，是一定不会看错的。一个小时后，事实证明他说的并没有错。

事实上，在距离“流浪者”号东边约四海里的海面上，确实出现了低低的海岸线，或者至少可以说能够看出那就是海岸线。正常来说，在海岸线背后应该是安第斯山脉，但是视线被高耸的云层遮挡住了，以至于人们无法看到高大的山峰。

“流浪者”号向着海岸的方向疾驰，随着距离的缩近，海岸也越来越清晰。

两个小时后，“流浪者”号距离海岸只有三海里了。这时人们可以清楚地看到在海岸线的东北尽头有一个异常高大的海岬，在海岬前面是个敞开口子的海湾。那里似乎是一个避风港，船只可以停靠在那里。而东南方向的海岸一直向南延伸下去，就像一道长堤，很明显那是一个狭长的半岛。

蓝天下，几棵大树挺立在悬崖绝壁上。从这些地理特征上来看，让人丝毫不用质疑它背后一定是高高的安第斯山脉。

除此之外，这里没有人类居住的痕迹，也没有港口，更没有河流的入海口可供船只停泊。

“流浪者”号此时正在向着陆地径直驶去，在海风的推动下，航速很快，迪克•桑德也无法使它慢下来。

就在这时，前面出现了一道长长的暗礁（海洋、江河中隆起而不露出水面的岩石，是航行的障碍），海水拍打在礁石上，激起雪白的浪花。海浪猛烈地冲向悬崖，竟然可以冲到峭壁的一半高度，而落下来的海浪就会形成让人胆寒的巨浪。

迪克·桑德在船头站了很久，仔细地观察着海岸的情况，然后一言不发地回到了驾驶室去掌舵。

风力依然十分猛烈。没过多久，“流浪者”号就出现在离海岸一英里的地方。

这时，迪克·桑德突然发现了一个好像是小海湾的地方，他果断地决定把船停到那里去。但是，想要去那里，就必须穿过许多暗礁。要知道在暗礁中想要找到一条航道是非常困难的，而且冲击的海浪说明这一带的水并不深。

一直飞奔在船头和船尾之间的大狗丁戈突然冲着陆地的方向发出了一种类似于痛苦的叫声。这样的叫声不得不让人们认为大狗认识这片海岸，而且这片海岸一定承载着它些许的悲伤记忆。

这时，内格罗也急切地俯身在船舷上向着陆地望去。他肯定已经听到了大狗的叫声，但是某种不可抗的因素一定比他对丁戈的恐惧对他的诱惑还要大，使他甘愿冒着被咬的风险也要走出自己的房间。[赏析解读：大狗丁戈和内格罗的表现，不得不令人怀疑他们之前是否到过这里，这里为读者设下了悬疑。]

还好，丁戈现在一直在冲着海岸发出悲痛的呜呜声，并没有注意到内格罗的出现。

内格罗看到汹涌澎湃的海浪，并没有丝毫的恐惧。韦尔登夫人注视着他，她发现在内格罗的脸上出现了一片红晕，甚至还有一丝痉挛的表情闪过。内格罗的异样不禁让她想道：难道他也认识这片海岸？[赏析解读：这里的反问句，渲染出了韦尔登夫人对内格罗的怀疑，为下文作铺垫。]

迪克·桑德让老汤姆掌舵，而他则最后一次观望近在眼前的海岸。

“韦尔登夫人，”他坚定地说，“现在这种情况想要找一个能够停靠的海湾已经不可能了。即使做出应对准备，但是半小时内‘流浪者’号还是会触礁，我们一样会搁浅！我现在无法将船驶进港口了。为了您的生命安全着想，我决定弃船！您的安全和船之间必须要选一个，我会毫不犹豫地选择保护您的生命！”

“你已经尽全力了吗，迪克？”

“竭尽全力了！”

说完，迪克·桑德马上为船只搁浅的前期工作做准备。

首先要为韦尔登夫人母子、贝内迪表兄和南套上救生圈，而迪克·桑德和他的水手们因为都会游泳，在落水后可以自己游上岸。与此同时，埃居尔和迪克·桑德还要照看好韦尔登夫人母子。

贝内迪表兄依旧是那副平静的样子。当他再次出现在甲板上时，肩上多了一样东西，那是他的昆虫标本箱。[赏析解读：对贝内迪表兄来说，他的昆虫标本箱就是他的一切，是他唯一在乎的东西。]迪克·桑德命令巴特和奥斯汀照看好他，而阿克顿则负责照看南。至于内格罗，他表现出来的冷静足以说明他可以照顾好自己。

出于极度谨慎的考虑，迪克·桑德还让大家将十个装满鲸油的鲸油桶运到甲板上。一旦“流浪者”号驶进暗礁区，便把鲸油倒进海水中，这样可以起到润滑作用，使海面暂时保持平静。简单来说，当海面有一层鲸油时，会加快他们穿越暗礁的速度。[赏析解读：由此可以看出，迪克·桑德心思细腻，考虑得很周全。]

为了能够确保所有人的安全，迪克·桑德不放过任何的防范措施。当所有的准备工作结束后，迪克·桑德又回到了驾驶室，亲自掌舵。

这时“流浪者”号离海岸只有两链的距离了，这也意味着它很快就要驶入暗礁区了。这让迪克·桑德非常担心，因为船底随时都会撞在尖锐的礁石上。

这时，迪克·桑德突然发现在礁石中间有一条窄长的小水道，他可以从这条小水道穿过去，这样“流浪者”号就可以尽可能地靠近岸边了。

迪克·桑德没有丝毫的迟疑，他果断地把“流浪者”号开进了那条水道中。水道中的巨浪非常凶猛，有一些甚至冲上了甲板。

黑人朋友一直守在船头的鲸油桶边，随时等着迪克·桑德下令。

“倒油！倒！”迪克·桑德一声令下。大量的鲸油被快速地倒入海中，海面就像被施了魔法一样，马上就平静了下来。但是这样的情形并没有持续很久，海浪马上又疯狂地舞动起来。

“流浪者”号快速滑过满是鲸油的海面，向着海岸驶去。

突然，船身猛地一震，“流浪者”号在海浪中停住了，船上的桅杆重重地砸了下来，还好，并没有人因此受伤。

“流浪者”号触礁了，随着船体被撞裂，海水疯狂地涌进了船舱。所幸现在的位置离海岸只有半链远，而且中间还有许多黑色的小礁石，人们完全可以沿着这些小礁石轻松地登陆。

十分钟后，“流浪者”号上的所有人都安全地踏上了那片陆地。

# 第十四章　登陆

[**名师导读**]

虽然“流浪者”号触礁了，但好在大家都安全登陆，现在迪克·桑德一行人面临的最大问题是他们到底在哪里。按照迪克·桑德的猜测，他们应该是在秘鲁海岸，但是令人觉得费解的是这里完全没有人生活的迹象。不管怎样，他们都应该好好地休息一下了。同时还有一件事让迪克·桑德怀疑，内格罗偷了船上的钱离开了，他的离开又意味着什么呢？

“流浪者”号在进行了漫长的七十四天航行后，最终因触礁而搁浅在海岸边。

无论怎样，他们还是对上帝充满了感激，毕竟大家都安全登陆了。相比起随风漂流到波利尼西亚（太平洋三大岛群之一，处于大洋洲，意为“多岛群岛”。其分布遍于中东部太平洋海面上一个巨大的三角形地带，三角形的顶角为夏威夷群岛，两个底角分别为新西兰及复活节岛）的某座岛上，安全登陆已经是万幸了。虽然他们目前身处在美洲的某个地方，但是至少他们回到旧金山的可能性还是非常大的。

而“流浪者”号此时已经变成了一个没有任何价值的船壳。也许在几个小时后，它会在巨浪的摧残下变成一片片的残骸。“流浪者”号彻底完了，由于船在触礁前没能靠岸，所以他们也无法从船上抢救出任何东西。然而，虽然“流浪者”号再也无法完好地返回旧金山了，但是每个人都应该感谢迪克·桑德，当然也包括韦尔登先生。毕竟大家都是因为他才能安全地登上了一个海岸，这些人中自然也包括韦尔登先生的妻子和儿子。

如果非要争论出“流浪者”号具体是在哪里失事的，或许正如迪克·桑德猜测的那样，他们正处于秘鲁海岸，可能事实就是如此。根据迪克·桑德的估算，他们途经了复活节岛，这说明“流浪者”号在风力和海流的影响下，被推向了东北方向。简单来说，就是“流浪者”号可能被从南纬四十三度吹到了南纬十五度。[赏析解读：这里多处用到了不确定的语气，渲染了神秘的气氛。]

但是现在对于他们来说，最重要的是要弄清“流浪者”号失事的准确位置。如果这里真的是秘鲁海岸，那为什么这一带海域会荒无人烟，甚至连本该有的港口、城镇和村庄都看不到呢？

现在他们脚下的海滩十分狭窄且布满了黑色的岩石，海滩后面是饱经沧桑的悬崖峭壁。峭壁上随处都可以看见一些平缓的斜坡，便于人攀登。

在距离“流浪者”号失事地点的不远处，有一个在远处无法察觉的小河入海口，而且在河岸上还长着一片片的印第安红树。

在悬崖的顶上长着茂密的树林。这些树林一直绵延至背后的群山下，如果贝内迪表兄是一位植物学家的话，那他一定会在这里搜集到许多令他瞠目结舌的新树种。

这里还有高大的猴面包树（是木棉科、猴面包树属的大型落叶乔木，分布于非洲大陆、北美部分地区和马达加斯加，分布地局限于气候炎热、干燥的地区 。猴面包树可以利用自身粗大的身躯来大量吸收并贮存水分，为在热带草原旅行的人提供救命之水，因而又称“生命之树”。其果实、叶子和树皮都能入药，猴面包中有一种能抑制胃癌细胞形成和扩散的物质，常吃猴面包的非洲人几乎不患胃癌），它无疑是一种年代久远的老树，因为它的表皮就像埃及的黑色花岗石。另外，还有蒲葵、白松、罗望子树，甚至还有一种很奇特的胡椒树。总之，这里有上百种美洲大陆北部不常见的植物。

但是有一件事情大家都想不通，在这么多种树中竟然连一棵棕榈树都没有看到。要知道棕榈树的种类可是多达一千多种的，它几乎遍布全球各地区。

在海滩上空飞着许多海鸟，它们的叫声十分刺耳。这些海鸟大多是不同种类的海燕，它们披着黑色的外衣，阳光照在它们身上，泛出青色的光，但是不管是哪一种海燕，它们头顶上的羽毛都是金黄色的。除此之外，海滩上还随处可见一些脖子上长着白色羽毛、身上是灰色的山鹑（山鹑较石鹑体大，嘴和脚较强健。欧洲典型的山鹑是灰山鹑，体长约30厘米，重可达333克。它们栖息于低山丘陵、山脚平原和高山等各类生境。主要以草本植物和灌木的嫩枝、嫩叶、芽、花、果实、种子等植物性食物为食，也吃谷物等农作物）。

但是韦尔登夫人和迪克·桑德发现，这些海鸟与其他普通的海鸟有些不同，它们好像并不害怕出现在眼前的任何东西！是因为它们并不害怕人类呢？还是因为它们从来没有被捕杀过呢？

在礁石旁有几只鹈鹕（分布于全世界的温暖水域。大型游禽，身长约1.5米，喙长达30多厘米，喉囊发达，主要以鱼类为食，觅食时从高空直扎入水中，在水中游泳时，颈常曲成“S”形，并不时地发出粗哑的叫声）在闲逛，这是一种被人们称为“小鹈鹕”的禽类。此时这几只鹈鹕正在将小鱼装在下颚与两腿之间的囊中。还有一些海鸥在“流浪者”号的上空盘旋着。

照这种情形来看，这些海鸟是这片海滩上除了那些只有贝内迪表兄感兴趣的小昆虫外唯一的活物了。小杰克即使对那些海鸟再感兴趣，也无法从它们嘴里知道这里到底是哪里。如果非要知道这个地方的名字，那就只能寄希望于这里的本地人了。

然而，迪克·桑德一行人所处的这片陆地，放眼望去没有任何有人居住的迹象。

这让迪克·桑德感到奇怪。

他不禁发出疑问：“我们这是在哪儿呢？我们能去往哪里呢？难道这里就没有别的人了吗？”[赏析解读：这一连串的问题，反映出了迪克·桑德心里的不安。]

事实上，这里确实没有其他人了。因为如果有生人出现的话，大狗丁戈马上就会发现异常的。

但是这时，那条大狗正用它的鼻子不断地在滩涂边上嗅来嗅去，还不时地发出低沉的咆哮声。这样的举动让它看起来十分怪异，但是却没有什么危险。

韦尔登夫人说："迪克，你看丁戈在做什么？"

迪克•桑德答道："确实，这很不正常。看起来它好像是在努力寻找以前留下来的气味。"

"这太不寻常了！"韦尔登夫人低声说道，接着她又忽然问道："迪克，你知道内格罗在干什么吗？"

"他在做和丁戈一样的事。"迪克•桑德答道，"他不停地来回走动！在'流浪者'号搁浅后，他与这艘船的雇佣关系也就随之结束了。我已经没有权力控制他的自由了。"

这时，内格罗正在船只搁浅的海滩上走来走去，他不时地仔细察看海岸和附近的悬崖，好像是在回忆着什么。

难道他知道这是什么地方？

如果现在有人去问他的话，那个怪人一定会拒绝回答，所以对这个待人冷漠、不与人亲近的人，还是保持沉默的好。

只见内格罗向着小河边走去，接着便消失在了悬崖后。迪克•桑德直到再也看不到他的身影时，才把对内格罗的想法暂时放在一边。

在厨师走到河边时，丁戈先是冲他怒吼起来，随后又戛然而止（形容声音一下子突然停止）。

对迪克•桑德他们来说，现在最重要的事情就是先找到安身之处，他们可以在那里暂时得到休息，还可以吃一些东西，然后再好好想一想接下来该怎么办。

关于吃的，他们完全不用担心。先不说这里可以找到食物，仅是他们在船失事前带下来的那些食物，就足够他们吃上一段时间了。汤姆和他的同伴们从海里捡回了一些还没有被海水浸泡过的桶装饼干、成箱的罐头和一些干肉。这些食物可以支撑到他们找到一个城镇或村庄前。他们把这些食物运到了一个安全的地方存放了起来。

关于淡水他们也有办法解决，小河里的水可以饮用。一开始，迪克•桑德便留心让埃居尔到小河里去打些河水，但是这个巨人居然给他们扛回来了一大桶。[赏析解读：虽然现在迪克·桑德等人并不知道自己身处何地，但是好在他们不用为吃喝而发愁。]

怎么解决火的问题就更容易了，这里最不缺的就是树木，他们完全可以把那些红树林的树根当作燃料。老汤姆因为喜欢抽烟，长年会在身上带着大量的火绒（是一种野生火草背面的绒棉。将新鲜的火草从山上采摘回来后，趁潮将火草背面的绒棉撕下来，晒干后捻成团，附捏在一种打火石上，再用铁制的火镰轻轻一划，飞溅的火星便能将火绒引燃），这些火绒被他保存在一个密封的盒子里，因此并未受到海水的浸泡。如果他们需要点火的话，那么只需要找块燧石敲几下火绒就可以了。

现在唯一的问题就是要去寻找一个可供他们休息的山洞。在未知的徒步旅行前，他们必须要好好地休息一下。

最后还是小杰克为他们解决了这个问题。小杰克在悬崖下玩耍时，在一块大岩石后面发现了一个非常宽敞的岩洞。显然那是经过海浪长期冲刷而形成的。

这个发现让小杰克很兴奋，这从他那欢快的声音里就能听出来。小杰克把他的妈妈喊来，然后炫耀着自己的小成就。[赏析解读：对于天真无邪的小杰克来说，他不需要为任何事情担忧，一件小事就足以让他感到满足。]

“真是太好了，我的孩子！”韦尔登夫人惊喜地说道。“如果我们要像鲁滨孙·克鲁索（《鲁滨孙漂流记》中的主人公）那样在这里生活很久，那么这个岩洞一定会以你的名字来命名的！”

这个岩洞的长和宽等同，都只有十到十二英尺，并不算大，但是在小杰克的眼里，它可以用“巨大”来形容。不管怎样，他们的落脚之处算是有了。岩洞里的干燥空气让韦尔登夫人和南很满意。这时，天空挂起了上弦月，他们不用担心会有潮水涌到悬崖脚下，更不要说能进入岩洞了。他们可以在这里安心地休息几个小时了。

十分钟后，所有人就已经躺在海草铺成的地铺上了。内格罗心知肚明，他并不想独自前行。在现有的情况下，和大家待在一起共享那些食物才是明智的选择，所以他回来与大家一起吃了饭。

下午一点钟，他们吃到了自己的午餐，那是一些罐头肉、饼干和掺杂了几滴巴特从酒桶中抢救出来的朗姆酒的淡水。内格罗还是一如既往地保持沉默，即便大家在一起进餐，他也从来不参与讨论。大家讨论的话题自然都是以后该怎么做之类，而内格罗从头到尾都没有发表过任何意见，他只是静静地坐在那里倾听，看起来他在倾听中也得到了不少好处。[赏析解读：从这里不难看出，内格罗是个城府极深的人。]

在大家讨论的时候，丁戈一直守在岩洞外，任何活物都无法从它的眼前逃脱，一旦出现意外，丁戈会马上发出警告，这让迪克•桑德等人觉得很安心。

此时，韦尔登夫人正抱着快要睡着的小杰克，说着自己的想法。

“迪克，我的朋友，”她说道，“我要代表所有人感谢你到目前为止做出的一切。然而，我们要继续依靠你、信任你，你将成为我们在陆地上的‘船长’。那么，现在你说，我们接下来该怎么做呢？”[赏析解读：这里表现出了韦尔登夫人对这位年轻的小船长是极其信任的。]

所有人的目光都落在了迪克•桑德的身上，其中也包括内格罗，此时他正用一种异常古怪的目光关注着迪克•桑德。很明显，他想知道迪克•桑德会怎么回答这个问题。

迪克•桑德认真地思考了片刻，说道：“韦尔登夫人，现在对我们来说，最重要的是要知道身处的位置是哪里。我认为我们原本是向着美洲海岸航行的，由于狂风和海流的影响，我们偏离了原来的航线，那么，我们现在的落脚点应该是秘鲁沿海一带。或许我们现在所在的地方是秘鲁南方的某个省，又或者是靠近有人居住的潘帕斯草原（又称南美草原或阿根廷草原，分布在拉普拉塔平原的南部，包括乌拉圭、阿根廷东部、巴西南部等地区，面积约76万平方千米；“潘帕斯”源于印第安克丘亚语，意为“没有树木的大草原”）附近的某个地区。我更愿意相信这样的推测，毕竟到现在为止，我们都没有在这片荒凉的海滩上发现有其他人，这就说明我们离最近的城镇还有很长的一段距离。”

“那我们该怎么办呢？”韦尔登夫人问道。

“我觉得，”迪克•桑德说道，“在我们弄清楚一切之前，我们还是应该待在这里。等休息一晚后，明天必须派两个人去打探一下附近的情况。他们需要尽量找到有人的地方，但是不能走太远。如果遇到当地人后，要问一问这个地方到底是哪里，然后就要马上回到岩洞。我不相信在附近十到十二英里的范围里遇不到一个人！”

“那我们就要分开了？”韦尔登夫人有些担心。

“我们有必要这样做。如果不能得到任何消息，就说明这里真的是荒无人烟。这样一来，我们就要另做打算了。”迪克•桑德答道。

韦尔登夫人沉思了一会儿，接着问道：“那派谁出去打探消息呢？”

“这个还要再商量一下，但是我认为韦尔登夫人、杰克、贝内迪表兄和南，你们应该待在这里。巴特、埃居尔、阿克顿和奥斯汀会负责保护你们。我和汤姆可以去打探消息。”然后，迪克•桑德的目光突然转向内格罗，加了一句：“内格罗，你一定是更喜欢留在这里吧？”[赏析解读：迪克·桑德问内格罗的这句话明显带着试探的意思。]

“也许吧！”内格罗随意答道，显然他并不愿意听从别人的指挥。

迪克•桑德又继续说道：“我们带着丁戈一起去，它会对我们打探消息起到大作用的。”

守在洞外的丁戈突然听到有人提到它，马上就出现在了洞口，看起来它对迪克•桑德的安排很满意。

在迪克•桑德提出自己的意见时，韦尔登夫人就陷入了沉思。她对这种分开行动的计划并不满意，即使是暂时的分离。“流浪者”号失事的消息相信很快就会传至经常在这一带海域出现的印第安人部落中，万一有人看到了船的残骸来抢夺东西，那么，大家联合抵抗那些掠夺者不是更好吗？[赏析解读：一层一层的悬念，增加了故事的紧张感。]

韦尔登夫人的意见引起了大家的再次讨论。

不过，在迪克•桑德陈述了自己的意见后，韦尔登夫人被说服了。迪克•桑德说这些印第安人与那些波利尼西亚地区的野蛮人不同，或许他们无须为这些印第安人会向他们发动进攻而担心。所有人现在有一个共同忧虑的问题，那就是他们究竟身在何处呢？要弄清这个问题势必没有那么容易。虽然暂时的分离会给他们带来很多不便，但是相比大家一起在无边无际的森林里盲目前行，这个方法更稳妥一些。[赏析解读：迪克·桑德能够说服众人，也是大家对他的尊敬和信任的一种表现。]

迪克·桑德不断地强调："我认为我们分开的时间不会太久，我能确保这一点。如果两天后，我和汤姆还是打探不到任何消息，我们就会回来。但是我认为不可能会遇不到人，在离我们这里二十英里的范围里，一定可以弄清我们目前的位置。由于我没有学会运用天文手段来定位，这会使我的估算出现偏差，因此我们现在很有可能位于更高或更低纬度的地区！"

"你说的没错，我的孩子！"韦尔登夫人的话语里饱含着忧虑。

"您觉得呢，贝内迪先生？"迪克·桑德征求着他的意见，问道："您觉得我的计划怎么样？"

"我？"贝内迪表兄显然有些吃惊。

"是的，您觉得怎么样？"

"我觉得所有的意见都很好，你们想让我怎么做我就怎么做。我们会在这里待上一两天吗？这样安排很好，我正好可以利用这段时间对这里的昆虫进行研究。"贝内迪表兄答道。[赏析解读：只要不阻碍贝内迪表兄研究昆虫，迪克·桑德他们做什么都与他没有什么关系，可见他对昆虫的痴迷。]

"好的，你想怎么做就怎么做吧！"韦尔登夫人对迪克·桑德说道，"我们会按你说的那样留在这里。你和汤姆一起去吧！"

"我完全赞同，"这时贝内迪表兄用极为平静的语气说，"那么我现在就要去拜访一下这里的昆虫了。"

"贝内迪先生，请务必不要走得太远。"迪克·桑德叮嘱道。[赏析解读：由于现在并不能确定他们所在的准确位置，所以迪克·桑德对这位大孩子的安全还是隐隐有些担忧。]

"放心吧，我的孩子！"

"重要的是少带些蚊子回来！"老汤姆加了一句。

几分钟后，贝内迪表兄就带着他的铁皮箱子离开了岩洞。

与此同时，内格罗也走了。大家对于这样的情况习以为常了，因为他就是这样一个自私的人。然而当贝内迪表兄爬上悬崖向森林边上走去的时候，内格罗正向着小河的方向走去，虽然他的脚步稍显迟疑，但还是在不久后攀上了陡峭的河岸，消失在众人的视线中。

小杰克一直在睡觉。韦尔登夫人将他交给南，然后走向了海滩。迪克·桑德和他的水手们也都跟在她的身后。他们想要去看看海水是不是已经退了，这样或许还能从“流浪者”号上找到一些有用的东西。

这时，导致“流浪者”号触礁的礁石已经露出来了。失事的船体被再次高涨的海水淹没了一半，矗立在各种漂浮物中。眼前的这一幕让迪克·桑德有些吃惊，因为他知道美洲沿太平洋海岸的潮水起伏并不大，而眼前的这种反常现象应该是受到猛烈海风的影响吧！[赏析解读：虽然迪克·桑德觉得有些奇怪，但是他怎么也不会想到自己到达的根本就不是美洲海岸。]

再次看到残破的“流浪者”号，韦尔登夫人等人很是心痛。他们与这艘船一起走过了许多艰辛的日子，可是现在这艘船却像一具残破的、失去了生命的尸体一样躺在那里，让人心中生出了无限的感伤。

然而，在船被海水彻底毁坏前，他们必须重新检查一遍。

迪克·桑德和他的黑人朋友们很轻松地靠着悬挂在船体上的绳索登上了甲板。汤姆和他的同伴们把储藏室里所有有用的东西都搬了出来，那里有充足的食物和水。迪克·桑德则钻到了船尾存放枪支的船舱，值得庆幸的是，失事后船尾一直浮在海面上，并没有受到海水的浸泡。

迪克·桑德在船舱里找到了四支性能极好的由普尔迪公司生产的雷明顿步枪，还有一百发子弹，它们被小心谨慎地存放在子弹盒里。这些枪支弹药可以让他们组建起一支小部队，如果他们在前进的途中遇到什么意外或是受到袭击的话，就可以利用这些武器进行抵抗了。[赏析解读：在这个未知的地区，利用武器防身无疑是最好的选择。]

迪克·桑德临走时还带走了一盏提灯，虽然他很想把航海图也拿上，但是它已经被海水泡得不能用了。

在放武器的地方还有一些用来切割鲸的弯刀，这种刀锋利无比。迪克·桑德带走了六把弯刀，用来装备自己的小部队。当然他也没有忘记带上那把属于小杰克的不会伤人的儿童手枪。

船上其他的东西不是被冲走了，就是被泡烂了，那些东西对他们也没有多大用处。现在他们有了食品、武器和弹药，同时还有这艘船上所有的钱，大约有五百美元！

显然这些钱并不多！韦尔登夫人带了很多钱，但是现在除了这五百美元，那些钱都好像不翼而飞了。

这是谁干的呢？除了内格罗外，谁还能在他们上船之前把赫尔船长和韦尔登夫人留在船舱里的钱都拿走呢？内格罗的嫌疑无疑是最大的。但是迪克·桑德还是犹豫了一会儿。依照他对内格罗的了解，以及从他的一言一行上可以看出，这是一个阴险可怕的家伙，别人的不幸对他来说只不过是一个乐子。[赏析解读：简单的几句话，凸显出了内格罗这个人的人物特征。]可是，即使内格罗是个邪恶的家伙，但是能因为这个就断定他是一个小偷吗？对迪克·桑德这样正直的人来说，武断下结论不是他的做事风格。

可是除了他还有别的嫌疑人吗？很显然，没有。那些黑人朋友们一直待在岩洞里，只有内格罗曾单独在海滩上走来走去。小偷只能是他。迪克·桑德暗下决心，等到内格罗回来后，他一定要对他进行审问，如果有必要的话，还要对他进行搜身。他只想让这件事水落石出。[赏析解读：即使知道内格罗的为人，迪克·桑德也没有武断地将他断定为小偷，而是经过理性的分析后才断定钱就是他偷的，由此可以体现出迪克·桑德的正直。]

太阳慢慢落下去了，它很快就会越过赤道，消失在地平线上。短暂的黄昏后，夜幕降临，这也验证了迪克·桑德的猜测，他们现在所处的地方正位于南回归线和赤道之间。

他们一行人一起回到了岩洞，他们会在这里休息几个小时，恢复一下体力。

汤姆指着布满了乌云的地平线说："晚上会有暴风雨。"

迪克·桑德答道："是的。乌云正在那里不停地翻滚。但是这与我们已经没有关系了，在我们失去'流浪者'号的时候，暴风雨就再也无法威胁到我们了。"

“愿上帝保佑！”韦尔登夫人说道。

大家都觉得这个夜晚一定会非常黑，最终决定由黑人朋友们轮流守夜。除此之外，大狗丁戈也会保持警觉。

直到这时，大家才发现贝内迪表兄没有回来。

埃居尔深吸了几口气，用力大喊了几声。没过多久，那位昆虫学家就出现在了悬崖的斜坡上，冒着生命危险向着他们走来。

此时的贝内迪表兄十分生气，因为他在树林里连一只新品种的昆虫都没有发现，这次出行让他不能为自己的收藏添置新成员。虽然像蝎子、蜈蚣和其他多足类的昆虫很多，但是很明显，那不是贝内迪表兄想要的。

“真是太不值得了！航行了五六千英里，经历了漫长的暴风雨，最后被抛弃在这里，然而却连一只美洲六脚昆虫都没有发现。要知道那可是最珍贵的收藏品了！竟然一无所获！”贝内迪表兄不停地抱怨道。[赏析解读：语言描写凸显出了这个大孩子单纯的孩子气。]

当自己的搜索无果后，贝内迪表兄强烈要求马上离开这里，他觉得在这里多待一小时都是浪费。

韦尔登夫人竭力安慰着孩子气的贝内迪表兄，使他冷静下来。大家也纷纷给予他鼓励，让他相信自己今天只是运气不太好。就在大家准备躺下来睡觉时，汤姆突然意识到，天都这么晚了，内格罗却还没有回来。

“他能去哪儿呢？”韦尔登夫人说道。

“那有什么关系？”巴特说。

“恰恰相反，很有关系！我宁愿这个人仍待在我们身边。”韦尔登夫人答道。[赏析解读：在韦尔登夫人看来，像内格罗那样阴险的人在眼皮底下活动才是最安全的，至少不必担心他有小动作。]

“是的，韦尔登夫人。”这时迪克·桑德开口道，“但是既然他想要离开我们，我们也没有必要非要把他找回来。说不定他是因为有什么不可告人的目的而离开我们的呢？”

接着迪克·桑德将韦尔登夫人单独拉到一边，将自己的怀疑告诉了她。当他发现韦尔登夫人的观点与自己一样时，并没有觉得很惊讶。只是在一个问题上，他们的看法出现了分歧。

“如果内格罗还回来，那就说明他已经把钱藏好了。依我看，我们应该装作不知道这件事，收起对他的怀疑，让他放松警惕，觉得我们好骗。”韦尔登夫人说道。[赏析解读：韦尔登夫人是个聪明的女人，她不想因为钱的问题打草惊蛇。]

迪克·桑德觉得韦尔登夫人是对的，并接受了她的建议。

但是，无论他们怎么呼喊内格罗的名字，都没有得到任何回应。他也许已经走远了，也许是不愿意再回来了。

黑人朋友们对于内格罗的离开表现得不以为然。但是，韦尔登夫人的担忧也不是完全没有必要的，或许将他留在身边会更安全一些。要怎么解释内格罗喜欢一个人待在这个陌生的地方呢？是因为他迷路了，在夜里找不到返回岩洞的路吗？

虽然大家都想不通内格罗为什么不回来。但是他们现在确实需要好好睡一觉了。

突然，在海滩上的丁戈大叫起来。

“发生了什么事？”韦尔登夫人问道。

“我们必须出去看看，也可能是内格罗回来了！”迪克·桑德答道。

随后，埃居尔、巴特、奥斯汀和迪克·桑德一起走出岩洞，向小河的入海口走去。

当他们来到小河边时，并没有发现什么异常。而这时，丁戈也安静了下来。

于是，迪克·桑德等人又回到了岩洞中。

按照原来的安排，黑人们轮流守夜，以确保大家可以睡个好觉。但是韦尔登夫人却心神不宁，无法入睡。在她看来，这片承载着她全部希望的陆地，并没有使她得到人身的安全和心灵的安宁。[赏析解读：登陆并没有消除韦尔登夫人的忧虑，此处描写增添了紧张的气氛。]

# 第十五章　美国男人哈里斯

[**名师导读**]

就在一切都没有头绪的时候，有个名叫哈里斯的美国男人出现了。他的出现让迪克·桑德他们知道了自己所在的位置。哈里斯对他们表现得十分热情，并提议让他们与自己同行去一个名叫桑·菲利斯的农场。他声称自己是农场主人的弟弟，到了那里后他会给迪克·桑德等人提供交通工具，让他们去往便于搭乘客轮的地方。众人商议后，最终决定接受哈里斯的建议，只是小杰克好像并不喜欢这个男人。

四月七日，太阳出来的时候，正好是奥斯汀在值班，他发现丁戈边叫边向小河跑去。听到大狗的叫声，韦尔登夫人、迪克·桑德和黑人们几乎同时跑出了岩洞。

那一定是发生了什么。

迪克·桑德说：“丁戈一定是发现了什么！”

“但肯定不是内格罗，如果他回来了，丁戈会叫得十分愤怒！”汤姆说道。

“如果不是内格罗的话，那他现在在哪儿呢？”韦尔登夫人问道。然后她看向了迪克·桑德，只有迪克·桑德能够明白韦尔登夫人的意思，“如果不是他的话，那会是谁呢？”

“我们过去看看，韦尔登夫人！”迪克·桑德对着巴特、奥斯汀和埃居尔说：“朋友们，带上你们的武器，我们过去看看。”

将子弹装进雷明顿步枪的枪膛，他们四人拿上枪支和弯刀，全副武装地向着河岸方向走去。[赏析解读：渲染紧张的气氛，为下文作铺垫。]

韦尔登夫人、汤姆和阿克顿则守在洞口，南和小杰克还在里面睡觉。

太阳出来了，虽然阳光在悬崖这边被大山挡住了，但海面上却是火红一片。

迪克·桑德和黑人伙伴们穿过海滨，绕到了小河的入海口处。

丁戈此时安静地站在那儿，仿佛在守着自己的领土，不停地大叫。很明显，它一定是看到或闻到有生人在附近。

此时丁戈的叫声一定不是针对内格罗的，因为它的叫声里没有明显的敌意。

就在这时，一个男人出现在了悬崖边。他正慢慢地向海滩走来，边走边熟练地打着手势，希望丁戈能够安静下来。迪克·桑德看得出这个男人并不害怕丁戈。

“不是内格罗。”埃居尔说道。

“这有什么不好呢？”巴特答道。

“也许这个人是本地人，他的出现预示着我们可能不会分开了。我们终于可以知道自己到底是在哪里了！”迪克·桑德说道。[赏析解读：终于看到有人出现了，迪克·桑德掩饰不住地激动。]

他们四人把枪扛在肩上，向着来人走了过去。

那个男人在看到他们四个人时，先是露出了一副吃惊的神情。这是很正常的反应，谁也不会想到在这个荒无人烟的海滩上还能遇到这么多陌生人。这也说明，他并没有发现“流浪者”号的残骸，否则他就知道遇到幸存者是件很自然的事情，而站在他眼前的这四个人也就很好解释了。此外，昨天夜里“流浪者”号的船体就已经被彻底瓦解了，现在只有些碎片漂浮在附近的海面上，而失事的地方已经看不出有任何异常。

一开始，那个男人在看到这四个人向自己走来时，好像后退了一步。在他的肩上斜挎着一杆长枪，他迅速地把枪拿在手中，之后又慢慢地放回到了肩部。这让迪克·桑德感觉到他的疑虑。

迪克·桑德做出了一个手势，让他过来。那个男人显然看懂了，他虽然稍有迟疑，但还是向着他们走了过来。

与此同时，迪克·桑德也在打量着这个陌生的男人。

这是一个身体健硕的男人，大约有四十岁，他的目光敏锐，头发和胡子都呈灰白色，黝黑的皮肤带着游牧民族的特征。他身穿一件宽松的棕色皮外套，头戴一顶宽檐帽，脚上是一双过膝的长筒靴，靴子后跟带上的马刺让他走起路来会发出响亮的声音。[赏析解读：此处对这个陌生男人的外貌描写，为下文作铺垫。]

这个男人给迪克·桑德的第一印象并不像是长年生活在潘帕斯草原上的印第安人，而更像是一个从事探险活动的外国人。

更准确地来说，从这个人的习惯动作，以及他那微微泛红的头发和胡子上可以看出，他是带有盎格鲁－撒克逊人的血统的。总之，他不会是印第安人，也不会是西班牙人。

根据这些显著的特征，迪克·桑德用英语向他表示问候："欢迎你！"

这个男人马上用纯正的英语做出了回应："欢迎你，我的朋友！"他边说边大步地走过来，握住了迪克·桑德的手。

对于那些黑人朋友们，他则是做了一个手势，却什么也没说。[赏析解读：一个小小的动作，表现出了这个陌生男人对黑人的轻视。]

"你是英国人？"这个男人向迪克·桑德问道。

"美洲人。"迪克·桑德答道。

"南美洲？"

"北美洲。"

迪克·桑德的回答让他很满意，他兴奋地摇着迪克·桑德的手，这个动作带着标准的美国方式。[赏析解读：这种美国式的动作，会在潜意识中拉近双方的关系，以及博得对方的好感，毕竟在这个地方能够遇到来自同一个国家的人是极其困难的。]

"我的朋友，如果你不介意的话，能不能告诉我你们是怎么来到这里的？"他接着问道。

迪克·桑德还没有回答他的问题，只见他摘下了帽子，弯了弯腰，表示敬意。

原来韦尔登夫人此时正走到了河岸边，站在了这个陌生男人的对面。

她代替迪克·桑德回答了他的提问。

"先生，我们遇上了海难，就在昨天我们乘坐的船触礁了。"韦尔登夫人说道。

陌生男人面露同情之色，眼睛向海边张望，寻找着遇难的船体。

"船已经碎了，昨夜的大风大浪已经彻底把它撞碎冲走了。"迪克·桑德说。

“我们想先问您一下，先生，这里是什么地方？”韦尔登夫人迫切地说。

“南美洲海岸，这还用问吗？”陌生男人似乎觉得韦尔登夫人的提问很可笑，“这一点难道还有什么怀疑吗？”[赏析解读：承接上文，引起下文。]

“是的，先生，暴风雨把我们带离了原来的航线，我们没有办法确定准确位置！”迪克·桑德又说，“我还想请您告诉我准确位置，这儿是什么地方，是秘鲁海岸吗？”

“不，年轻的朋友，还要偏南一些，这里是玻利维亚海岸。”

“啊！”迪克·桑德十分吃惊。

“更准确地说，你们的失事地点在玻利维亚的南部，与智利交界的地方。”

“那么请问这个海岬叫什么名字？”迪克·桑德指着北边的海岬。

“我也不知道，我对这儿的内地挺熟，海边也是第一次来。”

陌生男人所提供的信息让迪克·桑德稍有些吃惊，虽然他知道对于海流的估算会使他们的航向产生一些误差，但是这个误差应该不会太大。

事实上，从他们途经复活节岛开始，迪克·桑德就一直在记录“流浪者”号的航向，他甚至可以确保自己当前的位置在南纬二十七度和三十度之间，船只搁浅的地方应该是在南纬二十五度。在漫长的航程中，船只会出现小的偏差是很正常的事情。

然而，陌生男人的话是毋庸置疑的，既然这里是玻利维亚南部的海滩，那么会出现这样荒凉的景象就实属正常情况了。

迪克·桑德接着问道：“先生，依您所知道的情况，那我们现在所处的地方是不是离利马（秘鲁的首都，由西班牙殖民者弗朗西斯科·皮萨罗于1535年所建，意为“诸王之城”）很远呢？”

“啊，利马啊！这里离利马还很远，”陌生男人边说边指向远处的某个地方，“在那里，利马在北边！”

利马是南美洲国家秘鲁的首都，它位于南纬十三度左右的南美洲海岸。

一开始，内格罗的失踪让韦尔登夫人产生了疑惑，所以对于这个突然出现的陌生男人，韦尔登夫人也十分警惕，她一直细心地留意着他的言行举止，但是却不能从中看出任何端倪，他看起来很真诚。[赏析解读：这个陌生男人的言谈举止，让韦尔登夫人对他放松了警惕。]

“先生，”韦尔登夫人问道，“请原谅我冒昧地问您一个问题，您好像不是秘鲁人吧？”

“我和您一样，也是美国人，夫人。”陌生男人答道，然后他迟疑了一下，想请眼前的这位女士将名字告诉他。

“我是韦尔登夫人。”韦尔登夫人答道。

“我的名字是哈里斯，家乡在南卡罗来纳州。不过我在玻利维亚的潘帕斯草原已经生活二十年了，所以在这里能遇到美国同胞，这是多么令人感到高兴的事啊！”

“那么，哈里斯先生，您住在这个省吗？”韦尔登夫人接着问道。

“我不住在这里，韦尔登夫人，我住在智利的边界。但是我现在正要去北部的阿塔卡马沙漠（是南美洲西海岸中部的沙漠地区，主体位于智利境内，也有部分位于秘鲁、阿根廷和玻利维亚，是世界上最干燥的地区之一，被称为世界的“干极”）。”哈里斯答道。

“那我们现在的位置是在这个沙漠的边界上吗？”迪克·桑德继续问道。

“是的，我的朋友。阿塔卡马沙漠会一直延伸到地平线上的那些大山那里。”

“阿塔卡马沙漠？”迪克·桑德重复了一遍。

“是的，在南美洲辽阔的土地上，它就像是一个独立存在的世界，与其他地区都有着很大的不同。同时，它也是一个充满神秘的地方，人们对它的了解少之又少。”[赏析解读：陌生男人在这里将阿塔卡马沙漠说得那样神秘，是为下文作铺垫。]

“你是在独立旅行吗？”韦尔登夫人问道。

“噢！我不是第一次这样干了。”这位美国男人说道，“离这里两百英里远的地方有一个叫桑·菲利斯的农场，那个农场是我一个哥哥的。我现在也是因为一些生意上的事情要去找他。如果你们愿意的话，可以和我一起去那里。你们在那里不但可以受到很好的招待，而且从那里去往阿塔卡马城也是很方便的。我哥哥一定会非常乐意为你们准备交通工具的。”［赏析解读：在韦尔登夫人一行人最需要帮助的时候，哈里斯主动建议要帮助他们，这无疑会使众人加深对他的好感。］

哈里斯的提议赢得了所有人的好感。之后，他又指着汤姆他们对韦尔登夫人说：“这些黑人都是你的奴隶吗？”

韦尔登夫人马上答道：“美国再也不会有奴隶了。在美国北部很早就废除了奴隶制，而南部也必然会效仿北部的做法的。”

“啊！确实是这样的，”哈里斯说道：“我忘了，这个问题在一八六二年那场战争（指的是美国南北战争，是美国历史上一场规模最大的内战）后就彻底解决了。请这些善良的朋友能够原谅我！”哈里斯补充了一句。但是当他向那些黑人朋友们道歉时，他的语气中略带讥讽地说道：“不过，看到这几位绅士为您做事，我以为……”［赏析解读：从这句话里依然可以感受得到哈里斯对黑人的蔑视。］

韦尔登夫人听到这句话后十分严厉地说道：“他们并不是在为我做事，绝对不是，先生！”

“能为您做事是我们的荣幸，夫人。”这时，老汤姆突然说道，“但是，哈里斯先生应该知道我们并不是任何人的财产。我以前曾是一个奴隶，在我六岁时，我曾被卖给别人当奴隶。但是我的儿子巴特，他就在这里，在他出生时，他的父亲就已经有了选举权，包括其他几位同伴，他们的父母也都是自由人。”［赏析解读：正直的老汤姆并没有因为哈里斯的轻视而生气，而是重申了他们几人的自由人身份。他们并没有因为是黑人而自卑。］

“那我必须向您表示祝贺了！”哈里斯虽然这样说，但是韦尔登夫人却并没有从他的语气中听出诚意，“在玻利维亚这里也没有奴隶，所以你们不用感到害怕，在这里你们可以像在新英格兰（位于美国本土的东北部地区，毗邻加拿大，包括缅因州、佛蒙特州等6个州）一样，自由活动。”

这时，小杰克揉着眼睛走出了岩洞，南跟在他的身后。

小杰克看到妈妈后，马上向她跑了过来。韦尔登夫人马上温柔地抱起了他。

“多么可爱的小男孩啊！”哈里斯边说边向小杰克走去。

“这是我的儿子。”韦尔登夫人说道。

“天啊，韦尔登夫人，因为您的孩子也经历了这么多危险，您一定承受了双倍的痛苦吧！”

“上帝会保佑他的，就像上帝一直在保佑着大家一样，哈里斯先生。”韦尔登夫人回答道。

“我可以亲一亲他那可爱的小脸吗？”哈里斯请求道。

“当然可以。”韦尔登夫人答道。

然而，小杰克一直紧紧地抱着妈妈，好像并不喜欢与哈里斯亲近。

哈里斯问道：“亲爱的孩子，难道你不愿意让我抱你吗？我让你觉得害怕吗？”

“先生，请您原谅，他有些认生。”韦尔登夫人忙解释道。

“没关系，以后我们会熟悉起来的！等到了农场，我会给他一匹性情温和的小马，到时候他就会喜欢我的！”

即使有了小马的诱惑，小杰克也没有做出任何与这位哈里斯先生亲近的举动。[赏析解读：开朗的小杰克对这位热情的美国人并无好感，这不禁令人感到疑惑。]

韦尔登夫人对此有些反感，她马上将话题转移到了别处。毕竟当别人热心地想要给予他们帮助时，他们不应该让这个人感到不愉快。

在两个人说话期间，迪克•桑德一直在考虑是否要与哈里斯一起前往农场。要知道那里离他们现在所在的地方还有两百英里，意味着这是一次并不轻松的旅行，他们需要穿过森林和草原，并且没有任何交通工具。

年轻的船长表明了他的顾虑，然后等待着那个美国人的答复。

哈里斯答道：“确实，路程有些长。不过在离这个河岸几百步远的地方有我的马。虽然只有一匹，但是我可以把它让给韦尔登夫人母子。毕竟那段路对我们来说不会太辛苦。而且我说的两百英里，是指我沿着河岸走来的路程，如果我们穿过森林的话，至少可以将路程缩短八十英里。假设我们一天可以走十英里，我认为我们到达农场不会太过劳累。”[赏析解读：哈里斯极力说服众人去往农场，在这样的热情下，没有人会质疑他的用心。]

韦尔登夫人再次向这个美国人表达了谢意。

“您不用感谢我，但我觉得您最好能接受我的提议。”哈里斯答道，“虽然我从来没有走过这片森林，但是依照我对潘帕斯草原的了解，我一定可以从那里找到去往农场的路。不过还有一个严重的问题，那就是食物不够。因为我只带够了我自己吃的食物。”

“哈里斯先生，”韦尔登夫人说道，“您不用为这件事担忧，值得庆幸的是，我们有很多食物，而且我们非常愿意与您一起享用它们。”

“那真的是太好了，韦尔登夫人。现在我们一切准备就绪，只等着出发就可以了。”

哈里斯说完后就向着河岸走去，他是想把马牵过来。这时迪克•桑德的一个问题，让他停下了脚步。

年轻的船长认为，听从哈里斯的建议离开这里，穿过森林，去往这个国家的内地，这种做法是欠缺考虑的。在此刻，一名水手的本能告诉他，沿着海岸向上走或是向下走寻求帮助才是最好的。[赏析解读：迪克·桑德心里隐隐有些不安，但是却又不能确定。“本能”说明了他内心的疑虑。]

迪克•桑德问道：“哈里斯先生，我们为什么非要去往一百二十英里外的阿塔卡马沙漠呢？为什么不沿着河岸向南或向北前进，去寻找一个离我们最近的城镇呢？”

哈里斯微微皱着眉说道：“我年轻的朋友，我之前从未到过这一带的海岸，所以对这里一无所知，而且在沿岸的三四百英里内也并没有城镇。”

“向北走这样，那么向南……”迪克•桑德还想继续说些什么。

“向南，”美国人打断了他的话，“那我们要一直走到智利才可以。天啊，向北走和向南走的路程是一样的。如果我是你的话，我可不会选择沿着阿根廷的潘帕斯草原边缘前行。而且那样的话，我也不能陪你们一起上路了。”[赏析解读：哈里斯急切地打断迪克·桑德的话，是不是有别的企图？这里引起读者的好奇。]

“那么，我们能够在这里看到从智利开往秘鲁的轮船吗？”韦尔登夫人问道。

“很遗憾，你们根本没法看到。因为那些轮船都是在外海航行的，离海岸还很远。”哈里斯答道。

“确实是这样。那么迪克，你还有什么问题要向哈里斯先生请教的吗？”韦尔登夫人说道。

“还有一个问题，夫人。”迪克•桑德答道，他对自己的主张一向都很坚持，“请问哈里斯先生，您觉得我们在哪里可以找到一艘能够带我们回旧金山的轮船呢？”

“我的朋友，我无法告诉你在哪里能够找到这样一艘船。我只能保证，在你们到了农场后，我们可以为你们提供去往阿塔卡马城的交通工具，在那里……”

“哈里斯先生，”韦尔登夫人突然打断了他的话，“迪克并不是不接受您的提议。”[赏析解读：急切想要摆脱困境的韦尔登夫人生怕迪克·桑德说出什么惹怒哈里斯的话来。]

“是的，韦尔登夫人，我并不是不愿意接受哈里斯先生的提议，”迪克•桑德说，“但是，有一点我很遗憾，那就是我们的船没有在更向南或更向北的地方搁浅，如果是那样的话，我们会离港口近一些，回美国也就更容易了，也不会给热心的哈里斯先生增添麻烦了。”

“我并没有觉得这是麻烦，韦尔登夫人，”哈里斯答道，“我之前已经说过了，能有幸在这里遇到美国同胞对我来说太难得了，我也非常乐意能帮到你们。”

“我们接受您的提议，先生，”韦尔登夫人说道，“但是，我不能再占用您的马。我很擅长步行的。”

哈里斯向韦尔登夫人微微鞠了一躬，接着说道：“我也很擅长。而且我对这个地方已经相当熟悉了，和大家一起步行，我也不会掉队的。所以，韦尔登夫人，您和小杰克还是一起骑马走。如果我们在路上能够遇到在我哥哥的农场里做工的仆人，那就更好了，因为他们都会骑着马并且会把马让给我们。”

迪克·桑德清楚地知道，如果这时他再一味地反对哈里斯的提议，韦尔登夫人就会生气了。

于是迪克·桑德说：“那么，哈里斯先生，我们什么时候可以出发？”

“年轻的朋友，我们今天就出发，”哈里斯答道，“这里在进入四月后，天气就会变得十分恶劣，所以我们最好能够早些赶到桑·菲利斯农场去。穿过森林是最快的，或许也是最安全的，因为这要比沿着海岸走更隐蔽，也会让我们不容易受到游荡的印第安人的袭击。那些人可以说是一群抢劫成性的强盗。”[赏析解读：哈里斯极力说服众人从森林里穿行，似乎隐藏着不可告人的秘密。]

迪克·桑德转身对他的黑人朋友们说道：“汤姆，我的伙伴们，我们要为出发做准备了。我们要先把那些容易携带的食物打成包裹，然后每个人都带上一份。”

“迪克先生，”埃居尔说道，“如果你愿意，我可以把它们全都背上。”

“不，热心的埃居尔，”迪克·桑德答道，“我们最好每个人都分担一些。”

哈里斯这时一边打量着埃居尔——那种眼光像是在看一个等待出售的黑奴——一边说道：“埃居尔，你真是个大块头。要是在非洲市场上，你一定能卖个好价钱。”[赏析解读：哈里斯看向埃居尔的眼神，就像是在欣赏一件待出售的商品，似乎暗示着下文的情节发展。]

“我有我自己的价值，”正直的埃居尔笑着说：“但是，想要抓住我，那些买主就要跑得快一点了。”

既然大家的意见达成了一致，那么为了能够提早出发，每个人都要尽快做好准备。食物的问题完全不用担心，他们现在所有的食物，足够供应他们从海岸走到农场这段路程，即使吃十天也是没有问题的。

“哈里斯先生，在我们接受您的盛情邀请出发前，恳求您能够先接受我们的邀请。”韦尔登夫人说道。[赏析解读：韦尔登夫人想尽可能地为这位帮助她的人做出些补偿。]

“韦尔登夫人，我接受，我接受您的好意！”哈里斯显然十分高兴。

“几分钟后，早餐就会准备好。”

“好的，韦尔登夫人。我需要花十分钟把我的马领到这里来。我想它一定也很乐意吃早餐。”

“需要我陪您一起去吗，先生？”迪克•桑德问。

“如果你想去的话，年轻的朋友，”哈里斯答道，“正好，我会带你去了解一下这条河的下游。”

于是，两个人一起向着河岸走去。

在他们说话的时候，巨人埃居尔负责去寻找那位昆虫学家。事实上，贝内迪表兄对周围的自然环境表现得十分热情。这时他正为了一只找不到的昆虫而站在悬崖顶上。而事实上，他也确实什么都没有找到。

贝内迪表兄说自己已经做好了出发的准备，只要一路上不妨碍他收集昆虫标本，即便是横越美洲大陆他都无所谓。

在南的帮助下，韦尔登夫人开始为大家准备丰盛的早餐。他们有必要在出发前好好吃一顿。

迪克•桑德跟着哈里斯绕过了悬崖拐角，又顺着高高的河岸向上走了三百步，一匹被拴在大树上的马就出现在了眼前，而那匹马也在看到主人后，以高声鸣叫的方式表达着自己的喜悦。

迪克•桑德从来没有见到过这种马，它长得十分健壮，脖子和脊背修长，但是腰身却很短，后腿和臀部的线条看起来十分优美，肩部平坦，前额突出。这是一匹带有阿拉伯血统的马，因此让它看起来是那么的独特。

“你看，年轻的朋友，”哈里斯说道，“这匹马十分健壮，所以你完全不用担心它会出现意外。”

哈里斯解开马的缰绳，然后牵着它原路返回。迪克·桑德则跟在他们后面。

与此同时，迪克·桑德飞快地留意了一下四周，小河两岸除了茂密的森林外，再无其他。他并没有发现任何异常。[赏析解读：这里描述的细节，体现出了迪克·桑德小心谨慎的性格特征。]

他快走了两步，来到了美国人的身边，突然向他提出了一个问题，显然这个问题让哈里斯觉得很意外。

“哈里斯先生，”迪克·桑德问道，“昨晚，您有遇到过一个名叫内格罗的葡萄牙人吗？”

哈里斯用一种茫然的语气说道：“内格罗是谁？”

“他之前是船上的一名厨师，但是忽然不见了。”

“是不是淹死了？”

“并不是，”迪克·桑德答道，“他昨天傍晚时还和我们在一起，但是晚上忽然就不见了，我猜想他可能是顺着河岸向上去了。因为你正好是从那个方向过来的，所以我才想要问问你有没有见过他？”

“我没有遇到过其他人。”美国人答道，“如果那名厨师冒险走进这片森林，可能会迷失在里面的。或许我们可以在路上遇到他。”[赏析解读：一层一层的悬念，使剧情越来越扑朔迷离。]

“的确，我们可能会遇到他。”迪克·桑德答道。

当他们返回岩洞时，早餐已经准备好了。和昨天的晚餐一样，有罐头、咸肉和饼干。哈里斯丝毫没有客气，狼吞虎咽地吃了许多。[赏析解读：此处的描写体现出了哈里斯不拘小节的特点。]

“我看我们无须为会不会饿死在半路上而担忧了，可以放心吃。”他说，“当然，我说的并不包括刚才我与年轻的朋友提到的那个葡萄牙倒霉鬼！”

“啊！迪克已经告诉过你内格罗消失的事了？”韦尔登夫人问道。

“是的，夫人，”年轻的船长说道，“我只是想知道哈里斯先生有没有在路上遇到过他。”

“并没有，”哈里斯回答，“如果他是一个半路逃走的家伙，那就让我们先把他忘了吧！现在我们只需要做好准备随时出发。您准备好了吗，韦尔登夫人？”

所有人都背好了分配给自己的东西。韦尔登夫人在埃居尔的帮助下骑上了马，小杰克也背着他的小枪不情愿地坐到了马上，看起来他完全不想向那个借给他好马的人表示感谢。[赏析解读：小杰克对哈里斯带着一种令人费解的厌恶。]

小杰克坐在妈妈前面，他告诉妈妈自己知道该怎样好好驾驭那匹马。

于是，缰绳被交到了小杰克手里，而小杰克也一副队伍首领的神情。

## 第十六章　在途中

[**名师导读**]

迪克·桑德一行人与哈里斯踏上了去往农场的旅程，他们为这次旅程做好了万全的准备。哈里斯成了他们的向导，向他们介绍这片森林里的那些奇特的树木。这片未知的区域让迪克·桑德他们充满了好奇，但是有一点很奇怪，那就是到处都看不到橡胶树的踪迹。第一天的行程虽然不是很累，也没有任何意外发生，但是他们还是不能放松警惕。夜幕降临，除了守夜的埃居尔还保持着清醒，其他人都慢慢进入了梦乡中。

他们一行人沿着陡峭的河岸向上走了三百多步后，就要进入枝叶茂密的森林了。接下来，他们要沿着崎岖的小道走上十几天。虽然并没有任何意外发生，但是迪克•桑德心里还是隐隐有些不安。[赏析解读：以环境的变化反衬出迪克·桑德内心的变化，以此来渲染紧张的气氛。]

正常来说，韦尔登夫人作为一个女人和一个妈妈，似乎更应该担心，事实恰恰相反，她表现得信心十足。

韦尔登夫人之所以不担心是有原因的。首先这一带没有野蛮的土著人和可怕的动物来袭击他们；其次是因为有哈里斯为他们带路。这个美国人给她留下的印象很不错，得到了她的信任，所以他们完全不用担心会出差错。

他们为这次旅行的队形排好了次序，在到达农场之前，大家都要尽量保持这种队形。［赏析解读：这句总结性的话，起到了承上启下的作用。］

迪克·桑德和哈里斯带着武器走在最前面，他们一人拿着长枪，另一人带着雷明顿步枪。

巴特和奥斯汀跟在迪克·桑德和哈里斯的后面，除了每人都有一支枪外，还各有一把弯刀。

在他们后面就是骑着马的韦尔登夫人和小杰克，然后是南和汤姆。

之后是拿着另一支雷明顿步枪的阿克顿，而埃居尔则是腰里别着一把短斧走在了队尾。

大狗丁戈一副有心事的样子，它不停地跑来跑去，好像在寻找什么气味。自从“流浪者”号遇难后，丁戈的行为就好像有点异常，它总是低沉地吼叫着，声音里满是哀婉凄厉。虽然没有人能够解释这种奇怪的现象，但是丁戈的异常引起了所有人的关注。［赏析解读：大狗丁戈的种种异常表现，说明这个地区一定与它存在着某种联系。］

与丁戈一样不能老老实实待在队伍中的就是贝内迪表兄了。如果不用绳子牵着他，就没法让他一直保持队形。他肩上背着铁皮标本箱，手上提着抓昆虫用的网，脖子上还挂着一个特大号的放大镜，时而在队伍前面，时而在队尾处，甚至冒着被毒蛇咬伤的危险，在高高的茅草中寻来觅去，就是为了寻找那些直翅目或其他目的昆虫。［赏析解读：细节描写，再次强调了贝内迪表兄对于昆虫研究的热爱。］

刚出发的一个小时内，韦尔登夫人担心他会出事，总想把他叫回来，可是并没有起到作用。最后她只好对他说：

“贝内迪表兄，我非常认真地请求你，不要离开我们太远，这是我最后一次这样请求你了！”

“啊，表妹，要是我发现了一只昆虫，可得让我……”欢脱的贝内迪表兄答道。

“在那个时候，我看最好就让那只昆虫赶快逃命去吧！否则你就是在逼着我拿走你的标本箱。”韦尔登夫人严厉地说道。[赏析解读：为了保证贝内迪表兄的安全，韦尔登夫人不得不采取威胁的手段，看来她很清楚贝内迪表兄的软肋是什么。]

“啊！你要拿走我的标本箱？”贝内迪表兄被吓得好像要被人摘掉心肝似的大声叫道。

“不但会拿走你的标本箱，还有你的捕捉网！”韦尔登夫人并没有理会贝内迪表兄的叫嚷，又补充了一句。

“什么？连我的网你也要拿走，你怎么不连我的眼镜也一起拿走啊？不，摘掉呀！你不会那样做的！你不会的，肯定不会！”

“很好，谢谢你提醒了我，我会连你的眼镜也一起拿走。在你什么也看不见的时候，你就会变得更明智了。”

在受到三重威胁后，之后大约一个小时里，贝内迪表兄保持了安静。在一个小时后，他又恢复到了之前的状态，宁可不要捕捉网、标本箱、眼镜，也要去抓昆虫。无奈之下，只有由他去了。大家一致同意让埃居尔专门负责照顾他，管理贝内迪表兄就要像贝内迪表兄管理昆虫时一样，在必要时可以像抓一只稀有的鳞翅目昆虫一样，把贝内迪表兄抓回来。[赏析解读：此处用一种夸张的手法，表现出了埃居尔的健壮。]

这样一来，大家也就不用再为贝内迪表兄担心了。

对于一支武器装备充足的旅行队伍来说，需要小心谨慎地做好对各种危险的防范工作。不过，也正如哈里斯所言，他们无须为遇到那些到处游荡的印第安人感到担心，而且印第安人出现的可能性也是极小的。

不管怎样，谨慎的防范措施会让他们觉得更安心。

然而，所谓的穿越茂密森林的小路，连条小道都算不上，充其量只能算是野兽奔窜的通道，而并不是人走的路。可想而知，在这种路上走起来有多么困难，迪克·桑德一行人马，以平均每十二个小时五、六英里的速度前进着。对于这一点，哈里斯的计算还是很精准的。[赏析解读："精准"一 词，凸显出了哈里斯的精明。]

虽然这样，天气却很好。正午时分，烈日当空，阳光直射大地。哈里斯告诉大家，幸好他们是在森林里行走，平原的高温任谁都难以忍受。

对韦尔登夫人等人来说，他们对周围的树木一无所知。

可如果对一个植物学家来说，这里的树木的种类远比它们的高度更有魅力。这些是羊蹄甲树，也叫作铁树；那些是和檀木同类的木龙皮树，这些树木的树干上会流出大量的树脂，其质地轻且硬，很适合用来制作船桨。再前面一点的是一种佛堤树，也被称为黄桑，这种树的树干中含有大量的染料，其树干直径可达十二英尺，但直径却比不上一般的愈疮木（其拉丁名意为"生命之木"，中国用名为铁木，属蒺藜科愈疮木属。是一种高达 12 米的常绿阔叶乔木，该树主要用于造船，各国均将其视为稀有的重要造船资材。愈疮木的产地分布在赤道附近与北纬 24℃之间，特别集中在中美洲西印度群岛一带）。

迪克·桑德一边走一边向哈里斯询问有关这些树木的知识。

"这么说，你还从未到过南美洲海岸了？"哈里斯没有先回答他的问题，反而问了一句。[赏析解读：哈里斯在之前回答问题时，都是有问必答。而这一次他没有直接回答问题，而是反问了一句，令人疑惑。]

"没有。我之前的航海记录中并没有关于到过这一带海岸的经历。事实上，也没有任何人向我提及过这里的情况。"迪克·桑德说道。

"那么，你到过哥伦比亚海岸、智利或是巴塔戈尼亚海岸吗？"

"从没有到过。"

"也许韦尔登夫人曾到过新大陆的这一带地区吧？美国人一般是很喜欢旅行的……"哈里斯继续说道。[赏析解读：哈里斯这种试探性的问题，使剧情变得更加神秘了。]

"不，我也没来过，哈里斯先生！"韦尔登夫人答道，"我丈夫主要在新西兰进行商务活动，我从来没有跟着他去过别的地方。所以我们大家对玻利维亚南部这一带地区的情况完全不清楚。”

“很好，韦尔登夫人，你们会发现这里是多么的与众不同，它和秘鲁、巴西、阿根廷是截然不同的。这里的动植物种类足以让一个生物学家感到吃惊。噢！或许我们可以说，你们的船能够在这里上岸其实是个不错的选择，甚至应该觉得庆幸……”

“我比较愿意相信是上帝在保佑我们，而并非什么运气，哈里斯先生。”

“是啊，是啊！是上帝！”哈里斯随口答道，但是从他的语气中可以听出他根本就不相信有上帝的存在。

既然队伍里没有人熟悉这一带的动植物，哈里斯就很骄傲地为大家介绍这片森林里的那些最奇特的树。[赏析解读：在得知队伍里没有其他人熟悉这里的情况后，哈里斯就成了唯一熟悉这里的人，同时也为下文埋下了导火索。]

唯一遗憾的是，作为昆虫专家的贝内迪表兄并不是一个植物学家。不然的话，他即使在这里没有找到什么有价值的昆虫，也可以意外地收获许多有价值的植物。这里有着各种各样、形态各异的树木，它们就像是一个“集中营”一样，甚至有许多都是在新大陆的热带森林里从未有过的品种。如果贝内迪表兄是个植物学家的话，他完全可以用自己的名字为某种新发现的植物命名。

可是，他不喜欢植物，对植物一窍不通，甚至有些厌恶鲜花，因为这些花会用花冠杀死昆虫。

偶尔，在森林中还会出现沼泽，让人觉着脚下是一片由无数细流织成的水网，因为这里是无数小河的发源地。有些河段水流较大，他们就不得不寻找浅一点的地段涉水过去。

在这些小河两岸长着许多芦苇，哈里斯说这种芦苇叫纸莎草（是一种莎草科植物，直立、坚硬、高大，好像芦苇一样生长在阳光充足的环境中。纸莎草是古埃及文明的一个重要组成部分，古埃及人利用这种草制成的书写载体曾被希腊人、腓尼基人、罗马人、阿拉伯人使用，历3000年不衰。至8世纪，中国造纸术传到中东，才取代了莎草纸），他说得没错，这种草本植物会大量地生长在水流两岸潮湿的地方。

穿过沼泽后，又再次进入森林中，林间小路被茂密的灌木丛遮掩着。

哈里斯在向韦尔登夫人和迪克·桑德介绍那些很漂亮的黑檀木树，它们比一般的黑檀木树高大得多，比人们在木材市场上看到的黑檀木的质地要坚硬，颜色也更深。

除了这些之外，这里还长着许多杧果树。虽然这里离海岸已经很远了，但是杧果树还是不少。一种白色的苔藓类绒毛一直蔓延到杧果树的树枝上。杧果树的枝叶繁茂，果实鲜美，所以人们很珍惜这种树。可是据哈里斯说，当地人谁也不敢栽种这种树，因为当地有一种迷信的说法："无论谁，种一棵杧果树就会死掉！"［赏析解读：由此可以看出当地的现状，落后的文明使这里的人都很愚昧。］

在出发后的第一天中午，短暂的休息后，他们走上了一道不太陡的山坡。这还不是群山的第一道山坡，只是从平原到大山之间一段起伏的小山坡。

山坡上树木稀疏，有时只是一些小树林，如果不是遍地都是灌木丛，他们走起来会方便得多。这时，大家好像走在东印度的丛林里。这里的植物不如小河下游区域的那么茂密，可与欧洲或美洲新大陆一些地区的植物相比，还是非常茂盛的。

这里长着许多靛青，哈里斯告诉他们，这种豆科植物是他们经过的这个地区最主要的植物。一块地只要荒芜了，那么这种像蓟草、荨麻一样的寄生植物，马上就会将这块土地占领了。

这一带的森林中好像还缺一种树，那种树按说在美洲新大陆南部应该很常见，那就是橡胶树。要知道橡胶树在南美洲大陆最为普遍，如榕树、美洲胶、吸水木、考勒胶、凯墨胶等，尤其是不同种类的弹力胶更是南美洲各地随处可见的树木。可是在这里一棵橡胶树也没有，这有点奇怪。［赏析解读：设置悬念，引发读者的好奇，从而引出下文。］

迪克·桑德曾答应过小杰克要在森林中找一些橡胶树给他看看，但是在这里什么都没有，这让小杰克非常失望，他认为那些橡皮做的葫芦、会叫的皮娃娃、手脚能活动的小丑和会跳的皮球，都是很自然地长在橡胶树上的。他还因此发了一通脾气。

“耐心点儿，小家伙，我们肯定能找到的，在我哥哥的农场附近就有好几百棵橡胶树！”哈里斯说。

“是那些弹性都很好，长得都很漂亮的橡胶树吗？”小杰克问。

“当然，它们是最好的，最有弹性的！我向你保证。但在没找到橡胶树之前，你想要先品尝一个新鲜水果解渴吗？”哈里斯一边说，一边从一棵长得很像桃树的大树上摘下来一些看起来非常美味的水果。

“哈里斯先生，你确定这种水果不会有毒吧？”韦尔登夫人问。

“夫人，我向您保证是没有毒的，不用担心。”哈里斯边回答边咬了一大口，“这是杧果。”[赏析解读：由此可以看出，哈里斯对于这片区域还是很熟悉的。]

小杰克一看，马上学着哈里斯的样子吃了起来，他边吃边大声嚷嚷：“好吃极了！”于是大家也都纷纷从树上摘下水果吃了起来。

这种杧果树的果实是三、四月份成熟的水果品种，还有一种是到九月份才会成熟的，现在的杧果正是最鲜美的。

“杧果真是太好吃了！可是迪克答应过我，如果我听话，他就给我找橡胶树！我还是想要橡胶树。”小杰克边吃边说，很显然他还没忘了橡胶树。[赏析解读：从小杰克的话里不但表现出了他那强烈的好奇心，也可以看出他与迪克·桑德的关系是非常好的。]

韦尔登夫人笑着说：“你一定能够看到橡胶树的，杰克，哈里斯先生不是向你保证过了吗？”

“可是还有其他呢，我的朋友迪克还答应了我别的东西呢！”

“你的朋友迪克还答应了你其他什么东西呢？”哈里斯笑着问小杰克。

“他说要给我看蜂雀，先生！”

“你肯定能看到蜂雀的，可爱的小家伙。不过那需要我们再往前走远一点！”哈里斯说。

事实上，小杰克想要看蜂雀绝不是什么过分的要求，因为这里应该是蜂雀最多的地方。印第安人善于用蜂雀的羽毛来编织工艺品，甚至这些工艺品都会有一个极富诗意的名字，像“阳光”“太阳的金发”“小花王”“安慰人间花朵的天堂之花”“在阳光下燃烧的宝石之花”等。［赏析解读：从这些美丽的名字里不难想象出那些蜂雀的种类有多少，而且一定都很漂亮。］我们有理由相信，印第安人丰富的想象力能够使一百五十种不同花色的蜂雀，各有一个漂亮的名字。

众所周知，在玻利维亚这一带的森林中，栖息着无数的蜂雀，可眼下的小杰克却连一只也没有看到，他只能对哈里斯的允诺抱有期望。按照哈里斯所说的，他们身处的位置离大海太近了，而蜂雀不喜欢离海太近的地方，所以在这里还不能发现蜂雀。但在农场那里，蜂雀不怕人，人们一天到晚都能听见蜂雀婉转的叫声，以及它们扇动翅膀的声音，那种嗡嗡的叫声与纺车转动的声音很像。

“噢！我喜欢那个地方！”小杰克说。

然而，想要尽早到达桑•菲利斯农场，只有一个办法，那就是继续前进。所以韦尔登夫人一行人只是在特别必要的情况下才会休息一会儿。

这时，森林景观已经发生了很大的变化，在稀疏的树木中，常常会出现一些宽阔的林间空地。阳光照在一片地毯似的草坪上，在草坪下面是红色的土壤和花岗岩的地质结构，看起来就像天青色的板岩一样。在高地上还遍布着撒尔沙植物，这种植物的根茎相当肥大，盘结着生长在一起，相比较而言，森林中的小道都比这儿要好走得多。［赏析解读：此处环境的描述，可以看出这段旅行对于迪克·桑德等人来说并不轻松。］

在太阳落山之前，这一小队人马走了大约八英里。这一天走得并不是很累，大家也都平安无事。不过，这只是长途跋涉的第一天，毫无疑问，以后的路会更加艰苦。

大家一致同意原地休息。他们没有必要搭起帐篷，只要能够找到一个过夜的地方就可以了。按照安排，他们会轮流守夜，每两个小时换一次班，那么整个晚上就都有人守夜了，这样就不用担心土著人或野兽的袭击。他们将宿营的地点选在了一棵大杧果树下，这棵树的树干粗大、枝叶繁茂，就像一个天然的帐篷，没有比这里更适合的地方了。[赏析解读：这里用一个比喻的手法，强调出这棵杧果树的巨大，同时也说明了他们的生存环境的恶劣。] 如果有必要的话，他们可以爬到树上，藏在树叶间。

当大家走到杧果树下时，突然听见树尖上响起了震耳欲聋的叫声。

原来这里栖息着一大群灰色的鹦鹉，它们不停地吵闹着。这是一种吵闹不休且生性凶猛的鸟类，专门捕食其他鸟类，所以万万不能把它们与欧洲那些养在鸟笼子里的动物归为一类去看待。

这种鹦鹉的叫声让人十分厌烦，就在迪克·桑德想要开枪轰走它们时，哈里斯劝阻了他。哈里斯说在这种人烟稀少的地方开枪，就等于暴露了自己。

“我们最好不要弄出什么大的动静，只有不声不响地穿过森林才是最安全的。”哈里斯说道。[赏析解读：这里突出了哈里斯小心谨慎的性格特征。]

晚饭很快就准备好了，因为那些食物不用生火，都是一些罐头和饼干。一条小溪为大家解决了饮水的问题，在喝之前他们在水中加了几滴朗姆酒，用来净化水质，而香甜多汁的杧果则成了他们的饭后甜点。树上的鹦鹉用它们无比讨厌的声音抗议人们摘取它们的食物。

晚饭结束后，天也已经变黑了。夜幕笼罩着大地，黑暗从地面慢慢地爬上了树梢，安静、浓密的树叶看上去就像是一幅美丽的剪影，在明亮夜空的映衬下凸显出来。星光跃然出现在黑幕上，就像闪亮的花朵缀在树梢上一样。夜来风止，大树的枝叶停止了舞动。而那些聒噪的鹦鹉也不再吵闹了，所有的生物都和大自然一起慢慢进入了梦乡。[赏析解读：环境描写，森林里的夜色美得像是一幅画。]

睡前的准备工作没有什么难度。

“我们不应该生起一堆火吗？”迪克·桑德问哈里斯。

哈里斯答道：“生火干什么？现在夜里并不冷，这棵大树会为我们挡住寒气，我们不必担心会受凉，也不用担心有潮气。我刚才不是说了吗，年轻的朋友，我们要不露痕迹地穿过森林，尽量不要点火，也不要开枪。”［赏析解读：哈里斯的过分小心让人心生疑虑。］

这时，韦尔登夫人插言道：“虽然我也这么认为，但是我觉得我们是不是生起火来会好一些，虽然不用担心有印第安人出现，但是哈里斯先生，我们还是应该防御一下那些可怕的猛兽吧，如果点起火来，它们可能会躲开我们的。”

“韦尔登夫人，你太看得起这个地方的野兽了！事实上，比起我们怕它们，它们更怕我们！”这个美国人说道。

小杰克这时说道：“森林中肯定是有野兽的，而且我们现在就在森林中。”

“可爱的小家伙，数不尽的大森林中，就会有数不尽的野兽，你可以发挥你的想象力，想象自己在一个大花园中。的确，印第安人的说法还是有道理的，‘正像是人间天堂！’这里真的很像一个人间天堂！”

“那这里有蛇吗？”

“没有，我的小杰克，”韦尔登夫人答道，“这里没有蛇，你可以放心地睡觉！”

“那有狮子吗？”

“没有，我的小杰克！”哈里斯说。

“那有老虎吗？”

“你可以问问你妈妈，她有没有听说过谁在这儿见过老虎？”［赏析解读：小杰克的几个问题，使紧张的气氛得到了缓解。］

“从来没有听说过，亲爱的。”韦尔登夫人说道。

这时，贝内迪表兄突然插了一句：“真是太好了！如果这里既没有狮子，也没有老虎，那么这里肯定有美洲豹。”

“美洲豹厉害吗？”小杰克问道。

“哈！那些土著人都敢一个人去攻击这种野兽，何况我们都有武器！而且你看看埃居尔，以他的能力，一个人就能掐死两只美洲豹，一只手一只！”

于是，小杰克说：“埃居尔，你可要看好啊，要是美洲豹来了……”

“那我一定去咬美洲豹，杰克先生！”埃居尔边说边露出了自己两排整齐的牙。［赏析解读：埃居尔用幽默的回答化解小杰克的恐惧。］

“的确，埃居尔，你要好好守夜。不过，我们会轮流和你一起值班的。”迪克•桑德说。

“不用，迪克先生。埃居尔、巴特、奥斯汀和我，我们四个人就够了。你在夜里就好好休息吧！”阿克顿说道。

“谢谢你，阿克顿，”迪克•桑德还是有些担心，“不过，我还是……”

“不用了！迪克，就让那些勇敢的伙伴守夜吧！”这时韦尔登夫人说。

眼皮已经在打架的小杰克也毫不示弱地说：“我也要值班！”

“好的，好的，我的杰克，你也值班！”他的妈妈哄着他说道。

小杰克继续说道：“森林中既没有狮子，也没有老虎，那有没有狼呀？”

“噢！简直是开玩笑，那根本就不能称为狼，它们只是一种狐狸，是一种叫作‘狐拉’的森林野狗。”哈里斯说。

“那‘狐拉’咬人吗？”小杰克继续问道。

“不！对于那种野狗，丁戈一口能咬死一只！”

“但是不管怎么说‘狐拉’也是狼，因为它们的名字就叫狼！”小杰克说完后打了一个呵欠。

接着他就倒在南的怀抱里，进入了梦乡。南靠着杧果树，韦尔登夫人则躺在南身边，她吻了吻孩子，然后闭上了那双疲惫的眼睛。

几分钟后，埃居尔领着贝内迪表兄回到了营地。刚才贝内迪表兄一个人跑出去捉萤火虫了。萤火虫也被叫作“夜蛾”，那些爱打扮的女人会把萤火虫放在自己的头发里，看上去就像是闪光的宝石。萤火虫的胸部下边有两个发光点，能发出很强的蓝光。这种昆虫在南美洲到处可见。贝内迪表兄想要抓很多的萤火虫，不过埃居尔不给他时间，而且这位巨人不顾他的斥责，强行把他带了回来。［赏析解读：“强行”一词表现出了埃居尔忠诚、顺从的性格特征。] 埃居尔只要接受了命令，就会像个军人似的一丝不苟地去执行的。可以说因为埃居尔的执着，使一大批萤火虫免于被关入贝内迪表兄的铁皮标本箱里。

不久之后，除了那个守夜的忠诚的巨人，其他人都陷入了沉睡中。

# 第十七章　两天一百英里

[**名师导读**]

迪克·桑德等人跟随哈里斯继续向着农场的方向走去。但是越向里走，迪克·桑德的心里就越不安。到目前为止，南美洲大陆应该出现的地理特征和植被，他都没有看到。不仅如此，在途中他们遇到了一种让众人与哈里斯的意见产生了歧义的动物，哈里斯称它为“南鸵”，虽然最后哈里斯说服了众人，但是迪克·桑德却一直心神不宁。晚上宿营时，贝内迪表兄发现了舌蝇，迪克·桑德心里的疑团变得更大了。

对于旅行的人和猎人来说，露宿在宁静森林的夜空下，在清晨被各种新奇且令人厌烦的叫声弄醒是很正常的事。森林音乐会在清晨时刻准备开始了，各种咯咯、呼噜噜、嘎嘎的声音交织在一起，其中还夹杂着嘲笑、狗叫及人说话的声音。

这时有一群猴子正在为太阳升起而欢呼。这群猴子种类繁多，除了仿佛戴着一张斑驳面具的小长尾猴、常常被印第安人将其皮制成枪套的灰毛猴、头上长着两撮长毛的大绒猴之外，最引人注目的就是那些被称为“格力巴”的猴子。这种猴子长着像魔鬼一样的脸，尾巴卷曲着。在太阳升起的时候，猴群中最年长的猴子会用一种神秘而恐怖的声音领着大家唱“圣歌”。领唱的老猴子的声音可以称得上是猴群中的男中音，男高音一般由小猴子们唱出，它们会在老猴子发出叫声后重复它的叫声，共同唱出这首能够令人发疯的黎明交响曲。印第安人会说这是“格力巴”在背诵它们的“晨祷经文”。然而，今天“格力巴”并没有进行“晨祷”，大家谁也没有听见它们的叫声。它们的声音很大，因为它们的声音是靠喉骨膨胀后形成的骨膜高频振荡发出的。

反正不论是怎样的原因，森林中的“格力巴”、大狨猴还有其他四足动物在这个早晨都没有发出叫声。[赏析解读：这里对猴子的异常表现进行了描写，设置了悬念，引起下文。]

这种反常的现象通常让游荡的印第安人感到奇怪。这并不表明他们爱听这种奇特的音乐，而是他们在追赶猴子时需要从声音上来判断方位。之所以要追赶猴子，是因为猴子的肉在经过熏烤加工后会变成十分可口的食物。

显然，迪克·桑德他们对猴子们的习性并不了解，也从未听过这种奇特的事情。早上，他们相继从梦中醒来，在经过没有任何干扰的几个小时的休息后，他们再次充满了精力。

小杰克并不是最后醒来的人。不过，他一睁眼就问埃居尔昨夜是不是吃了一头狼。埃居尔告诉他昨夜一头狼也没来过，所以他现在还饿着。

大家也都饿了。于是在晨祷之后，南就开始忙碌地为大家准备早餐。

早餐和昨天的晚餐相同，不过，森林中的清晨，新鲜空气让人胃口大开，这也让人们忘记了饭食的单调。最重要的是，为了应付新一天的旅行，大家必须要吃饱才能有足够的体力。

这大约是贝内迪表兄生平第一次认识到吃饭不是生活中可有可无的事情。[赏析解读：长途跋涉让这位心里只有昆虫的昆虫学家也有些吃不消了。]但是，他事先声明，自己来到这里不是为了游手好闲地进行参观的，如果埃居尔再阻止他去捉萤火虫，那他就会和埃居尔好好地理论一下了。

贝内迪表兄的威胁好像并没有对这位黑巨人起作用。不过，韦尔登夫人还是把埃居尔拉到一边，为他说情，只要这位大孩子似的贝内迪表兄不跑得太远，就可以给他一点自由。毕竟不能完全禁止他那个年龄的人应该有的一些自然娱乐活动。

早上七点钟时，这一小队人马再次出发了，依然保持着昨天的队形。

他们依然要在森林中前行。在这片原始森林中，炎热和潮湿的气候使植物长得高大茂密，放眼望去，一片欣欣向荣的景象。这片高原的纬度与热带地区类似，在夏季，太阳当头悬挂着，阳光直射下来，大量的热能都被储存在了地下，而地上又常年是潮湿的。没有什么比这片无边无际的大森林更有魅力的了。

迪克•桑德并没有迷失在这样的美景中。他一直有疑问，按哈里斯说的，他们所处的位置是潘帕斯草原附近，而潘帕斯这个词在“科士那”语中是平原的意思啊！那么，平原意味着什么呢？也就是说这里应该缺水、少树、连岩石都很少能看到，雨季里蓟草满地都是，而在温暖的季节它们则会变成密密麻麻的灌木丛。当然还可以见到一些矮小的乔木和带刺的灌木，不过它们带给人们的印象应该是荒凉和干旱。

但是，自从他们跟着哈里斯离开海岸，就一直行走在连绵不断、无边无际的大森林中，这与迪克•桑德认知里的潘帕斯草原的景象可谓是大相径庭。[赏析解读：虽然迪克·桑德没有来过潘帕斯草原，但是他们沿途经过的地方完全不是平原该有的样子，这不禁使他心里产生了疑惑。] 莫非正如哈里斯所说的那样，在这个他一无所知的南美洲地区，大自然在阿塔卡马沙漠的高原进行了奇特的区域性设计，使它的景象完全有异于太平洋和安第斯山脉之间的辽阔沙漠？

在这一天中，迪克•桑德针对这个疑惑提了几个问题，并向哈里斯解释了自己对于这种异常景象觉得惊奇的原因。

然而，哈里斯马上就做出了解答。他讲了许多关于这一地区最确切的地理特征和风土人情方面的知识，以此来证明他对这一带的熟悉程度。[赏析解读：这句话起到了承上启下的作用。]

“你说得很对，年轻的朋友，真正的潘帕斯草原的确如你在书中看到的那样，那是一个非常贫瘠的平原，而且要穿过这个平原会异常艰苦。它与北美洲的平原类似，唯一不同的是，北美洲的平原会有沼泽地。而这里是奥•科罗拉多州的潘帕斯草原，和奥里诺科河和委内瑞拉的大平原一样。但是，我们现在所处的区域的地理特征和自然现象，让我也觉得有些奇怪。事实上，我也是第一次走这条路，因为这是一条捷径，可以缩短我们到达目的地的时间。不过，即使我以前没有来过这里，我也知道这里的风景与真正的潘帕斯草原迥然不同。你们可能会有机会看到真正的潘帕斯草原的。它不在西部群山和安第斯山脉之间，而是在大陆东部，一直延伸到大西洋沿岸。”

“那我们还要翻越安第斯山脉吗？”迪克·桑德急切地问道。

“不！不需要，年轻的朋友。我刚才只是说有可能会看到它，而不是一定会看到。放心吧，我们是不会离开这片高原的，而这片高原最高处也没有超过一千五百英尺。噢！凭我们现在的装备，如果必须要去穿越那些高大的山脉的话，我是绝对不会领着大家去冒险的！”美国人笑着说道。

迪克·桑德说：“事实上，还不如沿着海岸逆流向上或顺水向下呢！”[赏析解读：迪克·桑德对于自己当初的主张依然很执着。]

“噢！其实我也强调很多次了！”哈里斯答道，“但是农场位于这一边。所以我们怎么走遇到的困难都不会很大！”

“你不怕迷路吗？毕竟你也是第一次穿越这片森林。”迪克·桑德又问。

“不！我年轻的朋友，不会的。我当然知道，无边无际的森林就像是茫茫的大海，或者说它是昏暗的海底更为贴切，一个海员是无法单纯根据深度来测定自己的方位的。然而，我已经习惯于在森林中行走了，只要看看某些树倾斜的方向，看看树叶的指向，或是看看地质构造，这些你们发现不了的特征，都会帮助我很容易地找到正确的方向！你放心，我一定会把你和你的朋友们带到你们应该去的地方的！”

所有的一切都被哈里斯讲得十分明确，不容怀疑。迪克·桑德一直和哈里斯走在队伍的前面，所以他们的讨论并没有其他参与者。如果美国人无法完全让迪克·桑德信服，那迪克·桑德只会把这些疑问放在心里，不再追问。[赏析解读：哈里斯的回答虽然无法消除迪克·桑德的疑虑，但也没有什么可疑的地方，可见哈里斯的狡猾。]

四月八日到十二日就这样平淡地过去了，在这期间没有发生什么意外。他们每天走十二个小时，最多走八、九英里。吃饭和休息的时间已然形成了固定的模式。虽然这样的行程会使大家觉着有些疲惫，但总的来说，每个人的健康状况还是乐观的。

这样的森林生活已经使小杰克感到厌倦，他不仅仅对周围的环境不习惯，更多的是厌倦这种行军式的单调生活。[赏析解读：这里从侧面体现出了小孩子活泼爱动的天性。]另外，他觉得大人们说话都不算话，答应给他看的东西一样也没有兑现。橡胶小丑、蜂雀，所有的玩具好像都躲了起来。除此之外，本来在森林里最常见的漂亮鹦鹉也不见了踪迹。那各种各样会说话的鸟儿，它们都去了哪里呢？

不过，这里也有一种鹦鹉是随处可见的。可是小杰克对这种长着红色尾巴的鹦鹉完全不感兴趣。它们会成群地聚集在大树的枝叶间。这种鹦鹉很早之前就被人们运往世界各地，欧美大陆的许多家庭都喂养着它们。它们会发出令人厌烦的叫声，而且会轻松地学会说话。

事实上，不仅小杰克不满意这次旅程，贝内迪表兄也很不满意。在路上，他虽然可以在稍微远离队伍的地方走一走，但是却丝毫没有收获。甚至连那些萤火虫也都看不见了，它们再也不肯用胸部的荧光来吸引这位昆虫学家了。这位昆虫学家认为自己受到了大自然的捉弄，以至于他的心情很不好。

在之后的四天里，所有人都一如既往地保持队形，向着东北方向前行。

到了四月十六日，他们从起程至今已经走了一百英里的路了。如果在哈里斯没有带错路的前提下——对于这一点，他一再地保证绝对没问题——那么桑·菲利斯农场离他们现在的宿营地应该不会超过二十英里了。也就是说，他们在四十八小时内就能抵达一个很舒适的庇护所，大家终于可以在那里好好调整一下了。

现在他们几乎已经穿越了整个高原的中部地区，可是在这片辽阔的森林中却连一个印第安人都没有遇到。

迪克·桑德多次想要脱口问出心中的疑惑，最后又藏在了心底。[赏析解读：这句话体现出了迪克·桑德沉稳的性格特征。]然而，在他的心中却一直存有遗憾，他觉得没有让“流浪者”号在另外的海岸上搁浅简直太可惜了。无论是再往北一点还是再往南一点，那里一定会有一些村庄、小村落或农场的。那样的话，韦尔登夫人他们早就已经到达可以安身的地方了。

虽然森林中看起来杳无人烟，但是在最后这几天中野兽的痕迹却随处可见。[赏析解读：这足以说明，这是一片危机四伏的森林。]他们偶尔会听到野兽凄厉的长鸣声，哈里斯解释在南美洲辽阔的森林里常常会遇到一些被称为“树懒”的大型缓步类动物，它们的叫声就是这样的。

这一天的中午时分，大家都正在休息，突然一阵“嘶嘶”声从上空中传来，这是一种大家从来没有听到过的声音，韦尔登夫人很害怕。

“这是什么声音？”她立刻警觉地站了起来。

“蛇！”迪克·桑德叫道，同时用手抓起步枪，一个箭步冲到韦尔登夫人的前面。[赏析解读：此处描写一方面表现出了迪克·桑德反应敏锐；另一方面体现出了他对韦尔登夫人的关心。]

蛇的出现让大家陷入了恐慌之中。要知道，一些毒蛇是能够从草丛中爬到他们休息的地方来的。现在即使有条四十英尺长的“撒库鲁”蟒蛇出现在大家的面前也是很正常的。

哈里斯在提醒迪克·桑德的同时，黑人朋友们也跟了过来，他们竭力安慰韦尔登夫人，让她放宽心。

哈里斯告诉大家，这不是大蟒蛇，因为大蟒蛇是不会发出“嘶嘶”的声音的。他说这可能是一种对人无害的野兽，这种动物在这个地区是很常见的。

“只要我们不招惹它就行了，放心吧！”

“那它到底是什么动物呢？”迪克·桑德的质问对这个美国人来说几乎已经成了一种习惯，还好，哈里斯也总是有问必答。

“年轻的朋友，那是一种叫羚羊的动物。”

“啊！我想看看羚羊！”小杰克高声地大叫起来。

“那太难了，我亲爱的小家伙！”哈里斯答道，“那太困难了！”

“或许我们可以想办法靠近那些会嘶嘶叫的家伙们。”迪克•桑德说。

“啊！你都走不了三步，整个羚羊群就会以最快的速度逃离那里！所以，拜托你们最好不要去招惹它们！”哈里斯摇着头说。

然而，迪克•桑德无法抑制住自己的好奇心，他希望能够亲眼看一看那些羚羊。于是他拿着步枪钻进了草丛。突然，十几只体态优美的羚羊在他眼前像风一样的逃走了。那是一些头上长着小巧的尖角、火红的毛发的瞪羚（瞪羚属是羚羊亚科的一属。因为瞪羚的两只眼睛特别大，眼球向外凸起，看起来就像瞪着眼一样，故而得名。瞪羚是非常敏捷的动物，跑动时时速达 80 千米，跑 1 小时都不觉得累。大多数瞪羚生活在非洲大草原，但是也有少数生活在亚洲。大多数瞪羚都是群居动物，以嫩的、容易消化的植物为食），远远地望去就像一团团的火云在高高的草丛中滚动。

当他返回休息地时，哈里斯说道，“怎么样，我早就说过了吧！”

因为那些羚羊跑得轻快迅捷，所以迪克•桑德并没有看清它们确切的模样。然而，就在这一天大家还看到了另一群野兽。虽然看得并不清楚，但是这群离奇的动物在哈里斯和其他人之间引起了一场口舌之争。

大概在下午四点钟，这支队伍在森林间的一块空地上准备休息。这里突然有几个身材庞大的家伙从灌木丛中钻了出来，又在距离他们约一百步的地方快速逃走了。

虽然哈里斯多次劝说不要开枪，但是迪克•桑德还是快速举起了枪，对准其中一头扣动了扳机。可就在他射击的那一瞬间，枪却被哈里斯突然转向了另一边，这使得枪法一向很好的迪克•桑德失了手。

“别开枪，别开枪！”这个美国人急切地说道。

“噢！这是群长颈鹿吧！”迪克•桑德喊道，他对哈里斯的劝阻丝毫没有在意。[赏析解读：可以看出长颈鹿的出现让迪克·桑德感到十分诧异，因为这种动物只会出现在非洲，因此他无暇去顾及哈里斯。]

“有长颈鹿！”小杰克一边说，一边马上站到马鞍上眺望起来，“长颈鹿跑到哪儿去了？”

“长颈鹿！我亲爱的迪克，这里绝不会出现长颈鹿的！你一定是看花眼了。”韦尔登夫人说道。

“的确！这个地区是没有长颈鹿的！”哈里斯也是一副吃惊的表情。

“那我刚才看到的是什么呢？”迪克•桑德疑惑地问道。

“我不知道你为什么会认为那是长颈鹿，但是我认为你一定看错了，我的朋友。我认为它们更像是一群鸵鸟。”哈里斯说。

“鸵鸟！”迪克•桑德和韦尔登夫人互相看了一眼，惊声叫道。

“是的，只是普通的鸵鸟。”哈里斯说。

“但是鸵鸟也是属于鸟类的吧！它们应该只有两只脚！”迪克•桑德马上反驳道。

“没错，刚才那一群迅速逃窜的家伙也是两足动物。”哈里斯答道。

“是两足动物吗？”

“我觉得我看到的像是四足动物？”这时，韦尔登夫人说道，显然她与迪克•桑德一样持怀疑态度。

“我看到的也是四足动物！”老汤姆的这一句话马上就得到了巴特、阿克顿和奥斯汀等人的赞同。[赏析解读：大家都对哈里斯给出的答案表示质疑，为下文作铺垫。]

“四条腿的鸵鸟！这简直太可笑了！”哈里斯哈哈大笑起来。

“所以我们认为那是长颈鹿，而不是鸵鸟！”迪克•桑德再次反驳道。

“不！年轻的朋友，你错了！你一定是看花了眼，因为那些鸵鸟奔跑的速度很快，以至于你根本无法看清楚。不止你会看错，很多出色的猎人偶尔也会看错的，甚至连那些非常自信的人也会犯这样的错误。”哈里斯说道。

这个美国人的极力辩解看起来完全没有任何问题。一只大鸵鸟与一只中等大小的长颈鹿，从远处看确实很容易混淆。虽然它们的嘴和鸟喙是完全不同的，但是它们同样都长在一个向后仰的长脖子上。严格来说，一只大鸵鸟和大半个长颈鹿相等，如果再长出两条后腿就没有什么差别了。所以说，这种两只脚的鸵鸟和四条腿的长颈鹿如果突然从人的面前急驰而过，那么人是很难分清的。

另外一个能说明迪克•桑德和韦尔登夫人眼花、看错了的最有力的证据，就是在美洲根本就没有长颈鹿。

迪克•桑德沉思了片刻后说道："但是，鸵鸟在这片大陆上，不也和长颈鹿一样很少能见到吗？"[赏析解读：迪克·桑德心里的疑团不断地变大，所以他需要不断地向哈里斯求证。]

"年轻的朋友，你说的没错。但是在南美洲有许多这样很特别的鸵鸟，它们叫作'南鸵'，就是你们刚才看到的那种。"

其实哈里斯说得不错，"南鸵"是南美洲的一种很普遍的长腿鸟，而且这种鸟的肉特别美味。

"南鸵"的身体健壮，身长可高达两米以上，这种鸟有一个笔直的鸟喙，两支长长的翅膀上长满了一种散发着蓝色光晕的羽毛。它们的两只脚上各长有三根带指甲的脚趾，这个显著的特征也正是"南鸵"与非洲鸵鸟的区别所在。

哈里斯对这种"南鸵"的生活习性介绍得十分详细、确切，感觉他对这种鸟了如指掌。这使得大家不得不承认刚才确实是自己看错了。[赏析解读：哈里斯有力的辩解又再一次骗过了大家。]

"也许不久后我们还能够看到另外一群鸵鸟。到那个时候，大家最好看清楚一些，不要再把它当成是四足动物了！除此之外，年轻的朋友，请听从我的劝说，无论碰到什么动物都不要贸然开枪！我们完全不需要靠打猎来获取食物，更没有必要用枪声告诉别人我们在这里。"哈里斯继续说道。

迪克·桑德一直沉默不语，这时一个新的疑团出现在了他的心底。

第二天是四月十七日，这支队伍一切照旧。哈里斯向他们保证，不用二十四个小时他们就能到达桑·菲利斯的农场了。

“到了农场，韦尔登夫人，你将会得到无微不至的照顾，只要好好休息几天，你就能消除疲劳、恢复体力了。虽然农场的居住条件不能与你在旧金山时相比，但是你会发现，经过我们整修后的农场的居住条件也很舒适。我们也不是野蛮人。”哈里斯补充道。[赏析解读：哈里斯依然表现得十分热情，来博取韦尔登夫人的信任和好感。]

“哈里斯先生，”韦尔登夫人答道，“如果对于您的帮助我们只能用一句谢谢来表示的话，那么这句谢谢里一定包含了我们真挚的感激之情！啊！我们终于熬到头了！”

“你累坏了吧，韦尔登夫人？”

“我倒没觉得很累，只是我发现小杰克吃不消了，他好像有点发烧！”[赏析解读：小杰克的身体状态使得韦尔登夫人更迫切地希望早些到达农场。]

“是的，虽然高原上的气候对人体是有益的，但是每年的三、四月份，这里的气候就会引起发热的症状。”哈里斯解释道。

“的确。但是不论何时何地，大自然的设计都是完美的。在会遇到危难的附近，它一定会安排下补救的措施。”

“年轻的朋友，你这话是什么意思？”哈里斯好像没听懂迪克·桑德的话。

“难道这个地区没有奎宁树吗？”迪克·桑德问道。

“是的，你说得不错。奎宁树就生长在这里，它的树皮可作解热药用。”哈里斯说。

“但是很奇怪，为什么这里一棵奎宁树也见不到呢？”这让迪克·桑德觉得很诧异。[赏析解读：迪克·桑德心里的疑虑越来越大了。]

“噢！年轻的朋友，”哈里斯说道，“这种树很难辨认。虽然一般的奎宁树都很高大，而且叶子宽阔，花色粉红且花香浓郁，但是不容易辨认出。因为它们不会成片地长在一起，都是分散着长在森林中的，印第安人也只能靠奎宁树四季常青的树叶去分辨它们。”

“那么，哈里斯先生，”韦尔登夫人说，“如果您发现了奎宁树，请马上告诉我们。”

“这是一定的，韦尔登夫人。不过，在农场有用奎宁制成的硫酸盐，它的效果远远要比奎宁树的树皮好得多！”哈里斯答道。

最后一天的路程也平安地走完了。在夜幕降临时，他们像平时一样开始安排宿营。虽然从他们进入森林以来，始终还没有下过雨，但是天气已经变得不好了，地上的热气不断上升，迅速在天空形成了厚厚的浓雾。

如果在这时遇到雨季，那么迪克•桑德他们的处境就会非常危险了。好在明天他们就能够到达一个舒适的庇护点，只要再熬几个小时就行了。

根据哈里斯安排的行程计算出来的路程，他们现在所处的位置距离农场不会超过六英里。尽管如此，他们还是像往常一样安排人守夜。汤姆和他的同伴负责轮流值班。

迪克•桑德在这方面反复强调不能有半点儿疏忽。确切地说，他现在比往日更谨慎，因为在他的内心深处有一个十分可怕的疑团在不断扩大，但是眼下他却还什么也不想说。[赏析解读：一方面表达出了迪克·桑德做事的态度，另一方面也表达了他对哈里斯的怀疑。]

宿营的地点选在了一片高大的树下。极度的疲惫不堪使韦尔登夫人和她的伙伴很快就睡着了。

这时，突如其来的一声惊叫使众人清醒了过来。

“啊，怎么了！”迪克•桑德迅速站了起来。

“是我！是我！”回答他的人是贝内迪表兄。

“怎么了？”韦尔登夫人问道。

“我被咬了一口！”

“是蛇吗？”韦尔登夫人惊恐地问道。

“不，不是蛇！是虫子！”贝内迪表兄回答道，“啊！我把它抓住了！抓住了！”

“好吧，把它弄死！别再打扰我们休息了，先生！”哈里斯有些不满地说道。

“什么？把虫子弄死？那怎么行，我必须要先看看它到底是什么样的虫子！”贝内迪表兄大叫道，这可是他的宝贝，怎么能随便弄死？

“肯定是蚊子！”哈里斯无所谓地耸了耸肩。

“不，不是蚊子！这是一只苍蝇，而且肯定是只很奇怪的苍蝇！”贝内迪表兄说道。

这时，迪克·桑德已经把他的小手提灯点着了，他走到了贝内迪表兄身边。

“感谢上帝！这只苍蝇就是上帝对我许久没有收获的安慰！至少我现在有新发现啦！” 这位昆虫学家高兴得有点忘乎所以，他以胜利者的姿态凝视着这只苍蝇，甚至想要亲吻它！［赏析解读：此处采用了一种夸张的手法，表现出了贝内迪表兄兴奋、激动的心情。］

“那它到底是什么呢？”韦尔登夫人问道。

“这是一种双翅目昆虫，表妹，一只很著名的双翅目昆虫！”贝内迪表兄一边说一边向众人展示着他的收获。那是一只比蜜蜂还要小一点的苍蝇，全身呈暗灰色，在身体下面带有一些黄色的斑纹。

“那它有毒吗？”韦尔登夫人问。

“没毒，表妹。至少对人来说没有什么危害。不过它对于那些羚羊、水牛甚至大象来说，可能就不是这样的了！啊！不管怎么说，它多么可爱啊！”

“贝内迪先生，至少你应该告诉我们这到底是一只怎样的苍蝇啊？”迪克·桑德有些不耐烦地问道。

“噢！我手里的这只苍蝇是一种舌蝇（双翅目蝇科、舌蝇属非洲吸血昆虫，又叫采采蝇，分布在非洲和阿拉伯半岛，能传播人类的昏睡病以及家畜的类似疾病——非洲锥虫病。一旦被舌蝇叮咬，就可能染上昏睡病——发烧、疼痛、神经紊乱，直至死亡。不过它从来不叮斑马）！它是一种特别有名的双翅目昆虫，曾经给它的产地带来过莫大的荣誉，而且直到目前，在美洲还是第一次发现舌蝇！”

听到这句话，迪克·桑德的心里更加不安起来，他甚至不敢问贝内迪表兄哪个地区才是舌蝇的产地。[赏析解读：这里将迪克·桑德的担忧无限放大，以至于他不敢面对而选择了逃避。]突如其来的风波渐渐平息，大家又陆续陷入了沉睡中。虽然迪克•桑德很累，但是他再也无法安然睡去。

## 第十八章　非洲

[**名师导读**]

行程的最后一天，大家都已疲惫不堪了，但好在农场再过几个小时就要到了。迪克·桑德一直密切地关注着哈里斯的言行，而且丁戈和马的异常反应，使他心里的疑团变得越来越大。晚上安排宿营时，他不但发现了奴隶贩子留下的弯刀、断掉的锁链和被砍下的奴隶的手，而且还发现了狮子。等迪克·桑德忍不住想要质问哈里斯时，却发现那位美国人早已不见了踪影。

这一天就能到达目的地了。虽然韦尔登夫人一路上一直坚持着，但是此时的她已经疲惫不堪，在这种极其艰苦的情况下已经无法继续前进了。更糟糕的是她的小儿子高烧时脸色绯红，退烧后脸色又变得非常苍白，看上去可怜极了。作为孩子的母亲，韦尔登夫人忧心忡忡，她一刻也不敢离开小杰克，甚至连让最稳妥的南来照看孩子都不行。她一直抱着小杰克，让他半躺在自己的怀里。

今天他们所有的艰苦就能结束了。那个美国人信誓旦旦地说他们在今天傍晚——也就是四月十八日这天傍晚一定会到达农场的。

十二天的风餐露宿，对像韦尔登夫人这样精力充沛的成人来说都非常吃力，更不要说对一个孩子来说情况有多糟糕了！由于缺少最起码的医疗条件，小杰克高烧不止，韦尔登夫人因此心急如焚。

迪克•桑德、南、汤姆和他的同伴们都比韦尔登夫人好一些，还能承受得住一路的颠簸折磨。

虽然他们携带的食物没有多少了，但还有富余，重要的是大家的身体状态还不错。

对哈里斯来说，长途跋涉并没有让他有丝毫的疲惫之态，也许这样的行程对他来说已经习以为常了。唯一让迪克·桑德觉得奇怪的是，越接近桑·菲利斯农场，哈里斯就越显得心事重重，而且他的言行举止也显得越发的诡异。按照正常情况，他应该非常激动才对。在迪克·桑德的眼中，哈里斯身上的疑团越来越大。但是他又想不通，哈里斯为什么要骗他们呢？这个问题暂时得不到答案。迪克·桑德现在能做的就是更加密切地监视这个美国人的行动。[赏析解读：哈里斯的种种表现，使迪克·桑德更加坚定了自己对他的怀疑。]

或许这些微妙的变化被哈里斯觉察到了，这也使得他在这位年轻的朋友面前更沉默了。

队伍继续出发。森林里的林木变得很稀疏了，它们分散生长着，这也让他们的行进轻松了许多。

难道这就是哈里斯所说的真正的潘帕斯草原吗？

这天出发后，一开始的几个小时里没有发生什么需要特别注意的事情。迪克·桑德只注意到了两件事，也许这并没有什么大不了，但是在眼下这种状况下，任何事情都不能忽视。

首先引起迪克·桑德注意的是大狗丁戈的表现。

其实，丁戈在整个行进的过程中似乎一直在追寻着某种气味，它总是将鼻子贴近地面，不时地去嗅一嗅路边的野草和灌木丛，不是一声不响，就是发出呜呜声。

但是它今天的表现与往常完全不同，丁戈一改常态地狂叫起来。这种狂怒的表情就像在“流浪者”号的甲板上看到内格罗时一样。[赏析解读：丁戈对内格罗那令人费解的仇恨，再次加深了读者的好奇。]

忽然，迪克·桑德心中升起了一个疑团，而汤姆的话证实了他的怀疑。

汤姆说道：“真的很奇怪，迪克先生。丁戈不再像昨天一样东闻闻西嗅嗅了！今天它的鼻子总是冲着半空，很激动的样子，连毛发都竖起来了！我觉得它好像是闻到远处有什么气味……”

“你猜它闻到了内格罗的味道，对吗？”迪克·桑德抓住汤姆的胳膊，示意他小声些。[赏析解读：迪克·桑德对哈里斯的怀疑，使他更加小心谨慎了。]

“内格罗？迪克先生，他一直在跟着我们吗？”

“是的，汤姆，可能他现在就在离我们不远的地方！”

“可是，这是为什么呢？”

“有一种可能是他不认识路，所以必须跟着我们……”

“如果不是这种情况呢？”汤姆语气中带着明显的不安。

“另一种可能就是他认识这个地方，那么他……”

“可是，他怎么会认识这里呢？他从来没有到过这里呀！”

“他真的没来过这里吗？可是看丁戈的表现，足以说明它的仇人就在附近。”

于是，迪克·桑德把丁戈叫了过来。丁戈稍有迟疑，但还是走了过来。

“喂！内格罗！内格罗！”迪克·桑德对着大狗说道。

丁戈发出一阵狂叫，算是对迪克·桑德的回答。紧接着内格罗这个名字促使它猛然向前冲去，让人觉得内格罗好像就在不远处的灌木丛中。[赏析解读：丁戈的表现足以证明内格罗就在附近。]

这里发生的一切都被哈里斯看在眼里。他抿着双唇走了过来，问道：“你让丁戈干什么去了？”

“没什么，哈里斯先生。”老汤姆半开玩笑地答道，“我们只是问了下丁戈，我们走丢了的那位同伴在哪儿！”

“噢，是那个葡萄牙人吗？就是你们说过的那个船上的厨师吗？”

“是的，从丁戈的表现来看，我确定他就在附近！”汤姆回答。

“他怎么可能会到这么远的地方来呢？”哈里斯问道。

“据我所知，他应该从来也没有来过这里！或许是他隐瞒了什么。”汤姆回答。

“那就太奇怪了，不过，如果你们愿意的话，我们可以到附近的灌木丛中找一找，也许这个坏蛋已经走投无路了，正在等着人去救他呢！”

“不用白费力气了，哈里斯先生，”迪克·桑德答道，“如果内格罗真的认识这里，那么他就能跑到更远的地方去。他可是一个相当有能力的人！”

“那就随你吧！”哈里斯回答道。

“好了，我们继续出发吧。丁戈，安静！”迪克·桑德以对丁戈发号施令这种方式结束了他与哈里斯的谈话。

引起迪克·桑德注意的第二件事是哈里斯的马的表现。[赏析解读：此处体现了迪克·桑德观察得很仔细，是一个心思细腻的人。]

这匹马表现出来的完全不像它的同类那样，有一种快到家的喜悦感。它既没有用力去闻四周熟悉的空气，也没有加快脚步、撑大鼻孔，更没有发出嘶鸣声。它看上去非常平静，似乎快要到家这件事与它毫无关系。正常来说，它多次到达那个地方，对于四周的环境也相当熟悉了，可是看它现在的表现好像离农场还有几百英里远。

“这根本就不是一匹快要到家的马该有的样子！”迪克·桑德心里想道。[赏析解读：这句感叹句，回答了迪克·桑德内心的疑问，为下文作铺垫。]

不过按照哈里斯所言，他们今天最多行进六英里就可以到达农场了。他说过这是最后的六英里。现在是下午五点钟，他们已经走了四英里了！

既然这匹马一点儿也没有快到目的地的表现，那足以说明附近根本就没有桑·菲利斯农场。

虽然韦尔登夫人现在的心思都在小杰克的身上，对于其他事情几乎不闻不问，但是眼前荒无人烟的景象还是让她有些诧异。

发生了什么？为什么离农场这么近了，却连一个农场的雇工也看不到呢？难道是哈里斯迷路了？不可能！韦尔登夫人立即排除了这种怀疑。如果在路上还要耽搁的话，她的小杰克就完了。[赏析解读：小杰克的现状不允许韦尔登夫人有任何质疑，即使她心存疑虑。]

哈里斯这时还是走在队伍的最前面，但是他好像一直在观察着森林深处的情况，他不时地左瞧右看，似乎对这条路也没什么把握，这种毫无信心的表现足以说明他迷了路。

韦尔登夫人马上闭上了眼，不再让自己去看他。

经过了一片约有一英里宽的平原后，在他们的前面又出现了森林，只是这个地区的森林已经不像西部的那么茂密了，他们再次钻进了森林中。

不久，大家来到一片灌木丛旁，而这里好像在不久前曾被一群过路的猛兽践踏过。

迪克·桑德仔细察看了四周的情况，在树的上半部分——那个比人还高得多的地方——有许多树枝被折断了。另外，地上的草也被连根带出散落在周围，潮湿的土地上留下了很多脚印，而那些脚印看样子并不属于美洲豹。

难道是三脚獭留下的？但是如果是它们，那么，怎么解释树的上半部分有那么多枝条被折断呢？[赏析解读：两个问句，恰到好处地体现出了迪克·桑德内心中的疑团和不安。]

也许是大象。毫无疑问，只有大象才能留下这样的痕迹。但是美洲是没有大象的啊！美洲大陆并不出产体型身材庞大的厚皮四足动物，至今都还没有人把大象引进到美洲大陆。

所以，可以从理论上否定这里会出现大象的可能 。

虽然迪克·桑德的心里有许多疑惑，但是无论如何不能让人看出来，这种令人费解的现象使迪克·桑德想到了很多。所以对于这些脚印，他甚至没有向那个美国人发出提问。对一个试图把长颈鹿硬说成是鸵鸟的人，他还要怎么信任他呢？哈里斯的解释多少有一些虚假的成分，而且对于眼前的处境没有任何帮助。[赏析解读：虽然迪克·桑德还不知道这个美国人到底想要做什么，但是他已经看透了他的欺骗。]

将所发生的一切都联系起来后，此时迪克·桑德已经认定哈里斯绝不是好人！他现在需要的是一个彻底揭穿他虚假面具的时机。他有权这样做，而且事态也表明这个时机马上就要到了。

但是有一个问题，哈里斯的最终目的是什么呢？等待着“流浪者”号上的幸存者们的命运又会是怎样的呢？

迪克·桑德时时刻刻在心中提醒着自己：船虽然沉没了，但是他的职责并没有因此而结束，即使在陆地上，他也要保证大家的安全。他必须要依靠自己的力量去拯救大家！[赏析解读：在这里可以感受得到迪克·桑德强烈的使命感和责任感。]如果还在船上，他一定能够竭尽全力保护大家，但是在这样一个陌生的陆地上，面对着重重困难，他要怎么做呢？

所有的谜团就要浮出水面了，在可怕的事实来临之前，迪克·桑德并没有让自己避开。他好像又成了那个自信正直的小船长，就像他在“流浪者”号上一样。但是，在采取行动的前一秒，他什么都不能说，他无法让那位可怜的母亲受到惊吓。

迪克·桑德尽量摆出一副漠然的样子，像平时一样走在队伍的最前面。当他离开大家一百步，率先来到一条宽阔的小溪边时，正好看到一群体型庞大的动物飞快地逃进了岸边的草丛中，他依然保持着沉默。

“河马（是淡水物种中的大型杂食性哺乳类动物，体型巨大，体长2~5米，生活在非洲热带水草丰盛的地区，常由十余只组成群体，有时也结成上百只的大群，单独的河马多是被逐出群中的成年雄兽；白天几乎全在水中，食水草，日食量100千克以上，水草缺少时，便在夜间上岸觅食植物或农作物；河马性情温和，但在繁殖季或受惊吓时性情暴躁，近年来常有因河马袭击造成人伤亡的事件发生）！河马！”迪克·桑德差一点儿就喊出声来。

的确，那些体型庞大的动物实际上就是皮糙肉厚的河马，它们长着大大的脑袋和嘴巴，露在外面的长牙有一英尺长。虽然它们的身体庞大，但是腿很短，全身光滑没有毛，浑身的皮肤是红褐色的。美洲也有河马吗？

大家一整天都在不停地赶路，这一天过得异常艰辛，每个人都露出了疲态。就连他们中间身体最强壮的都开始因为疲惫而举步难行了。目的地应该到了吧，或者说他们应该休息了。

韦尔登夫人一直悉心地看护着小杰克，尽管她也已经筋疲力尽了，却没有劳累的感觉。迪克•桑德一直靠精神的力量支撑着，而这种力量的源泉就是他内心强大的责任感。

大约下午四点钟时，汤姆在草丛中发现了一件东西，这件东西引起了迪克•桑德的注意。准确地来说，这是一件武器，是一种样式奇特的刀子。这把刀子的刀面很宽，刀刃略有弯曲，在正方形的象牙刀柄上雕刻着粗糙的花纹。

汤姆把刀递给了迪克•桑德。迪克•桑德反复察看后，最终把刀递给哈里斯，并对他说："毫无疑问，附近可能有当地人出没！"

"的确是这样的，不过……"哈里斯有些迟疑。

"不过什么？"迪克•桑德重复了一句，用眼睛盯着哈里斯问道。

"我们现在就在农场附近，只是我不认识这个地方……"哈里斯一副没有把握的样子。

"你迷路了？"迪克•桑德马上问道。

"没有迷路，现在我们离农场最多还有三英里。原本我是想抄小路穿过森林，可能是我走错了路！"

"可能是你走错了路？"

"我认为我现在最好先到前面去探一探路。"哈里斯说。

"不，我们最好还是在一起，哈里斯先生！"迪克•桑德语气坚决地答道。[赏析解读：迪克·桑德对哈里斯的怀疑，已经不允许哈里斯单独行动了。他一定要跟着这个美国人，来揭穿他的阴谋诡计。]

"当然可以，但是如果在夜里带你们前行很难会不出错！"哈里斯说道。

"没关系！"迪克•桑德答道，"我们现在就找地方休息。韦尔登夫人一定会同意在树林中过最后一夜的。明天天亮以后我们再赶路！三英里的话走一个小时就到了！"

“就这样吧！”哈里斯回答。

就在这时，丁戈又狂叫起来。

迪克·桑德大声呵斥着：“丁戈，过来！你知道这里没人，我们是在南美洲的沙漠里！”[赏析解读：迪克·桑德在这里特意强调“在南美洲的沙漠里”，是刻意说给哈里斯听的。]

他们终于决定安排宿营了。韦尔登夫人沉默不语，好像他们的忙碌并没有影响到她，发烧的小杰克也一直在她的怀里昏睡着。

大家都希望能够尽可能地找到一个舒适些的地方过夜。迪克·桑德决定在几棵大树下休息，于是汤姆跟着他一起收拾，突然汤姆停了下来，惊叫道：

“迪克先生，你看！你看！

“发生了什么，汤姆？”迪克·桑德说话的声音很镇定，他已经对一切的意外做好了充分的心理准备。

“在那！在那！在那些树上……有血……还有……地上……人手！砍下来的人手！”[赏析解读：眼前的一幕让老汤姆失去了冷静，断断续续的话很好地将他心里的惊慌失措表达了出来。]

迪克·桑德顺着汤姆指着的方向望去，随后他又转过身来，对汤姆说道：“别出声，汤姆，别出声！”

在那块地上确实放着几只被砍下来的人手，草地上还有几把被折断了的叉子和一条断开的铁链！

幸亏这个血腥残酷的场面没让韦尔登夫人看见。

哈里斯远远地站在一边，此时没有人注意到他脸上的变化，他已经凶相毕露了。[赏析解读：“凶相毕露”形象地表现出了哈里斯的人设，他终于露出了自己的本来面目。]

这时大狗丁戈蹿了过来，它对着断手和铁链一直疯狂地吼叫。

迪克·桑德好不容易才把它牵走了。

可是，老汤姆看着这一切，一动不动地站着，脚上像生了根一样。他瞪大了双眼，两只拳头紧紧地握成了团。他看着眼前的情景，嘴里语无伦次地嘟囔着："我见过……我以前见过这种叉子……在我还是个孩子时……我见过它们！"

显然，这一切让老汤姆回忆起了自己的童年，那些恍然如梦的记忆逐渐浮现在他的脑海中，他极力想要捕捉住每一个细节，他几乎想要把这一切都讲给大家听！

"别出声，汤姆！"迪克·桑德又叮嘱了一遍，"为了夫人的安全，为了我们大家的安全，别出声！"随后便迅速地把他拉走了。

他们找到了一处远离那个地方的宿营地，并很快做好了安排。

晚饭很快就准备好了，但是大家几乎什么也没吃，过度的疲劳使他们忘记了饥饿，未知的焦虑和恐惧包围了所有人。

天色越来越暗，不久后大地就陷入了一片黑暗中。天空布满了乌云，透过树丛，可以看到西方的地平线上不断有闪电划过。[赏析解读：对于天气的描述，渲染出一种紧张的气氛，是为下文作铺垫。]

风停了，树叶一动不动，白天的喧嚣在这时都停止了，万籁俱寂，空气沉重得仿佛能让人感觉到其中的电流，任何声音都无法穿透这层层阻隔。

迪克·桑德、奥斯汀和巴特一起守夜。他们在寂静的黑夜中尽力睁大眼睛、侧耳细听，努力观察任何出现异常光亮的地方，竭力去听任何可疑的声音。但是在这片寂静、漆黑的森林里，他们没有看到任何东西，也没有听到任何声音。

汤姆久久不能入睡，看样子还沉浸在回忆之中，他低垂着脑袋一动不动，好像受到了什么沉重的打击。

韦尔登夫人抱着小杰克，轻轻地摇晃着，她现在心里想的只有她的孩子。

真正睡着的大概只有贝内迪表兄一个人了，他总是无忧无虑的，对即将发生的变故也没有任何预感。[赏析解读：用每个人的反应刻画出了各个人物的性格特点。]

大约在深夜的十一点钟时,忽然一声可怕的吼叫声撕破了夜空,整个森林都为之颤动。

汤姆猛地站了起来，他伸手指向一英里之外的灌木丛方向。

迪克·桑德急忙抓住汤姆的胳膊，想要阻止他出声。但是已经来不及了，汤姆已经开始大叫："狮子！是狮子！"

汤姆小时候经常会听到这种声音，因此可以精准地辨别出。

"狮子！"汤姆再次叫道。

迪克·桑德再也无法抑制内心的愤怒，他迅速抄起一把弯刀，向着哈里斯睡觉的地方冲了过去。[赏析解读：狮子的出现揭穿了哈里斯的谎言，也点燃了迪克·桑德的怒火。]

然而，哈里斯已经消失得无影无踪了，而且那匹马也没了！

迪克·桑德马上意识到自己的预感应验了，这里根本就不是南美洲大陆！

这样看来，"流浪者"号触礁的地方也根本不是美洲海岸！他在途中用来定位的那个岛也不是复活节岛，而是另外一个正好也在这个大陆的西面的岛屿，就像复活节岛位于美洲大陆西面一样。

"流浪者"号受到暴风雨的影响，远远地偏离了正确的航线，它一定是绕过了合恩角，又随着海流从太平洋来到了大西洋！而且迪克·桑德并不能准确地计算出航速，在他不知道的情况下，其实飓风已经使船速提高了一倍。

这也很好地说明了为什么南美洲常见的橡胶树、奎宁树，以及所有显著的特产在这里都没有，因为这里既不是阿塔卡马沙漠，也不是玻利维亚的南美洲大草原！

事实上，他们看到的那些在丛林中奔逃的就是长颈鹿，而并非什么鸵鸟！而那些穿越森林、踏烂草地的大家伙正是大象！被迪克·桑德惊走的那一大群动物正是河马！贝内迪表兄捉到的那只苍蝇——那种小小的双翅目昆虫——是可以咬死商队牲口的舌蝇。

他们最后听到的从森林中传来的那一声长吼，毋庸置疑，是狮子的吼叫！至于那些被遗留在林中的叉子、铁链和弯刀，都是奴隶贩子的武器！而那些被砍断的是黑人的手，也是他们捉到的奴隶的手！

很明显，葡萄牙人内格罗和美国人哈里斯是一伙的！当这个念头出现在迪克·桑德的脑子里时，他终于脱口而出："天呐！非洲！这是非洲！接近赤道的非洲！这是奴隶贩子横行的非洲！"[赏析解读：迪克·桑德语气中包含着太多的信息：惊恐、不安、焦虑和愤恨。]

# 第 二 部

## 第十九章　肮脏的奴隶交易

**[ 名师导读 ]**

迪克·桑德意识到他们脚下的土地并不是南美洲大陆，而是可怕的非洲大陆！没错，就是那个贩卖黑奴的非洲大陆！这个地区是奴隶贸易的供货源头，不仅如此，有许多的探险队都曾到过这里进行考察。在这个危险重重的地方，到底藏着怎样的秘密呢？

贩卖奴隶！对于这个本不应该存在的词语，没有人能够理解它所代表的重要意义。[ 赏析解读：“本不应该存在”表达出了人们对于贩卖奴隶活动的憎恶。] 长期以来，那些在海外有殖民地的国家利用这种丑恶的行为，获取了巨大的利润。虽然这种令人发指的交易已经在多年前就被明文禁止了，但是非洲中部地区依然存在着这种交易。事实上，直到十九世纪，那些自称信仰基督教的国家，仍然没有在取消奴隶制的国际公约上签字。

我们也许认为这种肮脏的买卖早就已经被废除了。但事实远非我们所想的这样。如果你有兴趣接着往下了解，那么就会从中了解到，这种猎取人的交易依然存在，而那些殖民国家的这种行为使这片大陆的人口急速削减。还会从中了解到，这种血腥的交易里包含着多少奴隶的血泪史！你们还会清楚地看到，在这种交易中，奴隶贩子们是怎么样烧杀抢劫的，而他们这么干究竟是为了满足谁的利益呢？［赏析解读：简短的几句话，将抢夺奴隶的残酷生动地展现在了人们的面前。］

首先，我们要先来了解一下贩卖奴隶的现象是怎样产生的。贩卖黑人最早出现在十五世纪。当时有一批穆斯林被人们从西班牙赶了出来，无奈之下他们就逃到了海峡对面的非洲海岸去了。而当时这一带海岸是葡萄牙人的领地，他们便开始拼命围捕这些穆斯林，其中一些人被他们抓住后带回了葡萄牙。于是那些人就变成了奴隶，也就是出现在基督时代西欧地区的第一批非洲奴隶。

但是，这些穆斯林大多数家里都很富有，他们的家族愿意用黄金赎回他们。然而无论他们出多少赎金，那些葡萄牙人都拒绝接受。因为他们不需要那些黄金，他们缺少的正是劳动力，也就是说，这些奴隶将会在他们建立的殖民地中进行工作。

这些穆斯林家庭无法赎回自己的亲人，于是就建议用数量更多的非洲黑人去换回他们的亲人，而对他们来说，捕捉非洲黑人是一件极其容易的事情。葡萄牙人认为这样做对他们来说更有利，便同意了。从此以后，欧洲便出现了贩卖黑奴的交易。［赏析解读：从这里可以看出，在当时的社会背景下，黑人的地位是极其低下的。］

到了十六世纪末，各国都已经普遍接受了这种令人憎恶的交易。因为当时各地都存在着不同程度的野蛮风俗习惯，因此他们并不认为这种行为是可耻的。

为了能使新大陆的各个岛屿的殖民化进程得到更迅速、稳妥的发展，各国对奴隶交易都采取了相应的保护措施。

实际上，与那些白种人相比，这些黑人奴隶能够更快地适应新大陆炎热的热带气候，也正因为这，许多白种人都葬身于此。从此，用特制的轮船把黑人运送到美洲殖民地就成了一种普遍存在的现象。由于这种横跨大西洋的贸易活动存在，白种人在非洲沿岸的许多地方都创建了贩卖奴隶的公司。这种“货物”在其产地花不了多少钱就能买到，但是它所带来的利润却是非常可观的。［赏析解读：这里将人比作货物，是一种对黑人尊严以及人格的践踏。］

当然，为了建立海外殖民地，劳动力是必不可少的，但无论从哪一方面来说，这

种贩卖活人的交易都是邪恶的。没过多久，反对贩卖奴隶的呼声就高涨了起来，人们要求欧洲各国政府以仁慈为原则，颁布取消贩卖奴隶的法令。

一七五一年，基督教贵格会（成立于17世纪，是英国基督教新教的一个教派，又被称为教友派）信徒领导美洲北部人民开展废除奴隶制运动。自此之后的一百年，在北美洲中心爆发了美国内战，因为奴隶问题是美国众所周知、人人关注的问题。当时美国的许多州都下令取消了贩卖奴隶的交易，比如弗吉尼亚州、康涅迪克州、马萨诸塞州、宾夕法尼亚州等，禁令一出，那些被奴隶贩卖公司花重金买来的黑奴都得到了释放，从此重获自由。

虽然这场废除奴隶制运动是由英国贵格会信徒发起的，但它所带来的影响并不只局限于新大陆北部的几个州，甚至连大西洋对岸欧洲的奴隶主们也都受到了波及。其中，英国和法国的废奴运动最为特别，很多人都为了一个共同的目标投入到了这场运动中。当时响彻整个旧世界的口号就是："宁愿让殖民地毁灭掉，也要废除奴隶制！"虽然解放黑奴会使当时欧洲的政治和商业利益都受到巨大的影响，但是这个仁慈的口号依旧在整个欧洲广为流传。

之后，解放黑奴运动便快速发展起来。一八〇七年，英国首先在自己的殖民领地上废除了奴隶交易。一八四一年，法国紧随其后宣布了废除奴隶交易的法令。两个世界强国就此问题签订了一项条约，之后拿破仑在著名的"百日王朝"（是指拿破仑一世第二次统治法国的短暂王朝。包括他在被流放后重返法国，试图重建法兰西第一帝国的一连串事件）时期确立了其合法性。

然而这一切还都只是一个纯理论性的宣言。贩卖黑奴的船并没有停止运营，那些载满了"黑货"的轮船依旧不停地在海上航行，将奴隶运送到各个殖民地。

无奈之下，人们采取了更加有效的保护措施来禁止这种极不人道的奴隶交易活动。美国于一八二〇年、英国于一八二四年分别公开宣布贩卖奴隶是一种非法的海盗行为，从事这种交易的人一旦被抓获，就会受到与海盗一样的刑罚，将被判处死刑，所有承载着奴隶的船只会在海上受到非常严厉的追捕。没过多久，法国也颁布了同样的法令。

但是，葡萄牙和西班牙的南美洲殖民地却不参加这项条约的签署，因此这两个国家仍然在贩卖奴隶的交易中获取巨大的利润。虽然各国已经普遍认可在公海上对船只的检查是合法的，但是这种检查是有针对性的，只会对那些令人怀疑的船只进行例行性的检查。

而且，废除奴隶制的新法令并不具备追溯以往的效力，即使人们不再从事贩卖奴隶的商业活动，可是那些原有的黑奴也依然得不到自由。

英国在这种情况下率先做出了榜样。一八三三年五月，英国颁布了一项法令，宣布解放大不列颠各殖民地的所有黑人，截止一八三八年八月，共计六十七万名奴隶被宣布为自由人。[赏析解读：从奴隶的数量上可以看出，当时贩卖黑奴是一种很常见的商业交易。]

在十年之后的一八四八年，法兰西共和国所属殖民地也有二十六万名奴隶成了自由人。一八六一年，美国爆发了北部联邦与南方同盟之间的战争，这次战争的最大意义就是彻底完成了美利坚合众国解放黑人的运动，而这一运动也迅速地遍及了整个北美洲大陆。

因此，英、法、美三大强国终于完成了这一人道主义的事业。在目前的情况下，还在进行贩卖奴隶这种丑恶行为的就只有西班牙和葡萄牙的殖民地了，而他们这样做也只是为了满足土耳其和阿拉伯国家的需要。在巴西，虽然还没有颁布法令去解放那些原有的黑奴，但至少那里已经不再增购新的黑奴了，那些在巴西新出生的黑人的子女都是自由的。

而在非洲内地，那些非洲首领们仍在为掠夺人口而进行惨烈的战斗，其中战败的部落整个都沦为奴隶。当时押运黑奴的沙漠商队走着两条方向截然相反的路线，其中一条是往西去的，目的地是葡萄牙的殖民地安哥拉；而另一条则是向东去的，它通往莫桑比克。在那些被贩卖的黑奴中，只有少部分人能够活着到达目的地。这些人中有一些会被运送到古巴，有一些会被运送到马达加斯加岛，还有一些会被运送到土耳其或是阿拉伯国家各地，或被送到麦加或马斯喀特（阿曼首都，位于阿曼北部，临阿曼湾。1508—1648 年被葡萄牙占领，1741 年成为阿曼首都）。英、法两国的海上巡逻舰艇威慑作用甚小，很难在辽阔的海岸线上对其进行有效的监督。

那么，这种让人憎恶的交易人数是否还有很多呢?

事实上，的确很多！据估计，被运送到非洲海岸的黑奴人数至少有八万，而这只是被杀死的黑奴人数的十分之一。

经过令人震惊的大屠杀之后，荒芜的田地更加贫瘠，被烧毁的村庄空空荡荡，一片荒无人烟的景象，河水里漂浮着尸体，到处可见凶猛的野兽。[赏析解读：此处简单的描写，向人们控诉了贩卖黑奴的残酷。]

探险家利文斯顿（戴维·利文斯顿，1813—1873年，英国传教士、探险家。1851年，他发现了赞比西河，1855年发现了维多利亚瀑布）曾经探访过刚刚被奴隶贩子掠夺过人口后的村庄，这与他几个月前看到的景象相比已是面目全非。另有几位探险家，比如格兰特、斯皮克（约翰·汉宁·斯皮克，1827—1864年，英国探险家，曾深入非洲大陆，发现了维多利亚湖）、伯顿（理查德·弗朗西斯·伯顿，1821—1890年，英国探险家，是第一个发现非洲坦噶尼喀湖的欧洲人）、卡梅伦（维恩·洛维特·卡梅伦，1844—1894年，英国探险家，是第一个从东至西横越赤道非洲的欧洲人）、斯坦利（亨利·莫顿·斯坦利，1841—1904年，原籍英国，后入美国籍，1892年又恢复英国国籍，探险家，曾深入中非，以搜索利文斯顿和发现刚果河而闻名）等，当他们在谈及中非这片森林茂盛的高原时，也同利文斯顿一样，认为这里是黑人首领们厮杀掠夺的主要战场。

在靠近中非大湖区的区域，整个辽阔的地域都是桑给巴尔黑奴市场的货源地。在博尔努、费赞及再往南的尼亚萨湖、赞比亚河沿岸，还有再向西一些的，也就是被勇敢的斯坦利刚刚考察过的地区，都能看到同样的景象：毁灭、屠杀和人口灭绝。这种罪恶的交易难道一定要等到黑色人种彻底灭绝了才会停止吗?难道他们会比在新荷兰的澳大利亚人种被灭绝的速度还要快吗?

不，西班牙和葡萄牙各殖民地的奴隶交易市场总有一天会彻底消失的。那些“黑货”的销路会被彻底断绝，而文明国家是不允许这种丑恶行为存在的。

对于这一点毋庸置疑。我们都知道在一八七八年所有信仰基督教的国家里的黑奴都得到了解放。然而，在一些信仰伊斯兰教的国家里，这种使非洲大陆人口骤减的黑奴贸易还在继续。

实际上，大量的黑奴已经被转移到那些信仰伊斯兰教的国家里了，而每年从非洲各地运往非洲东部海岸的黑奴远远超过了四万人。早在一七九八年，拿破仑在远征埃及之前，就有数千名塞纳尔的黑奴被卖到了达尔富尔，与此同时，也有很多达尔富尔的黑奴被卖到了塞纳尔。拿破仑当时也买了很多机敏的奴隶，把他们训练成了像马穆鲁克（中世纪埃及的奴隶骑兵，后来建立自己的王朝，统治埃及达300年）一样的骑兵。

从那个时期直到现在，这个世纪已过去五分之四了，但是黑奴贸易非但没有停止，反而愈演愈烈。

其实，对那些信仰伊斯兰教的国家来说，他们是赞成奴隶交易的，因为黑奴会替代以前的白人奴隶，这也正是各种身份的黑奴商贩依然大规模地从事这种令人发指的商业活动的原因。这些伊斯兰国家拒绝通过劳动去更新他们的民族特性，而以购买黑奴来补充自己国家的人口，然而正因为如此，反而会加快他们本民族的灭绝。买来的黑奴会像在拿破仑远征时期一样，被训练成为战斗的士兵。在尼日尔河上游的一些地区，那些非洲部落首领的军队中有一半都是黑奴士兵。然而在那种情况下，黑奴士兵的境遇和自由人并没有什么差别。

但是，如果一个黑奴不是士兵，那他就会变作“货币”用于交易。在埃及和博尔努，黑奴甚至会被当作薪金发放给那些军官和官吏们。[赏析解读：由此可见，黑奴在当时社会中是处于最底层的，他们的价值就体现在交换上。] 纪尧姆·勒让蒂尔（1725—1792年，天文学家，曾到印度旅行，后来写了一部关于印度的书）就曾经亲眼见到过这些情况，并将这些都公布于众。

以上所述，就是当时黑奴贸易的真实情况。

必须进一步说明的是，有很多欧洲强国的代表对于黑奴贸易表现出了一种令人失望的放任姿态，并且他们丝毫不以为耻。

无论怎样，事实就是这样。一方面是巡洋舰在不停地巡视着大西洋和印度洋海岸；另一方面贩卖黑奴的活动仍然在非洲内地一如既往地进行着，押运黑奴的沙漠商队就在某些官员面前扬长而去，平均每有一个黑奴被运送到目的地，意味着有十个黑奴已经在途中遭到了屠杀。[赏析解读：在黑奴贩卖的过程中，只有极少数的黑奴能够到达目的地，整个过程是残暴且血腥的。]

所以，现在你就可以理解迪克·桑德喊出那句话时有多么恐惧了。

“非洲！接近赤道的非洲！贩卖奴隶的非洲！”

迪克·桑德的判断很显然是正确的，这里正是对他们来说危险重重、令人惊恐的非洲！

但是，未知的命运将他们究竟带到了非洲的哪一带呢？

按照现在的位置来看，他们正处于非洲西海岸，更糟糕的是，年轻的船长不由得想，“流浪者”号是在安哥拉海岸触礁搁浅的，而那些在世界各地到处横行的沙漠商队都是以安哥拉为贩运黑奴的集散地的。

其实，几年前卡梅伦从南部、斯坦利从北部穿越了这一带区域，他们都为此付出了很大的代价！

这片辽阔的土地由本格拉（安哥拉港市，本格拉省首府，是南部非洲最早的殖民据点之一）、刚果和安哥拉三个地区组成，人们当时只了解海岸一带的情况。这里的海岸从南部的奴尔斯河到北部的扎伊尔河，中间有由本格拉和罗安达（安哥拉首都和罗安达省首府，也是该国最大城市，原意为“低洼地”，曾是欧洲殖民者贩卖奴隶的出口港）两个重要城市形成的两大港口，而罗安达是葡萄牙所属的这块殖民地的首都。

对于这个地区内地的情况，人们还知之甚少，因为很少有人敢去往内地旅行探险。那里的气候恶劣，潮湿、闷热，寒热病流行。而且住在那里的土著人十分野蛮，甚至还有吃人的部落。各部落间的战争长年不断。那些奴隶商贩对陌生人带着强烈的警惕心，他们生怕这些人是来寻找贩奴活动的秘密的。这一切都是迪克·桑德他们所要面临的危险，而最危险的地方就是安哥拉。[赏析解读：上述描写中都表达出了安哥拉这个地区的危险性。]

在一八一六年，英国探险家图尔凯曾经沿着刚果河上行，一直走到了古拉拉瀑布（是尼日利亚最大的瀑布，属尼日尔河流域）。这段距离最多只有两百英里，这样短的行程并不足以让他深入地了解这一地区的全貌。但是，就是这两百英里的探险，也已经让探险队中的大部分专家和军官丧命了。

三十七年后，利文斯顿博士从好望角出发北上，一直走到了赞比西河上游。到达那里之后，他凭借着空前绝后的胆识，于一八五三年十一月从南方到西北方，横渡了刚果河上游的一条支流克安戈河，并于一八五四年五月三十一日到达了罗安达的圣保罗港口。这是人类历史上第一次揭开葡萄牙这片广阔殖民地的秘密。

又过了十八年，再次有两位勇敢的探险家从东向西穿过了非洲，他们在经历了常人无法想象的困难后，分别从南方和北方来到了安哥拉。

从时间的先后上来讲，第一个到达安哥拉的人是英国皇家海军上尉卡梅伦。

一八七二年，斯坦利曾率领美国的探险队到大湖区去寻找利文斯顿，没想到却使自己陷入了危急之中。这时卡梅伦提出由他去寻找利文斯顿，而他的建议也被接受了。

于是，卡梅伦带领迪隆博士、陆军上尉塞西尔•莫菲和利文斯顿的侄子罗伯特•莫法特，从桑给巴尔出发。当他们渡过乌果果河后，遇到了利文斯顿的随行人员，他们正要把利文斯顿的尸体运到东海岸去。卡梅伦继续向非洲西部前进，他下决心一定要从东海岸走到西海岸，在这里他穿越过了许多大陆，如乌尼亚尼亚贝、乌贡达、卡拉勒。在他到达卡拉勒时，找到了探险家利文斯顿留下的文件。

他渡过了坦噶尼喀湖，穿过了班巴里山脉，一直到达了卢阿拉巴河（非洲刚果河南部的支流）。但是他并未从这里顺流而下，而是去探访了被战争毁坏的村庄和被沙漠商队抢夺走了人口的地区，那些人烟稀少的地区包括纪勒巴、乌鲁阿、洛马纳河源头地区、乌鲁达、洛瓦勒。之后他又穿过科安扎河，也穿过了哈里斯把迪克•桑德他们骗进去的那片大森林。最后，卡梅伦终于看到了大西洋，并到达了本格拉的圣菲利普港口。

在这次长达三年四个月的旅行中，卡梅伦失去了两位伙伴——迪隆博士和莫法特。

[赏析解读：这里可以从侧面体现出这个地区的危险性。]

在卡梅伦之后，斯坦利马上又沿这条路开始了探险。

我们知道，这位坚韧不拔的《纽约先驱报》记者是专门调查利文斯顿事件的，他曾经于一八七一年十月三十日在坦噶尼喀湖的乌季季镇找到了利文斯顿。

从人道主义的原则上说，斯坦利非常幸运地完成了自己的任务。但是他还想在地理学考察方面成就一番事业，于是决定继续探险，并给自己定下了目标，那就是要对那条只能远远望见的卢阿拉巴河进行全面的考察。

一八七四年十一月，当斯坦利从东海岸的巴加莫约出发、向内陆西行的时候，卡梅伦正在非洲中部的一个地区进行探险。在历经二十一个月后，也就是一八七六年八月二十一日，斯坦利离开了正在流行天花病而导致大批居民死亡的乌季季镇。他用了七十四天的时间才走完从坦噶尼喀湖到尼昂威的这段路程。那是利文斯顿和卡梅伦都曾经到过的一个大规模的黑奴交易市场。斯坦利在这个马仑古人和马纽埃马人聚居的城市里，亲眼看到了桑给巴尔苏丹的军队肆无忌惮地围捕和屠杀黑人的可怕场景。

当时斯坦利正准备对整个卢阿拉巴河流域进行考察。他准备顺流而下，直接到达入海口。他在尼昂威雇了一百四十名脚夫和十九艘木船，用来运载探险队的全部人员和物资。探险队出发后不但与乌库苏的食人族进行了战斗，而且他们还不得不带着船只步行，以此来绕过那些无法通过的大瀑布。

探险队在接近赤道，也就是卢阿拉巴河转向东北方的地方，遇到了好几百个土著人，他们驾驶着五十四艘木船，冲上去攻打斯坦利的船队，最终探险队还是把土著人赶跑了。紧接着，这位勇敢的探险家逆流而上，一直到达了北纬二度的区域，在那里他发现了卢阿拉巴河就是扎伊尔河的上游，也就是说，它是刚果河的上游。如果他们能够顺流而下，就一定会直达入海口。

于是，斯坦利一边同河岸上的部落作战，一边顺流而下。在一八七七年六月三日那一天，他们一行人穿越马萨萨大瀑布时，他的一位同伴弗朗西斯科•波科克葬身于此。七月十八日，斯坦利自己也被连人带船冲到了姆贝洛瀑布下边，幸运的是，他死里逃生，这不能不说是个奇迹啊！［赏析解读：描写出地理环境的险恶，为下文作铺垫。］

八月六日，斯坦利终于抵达了一个名叫尼－桑达的小镇，这里距离海岸只有四天的路程了。

两天以后，他在邦萨－姆布果找到了两个商人从安恩波马寄给他们的食品。

斯坦利就在这个海边的小镇上住了下来并休整一番。虽然他当时只有三十五岁，但是由于过度的疲劳和缺少必要的食物，两年零九个月的长途跋涉使他过早地衰老了。

但是，斯坦利已经考察过了卢阿拉巴河的源头直到大西洋的整个流域。如果说尼罗河是非洲北部的大动脉，赞比亚河是非洲东部的大动脉，那么现在我们可以说非洲西部的大动脉就是这条河了。它有三个名字：卢阿拉巴河、扎伊尔河和刚果河，全长有两千九百英里，也正是这条河把非洲的大湖区和大西洋连接了起来。

不过，连接斯坦利和卡梅伦两位旅行家旅行路线的安哥拉省，人们是在一八七三年之后才对它有了一些了解。换句话说，就是当“流浪者”号在非洲海岸失事时，人们对于这里还是一无所知。人们所知道的仅仅是安哥拉这里有三个极为重要的奴隶交易市场：比耶、卡桑日和卡索塔，同时也是西方进行奴隶交易的中心。[赏析解读：这里说明了在当时那种情况下安哥拉之所以闻名，是因为它是最主要的奴隶交易中心。]

迪克·桑德他们现在就身处在这个地方，距离海岸只有一百英里，而且在他们的队伍里有一位疲惫而伤痛的夫人、一个病情严重的孩子，还有几个非洲血统的黑人朋友，目前的情况会让他们成为奴隶贩子猎捕的对象。[赏析解读：几句话描写出了众人的处境，以及迎接他们的未知危险。]

的确，这是非洲，不是美洲！在美洲大陆，不论是气候条件、野兽还是当地的印第安人都没有那么可怕。这里也不是像安第斯山脉和大海之间的美洲草原，在那里到处都是村镇，旅行者到了那里会受到热情的款待，而这里却是个糟糕的地方。

然而，他们现在已经远离了秘鲁和玻利维亚，如果不是内格罗那只罪恶的手弄坏了罗盘，“流浪者”号一定会被暴风雨带到那两个国家的岸边。如果是在那里，人们就会很快发现失事的船只，这样他们就很容易返回旧金山了。

但是他们现在可是在恐怖的安哥拉，这里并非葡萄牙政府直接管辖的沿海地区，而是殖民地的内陆，这是一个沙漠商队横行、黑奴贩子用鞭子驱赶着奴隶往返的内陆地区。

身处在一个被诱骗来的地区，迪克•桑德都知道什么呢？很明显，他对这一切知之甚少。他唯一了解的就是十六至十七世纪那些传教士曾提及的情况，还有一些经从萨尔瓦多尔到罗安达和扎伊尔河之间的葡萄牙商人口耳相传的情况。而其他资料都是利文斯顿在一八五三年的那次探险后记载的。不过，即使只有这些，也足以吓倒任何一个不像迪克•桑德那么坚强的人了。[赏析解读：这里用了一个对比的手法，从侧面表达出迪克·桑德的坚强。]

事实也正是如此，现在迪克•桑德他们的处境可以说是极其凶险。

## 第二十章　无耻的人口贩子

[**名师导读**]

迪克·桑德他们怎么也想不到，消失的哈里斯在第二天早晨与另外一个意想不到的人碰面了，那个人就是内格罗。原来两人本就是旧相识，而把他们引入非洲内陆也是早有预谋。那么他们的目的到底是什么呢？

迪克•桑德他们在森林里极度紧张地度过了最后一次露营。然而就在第二天早晨，在离他们宿营点三英里之外的一个地方，有两个人按预先的约定碰面了。

这两个人就是哈里斯和内格罗。很快你会明白，这个穿梭在西非各地、到处奔走从事商业活动的美国人与从新西兰来的葡萄牙人在安哥拉的会面并非邂逅。[赏析解读：这句话起到了承上启下的作用。]

现在这两个家伙正坐在一条湍急的小河边的巨大菩提树下，河岸上长满了茂密的纸莎草。

他们的谈话已经开始了，因为是刚刚见面，所以他们需要把前几个小时的经历都说给对方听。

“这么说，哈里斯，你没有办法把迪克·桑德他们引诱到安哥拉的内地了？”内格罗问道。

“的确不能，伙计。我能把他们从岸边带到这里——至少有一百英里了——这已经算是个奇迹了。那位年轻的朋友在几天前就已经对我产生了疑心，他对我的怀疑也慢慢得到了验证，他已经肯定我是个坏人了……”哈里斯答道。

“只要再让他们走一百英里，哈里斯，我们就可以更稳妥地把他们握在手心里了！不管怎么说，都不能让他们溜掉！”

哈里斯耸了耸肩膀说道：“哈！他们往哪儿溜？我刚才已经说了，内格罗，我现在离开他们的时机恰到好处。我已经不止一次地从迪克·桑德的目光中读到了一种恨不得立刻让子弹穿过我的心脏的念头，我的胃无法消化那种十二颗就重达一磅的家伙。那是一种恨不得砍掉我脑袋的愤怒。我的脑袋只有一个，砍了就什么都没了，没了脑袋也就没了眼睛，我还怎么在将来拿钱的时候看你有没有捣鬼！”［赏析解读：哈里斯对于自己欺骗迪克·桑德的后果还是很清楚的。］

内格罗答道：“那好吧！我也正要跟这个实习水手好好算一算账了！”

“伙计，你可以连本带利地想怎么算就怎么算。而我呢，在旅行最开始的三天里，已经让他彻底相信了这里就是南美洲的阿塔卡马沙漠，那个地方我曾经去过。不过，我没有想到那个叫杰克的孩子非要吵着要什么橡胶树和蜂雀，他妈妈又要找奎宁树，那个笨表兄还要捉萤火虫！我向你保证，我真的是费尽了心思才让他们相信那些跑过去的长颈鹿是鸵鸟，还好有惊无险。你要明白，内格罗，我再也无法应付他们了。另外，这全靠我随机应变的本事！但是我很清楚，那位年轻的朋友已经不相信我编的假话了！后来，我们又看到了大象的脚印！就连河马也出来凑热闹了！这你很清楚，内格罗，在美洲大陆看见河马和大象的概率就像是在安哥拉的监狱里遇见无罪的老实人一样低。而让我彻底暴露的是那个该死的老黑人，他在大树底下发现了弯刀和断掉的铁链，那是逃跑的奴隶挣脱时扔下的！更糟糕的是，这时候又传来狮子不断的吼叫声。让他们相信狮子吼叫声其实是那些与人无害的猫叫，那完全是不可能的！还好，我找准机会跳上了我的马背，这才一路跑到这里！”[赏析解读：迪克·桑德的疑惑在这里得到了答案。]

“你讲的这些我已经知道了！但是，我还是希望你能再引着他们往内地走上一百英里！”内格罗答道。

“我的朋友，我只能量力而行呀！”哈里斯说，“你倒是轻松，从离开海岸后就一直保持着一定距离跟在我们后面。[赏析解读：事实证明了丁戈的反应是没有错的，起着回应上文的作用。]但是他们已经发现你在附近了，那只叫丁戈的大狗好像对你很感兴趣。你以前是不是招惹过它？”

“没什么！不用过多久，我一定要让那只臭狗死在我的枪下！”内格罗恶狠狠地说道。

“就像迪克·桑德会让你死在他的枪下一样吗？噢！我那位年轻朋友的枪法实在是太准了，只要你在离他枪口两百步的地方稍一露面，他就不会放过你！虽然只有我和你，但是我必须要说，那是一个各方面都很优秀的少年！”

“我才不管他有多出色，哈里斯，我要让这个傲慢的小子付出代价！”内格罗的脸上充满了杀气。[赏析解读：对内格罗脸上神情的描写，突出了他的残暴。]

哈里斯低声说道，“很好，我的老伙计，你的脾气还是和以前一样。我就知道，航海生活怎么会改变你的本性？”

之后，是短暂的沉默。

“啊！内格罗，”哈里斯打破了沉默说道，“当我在船只失事的地方，也就是隆加河河口正好遇到你，你当时只是简单地向我介绍了他们，就让我尽量骗他们穿过那个假的玻利维亚高原，而且越远越好！但是你没有告诉我，这两年你都干什么去了？朋友，两年，对我们这些完全靠运气存活的人来说是相当漫长的！自从我们在卡桑日那一天分手后，我就再也没有听到过你的消息。想当初，我们还都只是奴隶贩子老奥维斯手下不起眼的小伙计。我还想你是不是被英国的巡洋舰抓走，被他们绞死了！”[赏析解读：从哈里斯的谈话里，可以知道他与内格罗是故交。]

“我的状况和你说的差不多，哈里斯！”

“总会有那么一天的，内格罗！”

“感谢你美好的祝愿！”

哈里斯像是个哲学家一样，语气冷冷地说道：“我认为干我们这一行的人注定会落得这样的下场！如果我们要想寿终正寝，不客死他乡，那就不能再在非洲海岸接着干这个营生了！难道他们真的把你抓住了？”

“是的！

“是那些英国人吗？”

“不，是葡萄牙人。”

“那你是在货交出去之前被抓的，还是交出去之后被抓的呢？”哈里斯对这个问题很关注。

“交货之后……”内格罗有点犹豫地说道，“唉！那些葡萄牙人现在也不好对付了！他们也不想买奴隶了，即使他们长期靠着贩卖奴隶赚到了许多钱。他们告发了我，还监视我，最终逮捕了我……”[赏析解读：从内格罗的对话中能够看出当时社会的现状。]

“你被判了刑？”

“我被宣判无期徒刑，要被永远地关在罗安达的圣保罗监狱里。”

“那些魔鬼！”听到这里哈里斯忍不住惊呼道，“对于像我们这样习惯于露宿的人来说，监狱是一个可怕的地方，它能很快就毁掉我们的身体！我宁愿被绞死！”

“但是上了绞架就跑不了了。但是，从监狱嘛……”

“难道你越狱了？”

“没错，哈里斯！我只在监狱里待了十五天。我在港口干活的时候找到了机会，钻进了一艘即将开往新西兰奥克兰港的轮船的货舱里。我藏身的地方正好是在一大桶淡水和一大箱食品的夹缝里，一路上有吃有喝！唉！在海上为了不被人发现，我可是受了不少苦！不过，如果我忍耐不住爬出底舱，让船上的人发现了，最终还是要被关进底舱，所以不管是自愿还是被迫，我都必须在底舱受罪！另外，如果被他们发现了，那么轮船一旦在奥克兰港靠岸，他们就会把我移交给英国政府，那么我还得被送回罗安达的监狱，可能回去后就会被立刻绞死，就像你刚才说的那样！所以我无论如何也要待在底舱里！”

“你连船票也不用买了！”哈里斯大笑起来，“啊！看起来你想得还挺周全，伙计！有吃有喝，还可以白坐船！”［赏析解读：从打趣的口吻里可以感觉到，哈里斯与内格罗狼狈为奸、臭味相投。］

“的确！不过三十天都要躲在底舱，不见天日……”

“这一切总算过去了，内格罗！那么你这两年一直都躲在新西兰，那个毛利人居住的小岛上了？不过，你还是回来了。难道这次也是用的同样办法吗？”

“不，哈里斯！你要相信，不管在哪里，我的念头只有一个，那就是回安哥拉，重操旧业！”

“噢！内格罗，果然出于习惯，人人都爱他的老本行！”

“这十八个月里……”

刚说到这儿，内格罗突然停住了。他一把抓住哈里斯的胳膊，示意他别出声，然后仔细地听着周围的动静。［赏析解读：几处细节描写，体现出了内格罗的小心谨慎。］

“哈里斯，好像是纸莎草里有声音！”内格罗把声音压得很低。

“没错！确实有声音。”哈里斯边说边抓起了他那支随时可以开火的步枪。

两个人都站了起来，打量着四周，仔细地倾听着周围的动静。

“看来是我们听错了！是这条小河，暴雨后河水上涨，水流的声音也就发生了变化。朋友，离开这里的这两年，你已经不习惯森林里的声音了，不过没关系，你会很快恢复过来的。现在继续谈谈你的奇遇吧！等你讲完你的经历之后，我们再来谈谈我们未来的事业。”

于是，他们又在树底下重新坐下。

"我在奥克兰待了十八个月。当那艘英国轮船到了奥克兰港后，我就偷偷下了船，谁也没有发现我！可我口袋里一分钱也没有，不管是银币还是美元！为了混口饭吃，我只好什么都做……"

"连那些正直的营生你也干吗，内格罗？"[赏析解读：哈里斯将普通的体力劳动看作正直的营生。可以理解为他十分清楚自己现在从事的职业是罪恶的。]

"我必须去做，哈里斯！"

"可怜的人！"

"好吧，我一直在寻找好的时机，过了很久以后，这个时机终于来了。捕鲸船'流浪者'号抵达了奥克兰港。"

"就是在安哥拉海岸上触礁的那艘船？"

"没错，哈里斯。当时，正好韦尔登夫人母子和她的一个表兄也要搭乘这艘船。啊！凭我曾在贩奴船上做过大副（是指职位仅低于船长的船舶驾驶员。甲板部负责人，船长的主要助手）的资历，想要在船上找份工作是没有问题的。于是我去见了'流浪者'号的船长，可是当时船上已经满员了。不过我很走运，当时船上的厨师跑了。噢，他不是一名水手，自然不知道该怎么成为一个合格的海上厨师。于是，我以厨师的身份出现了，由于当时没有更合适的人选，所以船长只能雇佣我。几天之后，'流浪者'号就离开了新西兰。"[赏析解读：一切就像上天安排好的一样，正因为这样，才让内格罗有机会制造了后来的种种灾难。]

"但是，根据那位年轻的朋友所说，他们并没有想来非洲，那么你是怎么让这艘船到达这里的呢？"

"迪克·桑德永远都不会解开这个谜！当然，我可以把其中的奥秘告诉你，哈里斯，你要是乐意的话，以后也可以转告给你的那位年轻的朋友！"

"快说说你是怎么做到的，伙计！"哈里斯急切地问道。

"'流浪者'号原本是要开往瓦尔帕莱索的，我上船的时候只是计划到了智利就下船。我要从新西兰去安哥拉，如果到了智利，那么就等于走了一半了，在那里下船后，离非洲海岸就只有几千英里了！没想到‘流浪者’号离开奥克兰港三周后，赫尔船长和所有的水手在捕鲸时全都葬身海底。那天就只有两名水手在大船上，那就是我和迪克·桑德！

“然后，你就当了船长？”

“我一开始想这应该是顺理成章的事，但是他们根本就不信任我。船上还有五个身强力壮的黑人，他们是自由人，我也不能成为他们的主人！经过一番深思熟虑后，我决定还是做‘流浪者’号的厨师！”[赏析解读：这里就为之前他明知道赫尔船长和其他水手们都死了，还要坚持要找赫尔船长的原因，起着回应上文的作用。]

“依你这么说，‘流浪者’号开到非洲完全是偶然的了？”

“当然不是，哈里斯！除了在船失事后遇到了你，在我所有不寻常的遭遇中，不存在什么偶然的机会。‘流浪者’号能够到达安哥拉，完全是按照我的意愿进行的，而我只是做了一些手脚。你那位年轻的朋友显然还是嫩了点儿，他只会用测程仪和罗盘来测定船的方位。这对我来说简单太有利了！于是有一天测程仪掉进了海里。之后的某个晚上，罗盘的指针也不准确了。而这时正好来了一场暴风雨，‘流浪者’号在暴风雨的推动下向着错误的航线飞速前进！这是一段漫长的航程，不要说迪克·桑德无法解释其中的原因，就是连最有经验的老水手也无法解释。那位实习水手做梦都不会想到船已经绕过了合恩角。但是我却在迷雾之中准确地认出了合恩角！[赏析解读：不得不承认，内格罗的航海经验比迪克·桑德的更丰富。]这时，在我的帮助下，罗盘的指针又恢复了正常。于是‘流浪者’号在飓风的推动下一直向着东北方向飞驰，然后一下子就上了岸，正好到达了我的目的地——安哥拉！”

“也就是这个时候，内格罗，我们碰巧就相遇了，而且还算顺利地把他们引进了非洲内陆。他们一直都以为自己是在南美洲大陆，而我的任务就是使他们相信这里是玻利维亚的南部，相对来说这还是很容易的，毕竟这两个地方相似的地方还挺多。”

“没错，他们确实相信了。你那位年轻的朋友，在船经过特里斯坦·达库尼亚群岛（是南大西洋的一个群岛，英国海外领地之一。它是全世界最偏远而有人居住的离岛，距离南非 2816 千米，距离南美洲 3360 千米）时，还以为那是复活节岛呢！”

“换了别人也会这样认为的，内格罗！”

“你说得没错，哈里斯，我就是利用他们的错觉达到了我的目的，我就是要把他们都弄到非洲来。结果我很满意，最终韦尔登夫人他们还是被引诱到了非洲内陆一百英里的地方。”

“不过，他们现在已经知道自己受骗了！”

“啊！这个已经无所谓了！”

“接下来你想怎么办？”

“我想怎么办？”内格罗重复说道，“哈里斯，在我告诉你怎么办之前，你得先告诉我关于我们的老板奥维斯的一点消息，要知道我已经两年没有见过他了。”

“噢！那个老家伙身体很好，他见到你会很高兴的！”哈里斯答道。

“他还在比耶市场吗？”内格罗问。

“不，老伙计，他现在在卡索塔，已经有一年多了！”[赏析解读：这里为下文埋下了伏笔。]

“他最近的生意如何？”

“很好！说起来也很奇怪，现在贩卖奴隶越来越不容易了，特别是这一带的海岸，不仅有葡萄牙人的军队，还有英国人的巡洋舰，我们的生意受到了很大的影响。只有从穆萨米德到安德拉南的那几个地方，才有机会把‘黑货’出口。所以，现在关押黑奴的围栏里人满为患，这些货物都在等着装船，送往西班牙的殖民地。你如果想从本格拉或罗安达出海，最好还是放弃吧！现在这些葡萄牙殖民地总督越来越不讲理了，他们的下属也不好应付，所以只能转回内陆去找那些代理商，这才是唯一的出路。我们的老板奥维斯也是这么打算的，他想到尼威昂和坦噶尼喀那边用布匹换象牙和奴隶。在埃及北部和莫桑比克沿海的生意还可以，整个马达加斯加岛的‘黑货’全是靠着莫桑比克沿海来供应的。不过，我现在有点担心，照这样下去，终会有那么一天，买卖黑奴的交易会被彻底废除。英国人在非洲内地已经取得了很大的成功，而那些传教士也正在把矛头直指我们这些贩卖者！那个该死的利文斯顿，据说他完成大湖地区的考察后，会到安哥拉来。我听他们说，还有一个叫卡梅伦的英国海军上尉，还要从东到西横穿整个非洲大陆。那个美国人斯坦利也让人觉得不安，他也想照着卡梅伦这么做！内格罗，这些探险家对我们的威胁很大，如果我们还想保住利益的话，就不能让任何一个探险家活着回去。不然，他们就会把在非洲的所见所闻都公布于众！”[赏析解读：从这里可以看出，奴隶贩子们的心狠手辣，为了利益可以做出一切丧心病狂的事情。]

哈里斯与内格罗的交谈内容和那些正直的商人谈论起他们面临的商业危机的口吻有什么区别呢？在他们看来，他们谈论起买卖活人的勾当，就像在说咖啡或者用木桶装的砂糖一样的货物！[赏析解读：这里将活人与物品做对比，以此来表现黑奴在这些奴隶贩子眼里不过是和咖啡或砂糖一样交易的货品罢了。]在黑奴贩子的认知里只有金钱和利益，而没有正义与邪恶之分。他们的观念中不存在是非感，就连曾经有过的道德与良知也会随着他们从事的营生而最终丧失。

然而哈里斯有一点说得对，正是因为那些他们所厌恶的探险家勇敢的旅行，才把文明逐渐带进了这片野蛮的大陆。这些探险家与非洲地理的发现有着密切的联系，代表人物是利文斯顿，之后就是格兰特、斯皮克、伯顿、卡梅伦、斯坦利等人。他们作为人类文明的拯救者，英名将与世共存。

直到这时，哈里斯才彻底了解了内格罗这两年的情况，当然他也知道两年的漂泊并没有让这个黑奴贩卖公司头目奥维斯的帮凶、罗安达监狱的逃犯有什么改变，因为内格罗随时都准备重操旧业。但是对于“流浪者”号上的那些幸存者，内格罗想要怎么处置呢？于是哈里斯向他的同伴提出了这个问题。

“我会把他们分成两批处理掉，一批当作奴隶卖掉，另外一批嘛……”内格罗一副运筹帷幄的神情。

“你要卖掉哪几个人？”

“船上的那几个黑人。”内格罗说道，“汤姆或许不值钱，但是另外四个身强体壮的家伙可是上等货，在卡索塔的黑奴市场上绝对可以卖个好价钱！”

“这点我认同，内格罗。他们身体壮实，很善于干力气活，这跟我们从内地抓来的那些‘畜生’完全不同！你绝对可以卖个高价！这些奴隶生在美国，却被拿到安哥拉的市场上出卖，这真是少见的好货呀！［赏析解读：汤姆等人的命运即将开始改变，为下文作铺垫。］不过，你还没有告诉我，‘流浪者’号上是不是有一大笔现金呢？”哈里斯突然话锋一转说道。

“啊！只有几百美元，都在我这里。幸亏我又回到船上一次。”

“有什么新发现吗？伙计！”哈里斯好奇地问。

“没有！”内格罗露出了后悔的神情，他觉得自己说得太多了。［赏析解读：在利益面前，每个人都是自私的，特别是像他们这样唯利是图的奴隶贩子。］

哈里斯马上转移了话题：“现在的问题是怎么把这批值钱货弄到市场上去？”

“这并不是什么难题吧？”内格罗说道。

“并不难，朋友。在离此十英里远的科安扎河边，有一支沙漠商队扎营在那里，他们的头领是阿拉伯人伊本·哈米斯。他正在那里等我回去，我们要一起到卡索塔市场去。沙漠商队里有很多的土著人士兵，凭借着他们的力量，对付迪克·桑德和他的同伴是没有问题的，所以只要我那位年轻的朋友肯向科安扎河方向前行就可以了！”

“可是，要怎么才能让他向着那边走呢？”内格罗问。

“毫无疑问，他是个聪明人，虽然明知道前面有危险，也不会考虑沿着来时路线返回这种办法的，因为他会在大森林中迷路。所以我敢确定，他一定会想办法找一条通往海岸的河，然后利用木筏顺流而下。除此之外，他没有别的办法，依我对他的了解，他一定会这样做的！”［赏析解读：通过短暂的接触，使哈里斯对迪克·桑德有了一定的了解，也从侧面可以看出哈里斯是个极有城府的人。］

“是的，有这个可能！”内格罗想了想答道。

“不是有可能，而是一定！内格罗，我敢保证，就好像约定好的一样，我们一定会在科安扎河上遇到他们的！”

“那好，我们出发吧！我了解迪克·桑德，他一分钟也不会耽误的，所以我们必须赶在他们前面到达那里。”

“好的，我们现在出发，朋友！”

就在他们站起来的同时，之前听到的声音再次引起葡萄牙人的注意。那是纸莎草丛中草与草之间的摩擦发出来的沙沙声。

内格罗抓着哈里斯的手，屏住了呼吸。

突然，一阵低沉的狗叫声响了起来。紧接着，一只大狗出现在河岸下，它正张着大嘴准备进攻。[赏析解读：丁戈与内格罗的关系贯穿了整个故事，起着吸引读者注意力的作用。]

“丁戈！”哈里斯惊声叫道。

“啊！这次它跑不了了！”内格罗说。

就在丁戈扑向内格罗的一刹那，内格罗夺过哈里斯手中的步枪，飞快地开了火。

一声枪响后，丁戈发出了一阵痛苦的哀鸣，然后飞快地蹿入草丛中消失了。

内格罗飞速追至小河边。

那里的草丛中有几滴血迹，河中的鹅卵石上也留下了一道长长的血迹。

“终于让这个该死的畜生有罪受了！”内格罗显得气急败坏。[赏析解读：内格罗的语气表达出了他对丁戈的憎恨，以及他凶残的性格特征。]

哈里斯静静地看着眼前发生的这一切，一句话也没说。

“啊！内格罗，我看这只狗与你好像有深仇大恨。”哈里斯还是开口说道。

“也许吧，哈里斯。不过它再也不能恨我了！”

“它为什么这么恨你呢，伙计？”

“啊！那是以前的事了，一段旧恩怨！”

内格罗并不想提及这事。哈里斯也知道这个葡萄牙人向他隐瞒了一些以前的经历，但是他也不打算继续问下去了。

几分钟后，这两个人沿着小河穿过森林，快速地向着科安扎河的方向走去。[赏析解读：总结上文，同时又引出下文，为后面的剧情埋下伏笔。]

# 第二十一章　行进中

[**名师导读**]

迪克·桑德在认识到自己脚下的土地正是非洲，甚至是那个让人听到名字就身心恐惧的安哥拉时，他才将之前的各种意外与现状联系了起来。他明白如今的这一切都是内格罗搞的鬼。只有一点他始终不明白，内格罗把他们带到这里来是为了什么呢？然而，眼下最重要的事情是回到海岸边，他认为最好的方法就是找一条大河顺流而下。

在这种处境下，非洲这个词的出现本就令人毛骨悚然，但是它却要取代美洲了。这样的想法时刻充斥在迪克•桑德的脑海中。

他反复想着最后这几个星期来的遭遇。他不断思考“流浪者”号是怎么来到这个危险的非洲海岸的？又是怎么绕过合恩角，从太平洋来到了大西洋？

最后他终于明白了，为什么他们的航速那么快，为什么他们经过了那么长的时间才看到了海岸。那是因为在他浑然不知的情况下，“流浪者”号的航速已经超过了到达美洲所需航速的两倍。

“非洲！非洲！”迪克•桑德不断重复着。[赏析解读：重复的语气体现出了迪克·桑德当时复杂的心境。]

突然间，他明白了这次航行中发生的所有看似意外的“意外”以及那些无法解释的现象并不是偶然出现的。看样子，第一个罗盘是被人故意打碎的，而测程仪上的绳子也是被人割断的，这样他就无法精准地判断“流浪者”号的航速了。

“没错！”迪克•桑德的大脑快速运转着，“船上只剩下唯一的一个罗盘，所以我就无法校验罗盘的指针了！而在那个我被汤姆的叫声惊醒的夜晚，内格罗就在船尾。难道他是故意摔倒在罗盘架上的？”

迪克·桑德的思路逐渐清晰，这使他接触到了问题的实质。现在他可以确定所有的意外都来自内格罗的黑手。内格罗操控着一切，最后导致“流浪者”号触礁沉没，让大家遭遇了灭顶之灾。

然而这个可耻的混蛋到底是什么人？他以前是个海员吗？他为什么要极力掩盖这个事实？他精心设计的这场灾难，把船开到非洲海岸是为了什么呢？曾经的疑团慢慢浮出了水面，一切真相大白。年轻的船长很清楚他们是在非洲——在深入非洲内陆的一百英里处——而且这个地方很有可能就是令人闻风丧胆的安哥拉！

迪克·桑德清楚地知道哈里斯骗了他们。根据所发生的一切，他可以确定哈里斯和内格罗之前就认识，而且他们在海岸处偶遇了，之后合谋将他们引入到可怕的危险之中。[赏析解读：从迪克·桑德对于整个事件的分析，可以看出他的思维细腻。]

但是他们这样做是为了什么呢？迪克·桑德能想到的最坏的可能就是内格罗想要抓住汤姆和他的同伴们，然后把他们当作奴隶卖掉。在这个贩卖奴隶猖獗的国家，这完全是有可能的，而且那个满怀仇恨的葡萄牙人一定会报复迪克·桑德，但是对于韦尔登夫人母子，他们会怎么做呢？

很遗憾，迪克·桑德没有听到那两个坏家伙的谈话，如果他听到——哪怕只听到一部分——那么他就会知道自己现在应该怎样做才能够不让韦尔登夫人、黑人朋友们和自己陷入危险之中。虽然现在面临的情况十分危急，但是我们这位年轻的船长是不会被吓倒的！不管在海上还是陆地上，他都必须要肩负起保护大家的责任。他的任务才刚开始，他一定要坚持到底。

在沉思了两三个小时后，他已经把所有现在和将来可能出现的吉凶祸福在脑子里过了个遍，他明白未来的日子会更不好过！

迪克·桑德下定了决心后，猛地站起来。

这时初露的曙光照耀着森林的上空。除了迪克·桑德和汤姆之外的所有人都还在梦中。迪克·桑德走到汤姆身边。

“汤姆，”他低声说道，“你辨认出了狮吼，也回想起了那些奴隶贩子用的铁链和弯刀。你已经知道我们是在非洲。”

“是的，迪克先生！”

“很好，汤姆，切记一定要保密，对谁也不能说。我们不要把这个消息告诉除我们之外的任何人，我们要把所有的担心和害怕承担起来。”

“是的，就我们两个人，必须这么做！”

“汤姆，我们要比任何时候都警惕。如今我们是在敌人的地盘上，那是一群十分凶狠的家伙。这里充满了危险，一定要严加防范！我们只需要告诉我们的同伴们，哈里斯骗了我们，他们就知道该怎样做了。这样一来，大家就会想到我们当前最重要的事情就是要避免受到印第安人的袭击，这样就可以了。”

“迪克先生，我的同伴们的忠诚和勇敢已经得到了验证，你完全可以放心！

“我知道，我相信他们就像相信你一样，我们会一起克服困难的，对吗，汤姆？”

“无论何时、何地、何种情况，我们都会和你在一起的，迪克先生！”[赏析解读：忠诚的汤姆与他的同伴们已经做好了要与迪克·桑德一起面对各种危险的准备。]

迪克·桑德下定了决心，也与老汤姆达成了共识。幸好在哈里斯行动之前他们已经有所察觉，至少现在他们不需要再因为哈里斯而担心了，眼前也暂时没有危险。实际上，因为发现了奴隶们的铁链，又听到了狮子的吼叫声，哈里斯才被迫提前逃跑了。

在哈里斯的阴谋得逞之前，迪克·桑德他们识破了他，因此哈里斯才仓皇而逃。至于内格罗，丁戈在旅程的最后一天就发现了他，说明他肯定就在附近，而且已经与哈里斯碰了面，他们必然会在一起商量下一步该怎么做。在厄运来临前的几个小时内，迪克·桑德他们暂时还是安全的，而他们必须要充分利用这几个小时。[赏析解读：迪克·桑德很清楚当前他们要做什么，从这里可以看出他年纪虽然小，但是却很有主张。]

他们最好的办法是立刻返回海岸。年轻的船长经过反复论证，确定这里就是安哥拉海岸。在返回海岸以后，他们可以沿着海岸向南或向北前行，找一个设有葡萄牙殖民机构的地方，到了那里就可以寻找时机安全回到美国了。

然而返回海岸的路线怎么确定呢？是要原路返回吗？迪克·桑德并不认为那是个好办法，他认为哈里斯肯定会在回去的路上埋伏，因为哈里斯肯定已经知道，就目前状况来说，迪克·桑德会停止前进的。

另外，想要再次穿越森林并不是件容易的事，甚至可以说那是一件非常鲁莽的事，而且那样他们也只能回到原点，内格罗那些人会更容易追上他们。现在唯一的办法就是找到一条河顺流而下，这样既不会留下任何痕迹，还能避免受到野兽的攻击。值得庆幸的是，至今那些野兽还在离他们很远的地方。除此之外，如果他们选择顺流而下，那些野蛮人对他们的影响也会减弱。如果迪克·桑德和他的同伴们全副武装地坐在一个结实的木筏上，那么众人的安全就得以保障了。

现在的关键就是要找到一条河。值得一提的是，因为韦尔登夫人和小杰克的身体状况不好，乘坐木筏是再合适不过的了。当然，这并不是说走陆地不行，但是需要有人抱着生病的小杰克。没有了哈里斯的马，他们可以让两个人用树枝扎一副小担架抬着韦尔登夫人和小杰克，可是那样就需要五个黑人朋友中的两个来帮忙。迪克·桑德希望万一他们遇到了袭击，所有同伴都处于行动自由的状态，这样就能随时加入战斗中。[赏析解读：迪克·桑德将会遇到的困难都提前想到了，这对于一个年仅十五岁的少年来说已经很不容易了。]

而且，顺流而下，也会使这位年轻的船长有用武之地。

那么，哪里有这么一条适合航行的河流呢？迪克·桑德相信一定有。在“流浪者”号触礁的地方有一条汇入大西洋的河流，从那里逆流而上，不论向北或向东，航程都不会太长，因为不远处有一道山脉，它曾被他们误认为是南美洲的安第斯山脉，正矗立在东西两个方向的地平线上。

所以，那条河可能发源于高山，也可能在上游河段转向了南方，无论是哪一种可能，迪克·桑德都会很快找到那条河。也许在找到那条直通大海的大河之前，很可能会先遇到它的支流，而那条支流的水量足以承载他们的木筏。

无论怎样，他们离河流已经不远了。

其实，在他们旅程的最后阶段，陆地的自然面貌已经发生了变化。地面的坡度变小了，而湿度大了，到处都是小溪，这说明这里地下水网密布。在他们最后一天的行程中，曾沿着一条小河走了很久，那里的河岸有些塌陷，河水被铁锈染成了红色。[赏析解读：从这里可以看出，迪克·桑德的观察力十分敏锐，非常细心。]

要想重新找到这条河流并不是难事。但是，这条水流湍急的河道并不适合乘坐木筏，不过沿着它去寻找一条适于木筏航行的大河不会太难。

迪克·桑德和老汤姆商量过后，决定就按这个计划行动。

天亮了，迪克·桑德的同伴们逐渐醒来。韦尔登夫人把小杰克交给南照看。小杰克因为寒热病（即疟疾，是指经蚊叮咬或输入带疟原虫者的血液而感染疟原虫所引起的虫媒传染病，患者常有高烧和寒战症状）发作，面色苍白，大家为此都很难受。

韦尔登夫人走近迪克·桑德，四处打量了一下问道："迪克，哈里斯到哪儿去了，怎么没有看到他？"

迪克·桑德的想法是可以向大家揭发哈里斯是骗子的事，但是应该让人们认为他们是在玻利维亚。于是他没有任何迟疑地答道："哈里斯跑了！"

"他自己向前走了吗？"

"他逃跑了！韦尔登夫人！他就是一个骗子，他与内格罗串通一气，把我们骗到了这里！"

"他为什么要这么干？"韦尔登夫人急切地追问。[赏析解读：韦尔登夫人急切的原因除了诧异外，主要还是因为生病的小杰克。]

"我不知道，"迪克·桑德说道，"但是，我知道我们要尽快回到岸边去！"

"他是一个骗子！我一直有种预感！那么迪克，你认为他和内格罗是一伙的吗？"

"我想是的，夫人。令人厌恶的内格罗一直在后边跟着我们。这两个邪恶的人非常偶然地碰在了一起，然后……”

埃居尔十分生气地说道：“他们最好别分开，等我再看到他们的时候，我要一手抓一个，把他们的脑袋撞在一起，撞得粉碎！”黑色巨人边说边晃着他那个硕大的拳头。[赏析解读：从这里可以看出埃居尔耿直、爱憎分明的性格特征。]

“可是，我的孩子怎么办呢？我还指望到农场给他看病……”韦尔登夫人哭着说道。

这时汤姆说：“杰克会好起来的，等我们到了海岸上，空气会比这里好，到时他就会好起来的！”

“迪克！”韦尔登夫人不放心地再次追问道，“你能肯定那个哈里斯骗了我们吗？”[赏析解读：韦尔登夫人的反复确认，说明了她还存有一线希望，希望这一切是假的，这样他们还能到达农场，小杰克就有救了。]

“是的，韦尔登夫人。”年轻的船长答道，他尽量回避对这个问题作出更深一步的解释。

他看了一眼汤姆，又补充道：“昨天晚上我和汤姆揭穿了他，要不是他骑上马飞速逃跑了，我早就把他打死了！”

“那么，农场呢？”

“根本就不存在什么农场，没有村镇，附近也没有人烟！”迪克·桑德说，“韦尔登夫人，我刚才说过了，我们必须回到海岸上去！”

“迪克，我们要原路返回吗？”

“不，夫人，我们要顺着一条河往下走，它会把我们带回到海边去，这样既不会疲劳，也没什么危险。只要再走几英里，我相信……”

“噢！迪克，我的身体很好。”这位坚强的母亲努力挺起疲惫的身体，强打着精神说，“我可以走，我抱着我的孩子！”

“夫人，还有我们呢！我们会抬着你和杰克的！”巴特说道。

“是的！”奥斯汀也马上附和地说，“只要两根树枝，再在中间编上些树叶就可以了。”[赏析解读：这里凸显出了这些黑人朋友们的友善。]

韦尔登夫人说道:“谢谢你们,朋友们!不过,我想自己走。我可以走!咱们走吧!”

“出发!”迪克·桑德大声下令。

“把杰克给我,如果我手上不拿点东西就会觉得很累!”埃居尔从南的怀里接过了孩子。

小杰克在埃居尔粗壮的胳膊上睡得很香,甚至都没有被惊醒。

临出发前,他们仔细地检查了一下所有的武器,并把剩下的食品打成一个包裹,让一个人背着。这个任务交给了阿克顿,他把包裹背在背上,这样其他同伴就可以自由行动了。

贝内迪表兄的腿好像是铁打的一样,他完全不知道什么是疲倦,随时准备起程。他有没有注意到哈里斯不见了呢?谁也不知道,无论如何,哈里斯的失踪对他不会产生任何影响。但是,一场灾难性的事件使他受到了沉重的打击。

毫无疑问,这个事件对贝内迪表兄来说是非常严重的,因为他弄丢了他的眼镜和放大镜!幸亏巴特从他睡觉的草丛中找到了这两件宝贝,而我们的贝内迪表兄并不知道。迪克·桑德建议巴特把这两件东西先藏在一个安全的地方,因为只有这样才能使那个大孩子一直老老实实地跟着队伍前行。这时他无法看到远处,只能看到眼前的一小块地方。

我们的贝内迪表兄无可奈何,脑子里顿时一片空白。

现在,贝内迪表兄的前面是阿克顿,后面是奥斯汀,他被严格规定要走在这两个人中间。可怜的贝内迪表兄就像一个让人领着走的盲人一样,乖乖地跟着大家前进。[赏析解读:这里用盲人来比作贝内迪表兄,说明了眼镜和放大镜对这位昆虫学家的重要性。]

当大家刚走了不到五十步时,汤姆突然停下脚步,大叫了一声。

“丁戈呢?”

“是啊,丁戈呢?”埃居尔也感到奇怪,为什么没有看到大狗。

他扯开嗓子喊了好几声丁戈,却没有狗叫声回应他。

迪克·桑德沉默了。丁戈不在真是太可惜了,因为有它在,就能确保这支小小的队伍避免受到一切袭击。

“难道它跟踪哈里斯去了？”

“跟哈里斯走？不会！但是，它有可能会去追踪内格罗。它已经觉察到内格罗就在我们后面！”

“那个混蛋，他可能会用枪把丁戈打死的！”埃居尔说。[赏析解读：在埃居尔眼里，内格罗就是个凶残的恶棍。]

“如果丁戈没有一下咬断他的脖子的话！”巴特说道。

“也许会这样，但我们不能等到它回来了。如果它还活着，聪明的丁戈一定能找到我们。出发吧！”迪克•桑德说道。

天气很闷。从黎明开始，密布的乌云笼罩着天边。空气中充满了暴风雨来临前的气息，这将是电闪雷鸣的一天。[赏析解读：此处天气情况的描写，渲染出一种紧张的气氛，前面还有很多的未知危险在等待着他们，为下文作铺垫。]

好在森林不像前几天那么茂密了，地面上还有一点儿凉爽的气息。四周的树木很高大，大树将高大、茂盛的草地围了起来。有些大树倒在地上已经石化了，这种现象说明这里存在着煤矿，这是一种在非洲大陆非常普遍的现象。

在林间空地的草地上点缀着一些盛开的玫瑰，还有各种颜色的野花夹杂在其中，有黄色和蓝色的野姜花、白色的半连莲，还有红色的马兰花，一些昆虫穿梭在花朵间传授着花粉。

虽然树木不那么茂密了，但是品种却更多了。这里有棕榈树，这种树可以榨油，是非洲独有的一种树木。还有能长到八至十英尺高的木棉，这种树的树茎可以制成长绒棉，几乎和棉花是一样的。还有一种柯巴树，从那些被昆虫吸管钻成的小孔中会流出一种树脂，树脂的气味芬芳，可以一直流到地上，然后供人采集。这里还有许多野生的柠檬树和石榴树，以及二十多种散发着芬芳气味的树种。由此可见，这个地区的树种异常丰富。

在有些地方，空气中弥漫着一种像是香子兰散发出来的香气，这种香气令人神清气爽，但是却没有人知道这种气味到底是从哪棵树散发出来的。

虽然现在非洲处于干旱季节，只是偶尔会降下一场暴雨，但是依然草木丰茂，到处都是一片欣欣向荣的景象。

这个季节也是一个寒热病流行的季节，利文斯顿曾经说过，寒热病患者只要离开发病的地方，那么一切就会好起来。

迪克•桑德知道这位大旅行家说过的这个方法，他希望能在小杰克身上生效。经过观察，间歇期过后，小杰克的寒热病没有再次发作，他现在正躺在埃居尔怀里安稳地睡觉，迪克•桑德把这个好消息告诉了韦尔登夫人。

大家就这样快且谨慎地前行着，他们偶尔会看到地上有人类或动物不久前经过的足迹，灌木丛中有杂乱和折断的树枝，有些灌木还倒伏在地上，这使大家行走起来方便多了。然而，他们脚下大多数的路还是障碍重重。他们不得不克服这些阻碍，因而也大大延误了前进的速度，这使迪克•桑德十分着急。[赏析解读：迪克·桑德他们的处境十分糟糕，由此可以看出他们的旅行将困难重重。]

藤本植物缠绕交错，像是轮船上缠绕在一起的绳索一样杂乱难解，有的藤蔓像是一根根弯曲的利剑，上面长满了小刺。还有一种蛇状的刺藤（是豆科合欢属下的植物，生于旷野或山地疏林中，常攀附于树上。刺藤长约 20 米，幼枝稍被柔毛，在叶柄下常有 1 枚下弯的粗短刺），长达五六十英尺，它们能够自动反转过来，用锐利的尖刺刺伤经过的人或动物。

几位黑人挥舞着手中的短斧，一路猛砍，可是这里的藤蔓绵绵不绝，它们从大树的树梢一直缠绕到地面。

这一带稀奇古怪的动物种类也很丰富。无数的鸟类在高木的树间飞来飞去，它们完全不用担心有人会向它们举起枪，反而是人在经过这里时希望能够不被它们发现。在这里，珍珠鸡成群地出现，各种各样的鹧鸪（背部和腹部黑白两色相杂，头顶棕色，脚黄色。生活在有灌木丛的低矮山地，吃昆虫、蚯蚓、植物的种子等）则不容易接近。还有一种称为“威坡威”的鸟，据说是北美洲的人根据它的声音命名的。迪克•桑德和汤姆都听到过这种鸟叫，有一瞬间他们甚至以为自己就在美洲大陆的某个地方。

直到现在，他们还没有遇到过这里的猛兽。在第一次休息期间，他们又看到了哈里斯信誓旦旦地称为“南驼”的长颈鹿。因为森林中人迹罕至，所以当迪克·桑德一行人出现时，它们明显受到了惊吓，这种敏捷的动物瞬间就消失得无影无踪了。

在远处，几片草地的边缘处不时会扬起一片浓重的烟尘，那里有一大群水牛在奔跑，它们跑起来的声音像是载着沉重货物的四轮马车发出的。

迪克·桑德他们沿着小溪走了两英里，却依然没有发现大河。迪克·桑德很着急，他想让他的同伴们尽快乘坐木筏顺流而下，那样不但可以缓减大家的疲劳，而且能够提高安全性。

临近中午时，他们已经走出了至少三英里，不过一切还是没有变化。没有发现哈里斯和内格罗的踪迹，丁戈也没有回来。

这时他们需要休息，吃些东西来补充一下体力。

迪克·桑德选择了一片茂密的竹林作为宿营点，竹林把大家遮得严严实实。

大家在吃饭的时候，都没怎么说话。韦尔登夫人把小杰克接过来抱在怀里，目不转睛地盯着她的儿子，一点儿东西也没吃。[赏析解读：此处表现出了韦尔登夫人对小杰克的担心。]

“韦尔登夫人，您必须得吃点东西！”迪克·桑德劝说了她好多次，“接下来我们不知道还会遇到什么，如果您不吃饭哪来的力气去应对。吃吧，多少吃一些！我们很快就要启程了。我们一定能找到那条大河，然后轻松地回到岸边的！”

韦尔登夫人开始只是那么失神地坐着，她听着迪克·桑德不断地劝说：“万一您的身体垮了怎么办？吃点吧，吃点东西吧！我们马上就还得上路！”

坚定的迪克·桑德用一双热切的眼睛看着韦尔登夫人，韦尔登夫人一直看着他的脸，她从迪克·桑德的脸上看到了勇气，这种勇气代表着他那旺盛的生命力。

韦尔登夫人看了看迪克·桑德，又看了看那几位忠厚的黑人朋友，她想到自己作为一个妻子和母亲，没有理由绝望。而且她有什么理由放弃希望呢？何况，她眼下还是走在一个友好的大陆上的。由此可见，韦尔登夫人还不知道哈里斯的欺骗给他们造成的严重影响。

迪克·桑德知道韦尔登夫人在想什么，他不禁低下了头，把目光投向了地面。

## 第二十二章　安哥拉的严峻形势

**[名师导读]**

迪克·桑德在认清现实后，马上想出了对策：找一条河流，然后顺流而下回到海岸。他们一路上克服了种种艰辛。在离开沼泽地后，一场暴风雨突然而至，好在他们发现了一个安全的避难所——一个足有十二英尺高的白蚁穴，成功地让他们躲过了这场猛烈的暴风雨的摧残。

这时，一直沉睡的小杰克醒了，他伸手抱住了妈妈的脖子。他的眼睛比之前有神多了，高烧也已经退了。

“你好点了吗，我的宝贝？”韦尔登夫人边说边把小杰克紧紧地搂在怀里。

“好多了，妈妈，我渴了。”小杰克答道。

他们拿了些淡水给她，小杰克非常高兴。

“我的朋友迪克呢？”小杰克问道。

“我在这儿，杰克！”迪克·桑德拉着他的小手。

“我的朋友埃居尔呢？”

“埃居尔在这里，杰克先生！”黑色巨人和善的面孔凑到了小杰克眼前。

“马呢？”

“马跑了，杰克先生。”埃居尔回答了这个问题，“现在由我来驮你，难道我不稳吗？”

“当然不是。可是我再也没有缰绳可以抓了。”小杰克有点遗憾。

“啊！如果你愿意，我可以戴上一个马嚼子，”埃居尔一边说一边张开了他的大嘴，

“这样你就可以尽情地拉缰绳了！”

“但是你知道，我是不会拉缰绳的。”

“太好了！如果你想拉还是可以拉的，因为我的嘴很结实！”

“那么，哈里斯先生的农场呢？”小杰克接着问道。

“就快到了，杰克。”韦尔登夫人说道，“是的，快了。”

“我们出发吗？”这时迪克·桑德为了结束谈话，问道。

“是的，迪克，我们出发！”韦尔登夫人答。

于是他们离开了休息的地方，保持队形开始前行。为了不离小溪太远，他们需要穿过杂草丛生的灌木丛。

能看得出来，这里原本是有小路的，但是被荆棘和灌木丛完全覆盖住了。在这重重阻碍中行走，他们三个小时只能前进一英里。黑人朋友们负责为大家开路，埃居尔把小杰克交给南照看，也加入了开路的行列中。毫无疑问，他是一名优秀的开路者，就像是一团可以吞噬一切的火焰，一边喘着粗气，一边用力挥动着短斧，为大家杀出了一条通道。

值得庆幸的是，这种开路工作并没有持续多久。在走出一英里后，他们便在灌木丛后面发现了一条宽敞的通道，通道斜向小溪，然后又沿着河岸伸向了远方。这是一条大象经过后留下的路，它们常常成群结队地穿越森林，习惯性地进行长途跋涉。因为雨季的原因使这里的土质变得潮湿松软，这些体型庞大的厚皮动物在经过这里时，用脚踩出了这么一条了不起的通道。

没过多久，迪克·桑德他们就在这条通道上发现了除大象的脚印之外的其他脚印，那明显是人类留下的。但是他们留下的脚印杂乱无章，而且地上遍布死者的骸骨，其中有一些是遭到了动物啃噬的人骨残骸，以及一些给奴隶戴的脚镣。[赏析解读：写出了环境的恐怖至极，此处为下文作铺垫。]

在非洲中部地区，人类的骸骨在漫长的道路中是一种路标。那些沙漠商队常常要横穿陆地好几百英里，在这期间会有很多人最终由于过度劳累、饥饿或是生病而死在商人的皮鞭下。还有些商人因为粮食供应不足而将黑人集体屠杀！没错，当他们不给黑人食物时，就会以各种手段将他们杀死，这种情况并不罕见。

正因为这条路经常会有押送奴隶的沙漠商队路过，所以在长达一英里的路上，迪克·桑德和他的同伴们每走一步就会踢到散落的骸骨，惊飞一些巨大的短耳枭（与长耳枭的外形十分相似，但体色比长耳枭的更淡，下体淡色有十字形黑褐色纹，耳羽较小。栖于平原、耕地、草原等地，昼间常可见于平原或沼泽地带，平时潜伏于草丛间，夜间觅食，以啮齿类动物为主，白天以昆虫为食）。这些笨重的大家伙飞在空中，盘旋着不肯离去。

韦尔登夫人好像没有看到这一切。这反而让迪克·桑德更担心，他怕韦尔登夫人会提出一些问题。他只希望能够尽快带她回到海岸，不想让她知道哈里斯骗他们来到的地方是非洲内陆，而且故意让他们迷路。

韦尔登夫人并没有让迪克·桑德解释这一切，她把注意力又重新放在了小杰克身上。她的小男孩在她的照看下又睡着了。南走在韦尔登夫人身边，没有人向迪克·桑德问任何问题，但是这样反而让他觉得有些担心。

汤姆一直低垂着头，他当然知道为什么地上会有这么多的人骨。

他的同伴们看向道路两旁的神情满是惊恐，就好像长长的墓地不知道遭遇了怎样的灾难，所有的坟墓都被掀开了。但他们也没吭声，只是默默地向前走。

这时小溪发生了变化，河床变宽了，水也深了，水流也平缓了许多。迪克·桑德希望这条溪流不久后就变得适合航行，或是他们能尽快找到一条大河，直通大西洋。

年轻的船长没有犹豫，不管怎样都要沿着溪岸走下去。随后，他毅然放弃了正在行走的这条通道，因为它开始远离了小溪。[赏析解读：迪克·桑德这时的选择，为他们开启了新的旅程。]

大家又进入了茂密的灌木丛中，再次用短斧在满是交错缠绕的树枝和藤蔓中砍出一条路。

虽然地上荆棘密布，使他们的前行受阻，但是这里的树木稀疏，高高的草丛中只有一片竹林矗立在那里，与海岸线那种茂密的景象截然不同。这里的野草很高，甚至有些已经到了埃居尔的颈部。别人只能从晃动的草丛来判断是否有人正在穿行。

这一天大约下午三点钟时，地貌发生了巨大变化。一片辽阔的平原映入他们的眼帘，而且不可避免地遭到了雨水的浸泡。这里看起来没有什么异常，厚厚的苔藓上长满了迷人的蕨类植物，但是在这下面到处是沼泽。由此可见，迪克·桑德他们未来要经过的区域，可能会随着地势的升高而发生变化。他们还看到地上分布着一些褐色的赤铁矿（是自然界分布极广的铁矿物，是重要的炼铁原料，也可用作红色颜料）。

迪克·桑德恰好想起利文斯顿的旅行日记中记载的一件事，那位伟大的探险家曾多次差一点就长眠于此。所以，他们必须要注意脚下的情况。

“要注意，朋友们，在下脚之前，一定要先试一试地面的情况。”迪克·桑德走到队伍的前面，提醒着大家。

“的确，这块地好像被雨水浸泡过，可是最近没有下过雨啊！”汤姆答道。

“确实没有下过雨，不过暴风雨马上就要来了。”巴特说道。

“正是因为这样，我们才更要在暴风雨到来之前离开这片沼泽。”迪克·桑德答道，“埃居尔，你抱着杰克！奥斯汀、巴特，你们跟在韦尔登夫人身边，以便能随时帮助她！至于你，贝内迪先生！噢！你在干什么？贝内迪先生！”

“我掉下去了！”我们这位冒失的昆虫学家一脚踩进了泥沼里，半个身子都已经消失在污泥中了。大家急忙伸手拉住他，将他拖了出来。他虽然一身泥浆，却完全不在意，因为他的宝贝标本箱子并没有受到什么损伤。

阿克顿走到他的身边，负责保护倒霉的、眼睛近视的贝内迪表兄，不让他再次陷进泥沼。

刚才贝内迪表兄被大家从泥沼中拉出来后，沼泽中冒出了很多大的气泡，这些气泡在破裂后会散发出一种让人窒息的毒气。[赏析解读：对于沼泽的描写，突显出了迪克·桑德等人处境的危险。]

这是一种非常可怕的泥沼，利文斯顿就曾经陷入这种泥沼中，一直沉没到胸口部分。他把这种沼泽形容成是一片黑色的大海绵，里面充满了泥水，人们一脚踩上去，水就会哗哗地冒出来。要穿过这样的沼泽确实是非常危险的。

迪克·桑德一行人在这块散发着恶臭的海绵体中走了半英里。但是路越来越难走，韦尔登夫人因为腿陷入沼泽中，不得不停了下来。埃居尔、巴特和奥斯汀为了能够减轻她的疲劳和痛苦，用竹子扎了一副担架，抬着韦尔登夫人，而小杰克则坐在妈妈的怀里。大家都希望能够快点离开这片沼泽。

阿克顿牢牢地抓着贝内迪表兄，汤姆扶着南，有好几次都是汤姆把快要跌进沼泽的南拉了回来。而另外三位黑人朋友则负责抬担架。

迪克·桑德一直走在最前面，负责为大家探路。在这种地方准确地选择一个安全的落脚点是相当困难的。大家都小心翼翼地，尽量踩在长有茂密坚硬水草的地方，但是即使这样，他们还总是会落进泥沼中。

所有人小心且又快速地移动着，每个人都想尽快穿过这里，仿佛是在逃避瘟疫一样。

在下午五点钟时，沼泽终于被他们甩在了身后。他们脚下的地面虽然重新变成了坚硬的黏土，但是潮气依然很重，因为这里的地势比附近的河水要低，所以还是有水不断地从地下渗出。

这时天气变得异常炎热，令人难以忍受。如果没有天空中的团团流云遮盖住了炙热的太阳，恐怕人们早就被晒死了。远处的高空中不断传来电闪雷鸣，一场可怕的暴风雨眼看着就要到来了。[赏析解读：这里体现出了非洲天气的恶劣。]

要知道，在非洲的这个纬度，自然界的暴风雨所带来的暴力行为令人心生恐惧。当暴风雨到来时，倾盆的暴雨夹杂着电闪雷鸣，肆虐的狂风会把粗壮的树木连根拔起。

迪克·桑德清楚地知道这一点，因此他非常担心。这片草原随时都有被洪水淹没的危险，他们无论如何也不能露宿了。但是放眼望去，连一个可以躲避暴风雨的小山坡都没有！

这是一片没有树木、灌木丛的洼地，地表两英尺以下全是水，根本就没有藏身之地。不过，北方好像是这片洼地的边界，有一些低矮的小山。远远的地平线上，天光从乌云的缝隙中洒下来，映照出了几棵树的侧影。

虽然那里并不是合适的藏身地，但最起码可以确保他们不会被泛滥的洪水淹没。

“前进！朋友们！前进！”迪克•桑德不停地催促道，“再走三英里路，我们就安全了！”

“加油呀，加油呀！”埃居尔大喊着。

这位正直的黑人朋友此时恨不得把整个世界都扛在背上，独自把大家运送到安全的地方。

迪克•桑德和埃居尔的鼓励起了作用，大家的士气被调动起来，他们顾不上一天的旅行疲劳，拼命向高地前进着。

暴风雨来临的时候，他们离目的地还有两英里。虽然太阳还没有完全消失在地平线上，但天色已经一片昏暗。水汽慢慢下降，好像随时都能化为雨滴。红色、蓝色的闪电就像是上千把利剑，将黑暗的天空劈开，交织成一张巨大的火网，整个平原被困在了火网中。

可怜的小杰克被轰鸣的雷声惊醒了，他急忙把头藏进了埃居尔的怀里。虽然他非常害怕，却不想让妈妈看到，他不想再为妈妈增添痛苦了。[**赏析解读：从这里可以看得出小杰克十分懂事，他在用自己的方式为妈妈减轻负担。**]

埃居尔一边飞快地前进，一边使出浑身解数来安慰他。

“别怕，小杰克！只要雷声靠近我们，我只需要用一只手就能把它劈成两半。我可比它强壮！”

埃居尔强健的臂膀让小杰克的情绪稳定了下来。

越聚越多的乌云预示着大雨即将倾盆而至，看起来这场暴风雨一定异常猛烈。如果找不到一个避雨的地方，韦尔登夫人一行人不知道会怎么样?

迪克•桑德等汤姆走近，问道：“我们该怎么办？”

“我们接着往前走，迪克先生。在这里停留的话，大雨会把这里淹没的！”

“不行，不行，汤姆！我们现在必须要找到一个避雨的地方！去哪儿找呢？什么地方能避雨呢？哪怕是一间小棚子……”[赏析解读：连续的问句表达出了迪克·桑德当时急切的心情。]

迪克·桑德突然停了下来。这时一道更加明亮的闪电把整个平原照得像白天一样。

“看那里，那是什么！离这四分之一英里远的地方！”迪克·桑德叫着。

“是的，我也看到了，我看到了……”汤姆边说边摇了摇头。

“那不是营地吗？”

“没错，迪克先生，那一定是个营地，但可能是土著人的营地！”

接着又是几道闪电，这一次营地更加清晰地出现在了他们的眼前。在辽阔的平原上有一大片营地，那里整齐地排列着一百多个十二至十五英尺高的圆锥形帐篷，但是却看不见一个士兵。

难道士兵都在帐篷里躲雨吗？还是说这些帐篷已经被废弃了？

如果是第一种情况，无论天气如何，迪克·桑德都会毫不犹豫地带着大家逃离。但是如果是第二种情况，那么这里就是最好的避雨场所！

“我想要弄清楚。”迪克·桑德自言自语地说，接着他转向汤姆说道，“你们在这里等我。谁也别跟着我，我去侦察一下！”[赏析解读：无论有没有危险，只要有一线希望，迪克·桑德为了大家也要去做，可以看出他的担当。]

“派个人跟你一起去吧，迪克先生！”

“不，汤姆，我一个人去！我可以在他们发现不了我的情况下悄悄靠过去。你们先在这里等着！”

随着迪克·桑德与汤姆停下脚步，大家也站在了原地。年轻的船长马上就消失在了黑暗中。没有闪电划过的时候，四处伸手不见五指。大颗大颗的雨滴砸了下来。

“怎么了？”韦尔登夫人走到汤姆身边问道。

“我们发现了一个营地，韦尔登夫人，也可能是一个村庄。迪克先生想在大家过去之前侦察一下！”汤姆答道。

韦尔登夫人满意地点了点头。

三分钟后，迪克·桑德回来了。

“走吧！走吧！”年轻的船长语气中透露出压抑不住的兴奋。

“那里一个人也没有？”汤姆问道。

“那里其实并不是营地，也不是一个村庄。那是白蚁穴（呈圆形，占地大约3平方米。内部结构异常复杂，简直就是一座迷宫。外侧是一条条环状的深沟，如同城市的环形大道。几条环形大道之内，则是一条条纵横交织的浅壑，如同城市的街巷。两者之宽大约为四五厘米。沟壑的底部和侧面非常平滑。沟壑之间四通八达，犹如千街万巷相连。一座蚁山就是一个白蚁的社会单位）！”迪克·桑德答道。［赏析解读：承接上文，引起下文，将剧情推到另一个高潮上去。］

“白蚁穴？”迪克·桑德的话好像突然敲醒了一个熟睡的人，贝内迪表兄惊叫着说道。

“没错，贝内迪先生，那是一个足有十二英尺高的白蚁穴，我们可以暂时在那里避雨！”

“这么说它们要么是‘好斗蚁’的蚁穴，要么就是‘吞食蚁’的蚁穴了。只有这两种白蚁才能建起这样神奇的建筑。我敢说连最伟大的建筑师也无法否认这个事实。”［赏析解读：这里表现出了贝内迪表兄对于昆虫习性的了解。］

“贝内迪先生，不管是哪一种白蚁，我们都必须赶走它们，占领它们的地方！”迪克·桑德说道。

“可是它们会吃了我们的！”

“走吧！走吧！”

“不过，等一等！”贝内迪表兄继续说道，“我认为这种白蚁只有非洲才会有啊！”

“快走！”

迪克·桑德最后的语气明显十分严厉，因为他害怕韦尔登夫人会听到我们的昆虫学家最后说出的那个词。[赏析解读：此处的描写可以看出迪克·桑德的善良，他不想韦尔登夫人听到他们身在非洲后崩溃。]

大家跟随着迪克•桑德飞快地前行。狂风夹杂着巨大的雨滴砸向地面，仅仅几分钟的时间，可怜的人们就无法承受这狂风骤雨的肆虐摧残了。

很快，大家就到达那个矗立在平原上的圆锥形白蚁穴前了。无论这些白蚁有多危险，这里都是他们唯一的选择。如果这些小家伙们不肯离开它们的巢穴，那么迪克•桑德他们不介意与它们同居。

这个白蚁穴是用淡红色的黏土建造的，底部有一个很窄的洞口。埃居尔用弯刀砍了几下，把洞口挖大了些，以便像他这样的巨人能够进出。

让贝内迪表兄意外的是，通常这样的白蚁穴会住着成千上万的白蚁，但是现在却连一只也看不到，也就是说那些白蚁都搬走了。

迪克•桑德他们依次从那个被挖大的洞口钻了进去，埃居尔最后一个进来。这时的暴雨像要把闪电浇灭了一样，从天上不停地倾泻下来。

值得庆幸的是，怒吼的狂风已经被他们挡在了门外。这里显然是一个坚固的避难所，比帐篷甚至印第安人的小棚子更让他们满意。

这就是海军上尉卡梅伦提到过的白蚁穴。他认为这种小小的昆虫能够建起这么大的巢穴，简直比人类建造的埃及金字塔更让人叹为观止！

卡梅伦说：“这些白蚁穴，就好像一个伟大的民族建造了喜马拉雅山的最高峰埃弗勒斯峰（西方人对珠穆朗玛峰的称呼，是以乔治·埃弗勒斯的名字命名的，因为他曾在1865年对该峰进行了测量）一样。”[赏析解读：这里的引用，说明了白蚁穴的壮观以及神秘。]

# 第二十三章　白蚁和它们的巢穴

[**名师导读**]

迪克·桑德一行人在暴风雨中找到了一处避难所，那是一个被白蚁废弃的蚁穴。这个严密的白蚁穴无疑帮他们解了燃眉之急。但是我们的昆虫学家对这个被废弃的白蚁穴产生了质疑，他发现白蚁可能是因为预感到了某种危险才搬走的。

此刻，暴风雨在这片非洲大陆上肆意横行，其猛烈程度是那些生活在温带的人无法体会的。

所幸，迪克·桑德他们找到了一处好的避难所！

这里的雨水不是一滴滴落下来的，更像是不同程度的水流被人从空中倒了下来。有时雨水简直就像是一块水毯或是一道瀑布。你可以把天空想象成一个水池，那里的水量有一个大海那么多，然后海水突然倾泻下来。铺天盖地的雨水把土地冲出了沟壑，把平原变成了湖泊，让小溪成了急流，使辽阔的原野被河水吞噬。

在温带，虽然暴风雨来势汹汹，但是持续的时间较短。然而在非洲地区，猛烈的暴风雨会连续几天几夜下个不停。这不禁让人感到疑惑，那些云团里怎么能存有那么多的雷电呢？是怎么把那么多的水量聚积在那里的呢？这太令人费解了。可是不管怎么说，这就是事实。世界仿佛又回到了地球形成初期的洪水时代。[赏析解读：对暴风雨的描写，凸显出暴风雨的猛烈程度，更加衬托出这行人所处环境的恶劣。]

好在白蚁穴的墙壁很厚，严密得接近于完美。这里比用泥土筑成的海狸窝还要严密，哪怕受到了洪流的冲刷，也没有一滴水渗进来。

迪克·桑德一行人钻进白蚁穴后，为了检查其内部构造，点起了一盏提灯，白蚁穴内瞬间被灯光照得十分明亮。

这个白蚁穴除去圆形的顶部，内部高达十二英尺，宽约十一英尺，壁厚约有一英尺。人们万万想不到这样的建筑竟然是由一群小小的昆虫建造的，但是如果你来到非洲，就会发现这种神奇的建筑是非常常见的。[赏析解读：这里再次强调了他们的所在地是非洲。] 十八世纪，荷兰旅行家斯密特曼曾和他的四个朋友爬上了白蚁穴的圆顶，而利文斯顿在隆达地区也曾经见过这种白蚁穴，同样都是用微红的黏土建造的，其高度为十五到二十英尺。英国海军上尉卡梅伦也曾经好几次把这种遍布在尼昂威平原上的圆锥形建筑误认为是营地。他曾经停留在这些白蚁穴前仔细观察过，它们足有二十英尺高，由四五十个巨大的圆锥形白蚁穴环绕在一起，旁边还有钟楼，看上去就像南非特有的大教堂。[赏析解读：描写出了白蚁穴的壮观。]

那么，这种伟大的圆锥形建筑是由哪种白蚁建造的呢？

贝内迪表兄在看过了白蚁穴的建筑原料后，果断地给出了结论，"这是'好斗蚁'的蚁穴。"

他说的没错，他们现在所处的白蚁穴是用微红的黏土建造而成的，如果是由灰色或黑色的冲积层土建造的话，那么就是由"吞食蚁"建造的。从这两种白蚁的名字上可以看出它们的好斗，也只有像贝内迪表兄这样痴迷于昆虫的人才会喜欢它们。

白蚁穴的中间并不大，那里就是他们最初发现的避难所。虽然不足以容纳他们，但是在白蚁穴的四面有着许多空穴，而这些空穴的大小装进一个身材中等的人是不成问题的。空穴就像是一排排的抽屉，在这些抽屉的底部有着数百万的蚁巢，这样来认识白蚁穴的内部结构就相对容易得多。放眼望去，那一排排的抽屉就像轮船上的舱房一样。[赏析解读：这里描写出了白蚁穴复杂的内部结构。]

韦尔登夫人、小杰克、南和贝内迪表兄住在最上面的一层，奥斯汀、巴特、阿克顿住在中间一层，至于迪克·桑德、汤姆和埃居尔则占据了最底层。

这时年轻的船长对两个伙伴说道："朋友们，地面已经开始渗水了。我们要从最底层敲下来一些黏土，用它把地面垫一下。不过可不要把用来流通空气的洞口堵上了，我还不想闷死在这里。"

"我们只是在这里休息一晚。"老汤姆说。

"我们要好好地利用它，好好休息，恢复体力。这是我们十天来第一次不用露宿。"

"没错，十天了！"老汤姆重复着。

“另外，这个白蚁穴是个很好的避难所，我们或许可以在这里休息一天一夜。在此期间，我会出去寻找我们要找的那条河，我认为它就在附近。我们不用担心那可怕的暴风雨，可以在这里做一个木筏。现在应该把地面弄得结实、干燥点。”［赏析解读：能够找到一个好的避难所对迪克·桑德来说无比珍贵，所以他想更好地利用这个白蚁穴。］

迪克•桑德的命令马上就得以实施。最底层的黏土是最容易碎的，埃居尔还没有敲几下，最底层的巢穴就塌了。迪克•桑德把白蚁穴的地面垫高了大约一英尺，并确保这样丝毫不妨碍空气的流通。

值得庆幸的是，白蚁已经从这里搬走了。如果成千上万的白蚁与他们同居的话，那他们会住不下去的。不过，这些极具破坏力的脉翅目昆虫是早就搬走了呢，还是刚刚搬走了呢？这个问题还是很重要的。

贝内迪表兄对这个问题十分关注，他立刻对此展开了考察分析。没过多久，他就有了判断，这些白蚁是最近才搬走的。［赏析解读：只要是与昆虫有关的，不论处于什么样的处境，贝内迪表兄都会产生浓厚的兴趣。］

贝内迪表兄一向是个行动派，他想到这里马上拿着提灯走到了白蚁穴的最底层，开始仔细观察。他在最隐蔽的角落里发现了白蚁的储藏室，那里是储存粮食的地方。

那是修建在墙壁上的一个洞穴，距离蚁后所住的宫殿不远。但是王宫刚才已经被埃居尔的斧头砸坏了，连同毁掉的还有它们的“宝宝房”。

贝内迪表兄在那个储藏室里找到了一些树胶（是指一种变硬的树脂或各种树和灌木的渗出物）微粒，还有一些植物汁液。这些食物并没有完全凝固，说明它们是在不久前被搬到这里的。

“啊！不对！那些白蚁才搬走没多久！”他好像在反驳着某种观点。

“没有人反驳你，贝内迪先生。不管它们是什么时候搬走的，对我们来说最重要的是它们搬走了。只有这样我们现在才能占据它们的住所。”迪克•桑德说道。

“重要的是，它们为什么要搬走呢？至少在不久前它们还在这里，你看这些涂体树胶，可是今天傍晚……”

“那么，贝内迪先生，你有什么结论呢？”迪克•桑德打断了他的话，问道。

“它们一定是预感到了什么才搬走的。不但所有的白蚁都离开了这里，而且幼虫也被带走了，毕竟到现在为止我还没有发现任何一个幼虫。啊！我要再强调一次，这一切并不是没有依据的，要知道有一些昆虫是可以预见到危险的。”

埃居尔这时笑着说道：“那它们一定是预感到我们要来占领它们的住所了。”

“是吗？你以为那些勇敢的昆虫会畏惧你的强壮吗？”贝内迪表兄似乎被埃居尔的话刺激到了，他震惊地说道：“如果你死在路上，它们会把你啃得只剩骨头。”

“是吗？只要我活着我就会把它们全都碾死。”埃居尔丝毫不愿意让步。

“你或许可以碾死十万只、五十万只、一百万只白蚁，但是你却不能碾死十亿只白蚁，而那十亿只白蚁——不管你是生是死——都可以把你吃得一点不剩！”贝内迪表兄饶有兴趣地反驳道。[赏析解读：昆虫是贝内迪表兄的所有，他对昆虫的情感不允许其他人去轻视那些小家伙们。]

两个人看起来像是在进行着一场毫无意义的争论，但迪克•桑德却一直在思考着贝内迪表兄得出的这个结论。毋庸置疑，没有人比这位昆虫学家更了解这些白蚁的习性了，所以说他判断出错的可能性是非常小的。如果按他的说法，白蚁是出于本能远离危险，也就说明他们住在白蚁穴里可能会很危险。[赏析解读：贝内迪表兄的话，让迪克·桑德心里对白蚁的搬离也产生了疑问。]

但是，现在外面暴风雨肆虐，让他们离开这里是不可能的。迪克•桑德没有更好的方法，只能满足于现状地说：“好吧，贝内迪先生，虽然白蚁把自己的食物忘在了白蚁穴里，但是我们不会忘记我们也有食物，让我们来吃晚饭吧！明天等暴风雨停了，我们再商量该怎么办！”

他们开始准备晚饭，虽然长途跋涉使所有人都觉得疲惫，却丝毫没有影响到这群健壮的人的胃口。饼干完全没有受潮，只够他们吃两天的食物得到了热烈的欢迎，之后的几分钟内，白蚁穴里只能听到他们咀嚼饼干的声音。[赏析解读：长期的跋涉，消耗掉了他们的大部分食物，由此可以看出，他们生存的艰辛。]

埃居尔把食物放进嘴里，就像把谷粒倒进了磨盘中，那根本不能称为嚼，应该叫“磨”。

只有韦尔登夫人没吃，即便迪克•桑德不停地劝说她，她都没再吃什么。迪克•桑德感觉得到这位勇敢的夫人比任何时候更忧心忡忡，她的脸上布满了悲哀的神色。好在小杰克已经好多了，高烧也没再发作。这时那个可怜的孩子正躺在一些衣物上沉睡着，而他的母亲正注视着他。

迪克•桑德不知道该说些什么才好。

贝内迪表兄却吃得相当高兴，这并不是因为他吃下的食物的质量或数量令他满意，而是因为他终于有机会给大家上了一堂关于白蚁的昆虫课。啊！如果能在这个白蚁穴里发现一只白蚁，那该多好啊！哪怕只有一只！很可惜，一只也没有！

贝内迪表兄还在自顾自地说着，完全不在意有没有人在听，“这是一些了不起的昆虫，是一种最优秀的脉翅目类昆虫，它们的触须比头还大，上颚凸出，上下翅膀几乎一般大。这种脉翅目昆虫共分为五类，分别是举尾蚁、蛇蚁、褐蚁、白蚁和石蚁。无疑，被我们霸占了房子的主人就是白蚁，可能我们不应该住在这里！”

迪克•桑德此时正在认真地听贝内迪表兄的讲述。当他讲到白蚁时，使他又再一次想起他们目前正身处非洲大陆，却不知道是怎样的厄运把大家带到这里的？

年轻的船长一想到这里就心事重重。

昆虫学家贝内迪表兄讲起自己擅长的领域，简直是口若悬河。

“这些白蚁的特征是，”他继续说道，“脚背有四个关节，嘴是尖角状的，力气十分大。它们又可以分为三种：拟螳螂蚁、脉翅蚁和白蚁。最后一种就是我们平常所说的白蚁，而这种白蚁中又可以分为：致命白蚁、黄甲白蚁、避光白蚁、咬人白蚁和毁坏白蚁。”

“是哪种白蚁建造的这些白蚁穴呢？”迪克•桑德问道。

“是好斗蚁！”贝内迪表兄答道，在他提到好斗蚁时，就仿佛讲到了那些英勇善战的马其顿人，“没错，它们是一群好战的蚂蚁，而且大小差别极大，就好比拿埃居尔与一个侏儒相比的差别。它们中的‘工蚁’有五毫米长，‘兵蚁’有十毫米长，‘雄白蚁’和‘雌白蚁’可以达到二十毫米长！我们还会看到一种更奇怪的白蚁，它被称为‘斯拉夫’，这种白蚁有半英寸长，它们的嘴是一副大钳子，脑袋比身体还大，就像一条大鲨鱼！事实上，它们确实是昆虫界的鲨鱼，如果一条真正的鲨鱼和昆虫鲨鱼‘斯拉夫’决斗的话，我敢打赌，‘斯拉夫’最终会取得胜利！”[**赏析解读：一说起有关于昆虫的知识，贝内迪表兄就化身成了一个昆虫学家。**]

“通常在什么地方可以见到这种‘斯拉夫’白蚁呢？”迪克·桑德问道。

“在非洲。这种白蚁生活在非洲的中部和南部地区，那里可以说是蚂蚁的老家。[**赏析解读：白蚁的生活习性，间接地点明了他们身处非洲的事实。**]你可以读一下斯坦利带回来的利文斯顿最后的旅行日记！利文斯顿博士要比我们幸运，他曾目睹过一场如《荷马史诗》中所描绘的大战役：黑色白蚁和红色白蚁进行的决战。红色白蚁被称为‘驱逐蚁’，也就是当地人所说的‘斯拉夫’，它们最终取得了胜利；而被称为‘初古蚁’的黑色白蚁，经过一番英勇的抗争后，带着它们的卵和幼虫落荒而逃。按照利文斯顿所说，不论在人类中，还是在动物界，他都没有见过比这场战役的场面更让人热血沸腾的了！‘斯拉夫’用它们铁钳似的嘴将敌人撕碎，最勇敢的人见到它们也会退避三舍，甚至像狮子、大象那样体型庞大的动物，见了它们也会逃走！”[**赏析解读：从这几句话里，可以感受到贝内迪表兄内心的无比激动。**]

“没有什么东西能够阻挡它们，如果遇到大树，它们可以一直爬到树梢；如果遇到河流，它们会将自己的身体连成一条横跨河流的白蚁吊桥！它们简直是无敌的！另一位旅行家杜·沙鲁也曾经看到过一支白蚁军队，它们在他面前整整走了几个小时，从未间断过。不过，看到数量如此众多的白蚁又有什么奇怪的呢？要知道它们的繁殖能力是非常惊人的。现在，我们就来说一说‘好斗蚁’的繁殖情况。据查证，一只雌性‘好斗蚁’每天能产六万颗卵！而且这种脉翅目昆虫为当地人提供了营养丰富的食物——烤白蚁，朋友们！我不知道这个世界上还有什么东西能比它好吃！”

“那么你吃过吗，贝内迪先生？”埃居尔说。

“还没有。不过，我马上就要吃到了！”

“在哪里能吃到？”

“在这里。”

“在这里？但这里并不是非洲呀！”汤姆很快地答道。

“对，不是非洲。但是，直到今天，这种‘好斗蚁’以及像村庄一样的白蚁窝也只有在非洲才存在。啊！那些来美洲的旅行家们，他们都在看什么！太好了！毕竟我已经在美洲发现了一只‘舌蝇’，现在我又发现了‘好斗蚁’，这对于一篇学术论文来说实在是太有价值了！这篇论文一定会引发欧洲科学界的热烈讨论，或许还会发表在那种对开（印刷上指相当于整张纸的二分之一）的科学刊物上，还要印上几幅插图和版画呢！”[赏析解读：因为迪克·桑德并没有把大家身处非洲的事情说出来，所以贝内迪表兄一直认为自己身处美洲，而且他还为自己的新“发现”而沾沾自喜。]

显然贝内迪表兄并不了解眼前的真实处境。除了迪克•桑德和汤姆外，大家都还被蒙在鼓里，他们一直以为这里是美洲大陆。当然他们非得遇到另外一些比科学方面的怪现象更加严重的情况才会清醒过来！

这时已经是夜里九点钟了，贝内迪表兄的昆虫学课已经讲了很长时间了，但是他大概没有发现他的那些听众一个接一个地靠着墙慢慢地睡着了。他现在是在对着自己讲课。

迪克•桑德没有继续提出新的问题，他并没有入睡，却坐在那里一动不动。而埃居尔听课的时间比其他人都长，但是最后还是疲惫赢得了胜利，使他闭上了眼睛，耳朵自然也就听不到了。

贝内迪表兄的演讲又持续了很长时间，最后他也成了困倦的俘虏，他爬上了圆锥体白蚁穴的最上层，钻了进去，进入了梦乡。

这时整个白蚁穴里一片寂静，外面还是一片电闪雷鸣，没有丝毫停下来的意思。[赏析解读：对气候的描写，为下文作铺垫。]

提灯已经熄掉了。白蚁穴里一片漆黑。

除了迪克•桑德以外，其他人都睡着了。他虽然也很困，但是不想睡，他还要考虑问题。他要不惜一切地拯救他的同伴们。“流浪者”号的失事并不是对他们最严酷的考验，如果他们落到了土著人的手里，那么大家所要面临的危险会更严重。[赏析解读：迪克·桑德的责任感和使命感，是支撑着他坚持下去的动力。]

在这次返回海岸的路上，要怎么才能避开这种危险呢？很明显，哈里斯与内格罗将他们引入到安哥拉内地一百英里的地方，肯定是有预谋的，他们一定会用他们来换取利益。

但是那个邪恶的葡萄牙人到底想要干什么呢？他是要报复谁呢？年轻的船长反复问自己，只有自己得罪过他。迪克•桑德又想起“流浪者”号所经历过的一切，海上的漂流物、救助的黑人、追捕座头鲸，以及赫尔船长和全体船员葬身海底。

迪克•桑德想到自己十五岁就成了船长，他的肩上承载的不只有责任，还有大家的信任。可是船上的罗盘和测程仪都毁于内格罗之手。这让他想起那次由于这个傲慢厨师的无礼，他使用了船长的权威，威胁内格罗要把他囚禁起来，或者用枪打烂他的脑袋。唉！为什么当时没有马上那样做呢？如果那样的话，内格罗的尸体早就被喂鱼了，之后所有的灾难也就不会发生了。[赏析解读：由此可以看出，导致大家现在面对这样的处境，迪克·桑德是心怀内疚的。]

年轻的船长此时陷入在无尽的思绪中。他又想到在“流浪者”号出事后，哈里斯就出现了，紧接着南美洲的大陆就逐渐发生了变化。玻利维亚变成了可怕的安哥拉，这里不但寒热病流行，到处都有野兽出没，甚至还会遇上凶残的土著人！

在返回海岸的路程中，他们这一小队人能够躲开这些危险吗？他苦苦寻找的那条河能不能让他们安全、轻松地回到海岸呢？迪克•桑德对于这一点还是确信的，因为他很清楚，想要让大家在这个危机重重的地方再走一百英里是绝对不行的。[赏析解读：通过迪克·桑德的思绪描写，可以感受得到他内心深深的焦虑。]

“幸亏韦尔登夫人和其他朋友还不知道自己目前的处境，只有老汤姆和我知道，是内格罗把我们骗到了非洲，然后哈里斯又把我们引到了安哥拉内陆！”迪克•桑德自言自语地说。

心事重重的迪克•桑德就这样沉思着，忽然他感到一阵呼吸扑到了他的额头上，同时一只手扶在了他的肩上，然后一个颤抖的声音在他耳边轻轻地响了起来:“我都知道了，可怜的孩子，但是上帝一定会拯救我们的！［赏析解读：那位坚强的母亲最终还是得知了这个恐怖的真相。“颤抖”表现出了她心中的恐惧。］

## 第二十四章　钟形潜水器

［**名师导读**］

韦尔登夫人已经知道了现在身处非洲大陆，这样的结果反而让迪克·桑德松了一口气。但是他心里仍然对贝内迪表兄的结论有些担忧，直到洪水灌进了白蚁穴，这时贝内迪表兄才恍然大悟，原来白蚁搬走是因为预见了要发洪水。就在一行人千辛万苦地从白蚁穴顶部逃出来时，没想到又陷入了另一个可怕的境地中。

韦尔登夫人的突然出现让迪克•桑德猛地一颤，他无法做出任何应答。而韦尔登夫人在说完后又重新回到了小杰克身边。她显然不想多谈，而年轻的船长也没有勇气留下她。

其实，一路上的许多意外都让韦尔登夫人觉得奇怪，而昨天夜里贝内迪表兄提到的“非洲”更一下子惊醒了她，让她了解了自己真正的处境。［赏析解读：从这里的描写可以看出，韦尔登夫人是个心思细腻而且聪慧的女人。］

“韦尔登夫人都知道了！这样或许更好。她是一位勇敢的女人，不会悲观绝望的！我当然也不会！”迪克•桑德自言自语地说道。

这时，迪克•桑德只盼着天能快点亮，他需要观察一下白蚁穴四周的情况。现在最重要的是赶快找到那条通向大西洋的河流，以便大家顺河漂流到海岸。他的直觉告诉他这条河离他们并不远。除此之外，关键是要躲开那些土著人，说不定现在哈里斯和内格罗已经在指挥他们搜寻自己了。［赏析解读：迪克·桑德的担心为下文作铺垫。］

不过，天丝毫没有要亮的意思，洞口处没有一丝光，白蚁穴里还是一片漆黑。一阵阵低沉的雷声透过厚墙传来，这表明暴风雨没有减弱的趋势。

迪克•桑德仔细地听着，雨很猛烈，但从声音听不像是打在周围的硬地上了，他断定雨水已经淹没了整个平原。

此时大约是夜里十一点钟，迪克•桑德进入了迷迷糊糊的状态。这也算一种休息吧！他脑子里突然滑过一个念头，白蚁穴外边被雨水冲下来的黏土，可能会把洞口堵上。那样空气进不来，大家的呼吸很快就会成问题。

想到这儿，他下到中间的地面上。

用从白蚁窝最下面一层格子上砸下来的黏土垫起来的地面依然很干燥。洞口没有堵，空气自由地出入，闪电和雷鸣在这里都听得更加真切，翻江倒海的大雨没能把闪电和雷鸣淹没。

迪克•桑德看了一下，似乎不会有什么危险，代替脉翅目昆虫居住在这里的十个人可以放心安眠。他自己也太困了，需要马上睡上几个小时。

不过他没有再爬到上面的格子里去睡，为了以防万一，他就躺在洞口一侧的黏土上。这样不论有什么意外，他都会立刻察觉，而且晨光也会第一个将他唤醒，他到时候得抓紧时间去侦察。[赏析解读：迪克·桑德将大家的安全放在了第一位，再次对他的责任感和使命感做出了肯定。]

他就这么睡着了。不久后，一阵凉气将他惊醒，雨水已经流进了白蚁穴！水涨得非常快，只几秒钟就已经涨到汤姆和埃居尔睡觉的那一个格子。迪克•桑德迅速把他们叫醒，提灯又点了起来。水涨到五英尺高的地方停住了。

“出了什么事？迪克！”韦尔登夫人的声音传来。

“没什么，白蚁穴下边进了点儿水。可能是附近的一条河在暴风雨中决了口子，淹没了平原。”

“那好啊！河就在附近！”埃居尔说，“是的，我们找的就是这条河！”

“放心吧，韦尔登夫人，水淹不到你的那层格子，小杰克、南和贝内迪先生都没事！”[赏析解读：为了怕韦尔登夫人担心害怕，迪克·桑德并没有把真实的情况告诉她，体现出他的善良。]

韦尔登夫人没有再说话。

贝内迪表兄则在沉睡，像一只在窝里休息的大白蚁。[赏析解读：这里对贝内迪表兄的睡态进行描写，与当前的状态形成了鲜明的对比，同时也突凸出了贝内迪表兄的性格特征。]

汤姆与他的同伴们这时正低头看着被提灯照亮的水面，等待着迪克·桑德的指令，而年轻的船长也在抓紧时间测量着白蚁穴里水的高度。

随后，迪克·桑德让他们把食物和武器都转移到了高处，就再也没有说什么。

汤姆问道："水是从洞口进来的吗？"

"没错，现在白蚁穴里的空气无法流通了。"

"我们能不能在水面上的墙壁上凿一个洞？"

"也许行得通。但是，汤姆，现在白蚁穴里的水有五英尺深的话，那么外面的水至少有六英尺，甚至更深。"

"那现在应该怎么办，迪克先生？"

"汤姆，我认为水位的增高一定会将白蚁穴里的空气挤到上面，现在正是这些被挤到上面的空气阻止了水位的继续上升。可是，如果我们在墙壁上凿出洞的话，空气就会从洞里排出去，白蚁穴的水位就会继续增高到和外面的水位持平。还有一种可能就是外面的水会通过新开的洞不断地流进来，到时候挤在上面的空气会再次阻止水位上升。所以，现在我们必须像潜水钟（是一种无动力潜水装置，用于运送潜水员下潜和接回水面的一种运载工具，有开式和闭式之分。在15—16世纪就有使用潜水钟的记载。早期的潜水器是木质的容器，顶部关闭、底部开口，外形与钟相似，故得此名）里的工人一样，待在这里。"

"那我们现在能做些什么呢？"汤姆问。

"要先好好想一想，稍有疏忽就可能会让我们葬身于此！"

年轻的船长分析得很有道理，他把白蚁穴比作潜水钟确实很形象，但是与潜水钟不同的是，在潜水钟里空气是用抽水机不断更新的，所以潜水员可以正常呼吸，除非他们长时间地待在一种不正常的压缩空气中，否则是不会感觉到有什么不适的。

不过，与潜水钟相比，现在白蚁穴的空间已经缩小三分之一了，而想要得到更多的新鲜空气，他们只能在墙壁上凿出一个洞。

如果凿一个新洞，能够避开迪克·桑德所说的危险吗？那样做会不会让白蚁穴里面的情况继续恶化呢？

从目前的情况来看，现在水位暂时停在了一个高度上，能够使它恶化的情况只有两种：一种是他们新凿的洞的位置低于外面的水位；另一种是他们不凿洞，但是白蚁穴内的水位会持续上升，而气压也会逐渐增强。但是无论是哪一种情况，都会使白蚁穴里的空间越来越小，空气越来越少，气压越来越大。[**赏析解读：任何一种办法都会对他们的现状造成不利，情况十分危急。**]

另外，白蚁穴会不会被洪水冲倒或冲走呢？这一点对白蚁穴里的人来说是最具威胁的。不过，白蚁穴的地基十分稳固，并不比海狸窝差。

目前看来，最令人担心的是暴风雨不停地在下，这样洪水就会继续上涨。如果平原上的水位达到了三十英尺，那么白蚁穴上的水位就会达到十八英尺，这样一来，白蚁穴里的气压就会更大。

经过深思熟虑之后，迪克·桑德对水位还会不断地提升更为担心了。

情况确实很危急，外面的洪水不仅仅是暴风雨造成的，而且还可能是由于附近的河水泛滥成灾的缘故，突如其来的决堤淹没了整个平原。现在要怎样才能知道洪水是不是已经把白蚁穴整个都淹没了呢？他们该怎么从白蚁穴顶部逃出去呢？要知道，在白蚁穴顶部凿个洞其实很容易。

迪克·桑德十分担心，他也不知道现在应该做些什么。在清楚地知道目前面临的危险之后，他无法决定是继续等待，还是果断地采取行动来改变现状。

此时已经是凌晨三点了。大家一动不动，只是安静地听着暴风雨在外面肆虐。微弱的雷雨声不断地从已经被堵住的洞口传进来，迪克·桑德等人听到的只是一种连绵、有力的闷声，这表明大自然各种力量之间的争斗还没有得出结果。[赏析解读：这里用“争斗”来形容暴风雨，以体现出天气的恶劣。]

这时，老汤姆发现白蚁穴里的水位又开始上升了。

“是的，”迪克·桑德答道，“这是因为外面的洪水在不断上涨，造成的气压也越来越大，导致水不断地流进来，水位不断升高，空气却无法排出去。”

“眼下看起来好像还没有太大关系。”汤姆说道。

“目前看来是这样的。不过，水位要上涨到什么程度才会停下来呢？”迪克·桑德问道。

这时巴特突然向迪克·桑德请求道：“迪克先生，如果你愿意的话，我可以去白蚁穴外面看一看。我可以试着从洞口潜出去。”

“那最好还是我自己去看看。”迪克·桑德说道。

汤姆急忙拦住他说道：“不行！迪克先生！让我的儿子去吧，他的游泳技巧很高，你就放心吧！如果他真的回不来，至少你还在这里！”[赏析解读：从这里可以看出汤姆的大公无私，为了能够使大家获救，即使巴特真的无法回来，他也要以大局为重，不能让迪克·桑德涉险。]

然后他又压低了声音说道：“别忘了还有韦尔登夫人和小杰克。”

“好吧！你去吧，巴特！如果洪水已经淹没了白蚁穴，你就不要再想办法回来了。我们会想办法像你一样从那里钻出去。不过，如果白蚁穴的顶端还在水面上，那你就用随身携带的斧子使劲敲打。我们在里面听到敲打的声音后就从那里向外面凿洞。你明白吗？”

“我明白了，迪克先生。”巴特答道。

“你去吧，孩子！”老汤姆补充了一句，紧紧地握了一下巴特的手。[赏析解读：可以感受得到汤姆的不舍之情。]

巴特深深地吸了一口气，然后纵身跳进了深达五英尺的洪水里。想要在水下找到那个低低的白蚁穴洞口，然后从那里钻出去再浮出水面，其实并不是一件容易的事。

这一系列的动作必须要尽快完成。

大约半分钟后，就在迪克•桑德等人认为巴特已经钻出了白蚁穴时，他又再次出现在众人的眼前。

“发生了什么？”迪克•桑德惊声问道。

“有一些东西堵住了白蚁穴的洞口。”巴特先是喘了一口气，然后答道。

“完全堵住了？”汤姆重复地问道。

“对，”巴特答道，“我想那可能是被雨水冲下来的黏土。我用手摸了摸，没有发现洞口。”

迪克•桑德摇了摇头。他们已经完全被困在这个白蚁穴里了，外面的洪水可能已经没过了白蚁穴的顶部。[赏析解读：现在的情况十分糟糕，迪克·桑德最害怕的事情还是发生了。]

“如果没有洞口，那我们就得再凿出一个来！”埃居尔说道。

“等一下！”迪克•桑德马上阻止了这位手拿着斧头、正要潜入水中的壮汉。

迪克•桑德思索了片刻，接着说道：“我们得再想个办法。现在问题的关键就是要知道洪水是否已经没过了白蚁穴的顶部。如果我们在白蚁穴的顶部凿一个小洞，就能知道外面到底是什么情况了。但是，万一洪水已经完全淹没了白蚁穴，那么水就会从这个被凿开的小洞流进来，到时候我们就完了。不管怎样，我们都要试一试。”

“不过要快点儿！”汤姆说道。

他们的确需要马上行动，现在白蚁穴里的水位还在不断升高，水深已达六英尺了。除了韦尔登夫人、小杰克、贝内迪表兄和南还待在最上层的巢穴里没有被水殃及，其他人此刻都泡在齐腰深的水里。[赏析解读：此处的描写渲染出了紧张的气氛。]

迪克•桑德说的没错，他们要马上采取行动。

他决定在高出水面一英尺的地方，也就是在离地面高达七英尺的墙上凿一个小洞。

如果小洞凿开以后，没有水涌进来，空气可以流通，那就说明白蚁穴并没有被完全淹没。反之，就说明外面的水位比洞口要高，他们就必须马上堵住小洞，不然水位就会上升到小洞的位置。把洞口堵上之后，他们必须要在更高一点的位置去重新凿新洞，就这样一点点地尝试。如果当他们把洞口开至白蚁穴顶部时，仍然没有空气可以流通，那么就表明洪水已经没过了整个白蚁穴。如果真的是那样的话，他们还有逃出去的希望吗？还是只能等着慢慢被憋死呢？

迪克·桑德对于这样的后果十分清楚，他努力让自己保持镇静。对于这种尝试性的行动，他已经把所有的结果都考虑到了。而且对他们来说，已经不允许再等下去了。在这个时时刻刻还在不断缩小的空间里，在这个二氧化碳已经饱和的地方，他们随时将面临窒息的危险。

他们用来在墙上凿洞的最好工具是步枪上的一个螺钉，那原来是推弹杆上用来拉动枪筒中的布条的。迪克·桑德快速地转动推弹杆，那个螺钉像螺丝钻一样穿透了黏土壁，一个小洞逐渐形成了。由于推弹杆的直径很小，所以小洞的直径也不会太大，但是这对空气流通来说已经足够了。

埃居尔在旁边为迪克·桑德举着提灯照亮，他们还有一些备用的蜡烛，所以完全不用为没有亮光而担心。

一分钟后，推弹杆钻出了一个小洞。几乎同时，一阵低沉的声音传了过来，清晰地落进所有人的耳朵里，那是一种仿佛气泡从水柱中冒出来的声音。白蚁穴里的空气立刻开始向外流去，而水位则迅速升到了小洞的高度，然后停住了。

迪克·桑德知道这次钻的小洞位置太低了，简单地说，就是小洞的位置比外面的洪水水位要低。

“重新再钻一个！”迪克·桑德急忙抓起一把黏土将小洞堵上，镇定地说道。[赏析解读：在如此紧迫的情形下，迪克·桑德还能保持镇定，足以说明他过人的胆魄。]

白蚁穴里的洪水又恢复了静止状态，可是这时里面的空间至少又缩小了八英寸。这时他们感到呼吸有些困难了，连提灯的光都变得发红，失去了最初的明亮。这说明白蚁穴现在已经处于缺氧状态了。[赏析解读：此处的描写增添了紧张的气氛，带动读者的兴趣。]

迪克·桑德钻的第二个洞选在了距离第一个洞上面一英尺的地方。如果这次再不成功的话，那么白蚁穴里的水位还会继续上升，氧气会变得更少。但是他们别无他法，只能冒险试一试。

就在迪克·桑德在钻第二个洞的时候，突然贝内迪表兄高声叫道："天啊！快看！这就是它们搬走的原因！"

埃居尔将提灯举高照了照贝内迪表兄的脸，此时他的脸上满是得意之色。

"没错！"贝内迪表兄重复着说道，"这就是那些聪明的白蚁离开这里的真正原因！因为它们预感到要发洪水。啊！这是昆虫的本能，朋友们！它们要比我们聪明，而且要聪明得多！"

这就是贝内迪表兄在这种生死攸关的情形下总结出来的全部经验教训。[赏析解读：在生死存亡的时候，贝内迪表兄竟然还在关心他的那群小家伙为什么会搬走，好像除了那些昆虫，什么都不重要，哪怕是自己的性命。]

此时，迪克·桑德已经完成了第二个小洞的开凿工作。当他把推弹杆拉出来时，一阵"嘶嘶"声随之而来，与此同时白蚁穴的水位又上升了一英尺。毫无疑问，小洞的外面还是水。

不得不说，现在的处境对他们来说是极其危险的！

韦尔登夫人已经被水淹没了，她将小杰克高高举起。在这个极为狭小的空间里，大家几乎要喘不上来气了，甚至已经出现了耳鸣。

提灯发出的光亮也越来越弱。

"难道洪水已经把白蚁穴完全淹没了？"迪克·桑德低声自言自语。

但不管怎么样，他都要想办法了解外面的真实情况！下定了决心后，他在白蚁穴的最顶部钻了第三个洞。

如果这一次和前两次是一样的结果，那么迎接他们的就是死亡。到时候，白蚁穴里仅有的空气会从那个小洞涌出去，洪水会将他们完全淹没。

"韦尔登夫人，"这时迪克·桑德突然说道，"你知道我们目前的处境。如果我们不抓紧时间，就会严重缺氧。如果这次还是失败的话，这里将会被洪水灌满。不过这也是我们唯一的希望了，但愿能够成功，希望外面的洪水还没有淹没到白蚁穴的顶部。我们必须要放手一搏，你同意吗？”[赏析解读：因为这次是放手一搏，所以迪克·桑德需要向韦尔登夫人说明，征得她的同意，因为这关乎所有人的存亡。]

“做吧，迪克！”韦尔登夫人坚定地答道。

提灯恰巧在这时熄灭了，这说明几乎已经没有可供燃烧的氧气了。所有人都陷入了一片黑暗之中。

迪克•桑德站在埃居尔的肩上，而埃居尔只能紧紧地抓住白蚁穴一边的空洞，勉强把头露在水面上。

韦尔登夫人、小杰克和贝内迪表兄则挤在最上面一层的巢穴里。

迪克•桑德贴近墙壁，迅速地转动着手里的推弹杆。白蚁穴的顶部又厚又硬，钻起来有些费事。

他手上的动作不停，心里却七上八下，因为这个地方被打开后，如果进来的是空气，他们就会获救，但是如果进来的是洪水，那么迎接他们的就是死亡。[赏析解读：几句简单的话，烘托出了当时迪克·桑德忐忑的心情以及紧张的气氛。]

很快，一阵尖利的“嘶嘶”声响起，白蚁穴里的空气迅速地向外涌去，然后一缕光线透了进来。

此时白蚁穴的水位只上升了八英寸，还没等到迪克•桑德去堵小洞，水就已经停止上升了。白蚁穴内外的水持平了！白蚁穴的顶部还露在洪水上面。

他们得救了！

顿时，白蚁穴里响起了一阵欣喜若狂的欢呼声，其中以埃居尔的声音最为突出。大家举起刀，猛砍着白蚁穴的顶部，很快白蚁穴就被砍开了，黏土一块块地掉下来，小洞也变成了大洞，新鲜的空气迎面扑来，清晨的阳光照亮了白蚁穴。

只要打开白蚁穴的顶部，大家就可以爬出去了，然后再想办法找到一处没有被洪水淹没的高地。

迪克·桑德第一个爬到了白蚁穴的顶部。紧接着他发出了一声不由自主地惊叫。

一种对那些非洲旅行家来说完全不陌生的特殊声音响起，那是利箭划破空气的声音。

迪克·桑德看到在离白蚁穴约一百步的地方有一个营地，然而在已经被洪水淹没了的平原上大约离白蚁穴十步远的地方停着一些长船，长船上站满了土著人。

就在年轻的船长的头刚刚露出白蚁穴时，数不清的利箭便从一艘船上向他激射而来。[赏析解读：可以看出那些土著人是提前就埋伏在这里的，那么是谁设下的埋伏呢？]

迪克·桑德虽然只说了一句话，但是其他人已经对外面的情况有所了解了。埃居尔、阿克顿、巴特拿着步枪跟着迪克·桑德爬出白蚁穴，集中火力向其中一艘长船射击。

一时间好几个土著人应声倒地，他们大声地哀号着，紧接着开始用枪还击。

即使迪克·桑德他们再勇猛，也无法同时对付一百多个非洲土著人，更不要说他们已经被包围了。

白蚁穴最终还是被他们占领了。韦尔登夫人母子、贝内迪表兄，以及其他人都被这些土著人粗鲁地抓了起来，他们甚至连讲最后一句话的时间都没有，就被分别带走了。看样子，这群土著人是提前收到了命令。[赏析解读：韦尔登夫人母子、贝内迪表兄及迪克·桑德被分别带走了，而且是收到了谁的命令，此处设下了疑团，引出下文。]

韦尔登夫人、小杰克和贝内迪表兄是被最后一艘船带走的，迪克·桑德眼睁睁地看着他们消失在营地中。而他与南、老汤姆、埃居尔、巴特、阿克顿、奥斯汀则被带上了第二艘船，之后便向着另一个小山顶划去了。

他们的这艘船上有二十名士兵。在他们身后还跟着另外五艘船。

看样子反抗起不了什么作用了，不过迪克·桑德和他的同伴们还是一直在努力地反抗。

他们打伤了一些沙漠商队的士兵，但是这些人在能够杀死他们的时候却没有这样做，显然是事先得到了命令——要抓活的。

很快——也就几分钟的时间——他们便来到了目的地。

出乎意料的事往往都发生在一瞬间，就在船刚靠岸时，埃居尔猛地蹿到了岸上。有两个土著人马上就追了过去，埃居尔像抡棍子一样抡起他的步枪将那两个人的脑袋打开了花。[赏析解读：埃居尔的逃脱为下文作铺垫。]

然后他以迅雷不及掩耳之势在枪林弹雨中跑向了树林，瞬间就消失得无影无踪。迪克·桑德和他的同伴们被押上岸，然后像奴隶一样被带上了铁链。

# 第二十五章　科安扎河边的营地

［名师导读］

迪克·桑德一行人被哈里斯和内格罗埋伏的沙漠商队抓走了。逃脱的埃居尔生死不明，韦尔登夫人母子和贝内迪表兄被单独带走，而那几位黑人则被当作奴隶一样两两叉在一起，跟随沙漠商队向目的地前行。虽然因白种人的身份而使迪克·桑德暂时还享有自由，但是他连与汤姆等人说句话都困难，更不要说逃走了。

自从洪水淹没了平原后，那个曾经矗立着许多白蚁穴的地方就变成了一个湖泊。在湖面上只能看到二十多个白蚁穴的顶部露在水面上，看上去好像是巨大盆地中的礁石。［赏析解读 如果迪克·桑德等人没有从白蚁穴里逃出来的话，那么他们就会被洪水淹没。］

昨夜决堤了的河流是科安扎河，暴风雨使它的支流水量猛涨，最终泛滥成灾。

科安扎河是流经安哥拉的几条大河之一，它距离“流浪者”号失事的地方有一百英里远。数年之后，卡梅伦上尉就是先渡过这条河后，才到达本格拉。科安扎河是葡萄牙殖民者在这一地区的主要交通要道。在它的下游现在已经有轮船往来了，用不了几年，上游也会有轮船的。

可以说迪克•桑德一直向北去寻找一条可以顺流而下的河流是非常有预见性的。他们在暴风雨前一直沿着岸走的那条溪流正是通向科安扎河的。如果没有这场暴风雨，他们再前进一英里就能找到科安扎河了。到那时，迪克•桑德一行人就可以轻松地乘坐木筏顺流而下，一直到达由葡萄牙人管辖的村庄。在那里一定会有供轮船停靠的港口，那么他们的安全也就能得到保障。

然而事与愿违。

迪克•桑德看到的土著人的营地就建在白蚁穴附近的一个高地上，然而命运偏偏带着他们走进了白蚁穴，就像走进了一个陷阱。［赏析解读：这里解释了为什么在他们钻出白蚁穴的时候，会有那么多土著人守在外面，起着回应上文的作用。］在高地的最高点上长着一棵巨大的无花果树（为榕属落叶灌木，属亚热带落叶小乔木，生长于热带和温带。在美国加利福尼亚州的圣塔芭芭拉有一颗世界上最大的无花果树，已有100多年的树龄，据说是一个小女孩栽下的，它的树干需要10个年轻人才可以环抱），它那繁茂的枝叶足以为五百个人遮风挡雨。如果不是亲眼所见，你是无法想象它到底有多大的。高地的远处有一些只长树枝不结果的巨大榕树，它们则是这幅广阔风景画的大背景。

这里所藏的就是哈里斯与内格罗曾提到的那个沙漠商队，他们驻扎在这里的时间并不长。他们押送的黑奴数量众多，都是由奥维斯手下的奴隶贩子从各个村庄中抓来的，这次他们的目的地是卡索塔的奴隶市场。这些奴隶会在那里按照需求运往西海岸，或是运往大湖区的尼昂威的黑奴围栏里集中，最终会被送往埃及北部或桑给巴尔的奴隶贸易机构。[赏析解读：由此可以看出，当时贩卖奴隶的商业活动极为猖獗。]

迪克•桑德他们来到营地后，便像奴隶一样被关押了起来。虽然老汤姆、巴特、奥斯汀、阿克顿和南并不是非洲人，但是因为有着黑人的血统，他们受到的待遇与奴隶一样。那些奴隶贩子完全不顾这些美国黑人们的反抗，先是没收了他们随身携带的武器，然后把他们两人一组，分别用一根六七英尺长、两头带叉的木棍叉住他们的脖子，叉头上锁上一把铁闩。这样一来，他们只能一个跟着一个走成一行，再也不能随意左右转动。为了防止他们逃跑，那些奴隶贩子们还在他们每个人的腰上挂了一条沉重的锁链。手上没上锁，因为要用手托举沉重的东西；脚上没上镣，因为要赶路。[赏析解读：这里的描写写出了这些奴隶贩子们对待奴隶的惨无人道。]

他们就这样在沙漠商队监工的不停鞭打下跋涉几百英里。

现在汤姆他们在路边就地躺下了，个个都筋疲力尽，像一摊软泥似的，动不了了！

可惜，他们没跟着埃居尔一起跑掉！不过，埃居尔以后会怎么样呢？虽然他很强壮，但是在这样一个无处安顿的地方，他即将面对饥饿、孤独、野兽和土著人，这些都是会导致他陷入危险的因素。他又能怎么办呢？不久后，他会不会因为离开了自己的同伴而后悔呢？会不会为他们的命运而担忧呢？不管怎样，埃居尔的同伴们并不指望能得到沙漠商队首领的同情，不管是葡萄牙人还是阿拉伯人，他们所使用的语言根本无法听懂，而这些商队首领只会用威胁的目光和手势命令他们的囚犯。

迪克·桑德并没有与其他奴隶叉在一起，可能因为他是白种人，那些人不敢把他当奴隶那样去对待。[赏析解读：这里的描写，可以看出当时黑人地位的低下。]虽然他随身的武器也被没收了，但是却没有被捆起来，那些奴隶贩子只是派了一个小队长专门监视他。

因此迪克·桑德有理由相信，将韦尔登夫人等人与他们分开，一定和那个美国人或葡萄牙人有关。但是他在这里却没有发现那两个人的身影，他们可能在关押韦尔登夫人等人的地方。

他们会把韦尔登夫人等人带到什么地方去呢？他们到底要做什么呢？这是目前迪克·桑德最担心的事情，他根本无暇考虑自己当前的处境。

这个在大无花果树下驻扎的沙漠商队大概有八百人，其中男女奴隶有五百多人，剩余的两百多人就是士兵、脚夫、打手、看守、小队长以及奴隶贩子或是商队首领。这些商队首领都是些阿拉伯人和葡萄牙人，他们毫无人性，对待奴隶的手段极其残酷。一路上鞭打奴隶是常有的事，他们会杀死那些因筋疲力尽而倒下、很难在市场上卖出去的奴隶。他们就是用这种残忍、恐怖的手段来威胁、控制着还活着的奴隶。这样做的结果就是在沙漠商队到达目的地时会损失掉一半的奴隶。大部分的奴隶都因不堪折磨而死掉，只有少数的奴隶能够活着到达终点。死去的奴隶的骨头就像路标，被沿途丢弃，遍布从内陆到海岸这条漫长的道路上。

通常那些具有欧洲血统的奴隶贩子大多是葡萄牙人，他们都是在葡萄牙无处容身的流氓、罪犯、逃犯以及一些没有被绞死的老奴隶贩子，可以说他们都是人类的垃圾。像内格罗和哈里斯这样的败类，目前正在中非最大的奴隶贩子之一约瑟·安东尼奥·奥维斯的手下做事。奥维斯是当地著名的奴隶贩子，卡梅伦上尉曾经写过许多关于他的离奇古怪的事。[赏析解读：这里对奥维斯做了简单的介绍，为下文作铺垫。]

押送奴隶的士兵都是奴隶贩子雇佣的土著人。围剿村庄、抓捕奴隶并不是奴隶贩子们的专利。那些黑人酋长也常常会为了同样的目的而发动非常残酷的战争，而那些被打败的部落里的男人、妇女和孩子就会变成奴隶，由战胜方的酋长把他们卖给奴隶贩子，然后换回些白布、火药、枪支、染成粉红色或红色的珍珠，就像利文斯顿描述的那样，在饥荒年景，他们甚至会用黑奴去换几棵玉米。[赏析解读：在非洲，奴隶只是用来交换的物品，他们无法得到平等对待。]

奥维斯的沙漠商队雇佣的士兵就是典型的非洲土著人。

这些人简直是一群黑人强盗，他们几乎不穿衣服，手里拿着用燧石点火的长枪，枪筒上有许多铜环。跟着土著士兵押运奴隶的还有一些与强盗无异的打手，沙漠商队的首领常常要花费很大的力气去对付他们。

这些士兵和打手会违抗奴隶贩子的命令，常常强迫奴隶贩子按照他们的意愿休息和驻扎，甚至还总用“走人”这种方式威胁奴隶贩子，使他们不得不去满足这些士兵的过分要求。

虽然在行军途中男女奴隶都要搬运一些物品，可是沙漠商队还是要雇佣一大批专门负责搬运物品的脚夫。这种特殊的脚夫被称为“巴喀齐”。他们专门负责搬运一些贵重的物品，主要是象牙。有时象牙的型号会很大，有的一根就有一百六十磅重，这时就需要两个“巴喀齐”驮运到奴隶贸易机构，然后再从奴隶贸易机构那里把这些商品送到喀土穆（苏丹共和国的首都，13世纪初，苏丹部落的马斯哈人最早在这里定居，把这个地方取名为“洛尔托姆”，意为“河水和泉水的交汇处”。青白尼罗河在喀土穆合流之后，远看交汇处的地形像是一头大象的鼻子，因此后来阿拉伯人改称这里为“喀土穆”，阿拉伯语意即“象鼻子”）、桑给巴尔和纳塔尔。[赏析解读：在沙漠商队里分工明确，每个人都有自己应该做的事，说明从事这种非法行动由来已久。]

到达目的地后，“巴喀齐”可以领到事先谈好的报酬，可能是二十码棉帛，又或是一种被称为“美丽卡呢”的棉料，再或者是一点火药或一把作为货币使用的贝壳、几颗珍珠，有时候还可能会得到一些卖不出去的奴隶。在沙漠商队没有钱支付报酬的时候，他们经常会这样做。

这个沙漠商队中的五百多个奴隶，成年男子占的比例很少。因为在围剿后，村庄被大火烧光了，而四十岁以上的黑人都会被残酷地屠杀掉，只有那些青年男女和孩子才会被送到市场上出售。在这样的大屠杀后，一个村庄能够活下来的人只有十分之一。这就是为什么非洲人口剧减的原因，辽阔的非洲大地开始变得荒无人烟。[赏析解读：围剿奴隶是件残酷的事情，付出的代价也是极大的。]

商队中的黑奴孩子和青年男女全身几乎只挂着一小块布片，这是一种由树皮纤维织成的布片，当地人称它为"幕布祖"，所以那些奴隶们的悲惨境遇可想而知。妇女们的身上布满了小队长们鞭打的伤痕，孩子们面色苍白、骨瘦如柴，由于长时间的长途跋涉，双脚磨得血淋淋的，他们的母亲身上背着沉重的包袱，还想要把自己的孩子抱起来，减轻一点孩子的痛苦。年轻人被木叉紧紧地卡着脖子，这种痛苦比死囚身上的铁链更让人绝望。事实上，现实中的情形比我们所想象的还要痛苦百倍。[赏析解读：从对奴隶们惨状的描写，表达出了作者对于这些可怜人的同情。]

但是，即使这样痛苦，这些人依然要顽强地活下去。根据利文斯顿的描述，这些被形容为"黑木头架子"、已经失去声音的奴隶，就连野兽看到了也会触目惊心。但是那些毫无人性的葡萄牙人或阿拉伯人是不会产生任何怜悯之心的。[赏析解读：这里将奴隶受到的悲惨遭遇，以野兽和那些奴隶贩子的表现做对比，连野兽都为之震撼的情景，奴隶贩子却视而不见，由此可以看出，那些奴隶贩子的冷酷无情。]卡梅伦上尉就曾说过，这样只会让那些奴隶贩子更加残暴。

卡梅伦曾这样写道：

阿尔维斯为了独吞这五十个妇女，他们不惜毁掉了十个村庄。每一个村庄约有一百至两百人，那么就是说十个村庄大约有一千五百人。而在这一千五百人中只有少数人能够逃脱死亡的命运，而绝大部分人，甚至可以说几乎是全部的人，要么会被大火烧死，要么会在保护家人的时候被杀死。那些在森林里四处奔逃的人，如果不能被野兽吃掉及早结束自己的痛苦，那么就会因饥饿折磨而死。

这些在中非号称自己是基督徒的葡萄牙人，他们犯下的罪行对于那些文明国度的人来说，简直是罪大恶极。里斯本政府根本想不到，这些惨绝人寰的行为就是那些自称效忠他的祖国的人干的。

——摘自《世界旅行记》

毋庸置疑，那些奴隶们无论在行军途中还是在休息时都会受到严密的监视。迪克·桑德知道想要逃跑是不可能的了。

可是，怎么才能再见到韦尔登夫人呢？她和她的孩子肯定是被内格罗带走了。这也正是这位年轻的船长想不通的地方，他不明白这个葡萄牙人将韦尔登夫人等人与他们分开的原因是什么。但是他敢断定，这都是内格罗计划好的。[赏析解读：虽然迪克·桑德并不知道内格罗到底想要做什么，但是他清楚地知道那个阴险的小人并不会善罢甘休。]迪克·桑德一想到韦尔登夫人等人会遭遇各种各样的危险，就觉得十分痛苦。

“啊！这两个坏蛋都曾经在我的枪口下，我为什么不打死他们！”他自言自语地说道。

迪克·桑德的脑海里反复出现这样让他追悔莫及的往事。如果当初他把这两个恶魔打死的话，那么他们就会免遭多少厄运！那些黑人朋友们也不会像现在这样被他人当作奴隶一样对待，这简直是太痛苦了！[赏析解读：对于如今这般情景，迪克·桑德十分懊悔和内疚。]

迪克·桑德还想到了韦尔登夫人与小杰克可能会受到虐待的可怕情景。他很清楚，谁也别指望能够得到贝内迪表兄的帮助，那位可怜的昆虫学家能照顾好自己就不错了。

他们很可能是被内格罗他们带到安哥拉某个偏远的地方去了，但是，是谁一路上抱着那个还在生病的孩子呢？

“是他的妈妈。没错，一定是他的妈妈！”迪克·桑德在心里给出了答案，“为了孩子，她一定会振作起来的。她会像那些不幸的、带着孩子被抓来的黑人妇女一样，悉心照料自己的孩子的，直到像她们一样被折磨至死！天啊！祈求上帝，请把我再次带到那些杀害了韦尔登夫人的凶手面前去，我……”[赏析解读：这里表达出了迪克·桑德对于韦尔登夫人的担忧之情。]

然而，他现在只是一名囚犯！他只是一名被奴隶头目像畜生一样驱赶着、走向非洲内陆的奴隶。他无法判断内格罗和哈里斯是不是就在这个沙漠商队中。大狗丁戈可以判断出内格罗在不在附近，可它也不见了。现在唯一的希望都寄托在埃居尔身上了，希望他能够将不幸的韦尔登夫人救出，但是那样的奇迹有可能会发生吗?

不管怎样，迪克•桑德的脑子里都存有一线希望。他不停地对自己说，那个身强体壮的黑人朋友现在是自由的，而且完全可以信任他的忠诚。只要是为了韦尔登夫人，埃居尔会不惜一切代价去做的。没错，埃居尔一定会想办法找到韦尔登夫人的去向，并设法与他们取得联系。即使他没有找到韦尔登夫人，也会尽量找到迪克•桑德商量怎么办，或许还能用武力把他救出去！埃居尔可以趁着夜色，混在那些黑人囚犯中，他是不是就可以瞒过那些看守的士兵，来到他的身边帮他割断身上的绳子，带着他逃进森林里去呢？到那时，他们两个人就都自由了，可以一起想办法救出韦尔登夫人他们了。只要找到一条河，他们就可以顺流而下到达海岸。[赏析解读：迪克·桑德把最后一线希望寄托在了埃居尔身上，埃居尔对于他来说就如同救命稻草般重要。]

迪克•桑德在经历了种种困难后，也有了更多的经验，他要继续完成那个因这些土著士兵的袭击而中断了的计划。

此时年轻的船长忐忑不安，深深的忧虑与一线希望交织在一起，使他思绪万千。对拥有顽强意志力的迪克•桑德来说，任何绝望的情绪都无法击垮他，哪怕只有一线希望，他也会紧紧地抓住的。[赏析解读：此处的描写体现出了迪克·桑德坚强的意志及不轻言放弃的信念。]

现在他最想知道的是这些奴隶贩子会把他们带到哪个黑奴市场去。如果是被带到安哥拉的某个奴隶贸易机构，只要几天的时间就到了。如果要横穿整个中非大陆，那或许要走上好几百英里。贩卖奴隶的主要市场在马尼耶马地区的尼昂威，这个城镇所在的那条经线把整个非洲大陆分成了几乎相等的两部分，从那里可以直达利文斯顿当时旅行经过的大湖区。

不过，从科安扎河岸边的沙漠商队的营地到尼昂威的路途极其漫长，少说也要走几个月的时间。

这也正是迪克·桑德最担心的事情，一旦真的到了尼昂威，即使他们一行人能够顺利地逃出沙漠商队，可是想要回到大西洋海岸就非常困难了，这并不是说完全没有可能，但是路途遥远，谁也无法预料途中会遇到怎样的艰难险阻。

不过没过多久，迪克·桑德就很有根据地判断出，这个沙漠商队的目的地就要到了。虽然他听不懂那些奴隶贩子们的语言，他们有时讲阿拉伯语，有时讲非洲方言，但是他们却常常提到一个奴隶市场的名字：卡索塔。[赏析解读：卡索塔的出现是剧情的一个全新的转折点。] 迪克·桑德知道卡索塔是一个进行奴隶交易的大市场。因此他得出结论，决定着这五百多名奴隶命运的地方就是卡索塔。他们也许会被卖给当地的首领，也可能会被卖给这个地区的富商。迪克·桑德的判断很正确。

这位年轻的船长学习过现代地理知识，所以他对卡索塔还是十分熟悉的。从罗安达到卡索塔，两地之间的距离不会超过四百英里，所以从沙漠商队现在驻扎的营地到卡索塔不会超过二百五十英里。迪克·桑德根据这几天的行进速度，大概地估算了一下从这里到卡索塔的路程，一般情况下只需要走十至十二天。考虑到经过长途跋涉，人们已经筋疲力尽，把时间再加上一倍，这段路程有三周也就到了。

迪克·桑德很想把自己知道的和想到的情况告诉汤姆他们。如果他的黑人朋友们知道自己要被带去的并不是中非那种没有希望回来的地方，对他们来说或许是一种安慰。只要他在走过汤姆他们身边时打一声招呼、说一句话，就能让他们明白。可是他要怎样才能与他们说上话呢？

汤姆和巴特被叉在一根木头上，阿克顿和奥斯汀被叉在一起，他们在营地的右边，被一个小头目和几个土著士兵看守着。迪克·桑德虽然无法离开沙漠商队，但是他在这里可以自由走动，他离汤姆他们大约有五十步远，他决定装作闲逛的样子，慢慢靠过去。

汤姆好像发现了迪克·桑德的意图，他低声与其他几位同伴说了些什么，大概是提醒他们当心。虽然他们还是坐在原地一动不动，但是眼睛却一直在盯着迪克·桑德，时刻注意他会说些什么。[赏析解读：长期的航海经历，使汤姆与迪克·桑德之间形成了一种默契。]

迪克·桑德以一副闲逛的姿态，很快又走近了十五步。以他现在所站的位置，如果大声喊出卡索塔的名字，并将所需的时间告诉他们，汤姆他们是听得到的。但是迪克·桑德还想要跟他们商量一下在路上采取什么样的行动，所以他继续向他们靠近。眼看目的就要达到，迪克·桑德越来越激动。

就在还差几步的时候，那个看守汤姆他们的小头目好像发现了迪克·桑德的意图，他马上飞扑过来。紧接着他发出一声愤怒的叫喊声，十个土著士兵也马上跑过来。迪克·桑德被他们粗鲁地拖了回去，汤姆等人也被押到了另一边。

怒火中烧的迪克·桑德扑向那个小头目。[赏析解读：从此处可以看出迪克·桑德在计划被打断后的愤怒。] 他奋力抢夺着这个小头目手里的枪，差一点儿夺过来，枪却被弄断了。与此同时，七八个土著士兵将迪克·桑德扑倒在地，并死死地按住他。要不是那个沙漠商队中一脸凶相的大个子阿拉伯首领出面干涉的话，迪克·桑德早就死在那些气急败坏的土著士兵手里了。

这个阿拉伯人就是伊本·哈米斯。他说了几句迪克·桑德听不懂的话，那些土著士兵虽然不情愿，还是放开了迪克·桑德。

他们显然事先得到过命令，而且是非常重要的命令：一是不允许年轻的船长与他的同伴说话；二是不能伤害迪克·桑德。

但这是谁下的命令呢？会是哈里斯和内格罗吗？[赏析解读：悬念一层接着一层，使剧情更加扑朔迷离。]

四月十九日上午九点钟，突然响起了刺耳的“库多”（非洲一种反刍类猛兽）角声，接着鼓声也响了起来。沙漠商队又要出发了。

奴隶贩子、脚夫、士兵和奴隶全都站了起来。那些身背包袱的奴隶们被分成了几个小队，各由一个监工领着。这些监工每人都打着一面色彩鲜艳的队旗。

出发的信号传来。这时响起了一阵歌声，唱歌的人是那些被囚禁的奴隶们，不过唱的不是胜利之歌，而是败兵的哀歌。

奴隶们在低沉的哀歌中，对压迫和残害他们的凶手发出了一种刻骨的仇恨和诅咒。

"你们带我来到海岸，而我将倒在那里。从此我摆脱了捆绑我的锁链，必定会回来让你们血债血偿。"[赏析解读：从歌声中，表达出了作者对于贩卖奴隶行为的鞭挞与谴责。]

## 第二十六章　迪克·桑德笔下的记录

[**名师导读**]

在这个沙漠商队里，迪克·桑德看到了令他无法想象的景象，同时他也将这一路的所见记录了下来。虽然他与他的同伴们都在受着痛苦的折磨，但是他仍然没有放弃寻找韦尔登夫人等人的希望。在这段行程中，南的死亡令他痛心，但是丁戈带来的埃居尔的纸条却又让他的希望之火燃烧了起来。

虽然可怕的暴风雨已经结束，天气却依旧阴沉而闷热。现在正是非洲的雨季快结束的时候，当地人称为"马斯卡"季节，这个季节的特点是雨水不断，特别是到了夜里，时常会下大雨，有时候一下就是两三个星期。[赏析解读：这里的描写凸显出了非洲雨季的典型气候特征。]这无疑增加了沙漠商队中的奴隶们的苦难。

沙漠商队在一个乌云密布的日子离开科安扎河边，向东一直前行，由五十名土著士兵负责领路，队伍的两侧各有一百名土著士兵监押，其他人则跟随在队尾。

在这样严密的监视下，即使那些奴隶的身上没有戴着锁链也几乎不可能逃走。所有的奴隶混杂在一起，在监工的皮鞭下前行着。

那些可怜的母亲们，有的要一手抱着吃奶的小孩子，另一手还要抱着稍大些的孩子，有的则是拉着孩子的手。这些不幸的孩子们全身赤裸，光着脚走到满是荆棘的路上。[赏析解读：通过此处的描写，将奴隶的悲惨遭遇生动形象地表现了出来。]

沙漠商队的首领伊本·哈米斯在队伍中不断地来回走动着，观察整个商队的情况。

其实商队的头目们和奴隶贩子们这样做并不是关心那些受苦的奴隶，而是对那些土著士兵和脚夫的要求比较在意。比如，土著士兵提出增加粮食补贴、脚夫需要提前休息等要求。他们常常会因为这样的事情发生争执，甚至会大打出手。每当这个时候，那些奴隶就会成为这些脾气不好的监工的“撒气筒”。

在这个沙漠商队中只能听到两种声音：一种是那些可恶的土著士兵们威胁的叫骂声，另一种则是那些囚犯痛苦的哀号声。可以说，后面的奴隶都是踩着前面同伴的血迹前行的。

迪克·桑德的黑人朋友们行走在奴隶队伍的最前面，他们也同样受到了严密的监视，根本无法和迪克·桑德接触。他们两两一组被叉着脖子连在一起，导致脑袋无法扭动，而且这些黑人朋友并没有被区别对待，他们同样会像其他奴隶一样受到无情的鞭打。

汤姆和巴特父子被叉在一起，巴特走在前面，他小心翼翼地尽量选择最平坦的路下脚，以防木叉出现晃动，这样一来，老汤姆就可以踩着他的脚步前进。偶尔他还会在监工不在身边的时候，对老汤姆说上几句鼓励的话。在他觉得父亲走累了的时候，就会想办法放慢脚步。但他无法阻止父亲受苦，甚至连回头看他一眼都做不到，这令他感到十分痛苦。[赏析解读：这里的描写主要突出的是汤姆与巴特深厚的父子之情。]

对于老汤姆而言，能够看到儿子就让他感到满足。但是每当看着监工的皮鞭抽打在巴特的身上时，他又会因此痛苦得泪如雨下。眼睁睁地看着儿子挨打，这简直是一种比打在自己身上还让他痛苦的惩罚啊！

奥斯汀和阿克顿被叉在一起，走在离汤姆他们不远的地方，随时都会受到无情的鞭打。他们现在是多么羡慕埃居尔啊！虽然他在这个荒凉的地方面临各种危险，但是至少他现在是自由的，可以用自己的力量保护自己。

在他们刚刚被抓的时候，老汤姆就将他们正身处非洲的真实处境告诉了他的同伴们，他们得知这个消息时非常惊讶。事实上，哈里斯和内格罗就是两个串通好的骗子。他们其中一个人将众人带到这个可怕的地方，另一个人则将他们带往非洲内陆，而他们根本不能指望那两个恶棍会对他们大发善心。

南的遭遇同样很糟糕。她被安排在那些黑人妇女中，和一位年轻的母亲又在一起。这个可怜的女人有两个孩子，一个还在吃奶，另一个是只有三岁的小女孩。对一个三岁的孩子来说，在这样的队伍里行进是异常困难的。[赏析解读：这里的描写，表达出了奴隶们的艰辛，以及所受到的非人待遇。]善良的南不忍心，将那个三岁的小女孩抱了起来，那位年轻的母亲为此感动得热泪夺眶。

南抱着那个可怜的孩子，免得这个年幼的孩子被累死，还可以让她少受鞭打。然而对年老的南来说，这无疑是个沉重的负担。她知道自己坚持不了多久，每当这时她就会想到韦尔登夫人抱着小杰克的画面。小杰克虽然因为生病瘦了许多，但是对虚弱的韦尔登夫人来说，抱着他行走也是一件艰难的事情。

她们到了哪里？现在怎么样了？她们还有机会再相见吗？[赏析解读：连续三个问句，表达出了南对韦尔登夫人及小杰克的担心及思念之情。]

迪克·桑德几乎走在队尾，他看不到汤姆他们，也看不到南。这么长的队伍，只有在平原上行进的时候他才能看到走在最前面的人。

迪克·桑德一边走一边想，此刻他的脑子里被痛苦与忧虑填满了，对那些头目的叫骂声充耳不闻。这时他并没有考虑到自己的安危，心中只有韦尔登夫人。

他四处观望，在荆棘丛和低矮的树枝下寻找着韦尔登夫人可能留下的踪迹。按照他的推断，韦尔登夫人会被押送到卡索塔，那么她不可能走别的路。如果能让迪克·桑德找到一些证据，证明韦尔登夫人和他们一样正向卡索塔进发，那么他愿意付出任何代价。

这就是年轻的船长和他的同伴们的处境，以及他们现在的所思所想。虽然他们的前途未卜，眼下也正饱受着痛苦，但是他们依然对那些可怜的奴隶们所遭受的非人苦难存有怜悯之心，对那些制造了一切暴行的奴隶主们充满了愤恨。唉！可是他们无法帮助那些黑人奴隶们摆脱这水深火热的命运，对于现在的一切也都无可奈何。[赏析解读：简单的几句话里，包含了太多的无奈与心酸。]

科安扎河以东沿途二十多英里都是森林，不过严重的虫害使那些树木惨遭毁灭，而幼树又受到象群的践踏，以至于这里看起来不像沿海地区的森林那样茂密。在这样的森林里行军并不困难，不过在荆棘丛中行走则要困难很多。

这里长着许多高达六、七英尺的木棉树（是一种生活在热带及亚热带地区的落叶大乔木，高 10～20 米。晒干了的木棉花有药用价值，可以解毒清热、驱寒去湿，还可用来煮粥或煲汤），这种木棉树上结出的棉花可以织成一种在安哥拉内地很常见的带黑白条纹的布。

有时沙漠商队走出森林，进入茂密的草原，队伍淹没在芦苇丛中，只有大象和长颈鹿那样高大的动物才能从这些类似竹子、直径约有一英寸的芦苇中露出头。奴隶贩子们对这里十分熟悉，否则早就迷失方向了。[赏析解读：借由高大的芦苇，侧面写出了沙漠商队旅程的艰辛。]

沙漠商队每天天一亮就出发，到了中午才会休息一个小时。奴隶们背着的一些包裹里有木薯，奴隶贩子们会在休息时将少得可怜的木薯分给他们吃。如果他们在路上碰巧刚刚洗劫了一个村子，才能分到一些土豆、几片山羊肉或小牛肉。漫长的行程让人们十分疲惫，休息的时间太短，晚上又常常下雨，人们根本无法很好地休息，所以当这些食物分到他们手里时也很难吃下去。[赏析解读：急行军式的前行方式，使这些奴隶筋疲力尽，从侧面体现出了奴隶的悲惨境遇。]

从科安扎河出发至今已有八天了，有二十多个奴隶死在了路上，成了那些一直跟在商队后面的野兽的口粮。狮子、黑豹和猎豹都在等着吃被沙漠商队扔下的人。每天太阳落山后，这些野兽就在沙漠商队的不远处吼叫，让人担心它们会等不及而直接冲过来吃人。

野兽的吼叫声响彻夜空。迪克•桑德知道这些野兽会使埃居尔的行动面临着巨大的危险。不过，如果有机会，他也会毫不犹豫地像埃居尔那样逃跑。他宁可受野兽的威胁，也不愿忍受奴隶贩子们的囚禁！

下面是迪克•桑德从科安扎河到卡索塔的旅途中记下的一些日记。这段长达二百五十英里的路程，沙漠商队一共走了二十五站。用那些奴隶贩子的话来解释，每一站要走十英里，包括早晚的休息时间。

四月二十五日至二十七日

路过一个被八、九英尺高的芦苇围起来的小村庄，那里的地里种着玉米、大豆、高粱和各种花生。他们抓住了两个奴隶，杀死了十五个黑人，村里的人死的死，逃的逃。[赏析解读：从侧面体现出了沙漠商队的残忍。]

第二天，过了一条宽一百五十码的大河，河水很急。在河面上有一座用藤蔓绑住大树干搭起来的浮桥，浮桥的树桩断了一半。有两个叉在一起的女奴掉下了河，其中一个还抱着孩子。河水翻腾，鲜血瞬间就将河水染红了，那是因为在浮桥下面有鳄鱼在游动。经过浮桥的人随时都有可能会变成鳄鱼嘴里的食物。[赏析解读：此处的描写，写出了他们旅程中的种种残酷。]

四月二十八日

沙漠商队穿过了一片羊蹄甲（羊蹄甲属600种植物的统称。乔木或直立灌木，遍布于世界热带地区）树林。这是一种非常高大的树，是运往葡萄牙的最主要的坚硬木材。

大雨滂沱，满地泥泞，这让行进变得极其困难。

我看到了走在队伍中间的南，她抱着一个黑人的孩子。她的步履艰难，和她叉在一起的女奴腿瘸了，而且她的肩膀上被皮鞭抽开的伤口正在血流不止。[赏析解读：通过描写南的惨状，揭示了当时奴隶受到的非人待遇。]

到了晚上，所有人在一棵大猴面包树下宿营。大树枝叶繁茂，白花点点。

狮子和猎豹的吼叫声不断传来。一个土著士兵向一头黑豹开了一枪。

不知道埃居尔现在怎么样了？

四月二十九日至三十日

听他们说非洲的冬季开始了。露水很重，非洲的雨季从十一月开始，在四月底结束。平原上一片汪洋。东风吹了起来，人们不总出汗了，身在沼泽地区的他们比以前感染上寒热病的可能性却更大了。

没有找到关于韦尔登夫人他们的任何踪迹。如果他们的目的地不是卡索塔的话，那么会去哪里呢？他们应该走的是现在沙漠商队所走的这条路，而且会比我们提前到达的啊！

我此刻心急如焚。在这样恶劣的环境中，小杰克的寒热病会不会复发？他还活着吗？［赏析解读：迪克·桑德每时每刻都在牵挂着韦尔登夫人母子。］

五月一日至六日

途经好几个地方，大平原上的积水都还没有蒸发，有的积水齐腰深。无数的蚂蟥吸在人们的身上，不过大家还是得拼命前行。［赏析解读：对环境的描写，凸显出了他们行进条件的艰辛。］

在一些高地上长着些荷花和纸莎草。水底下还有一种长着巨大的叶子的植物，踩在脚底很滑，人们常常会被它们绊倒。

水中还有许多小鲇鱼（其显著特征是周身无鳞，身体表面多黏液，头扁口阔，上下颌有四根胡须。生活在河湖池沼等处。鲇鱼眼小，视力弱，昼伏夜出，全凭嗅觉和两对触须猎食，很贪食，天气越热，食量越大，在阴天和夜间活动频繁），当地人常常会用柳条制作成网捕捞它们，然后再卖给路过的沙漠商队。

到处是一眼望不到边的洪水，根本就无法让他们找到一个合适的地方宿营，因此人们不得不连夜行军。明天又会有多少奴隶倒下去？多么悲惨！当一个人倒下后，为什么还要站起来呢？只要在水底多待一会儿，一切都会结束！那些监工的皮鞭就再也无法落在你的身上了！

是的，我也是这样想的。可韦尔登夫人和小杰克该怎么办呢？我有责任要救出他们。为此我必须要坚持到底！

黑暗中传来了一阵可怕的叫喊声。二十多个士兵从水里拔出几根带油质的小树，这些小树的枝叶原来是浮在水面上的。他们把小树点着了，树枝在黑暗中发出惨淡的白光。借着树枝发出的光，我终于明白了惊叫的原因。原来是一群鳄鱼，大概有十二头或十五头，它们趁着夜色扑向了沙漠商队。有好几个妇女和孩子瞬间就被它们拖回了它们的“牧场”，利文斯顿就是这样称呼这种两栖动物储藏食物的地方的。鳄鱼抓到人或动物后，先淹死，然后放到它的“牧场”里储藏起来，等到腐烂到一定程度再食用。

我被一条鳄鱼狠狠地擦了一下，而在我身边的一个成年黑奴就没有那么幸运了，他被鳄鱼拉下了水，叉着他脖子的木叉断了。绝望的呼喊声和哀号声一直在我耳边回荡。[赏析解读：此处的描写体现出了现状的凄惨。]

五月七日至八日

第二天，统计被鳄鱼拖走的人，共有二十个。

黎明时，我四处寻找着我的同伴们的身影。感谢上帝，他们还活着！

天啊！我应该为此而感谢上帝吗？如果被鳄鱼吃掉，那么一切苦难也就会因此终结，这难道不比活着更好吗？[赏析解读：两句反问句，写出了迪克·桑德的矛盾心理，同时也体现出了奴隶的悲惨人生。]

汤姆父子仍然走在沙漠商队的最前面。在他们转弯时，木叉斜过来，这让我看到了他们。

我在队伍里搜索着南的身影，可是我找不到她。她还在队伍里吗？还是已经在昨夜的灾难中身亡了？

第二天，在经过二十四个小时的水中行军后，大家终于走出了一片汪洋的平原地带。所有人在一个小山坡上休息。太阳把大家身上的破衣服晒干了点儿。我们能吃到的食物太少了！只有一点儿木薯和几把玉米粒，还有一些浑浊的水，除此之外再无其他。奴隶们躺在地上，但是他们其中有一些人永远也起不来了。

不！可怜的韦尔登夫人和小杰克是无法承受这样痛苦的折磨的！上帝保佑，他会让他们走另一条路到达卡索塔的！

沙漠商队中有人得了天花（是由天花病毒感染人引起的一种烈性传染病，痊愈后可获终生免疫，脸上会长麻子。天花是最古老也是死亡率最高的传染病之一，没有患过天花或没有接种过天花疫苗的人均能被感染，主要表现为严重的病毒血症，染病后死亡率高。最基本有效而又最简便的预防方法是接种牛痘，1980 年世界卫生组织宣布天花在地球上绝迹），奴隶贩子把这种病称为“恩毒”。人一旦患上了这种病，坚持不了多久的。那些无情的人会将他们抛弃吗？

五月九日

天亮后，队伍又启程了。疲惫不堪的奴隶们并没有得到丝毫关爱，那些监工的皮鞭仍然无情地落在了他们的身上。这些奴隶对于他们来说就是钱，只要他们还没死，那些奴隶贩子就不会扔掉他们。[赏析解读：对于奴隶贩子来说，奴隶只是用来交换的货物，通过描写奴隶贩子对待奴隶的方式，体现出了当时奴隶制度的黑暗。]

我周围的人个个骨瘦如柴，他们就像是一具具行走的骷髅，只能麻木前行，连说话的力气都没有。

我终于发现了年迈的南。她的神情那么悲伤，之前被她抱着的孩子不见了，和她叉在一起的女奴也不见了。她现在是一个人，虽然这会使她减轻痛苦，但是锁在她腰部的沉重锁链，还是让她不得不用肩膀去分担一些重量。

我紧走了几步来到了她身边。她好像没有认出我，天啊！难道我的变化太大了吗？

“南！”

这个年老的仆人看了我好大一会儿，才惊叫道：

“是你吗，迪克先生？我……没有多长时间了，我要死了！”

“不，你不会死的！振作起来！”我鼓励着她，可是我却不忍心看着这个毫无血色的可怜女人。

“我要死了！我再也看不到我亲爱的女主人和我的小杰克了！天啊！上帝！可怜可怜我吧！”

我想要扶住她，我能感觉到她在瑟瑟发抖。如果我能和她锁在一起就好了，那样我就能帮她背起另一半沉重的铁链。自从那个可怜的女人死后，这个年老的可怜女人一直在独自扛着整条铁链。[赏析解读：通过描写迪克·桑德的内心感受，表达出了他对南的同情怜悯之情，同时也体现出了南当时悲惨的状况。]

我猛地被一只强壮的胳膊推到了一边，接着南被赶回了奴隶中，迎接她的是一阵鞭打。

我正准备向那个可恶的监工冲上去，这时那个阿拉伯人走了过来将我制服，我又重新被押到了队尾。

之后，阿拉伯人说出一个人的名字：“内格罗！”

内格罗！正是由于内格罗的命令，才使我免于像其他人那样受到奴隶般的对待？［赏析解读：内格罗的名字验证了迪克·桑德当时的怀疑，却也增添了新疑团，悬念一层接着一层。］

以后他们会对我做什么呢？

五月十日

今天看到两个正在焚烧的村庄。整个村子的房子都被点着了，有很多人被吊死在大树上。村子里一个活人都没有了。

田地被毁坏，这里刚刚进行过对黑奴的围剿，为了抓住十二个奴隶，而杀死了两百多个居民。

傍晚时分，沙漠商队停下来，在一棵大树下宿营。这里是森林的边界，周围都是很高的灌木丛。

前一天夜里，有几个奴隶把木叉弄断后逃跑了。但没过多久又被抓了回来，对他们的刑罚让人目不忍睹。这使那些土著士兵和监工对奴隶的看守更加严密了。

夜里，狮子、鬣狗（哺乳动物，外形像狗，是一类强悍的中型猛兽，它们集体猎食瞪羚、斑马、角马等大中型草食动物，甚至可以杀死半吨重的非洲野水牛。鬣狗还是动物界有名的“机会主义者”。除了自己捕猎之外，还经常抢夺其他肉食动物所捕获的猎物，如花豹甚至狮子）的吼叫和远处河马的鼾声在寂静的夜空中回荡着。这说明有河流或湖泊在附近。

尽管我十分疲惫，却无法入睡。我还有很多事情要想。

突然，我似乎听到了有什么东西在草丛中走动。也许是野兽？

但是它们怎么敢到营地里来呢？

我仔细听了听，声音又不见了！不对！有一只动物在那里！它正在穿过芦苇丛！我没有武器，可是也不能束手待毙，我还要活着去帮助我的同伴们！

我尽量在黑暗中巡视着，天上没有月亮，伸手不见五指。

突然，在纸莎草丛中出现了两只闪闪发亮的眼睛，让我想到了鬣狗或是黑豹的眼睛。那对眼睛闪闪烁烁，时隐时现……

终于，在一阵“沙沙”声后，一只野兽猛地扑向了我！

我几乎要惊声大叫，幸亏在最后一刻保持了冷静！我简直不敢相信，在我面前的竟然是大狗丁戈！勇敢的丁戈来了！可是它怎么会来？它是怎么找到我的呢？啊！是本能！这样的奇迹只能用它忠诚的本能来解释了！［赏析解读：此处的描写表达出了迪克·桑德的激动之情。］

它舔着我的手！啊！我现在唯一忠诚的朋友！你还活着，你还没有被杀死！

它好像明白了我的意思，一直在舔着我。它也许兴奋得想要大叫，却一直在刻意控制自己不出声，因为它不能让别人发现它在这里。

或许它一直尾随着沙漠商队，所以没有人发现它。但是，它这是怎么了？

它总是用脖子蹭我的手，好像是要告诉我那里有什么东西。［赏析解读：从这里我们可以看出，丁戈是一条非常聪明的狗。］我仔细地看了看，发现在它的那个刻着神秘的“S · V”的颈圈上确实有些东西，那里夹着一节芦苇。

没错！我迅速地取下芦苇，撕开后发现里面装着一张纸条。不过现在太黑了，我看不清写了些什么。一定要等到天亮了才行！天快点亮吧！

我想要让丁戈留下来，它却舔了舔我的手，好像要走。它已经完成了任务。紧接着它跳向一旁，迅速消失在夜色中。

上帝保佑，别让那些野兽伤害到它！

丁戈一定是回到那个给我写纸条的人那里去了。

我迫不及待地想要看到纸条上的信息，但是现在却不是时候。这会是谁写的呢？韦尔登夫人，还是埃居尔？这条我们都认为已经死了的大狗，是怎么遇到他们的呢？纸条上写的是什么呢？是逃跑的计划，还是关于我所担心的人的消息？［赏析解读：大狗丁戈带来的纸条，无疑带给了迪克·桑德许多的希望。］

但不管怎样，丁戈的到来让我十分激动，甚至让我暂时忘记了悲惨的处境。

啊，天亮得太慢了！我耐心地等待着第一缕晨曦。我再也无心入睡，一边静静地听着附近野兽的低吼声，一边祈祷可怜的丁戈不会惨遭它们的毒手。

天终于要亮了，在这里几乎没有黎明。

我尽量保持镇静，不让别人看出异常，小心地打开了纸条，花费了一些时间才看清纸条上的字迹。我看到了，这张纸条是埃居尔写的。他用铅笔在那张小纸片上写着：

韦尔登夫人和小杰克乘坐着“卡塔达”被带走了。

哈里斯和内格罗带着贝内迪表兄跟着他们，他们要比沙漠商队领先三四站。我无法与他们取得联系。我找到了丁戈，它之前中了枪，不过已经好了。迪克先生，我很想念你们，我会救你们的！

埃居尔

天啊！韦尔登夫人他们还活着！感谢上帝，他们好像没受这么大的罪。[赏析解读：当得知韦尔登夫人还活着，并且没有受到像他们受到的这种折磨时，迪克·桑德心里的石头总算放下了。]“卡塔达”其实是一种干草编成的吊椅，它吊在一根长竹竿上，由两个人抬着，上面通常还会搭上一块土布遮挡太阳。

哈里斯和内格罗想要做什么呢？

显然，他们会被带到卡索塔。没错，我还有机会看到他们。

这是所有不幸的事情中最好的消息了！大狗丁戈，谢谢你带给我的快乐。

五月十一日至十五日

沙漠商队继续前进。漫长的旅途让那些奴隶们的脚步越来越沉重。沿途都能看到那些奴隶们留下的血迹。我估算了一下，到达卡索塔还要十多天。天啊！这一路还要经历多少苦难呢？但是我一定要活着到达卡索塔！

在这支被押送的队伍里，那些可怜的人满身是伤，捆绑着他们的绳子都勒进了肉里。[赏析解读：对奴隶悲惨现状的描写，表达出了作者对于奴隶制度的谴责。]

从昨天开始，一位母亲就一直抱着她被饿死的孩子不放。她无法把自己的骨肉丢弃在这里。

因为队伍里的天花病大流行，一路上到处都是被丢弃的死尸。

刚刚经过了一棵大树，几个奴隶把自己吊死在那里，他们被扔在那里，即使不吊死，也只能等着饿死。[赏析解读：对于奴隶贩子来说，没有利用价值的奴隶就等同于无法交换的货品，等待着这些奴隶的只有遗弃后的死亡。]

五月十六日至二十一日

我的力气几乎耗费完了，但我还要活下去。

雨已经完全停了。我们一直在赶路。那些奴隶贩子称这种艰苦的行军为“泰瑞客塞”，或是午后急行军。我们必须要加快进程，但是地势却越来越不利。

我们穿过一片被称为“耐西”的木丛，这种灌木异常坚硬，它不但划破了我的脸，而且带刺的种子还穿透了我的衣服，刺伤了我的皮肤。[赏析解读：对灌木的描写，体现出了他们旅程的艰难。]好在我的鞋很结实，还没坏掉。

奴隶贩子们开始把那些得了重病的奴隶丢弃。另外食物也不够了。他们不能减少那些土著士兵和脚夫的口粮，否则便会遭到反抗。奴隶贩子们不敢去招惹麻烦，那么倒霉的就只能是奴隶了。

“让他们互相蚕食吧！”沙漠商队的头目们无所谓地说道。

所以，有些年轻的奴隶，虽然身体还挺结实，也没有得病，但是却会突然死掉。

这让我想起利文斯顿曾说过：“这些不幸的奴隶们总说自己心痛，他们把手压在心口上，然后就倒地而亡。这一定是他们的心脏忽然破裂了！特别是那些原来是自由的人，他们忽然变成了奴隶，最容易引发这种病！”

那些土著士兵今天用斧头砍死了二十多个奴隶，原因是他们走不动了。杀人的场面极其血腥和残暴，但是沙漠商队的首领却没有阻止。[赏析解读：此处体现出了奴隶贩子们的毫无人性以及奴隶制度的黑暗。]

在那群死在斧头下的人里，我看到了南的尸体。我经过的时候还碰到了她！我不能按照基督徒的葬礼仪式将她安葬！南是“流浪者”号上的幸存者中第一个被召回上帝身边的人。可怜的南！她还想着她的女主人！

我每天夜里都等待着丁戈的再次到来。可是它却再也没来过。

它是遭遇了不幸吗？还是埃居尔出事了？不会的！我不能让自己有这样的想法！这么久没有新的消息，或许是因为埃居尔没有什么新消息要告诉我。

然而，他一定要加倍小心。一定要加倍提高警惕！

## 第二十七章　卡索塔

[**名师导读**]

经过三十八天的艰辛旅程，迪克·桑德他们被押送到了卡索塔。在这里他看到了那个老奴隶贩子奥维斯，却没有见到哈里斯和内格罗。这使他对韦尔登夫人的去向又产生了怀疑。同时，他和他的同伴还面临着一个重要的问题，那就是这些黑人朋友们即将被当作货物一样卖掉。

五月二十六日，这个押送着奴隶的沙漠商队终于来到了卡索塔。

抓来的奴隶在路上已经损失了一半，可是对于那些黑心的奴隶贩子来说，这笔生意仍然可以让他们赚很多钱。

最近，安哥拉的黑奴交易十分猖獗，而驻扎在罗安达或本格拉的葡萄牙殖民当局又很难对这种罪恶的商业活动进行阻止，因为各个沙漠商队都是在非洲内陆运送黑奴的。现在沿海那些关押奴隶的围栏里已经人满为患。只有少数奴隶贩子能够在巡逻舰的眼皮底下将黑奴运出海，因此在美洲的西班牙殖民地奴隶往往供不应求。[**赏析解读：由此可以看出，是当时的社会现状导致了贩卖奴隶这一商业活动的猖獗。**]

卡索塔位于科安扎河入海口以东三百英里的地方，那里是安哥拉主要的奴隶市场之一，当地人称为“拉科尼”。

卡索塔的交易地点被设置在当地人称为“乞托卡”的大广场上。所有的“黑货”都在这里陈列展出，供人挑选。奴隶贩子买了奴隶后，会重新组成沙漠商队，将奴隶押送到大湖区去。

卡索塔和其他的中非大城镇一样，分成两个辖区：一部分是阿拉伯人、葡萄牙人或土著人交易奴隶的地区，在这里建有关押黑奴的围栏；另一部分是卡索塔的统治者的居住区。这位头戴王冠的卡索塔酋长，其实是个残暴的酒鬼，他的统治手段恐怖至极。与此同时，他还要靠着奴隶贩子们不断将食品和武器供应给他。这时的卡索塔的贸易区是由奥维斯所管辖的，哈里斯和内格罗都是他的帮手。奥维斯贩卖黑奴的贸易机构就设在这里。他的另外两个奴隶贸易机构，一个设置在比耶，另一个设置在本格拉地区的卡森格。几年后，卡梅伦上尉就是在卡索塔遇到奥维斯的。

卡索塔有一条中央大街，街道两边是被当地人叫作“坦贝”的平顶房，每处房子都有一个用泥墙围起来的方形院子，他们在院子里养着牲畜。这条中央大街的尽头就是那个进行黑奴交易的“乞托卡”大广场，广场周围有许多关押黑奴用的围栏。围栏的上空是一些巨大的榕树，微风吹过，枝叶随风舞动。在这里到处都能见到像倒立着的扫帚一样矗立在道路两边的高大棕榈树。在那个大广场的上空盘旋着二十多只专门吃尸体的秃鹫（大型猛禽，体长108~120厘米。通体黑褐色，主要以大型动物的尸体为食，常在开阔而较裸露的山地和平原上空翱翔，窥视动物尸体。偶尔也沿山地低空飞行，主动攻击中、小型兽类、两栖类、爬行类和鸟类，有时也袭击家畜），它们就像环卫工人一样，为卡索塔的公共卫生做出了重要贡献。这就是卡索塔贸易区的全貌。[赏析解读：这里对卡索塔的大广场做出了细致的描写，为下文作铺垫。]

在离卡索塔不远的地方有一条名为鲁希河的河流。无人知晓这条河从哪里发源，但是它的水量却很丰富，或许它属于刚果河，也就是扎伊尔河上游的支流。

卡索塔酋长居住的地方与贸易区相隔不远，那个辖区只不过是一片方圆不足一英里、满是破烂茅屋的地方。这些茅草屋有的没有围墙，有的围着一些芦苇，又或是用无花果树丛作为篱笆。

在这片茅屋中有一个院子很显眼，四周是以天然的纸莎草围成的篱笆，里面有三十多间茅屋，那里居住的是酋长的仆人，而在那些连在一起的茅屋里居住的则是酋长的众多妻子。酋长的宫殿则是一座半掩在木薯枝叶间的高大房子。

卡索塔的统治者大概有五十岁，他叫莫尼•龙加，不过现在他的势力远远不如他的前辈。他手下的士兵不足四千人，而当地的一些重要的葡萄牙奴隶贩子共有两万名士兵，这样的差距使他不能像以前那样每天屠杀二十五个或三十个奴隶作为祭品了。

由于纵欲过度，这位酋长未老先衰，因此他每天都泡在烈酒中。他性情残暴，常常因自己的一时兴起而肆意割掉自己的臣民、军官和大臣身体上的任意一部分，比如鼻子、耳朵或是手脚。看样子他也活不了多久了，他的死大概也引不起他的臣民们的悲伤。[赏析解读：对于卡索塔统治者的描写，体现出了他残暴的人物性格特征。]

在卡索塔，如果莫尼•龙加死了的话，受损失的只有一个人，那就是奴隶贩子奥维斯，因为他跟这个酒鬼酋长的关系很好，而且酋长的势力在这个地区还是很重要的。卡索塔酋长也有点后顾之忧，他担心他的第一夫人莫阿娜执政会遭到人们的反对，还担心他的领地会受到邻国乌库苏的入侵，因为那位首领比他年轻，精力更充沛，现在他已经将属于卡索塔酋长管辖的好几个村庄都占领了。[赏析解读：这里的描述，从侧面体现出了当时部落之间争斗的激烈。]除此之外，奥维斯的对手、奴隶贩子狄波狄波是那位年轻首领的支持者。狄波狄波是个纯粹的阿拉伯人，不久后，卡梅伦上尉就会在尼昂威遇到他。

实际上，奥维斯才是这片地区真正的统治者，他让那位愚蠢的黑人酋长做出了诸多罪恶行径，失去了人心，而他则充分地利用了这些罪恶来为自己谋取利益。

奥维斯是个年迈的老人，他并不是人们想象中的那样有着白人血统，也就是当地人所说的“姆苏库”。他不是葡萄牙人，取了个葡萄牙人用的名字只是为了方便经商。

他是一个在奴隶贸易中赫赫有名的黑人奴隶贩子，原名叫肯代雷。奥维斯出生在科安扎河边界的旦多。一开始，他也只是奴隶贩子手下的一个帮手，后来才成了奴隶贩子中的“佼佼者”。也可以这样说，他表面上称自己是世界上最正直的商人，暗地里却为了牟取暴利做着最肮脏的交易。[赏析解读：由此可以看出，奥维斯是个卑劣、唯利是图的人。]

到了一八七四年年底，卡梅伦和奥维斯在卡松戈（是刚果民主共和国马涅马省的小镇，位于卢阿拉巴河畔）的首府基伦贝（乌干达铜矿区。在西南部鲁文佐里山东南麓）相遇了，那里是乌鲁阿河边的主要城市。卡梅伦上尉跟随奥维斯与他押送着奴隶的沙漠商队行进了七百英里，来到了设在卡松戈的奴隶广场。

五月二十六日，迪克·桑德计算的路程被证实了。从科安扎河到卡索塔，他们一共走了三十八天，奴隶们遭受了五个多星期的长途跋涉和非人的痛苦折磨。

沙漠商队是在中午时分进入卡索塔的。在皮鼓、号角声中，守在队伍两侧的沙漠商队的土著士兵鸣枪表示庆祝，而奥维斯的那些伙计们也都兴高采烈地鸣枪以示回应。现在他们要好好地休息一下，用放纵和挥霍去弥补这段时日的损失！

这时被抓来的黑奴只剩下了二百五十人，而且个个都筋疲力尽。他们像牲口一样在皮鞭下跋涉，现在又被关进了连美洲农场主的马厩都不如的奴隶围栏里。这些围栏里原本就已经关押了一千二百到一千五百个黑奴，只等着这最后一批奴隶抵达后，后天就会被一起送到卡索塔市场上进行“展销”。[赏析解读：“展销”一词，写出了奴隶卑贱的地位。]

当这批奴隶进入围栏后，里面几乎没有下脚的地方了。虽然他们脖子上的沉重的木叉被取了下来，但是依然锁着铁链。

脚夫们把背负的象牙放下后，就在广场上等着卡索塔的收货商来取货。通常他们会得到几码土布或是其他一些有价值的布料作为薪金。等清了账，他们会再去别的沙漠商队那里找活。

汤姆四人的木叉也被取掉了。巴特终于可以和他的父亲拥抱了，但彼此之间不敢多说话，只是把手紧紧地握在了一起。对他们来说，除了绝望还能说什么呢？

巴特、阿克顿和奥斯汀三个人年轻体壮，能够吃苦耐劳，所以一路上倒也没有觉得太痛苦。可是老汤姆由于长期吃不饱，已经筋疲力尽了。如果再走几天，他可能也会像年迈的南那样成为路旁的弃尸，沦为野兽的食物。

他们一到这里，就被关在一个小小的围栏里。围栏里只有一点儿食物，他们只能等到交易时再尽量向买主说明自己是美国公民。即使这样做一点儿用也没有。[赏析解读：这里体现出了汤姆等人处境的无奈。]

迪克•桑德被单独留在了广场上，他们派沙漠商队的一个监工看守他。

总算到卡索塔了。他相信韦尔登夫人等人一定在他们到达之前来到了这里。他环顾四周搜寻着，沿着大街两边的平顶房一直到视线所能及的一切地方，但是却没有看到他想看到的人。

韦尔登夫人不在这里！

“难道他们把韦尔登夫人带到别处去了？”他不禁暗自问道，“不过，她会被带到哪里呢？不！不会！埃居尔不会弄错的。把韦尔登夫人带到卡索塔来，一定是哈里斯和内格罗密谋的。但是我为什么没有看到他们呢？”[赏析解读：没有看到韦尔登夫人，让迪克·桑德又心生疑虑，表达出了迪克·桑德对韦尔登夫人的担忧之情。]

此刻迪克•桑德心里十分焦急。他知道韦尔登夫人一定被囚禁在了卡索塔的某个地方，他现在看不到她。可是哈里斯和内格罗——特别是内格罗——应该比任何人都想要看到年轻的船长落在他们手里啊！如果他们想要报复的话，一定会马上来侮辱他、折磨他。但是这两个人都没有出现，这是不是说明他们已经去了别的地方？难道他们押送着韦尔登夫人去了中非其他地方？

尽管那两个恶棍的出现会让迪克•桑德受到刑罚，但是他还是迫切地希望他们能够出现。因为如果他们出现在这里，至少他就可以确定韦尔登夫人和小杰克的去向。[赏析解读：即使知道哈里斯和内格罗的出现会让自己吃不少苦头，但是为了知道韦尔登夫人他们的去向，迪克·桑德将自己的安危置之度外，体现了一种大爱精神。]

大狗丁戈自从那晚送过纸条后，迪克•桑德就再也没有看到过它了。迪克•桑德冒着巨大的风险，写了一封回信给埃居尔。在信中他要埃居尔时刻为韦尔登夫人着想，要密切地关注着他们的去向，而且要尽最大的可能去了解韦尔登夫人周围的情况。不过，目前他并没有什么好的办法把这封信送到埃居尔的手上。

既然丁戈能够躲过沙漠商队的土著士兵来见他一次，那么就会有第二次，为什么埃居尔没有再让它来呢？难道丁戈在来这儿的途中出了意外，死掉了？或许埃居尔还在跟踪韦尔登夫人，如果迪克•桑德处于那样的处境也会那么做的。还是说他正带着丁戈穿行在非洲高原茂密的森林中，去寻找非洲内陆的某一个奴隶贸易机构呢？

如果事实正如迪克•桑德所想，韦尔登夫人和那两个恶棍都不在卡索塔，那么他能做些什么呢？

他曾经坚信——或者说是盲目的确信——韦尔登夫人他们一定在卡索塔，但是他在这里却没有看到他想见到的人。一种无法控制的绝望袭上了迪克•桑德的心头。如果他真的失去了自己热爱的人，那么生命对他来说也没有了用处，他还有什么理由活下去，只能去死！［赏析解读：由此可以看出，韦尔登夫人他们对于迪克·桑德的重要性，他们对这个孤儿来说是亲人、家人一样的存在。］显然，悲观绝望并不应该出现在迪克•桑德的身上，只不过在这种情形下，痛苦使他从孩子蜕变成了大人，而现在的这种消沉情绪只不过是人在成长过程中必然的经历。

突然，一阵号角声掺杂着人的喊叫声传来，这使得刚才还瘫坐在地上的迪克•桑德一下子就站了起来。任何新的意外都会为他寻找他热爱的人提供线索。

这时的迪克•桑德早已将刚才的绝望抛之脑后了。

“奥维斯！奥维斯！”土著人不停地高呼着这个名字，然后蜂拥着来到了广场上。那个掌控着成千上万的黑奴命运的大头目就要来了，他的帮手哈里斯和内格罗很有可能也会随着他一起来。

迪克•桑德站直了身体，睁大了眼睛，他甚至不自觉地连鼻孔都张大了。当这位十五岁的船长看到那两个坏蛋时，一定会大义凛然地直视他们。“流浪者”号的船长是不会被曾经的厨师吓倒的！［赏析解读：这里体现出了迪克·桑德坚强的信念与不屈的精神。］

从中央大街的那头出现的是一个“卡塔达”，在吊椅上面盖着一块带补丁的褪色的粗布，两边还耷拉着一些破布条。从吊椅上走下来一个年迈的黑人，这个人就是奴隶贩子奥维斯，在他身后跟着几个耀武扬威的随从。

和奥维斯一起出现的是他的朋友科因卜拉。科因卜拉是比耶地区地方官的儿子。海军上尉卡梅伦认为科因卜拉是这个地区最臭名昭著的恶棍。他又脏又邋遢，露着胸口，眼睛里布满血丝，长着一头又粗又卷的头发，脸色蜡黄。他穿着一件质地粗糙的衬衣，腰上系着一条草裙。不了解他的人还以为他是个戴着破草帽的丑老太婆。科因卜拉可以说是奥维斯的知己，同时也是他的帮凶。他很善于指挥奴隶贩子的手下去进行杀人放火、捕捉黑奴的“围剿”工作。[赏析解读：作者在这里详细地对科因卜拉进行了描述，并用“知己”一词来表明他与奥维斯的关系，其实也是间接地写出了奥维斯的卑劣。]

让我们再来看看那位奴隶贩子奥维斯，他穿着一身仿佛是刚过完狂欢节的土耳其老板的衣服，看上去比他的那些随从要干净点。即使这样，他的装扮也丝毫不能减少人们对他的厌恶。

迪克·桑德因为没有看到哈里斯和内格罗而感到失望，看来他无法在卡索塔看到那两个人了。

此时，沙漠商队的首领、阿拉伯人伊本·哈米斯走上前去与奥维斯和科因卜拉握了握手。虽然一路走来让他们损失了一半的黑奴，奥维斯也稍有不满，但是这个阿拉伯人还是受到了夸奖，毕竟总的来说，这笔生意的利润还是很大的。如果加上原有的奴隶，这些“黑货”足够供应给那些内陆来的买主了。他可以用这些奴隶换取象牙和被当地人称为“汉纳”的紫铜，这种紫铜是制造圣安德烈（耶稣十二门徒之一，圣彼得的弟弟。相传他在希腊被钉在X形十字架上而死。为俄罗斯、罗马尼亚和苏格兰的主保圣人。第一任君士坦丁堡普世牧首）斜十字架的原材料。中非地区的十字架都是由这种紫铜铸成的。

奥维斯和科因卜拉说着一种用葡萄牙语与当地土话混合的语言，即便一个在里斯本土生土长的葡萄牙人也完全听不懂他们在说什么。

显然，迪克·桑德也听不懂他们的谈话，自然也不知道他们是不是谈到了他与他的同伴们，以及这些被算计到沙漠商队的自由人。不过，当迪克•桑德看到那个阿拉伯人伊本•哈米斯做出一个手势，紧接着一个监工马上向关押着汤姆、奥斯汀、巴特和阿克顿的围栏走去的时候，他就确信了自己的猜测。

很快，那四个被当成黑奴的美国公民就被带到了奥维斯面前。迪克•桑德慢慢地凑过去，想要把一切看清楚。

奥维斯看着这四个身强力壮的黑人，无比高兴。[赏析解读：奥维斯高兴的原因很简单，就是这四个黑人可以为他带来很大的利益。] 这些黑人吃饱后，又经过了一段时间的休息，已经恢复了天生旺盛的精力。奥维斯没拿正眼看老汤姆，因为他一看就知道老汤姆值不了几个钱，但是另外三个黑人一定会在明天的交易中卖个好价钱。

奥维斯想了半天，才蹦出几个英语单词来，想来这些单词也是那个美国人哈里斯教给他的。这个老鬼想要调侃一下这几个新到的奴隶。

汤姆听懂了他的话，立即走上前去，指了指自己与同伴，说："我们都是自由人，我们是美利坚合众国的公民！"

奥维斯当然知道这一点，他心情很好地扮了个鬼脸，摇着头说道："没错，没错，美国人！欢迎！"

"非常欢迎！"科因卜拉边说边走到奥斯汀跟前，他像在检查自己的货物一样，捶了捶奥斯汀的胸脯和肩膀，接着他想要撬开奥斯汀的嘴，看看"牙口"。

就在这时，科因卜拉的脸被结结实实地打了一拳，这可是这位地方官的儿子从来没享受过的待遇。

他仰面摔倒在地上。

几个士兵马上扑了过来，把奥斯汀按在地上。奥斯汀或许要为这一拳付出沉重的代价。

然而奥维斯却用目光告诉那些士兵，让他们别动。他哈哈大笑起来。

他觉得实在太可笑了，因为科因卜拉仅有的五六颗牙，现在只剩下两颗了！

奥维斯可不想让自己的"黑货"有什么损伤，而且他又非常喜欢开玩笑，他有太久没有像这样开怀大笑过了。

虽然这样，他还是安慰了一番被打倒在地的科因卜拉。此时科因卜拉已经站了起来，又重新回到奥维斯身边，之后他向奥斯汀做了一个威胁的手势。

这时，迪克·桑德被一个小队长推了过来，站在了奥维斯的面前。

很明显，奥维斯完全知道他是什么人，从哪儿来，以及他是怎么在科安扎河边被抓住的。

因此，他带着明显的恶意看了一眼迪克·桑德，然后说道："你这个小美国佬！"

"没错，是美国佬，你们要把我们怎么样？"迪克·桑德答道。[赏析解读：此处可以看出迪克·桑德大义凛然的精神，不会因身处险境而屈服。]

"美国佬！美国佬！小美国佬！"奥维斯不停地说着。

对于迪克·桑德的问题，他好像根本没有听懂，又或是他不愿意听懂。

迪克·桑德又重复了一遍刚才的问题。但是奥维斯还是没有回答，迪克·桑德又看向科因卜拉。这个人因为酗酒过度，脸上带着明显放荡堕落的痕迹，不过迪克·桑德还是能从他的外貌特征上看出来，他不是本地人。

科因卜拉也没有回答，只是像刚才对待奥斯汀那样，对着迪克·桑德做了一些威胁的手势。

期间，奥维斯和阿拉伯人伊本·哈米斯进行着相当激烈的争论，看样子，他们谈论的内容与迪克·桑德和他的同伴们有关。

毋庸置疑，他们又要分别了，也许以后再也见不到面了，因此要抓紧时间说几句话。

"朋友们！"迪克·桑德低沉的声音响起，好像是在自言自语似的，"我只说几句话！我收到了埃居尔的一张纸条，那是大狗丁戈送来的。他一直跟着沙漠商队。哈里斯和内格罗押送着韦尔登夫人、小杰克和贝内迪表兄，但不知道他们现在在哪里。如果他们现在不在卡索塔，我们就不知道他们的去向了！要耐心等待！要勇敢！要随时准备抓住一切机会。上帝会保佑我们的！"[赏析解读：迪克·桑德在抓紧时间为这四个可怜的同伴送去鼓励和安慰，努力让他们坚持下去。]

"南呢？"汤姆急切地问。

"南死了！"

"她是我们中间的第一个！"

"也是最后一个！因为，我们知道我们很……"

说到这里时，迪克•桑德感到有只手拍在了他的肩膀上，紧接着他听到了一个熟悉的声音："嘿！如果我没记错的话，这不是我年轻的朋友吗？又见到你，我非常高兴！"

迪克•桑德转过身来。

哈里斯就在他面前。

"韦尔登夫人呢？"迪克•桑德大叫着来到了哈里斯跟前。[赏析解读："大叫"体现出了迪克·桑德的愤怒与激动。]

哈里斯做出一副悲天悯人的样子，冷冰冰地说道："唉！那可怜的女人，她还是没有熬过来！"

"她死了！"迪克•桑德大叫着，"她的孩子呢？"

"那个可怜的孩子！"哈里斯语气丝毫未变，"他怎么受得了那样艰苦漫长的旅程？"

这么说，迪克•桑德热爱的人都死了！

此时，一种无法抑制的怒火在迪克•桑德的心头燃烧，他愤怒到了极点，他要报仇！要不顾一切地去报仇！

迪克•桑德猛地扑到了哈里斯的身上，趁他还没有反应过来的时候，从这个万恶的美国人的腰上拔出了一把匕首，然后用力向着他的心口刺了下去！

"你这该死的！"哈里斯只说了这几个字，便大叫着倒了下去。

哈里斯最终得到了他应有的下场。[赏析解读：恶人的罪有应得，表达出了邪不压正的中心思想。]

# 第二十八章　交易日

［名师导读］

在听到哈里斯说韦尔登夫人和小杰克已经死了的消息后，怒火中烧的迪克·桑德杀死了那个恶棍，而他也因此陷入了深深的绝望中。与此同时，卡索塔的集市日到了，汤姆四人被奥维斯以高价卖给了一个阿拉伯奴隶贩子。事情好像越来越糟糕了，等待着他们的命运又会如何呢？

由于迪克•桑德的动作太快了，以至于没有人能够反应过来阻止他。几个土著人从惊讶中缓过来后扑上去抓住了迪克•桑德，就在他们要动手杀死他时，内格罗出现了。

这个葡萄牙人挥了下手，那些土著人就放开了迪克•桑德，并在离开时抬走了哈里斯的尸体。

奥维斯和科因卜拉要将迪克•桑德马上杀死。不过，内格罗却建议他们等几天再杀死他。［赏析解读：内格罗没有让他人直接杀死迪克·桑德，一定有别的计划，此处为下文埋下了伏笔。］

于是，年轻的船长被带走了，在临走前他们特意警告看管迪克•桑德的人，一点儿也不能松懈。迪克•桑德终于再次看到了内格罗，这是他在离开海岸后第一次见到这个家伙。迪克•桑德对这个造成一切灾难的恶棍恨之入骨，对他的仇恨远远超过了哈里斯。

不过，在杀了那个卑鄙的美国人后，迪克•桑德一句话也不想说。

哈里斯说韦尔登夫人与小杰克已经死了，这个消息击垮了迪克•桑德，他已经没有什么可在乎的了，那些人怎么处置他，会把他带去哪里，这些都无关紧要了。［赏析解读：韦尔登夫人母子的死讯摧毁了迪克·桑德的精神支柱，使他陷入了绝望。］

迪克•桑德带着沉重的铁链，被关在一间没有窗户的房子里，更准确地说是一座奴隶贩子的监牢。奥维斯常常会将那些因反抗暴行而被判了死刑的奴隶关押在这里。他在这座监牢里完全与外界失去了联系，不过这对迪克•桑德来说没什么大不了的，他爱的人都死了，而他也为他们报了仇，之后他即将面对什么，已经无所谓了。

很快我们就会知道内格罗为什么要阻止那些土著人杀死迪克•桑德了。因为他要让迪克•桑德受一种只有当地人才知道其中奥妙的残酷的刑罚。这位十五岁的船长的命运，已经完全掌握在那个曾在“流浪者”号上做过厨师的人的手里。他现在最希望的事情就是把埃居尔抓住，这样他的复仇计划也就圆满了。

两天后是五月二十八日。这一天是被当地人称为“拉科尼”的广场集市日。在这里聚集了内陆各地区主要贸易机构的奴隶贩子，还有一些安哥拉附近的土著人。这并不是一个专门售卖奴隶的市场，商品琳琅满目，多种多样，几乎非洲盛产的产品都会在这个市场上出现，以至于来到这里的商人也很多。[**赏析解读：此处的描写，凸显出了广场集市日的盛况。**]

从清晨起，卡索塔的大广场上就挤满了人，热闹程度很难用三言两语说清楚。此时广场上聚集着四五千人，奥维斯的“黑货”也在其中，显然汤姆他们也都在这里。因为是外国来的“黑货”，这几个可怜的黑人在那些奴隶贩子的眼里就成了稀有的商品。

奥维斯自然是亲临现场，而且他来得最早。他在科因卜拉的陪同下，亲自向那些商人介绍自己的商品。当那些买主们将这些商品买走后，他们就可以重新组织自己的沙漠商队了。在这些奴隶贩子中，有的是从坦噶尼喀湖东岸的主要市场乌季季来的一些欧洲混血人，还有一些阿拉伯人，这些阿拉伯人通常在这种奴隶交易中比那些混血儿精明得多。

市场上还有许多土著人，有男人、女人和孩子。这些土著妇女都很热情，这就很好地解释了为什么她们的商业才能要比那些白人妇女强许多。在欧洲文明国家的市场上，即使是像这样的集市日，也不会有这么多嘈杂的声音和这么繁忙的景象的。在那些国家中，出售商品的人的热情会比购买商品的人强烈，而在非洲，买卖双方的热情都很强烈。

对土著人来说，集市日也就是节日，即使不是每个集市日都要穿上最隆重的衣服，但至少也要戴上他们最好看的饰品。他们会将头发梳成四绺，每绺头发上都会顶着花布垫，之后再将四绺头发拢在后边，紧贴头皮梳成一个发髻，或者梳成一个粗大的大辫子垂放在前额上，再插上几根红色的羽毛。另外，他们还要在像羊角一样弯曲的辫子上涂抹掺了油的红土，就像机器在连接处涂的那种红泥。除此之外，他们还要在头发上别上无数铁丝或是象牙做成的别针。

那些想要打扮得更美的男子，甚至经常要在自己那堆头发上插一把文身用的尖刀，他们还会在每一绺头发上穿起一串花籽或玻璃珠，这让他们的头看起来就像是一个五颜六色的珠帘。这是当地男子最常见的发饰。[赏析解读：对非洲男子发饰的描写，使读者更好地了解到那里的风土人情。]

而妇女们喜欢的则是另一种发式，她们会把头发挽成一个个如同樱桃一般大小的小球，然后再梳成几个发髻，或者做成螺旋形卷发。她们常常会把卷发的发梢垂在脸上，以此吸引他人的注意。有些妇女的发型比较朴素，不过也更好看些，她们像英国妇女那样，把头发披在脑后，或是像法国妇女那样，把前额的头发剪齐。不过，无论是哪一种发型，她们都要在头发上涂上油，或是涂上黏土，又或是抹上檀木中流出来的红胶。这种红胶被当地人称为“恩科拉”。我们可以想象一下，在头发上涂上这种闪闪发亮的红胶，就好像顶着一大块红瓦一样。

你不要以为他们只是在头发上做装饰，除此之外，还有耳朵！

这些土著人的耳垂上戴着由贵重木料制成的耳钉、镂空的铜环和用玉米珠串编成的耳坠，耳坠会一直垂到胸前，甚至有人会挂上一串做鼻烟壶用的小葫芦。悬挂上如此众多的饰物，不得不让人担心这些东西会不堪重负，垂到这些土著人的肩膀上去。[赏析解读：此处主要体现的是一种多彩异域文化。]

这些非洲土著人的衣服上都没有口袋。当然，对他们来说也用不着口袋，因为他们会把刀子、烟袋之类的东西随意地挂在身上。他们认为脖子、手臂、手腕、大腿、脚踝等各个部位，都可以戴满用白铜或黄铜制作的颈圈、手镯、脚镯以及镶有发亮的贝壳碎片的牛角，还有被本地人称为“萨美萨美”或“塔拉卡斯”的红色珠链。我们可以想象一下，一个浑身上下都挂满了亮晶晶的珠宝首饰的当地有钱人是什么样子。也许就像是一个挂满了饰品、能够随时移动的货架。

他们将大自然赐予的牙齿改造了，拔掉上下门牙，然后把这些牙锉成尖齿，或是锉成像毒蛇钩牙那样的弯齿。他们将指甲留得很长，以至于什么也干不了。他们在黑色或褐色的皮肤上刺上了被当地人称为“丹膊”的文身。这些文身的图案有树、鸟、月牙、圆月或者一些波浪形的线条。利文斯顿认为这种线条来源于古埃及的某些图案。这种祖传下来的文身画，是用一种蓝色的颜料一点点地填在用刀划出的伤口上。人们可以凭借这些文身辨识出这个人的部落和家族。这种类似于家族徽章的标记，要么被他们画在马车的挡板上，要么是将它刺在自己的胸口。

以上所说的就是当地土著人的装饰。现在再来说一说他们的衣服。这里的男人通常只穿一件垂到膝部的羊皮外衣，或是一条草织的色彩鲜明的裙子；女人则是用一条珍珠串成的腰带，扎着一条绿色裙子，上边绣着各种花纹，装饰着玻璃珠或小贝壳。她们偶尔还会系着一条染成蓝、黑、红三色，被称为“蓝帕”的布做的腰带。这是桑给巴尔妇女最喜欢的装束。

当然，我们上面所谈到的都是非洲富人们的服饰。至于那些下层黑人，比如一般的商人和奴隶，他们几乎不穿衣服。[赏析解读：此处凸显出了贫富的两极分化。]

这里的妇女们需要经常搬运东西，她们会背着一个巨大的篮子，在篮子上系上一根皮带，横勒在前额上。她们就这样来到市场上，先占好位置，再把要出售的东西从篮子里拿出来摆好，自己则蹲在空篮子边。

安哥拉异常肥沃的土地上出产的最好产品，都会大批地汇集在卡索塔市场上出售。这里有一种种下一粒种子，可以收获百粒的稻米；还有一种八个月成熟三次的玉米，种下一粒可以收获二百粒；还有芝麻和乌鲁阿胡椒，这种胡椒要比卡宴的胡椒还要好。此外，像香果、木薯、高粱、肉豆蔻、食盐、棕榈油这样的商品应有尽有。

市场上聚集了大量的山羊和猪，还有具有鞑靼种特征的无毛绵羊，这种绵羊只是在脖子上有一些软毛，身体其他地方只有汗毛。在市场上自然也少不了家禽和鱼类。

在市场上还能看到一些造型优美、色彩鲜明的陶制品。小孩子们扯着嗓子叫卖着各种各样的饮品，格外引人注目。其中有一种当地人称为“碰杯”的香蕉酒，这是一种十分受欢迎的烈性酒。还有一种名为“马洛夫”的酒，也是用香蕉酿成的淡啤酒。另外，还有用蜂蜜、水加发酵的麦芽制成的蜂蜜酒。

然而，在整个卡索塔市场上最吸引人的还是布匹和象牙的交易。

在这个大市场上，通常布匹的交易额能达到几千“舒卡”。这里有北美马萨诸塞州（位于美国东北，是新英格兰地区的一部分。在中文中通常简称“麻州”或“麻省”，世界著名学府哈佛大学和麻省理工学院都位于该州）萨兰城出产的本色白布“美丽卡尼”，有三十四英寸宽的蓝棉布“卡呢叽”，还有一种红边、小蓝条、蓝白方格的“索哈里”布，这种布比印度苏拉特产的“迪乌丽”丝绸价格低，有绿、黄、红三色。这种布长三码，价格从七美元到八十美元不等，而那些高达八十美元的“迪乌丽”丝绸中间都有金线。

同时，这里还是象牙的集散地。从中非各地运来的象牙先汇集在这里，然后再运往喀土穆、桑给巴尔、纳塔尔等地，专门从事象牙贸易的商人特别多。

我们可以想象一下，每年要输入欧洲的象牙约有五百吨，这要杀多少头大象？其中仅仅是英国这一个国家就需要四十吨的象牙。[赏析解读：这里表达出了作者对于这种过度猎杀行为的谴责。] 然而，在非洲西海岸地区就出产了一百四十吨贵重的象牙。一对象牙的平均重量约二十八磅，在一八七四年，一对象牙价值一千五百法郎。其中最大的象牙，一对的重量约有一百六十五磅。在卡索塔的市场上总不乏有些非常出色的货品，那些喜欢象牙的人可以在这里发现一些不透明或是半透明的象牙，或是一些易于进行加工的象牙。另外还有一种外表为棕色、里面是纯白色的象牙，这种象牙的特别之处就在于永远不会变色。

我们再来看看，在各种各样的商业交易中，买卖双方是怎么样结账和付款的？在这个市场上流通的货币是什么呢？

我们之前曾提到过，在这里最通用的货币就是黑奴。[赏析解读：黑奴被当作货币使用，体现出了奴隶地位的低下。]

当地人也会用一种威尼斯（意大利东北部著名的旅游与工业城市，也是威尼托地区的首府。威尼斯曾经是威尼斯共和国的中心，被称作“亚得里亚海明珠”，十字军东征时也曾在这里集结。威尼斯有“因水而生，因水而美，因水而兴”的美誉，享有“水城”“水上都市”“百岛城”等美称，堪称世界上最浪漫的城市之一）制造的玻璃珠子来作为货币使用。纯白色的珠子叫“卡却克罗”，黑色的珠子叫“卜卜鲁”，玫瑰色的珠子叫“西昆代列柴”。他们把串在一起的珠子或十串珍珠叫“克台”，可以在脖子上绕上两圈的就是很值钱的“封度”。这种经常被作为货币使用的珠链重七十磅，被称为“弗拉西拉”。

利文斯顿、卡梅伦、斯坦利的身上都带着这种货币。

如果没有玻璃珠子，还可以使用由桑给巴尔发行的四生丁一枚的钱币，当地人称它为“皮赛”，或是使用东海岸特有的一种叫“维温瓜”的特殊贝壳。

那些食人部落则会把人的臼齿作为货币。所在，在这个大市场上总能看到一些脖子上挂着成串人类臼齿的土著人，这也许是他们吃了人肉后，把牙齿留了下来。不过，此时这种人类的牙齿已经不能当货币使用了。

这就是卡索塔市场的壮观景象。

快到中午时，集市上的气氛达到了高潮，此时人声鼎沸、震耳欲聋。卖主会因为买主的傲慢而气急败坏，买主则会因为卖主的漫天要价而大发雷霆。这种买卖双方发生争执的情况时常会发生，何况在这样的环境中也几乎没有人去维护秩序。[赏析解读：体现出了场面的火热与激烈。]

这时，奥维斯才命人把他的奴隶们带到这里来，于是广场上又增加了两千多个不同年龄的不幸的黑人，他们是被奴隶贩子在围栏里囤积了好几个月的商品。和其他商品相比，这些商品唯一的好处就是不会变质。再加上充足的休息和食物，让这些商品看起来更容易出售。新来的这一批“黑货”跟之前的相比差了些，如果能把他们先在围栏里关一个月，那么奥维斯就能赚到更多的钱了。不过，东海岸的买主对于这些“黑货”的需求量太大了，正是因为这样，才使奥维斯下定决心把他们在市场上展销。[赏析解读：这里描写的是贩卖奴隶的现象，同时也交代了这项商业活动如此猖獗的原因。]

对汤姆他们来说，这是最糟糕的。他们被驱赶到市场上。这些可怜的人被铁链子紧紧地锁着，他们的目光中充满了许多难以言语的情绪。

“迪克先生不在这里！”汤姆搜寻的目光在广场上转了一圈之后说道。

“是的，他不在。他们不能把他当作奴隶一样卖掉！”阿克顿说。

“如果迪克先生现在还活着的话，以后也会被他们杀掉的。我们现在只有一个希望，那就是有人能把我们四个一起买走。这样我们就不用分开，永远在一起了。这就是最大的安慰了！”汤姆平静地说道。

“啊！我亲爱的爸爸，我怎么能让你离开我，像奴隶一样地劳作呢！我可怜的爸爸！”巴特放声大哭。[赏析解读：此处凸显出的是巴特对汤姆的不舍之情。]

“不会的！绝对不会！他们不会把我们分开的，也许我们还能……”

“要是埃居尔在这儿就好了！”奥斯汀大声说道。

可是那个巨人埃居尔一直没有露面。自从迪克·桑德收到他的那张纸条后，就再也没有他和大狗的消息了。

即使生死未卜，大家也十分羡慕他。就算他真的已经死了，也至少不用背负上那条锁住奴隶的铁链。

这时奴隶交易开始了。奥维斯的手下在这些由男人、妇女和孩子组成的“商品”中来回走动，想要让这些人对这些即将被迫分开的母亲和婴儿产生怜悯之心，简直是痴人说梦。也许我们不能将这些即将被出售的奴隶称为不幸的人，因为他们与家畜的待遇没有什么不同。[赏析解读：拿奴隶与“家畜”作对比，体现出了当时奴隶制度的残酷。]

汤姆他们就这样被带到不同的买主面前验货。一个伙计走在他们前面，大声叫喊着他们每个人身上的牌号和价钱，这时一些阿拉伯人或是混血的奴隶贩子，就会凑上前来看“货”。他们发现这四个黑人很特别，没有一点儿非洲奴隶的特点。这是由于他们是出生在美国的第二代黑人，那些非洲黑人的显著特征早已在他们出生时就消失了。奴隶贩子认为这几个既健壮又聪明的黑奴十分贵重，自然也很值钱，因为他们和那些从赞比亚河或卢阿拉巴河两岸抓来的黑人完全不同。奴隶贩子们摸摸他们的肌肉，让他们转过身去再转过身来，又看了看他们的牙齿，这种感觉就像是马贩子在买马似的。

最后，他们还会远远地丢出一根棍子，让奴隶们捡回来，以此来察看他们的腿脚是否灵活。

这就是检验奴隶的固定程序，这种程序对那些即将被出售的黑人奴隶来说是极为屈辱的，然而他们又无可奈何。但是我们千万不要认为，当这些不幸的人受到这种非人的屈辱时是麻木不仁的。事实上并不是这样！除了那些年幼的孩子，他们还无法理解自己现在已经被人当作畜生般对待，其他的黑人——无论男女——都会感受到这极大的羞辱。[赏析解读：奴隶们受到的这种非人待遇，是作者深恶痛绝的。]

不仅如此，他们还常常会受到奴隶贩子的侮辱和毒打。整天都喝得烂醉的科因卜拉以及奥维斯的那些手下们，对待黑奴的凶残已经到了无以复加的程度，而那些刚刚用象牙、布匹和珠子买下他们的新主人，对他们的态度也不见得会好到哪里去。

奴隶们要被迫接受分离，妻离子散，亲人从此天各一方。那些无情的奴隶贩子甚至不让他们最后相拥一次或吻别，他们就这样与亲人们诀别了！[赏析解读：由此体现出了当时奴隶贩子的残酷无情以及奴隶们的身不由己。]

事实上，在贩卖奴隶的过程中，常常会因为商业上的需要，必须把奴隶按性别分开，然后再运往不同的地方。

通常情况下，购买了男奴的奴隶贩子一般情况下不会同时再购买女奴。那些女奴们主要是被卖到那些实行一夫多妻制的信仰伊斯兰教的阿拉伯国家，而那些被作为劳动力输出的男奴会被运到非洲东海岸和西海岸的奴隶贸易机构那里，然后再从那里运往西班牙的殖民地，或是运往马斯喀特和马达加斯加的奴隶市场中。[赏析解读：这里对男奴和女奴分别进行了描述，更能让读者明白其中的残酷。]

这些奴隶完全按照市场的需求进行分类筛选，他们在离别之后再也没有机会与家人相见，因此许多让人肝肠寸断的悲剧都发生在这些诀别的黑人身上。

汤姆等人的命运与所有的奴隶一样，会被卖到一个什么地方，但是他们却并不恐惧。依他们的现状来说，如果他们被运送到一个需要黑奴劳动的殖民地，实际上会比现在的处境好得多。至少他们在那种地方还有机会向地方当局说明自己是自由人的身份。而现在的情况完全相反，他们像个囚犯一样地被困在非洲中部的这个地方，在这里他们永远也无法恢复自由。

他们如愿以偿了，甚至可以说得到了一些意想不到的安慰，至少他们四个人不用面对分离的痛苦。[赏析解读：比起其他奴隶来，汤姆四人不用面对分离已经算是不幸中的万幸了，这也是目前他们唯一的安慰。]他们四个作为一小批货物，被好几个来自乌季季的奴隶贩子争先抢购，而奥维斯则因为这批“货”的价钱不断上涨，乐得直拍手。

此刻，人们都围在他们周围，大家都想要看一看这批在卡索塔市场上售价最高的奴隶到底是什么样子。奥维斯矢口不提这四个奴隶的来源，这是要绝对保密的。而汤姆他们则是因为不会说当地的语言，自然也就无法抗议。

最终他们被一个有钱的阿拉伯奴隶贩子买走。过几天，他就会把他们四个运往坦噶尼喀湖，那里是贩运黑奴的主要通道。到达那里后，他们会被送到桑给巴尔的某个奴隶贸易机构。

他们能够穿越中非那些危机四伏、险象环生的恐怖之地，到达目的地吗？他们需要在相当恶劣的环境中行走一千五百英里啊！沿途会经过经常发生部落战争的地区，同时还要忍受易染病的气候。老汤姆的身体能吃得消吗？他会不会像南那样倒在半路上？不过值得庆幸的是，他们四个人还在一起，不用面对分离。那条将他们锁在一起的铁链看起来也没有那么沉重。

很明显，那个阿拉伯奴隶贩子很在意他的这批“货”。他知道这些上等的货物一定能让他在桑给巴尔市场上大赚一笔。就这样，汤姆、巴特、阿克顿和奥斯汀被带离了广场。他们没有机会看到或听到卡索塔这个重要的奴隶市场的集市日是怎样结束的。他们也无法知道是什么命运在等待着他们。

# 第二十九章　酋长的宴会

[名师导读]

卡索塔酋长莫尼·龙加带着他的妻子和随从们来到了广场上，奥维斯和内格罗借机提出要杀死迪克·桑德，而这位酒鬼酋长只关心自己能够得到多少烈酒。就在当天晚上，奥维斯为莫尼·龙加带来了一种有趣的潘趣酒，这种新式的饮酒方式令所有人都热血沸腾。没想到一场意外就这样悄无声息地发生了。

下午四点钟，中央大街变得喧闹起来，皮鼓声、铙钹声和其他非洲传统乐器的声音交织在一起。那些疯狂的商人在历经半天的叫卖和争吵后，依然精力十足。现在在广场上还有许多奴隶等待着出售，奴隶贩子们也正在对着号码牌上的标价不停地争吵着。这样火爆的场面就连伦敦股票交易市场行情大涨的时候也比不上。

不过，在杂乱无章的乐曲声响起后，广场上突然沉寂了下来。原来是卡索塔酋长莫尼•龙加带着他的妻子、官员、士兵以及奴隶来市场参观。奥维斯和其他奴隶贩子赶忙迎了上去，把夸张的恭敬行为做得极为自然，以此来博取这位残暴酋长的欢心。[赏析解读：对奥维斯等人的动作描写，写出了他们对卡索塔酋长阿谀奉承的丑陋形态。]

当莫尼•龙加从一顶破旧的轿子走下来时，广场中心的人群中马上伸出了十几只手来搀扶他。其实这位酋长只有五十来岁，但是看起来却比实际年龄还要老三十岁，就像是一只行将就木的老猴子。

他戴着一顶用一些金钱豹爪子做的教堂式的王冠，那些爪子都被染成了红色，另外还有一绺灰白色的头发作为装饰。他的腰间系着两条皮裙，上面缀满了玻璃珠子，这种皮裙比铁匠们的皮裙还坚硬。他的胸脯上文着象征着他贵族身份的族徽花纹，据说那种族徽十分古老，按照当地人的说法，可以追溯到创世纪时期。在这位酋长的脚踝和手腕以及胳膊上都佩戴着镶金的铜环，而他的脚上则穿着一双大约二十年前奥维斯送给他的只有欧洲的仆人才会穿的黄色翻口皮靴。[赏析解读：对卡索塔酋长衣着外貌的描写，极具讽刺意味。]

除此之外，这位酋长的左手握着一根巨大的象征王权的镀金手杖，而右手则拿着一把镶满玻璃珠、用来驱赶苍蝇的掸子。他的头上撑着一把打满了补丁的旧布伞，看起来就像从小丑的衣服上剪下来的一块布做成的。

最有意思的是，他鼻子上架着一副近视眼镜，脖子上挂着一个放大镜！就是贝内迪表兄丢的、后来他们从巴特的口袋里搜走的那两件宝贝！这就是这位使方圆百英里的土著居民胆战心惊的酋长的装束。[赏析解读：这位使土著居民胆战心惊的酋长，让读者觉得啼笑皆非。]

他声称自己的王位是天神授予的，因此肆意妄为。如果有人敢亵渎他的权威，那么就会马上被送到天神那里去验证一下。

由于他是天神，所以他完全不需要地上的一切东西。他吃饭，是因为他想吃；他喝酒，是因为那样会使他高兴，而且每次他都会喝到不能再多喝一口为止。

他的大臣以及官员们也都是些不可救药的酒鬼，但是在莫尼·龙加的眼里，他们都是些懂得分寸、很克制的人。

莫尼·龙加是个非常典型的酒鬼，他每天都泡在烈性啤酒和果酒中，关键是奥维斯会提供给他大量的一种叫作“三六酒”的烈性酒，之所以这样命名，是因为它是由三分酒精和三分水勾兑而成的。

莫尼·龙加的后宫有着各个年龄层的妻子。这些女人千姿百态，什么样的都有。这一次她们几乎全都陪同他来到了市场上。

这位酋长的第一位妻子已经四十多岁了，生性刁钻刻薄。她与别的妻子一样也有皇家血统。她身穿一件色彩鲜艳的苏格兰呢上衣，一条缀满玻璃珠的草裙围在腰上。凡是身上能够挂东西的地方都挂上了各种链子和圆环。她的发型更奇特，头发被高高地梳起来，呈现出一层层的形状，看起来就像在脑袋上顶了一个大篮子。简直是个妖精！

莫尼·龙加别的妻子都与他有血缘关系，要么是他的堂姐妹，要么是他的亲姐妹。她们穿着的服饰相对他的第一位妻子更简单，也更年轻一些。她们跟在莫尼·龙加的身后，只要主人有需要，她们随时都会变成这位酋长的“人体家具”。如果她们的丈夫要下来，马上就会有两三个女人趴在地上给他当凳子，这时，这些可怜的女人与家具又有什么区别呢？酋长坐在她们的背上，脚则放在另外两个妻子的身上，就好像踩在黑檀木地毯上一样。[赏析解读：此处描写突显出了这些女人们低贱的身份。]

莫尼•龙加的随从中还有他的文武官员和他的巫师们。他的那些官员们看起来十分野蛮，走起路来摇摇晃晃，他们的身上或多或少都缺点东西。有少了一只耳朵的，有少了一只眼睛的，有没有鼻子的，还有没有手的。总之，没有一个人是健全的。因为在卡索塔只有两种刑罚：一种是死刑，一种是割掉身体上的一部分，而执行哪种刑法并没有什么标准，全在于酋长的一时兴起。如果罪犯犯下的是小错误，那么就会割掉他身上的任意一部分。其中最重的刑罚是割耳朵，因为割掉了耳朵的人再也不能戴铜耳环了！[赏析解读：对这些身体不健全的官员们的描写，体现出了莫尼·龙加暴戾凶残的性格特征。]

酋长的军官们被称为“基洛洛”，他们管辖着各个地区。一般军官有世袭的，也有委任的，任期通常为四年。这种军官会戴着斑马皮帽，穿着象征身份的大红背心，手里拿着一根白藤木棍子，在棍子的顶端涂抹着能使人昏迷的迷药。

而士兵们的主要武器是弓箭，用来自卫和进攻。弓箭的弓背上缠着可以更换的绳子，两端装饰着流苏。身上佩戴着锋利如蛇信一样的尖刀和又宽又长的矛，以及用棕榈木做成的、表面雕刻着阿拉伯式装饰图案的木盾。他们身上几乎不穿衣服，也自然不用酋长花费钱财为他们制订军服了。

最后，我们要说的是酋长随从中的巫师和乐队。

在这里男巫师会被称为“穆干加”，主要负责为当地人看病，也就是我们所说的医生。这群野蛮人十分迷信，他们对鬼神会看病以及巫师的咒语和神物深信不疑。[赏析解读：此处为下文作铺垫。]他们迷信那些用红白颜料涂抹、用黏土制作的神像。这些神像各种各样，有的是奇怪的动物，有的是木雕上的男女的样子。当然，这些巫师也与那些大臣们一样，都是一些身体不健全的人。很显然，这是因为他们的医术没有起到作用而受到了酋长的惩罚。

酋长的乐队是由男人和女人共同组成的，他们摇着一种能够发出刺耳叫声的“木鹰”，敲着震耳欲聋的皮鼓，或是用装着橡皮套的细木棒击打着被当地人称为“马里梅巴”的葫芦琴。这是一种由两排尺寸不同的葫芦组成的打击乐器，对外来人来说，没有练出一对非洲耳朵是无法欣赏这种乐器的声音的。

在这个队伍的头顶上空飘着几面大小各异的旗子。几支长长的长矛顶端挂着几个刷了白粉的骷髅头，那些都是被莫尼·龙加打败的部落酋长的脑袋。[赏析解读：由此可以看出，当时部落间的争斗也是十分激烈的。]

当卡索塔酋长走下轿子时，广场上几乎同时响起了热烈的欢呼声。沙漠商队的士兵们向着天空鸣枪以示敬意，但是他们的枪声完全被人群的欢呼声淹没了。

那些沙漠商队的监工们则用随身携带的朱砂粉把他们的黑嘴唇涂成红色，然后跑到酋长的面前下跪行礼。这时奥维斯也走上前去，献上一把被当地人称为“抚慰人的药草”的新鲜烟草。莫尼·龙加现在确实需要这种抚慰，因为他总是莫名其妙的不高兴。

这时，与奥维斯在一起的科因卜拉、伊本·哈米斯，还有那些阿拉伯人或是混血的黑奴贩子，都走过来向这位酋长行礼。

阿拉伯人高呼“马尔哈拉”，这句话的意思是欢迎。而其他人有的鼓掌，有的鞠躬，甚至还有人特意把脸涂脏，以各种丑态向这位丑恶的酋长谄媚，以示敬意。[赏析解读：这里表现出了那些奴隶贩子溜须拍马的丑陋嘴脸。]

莫尼·龙加完全不在意他们，他摇摇晃晃地迈开双腿向前走，好像地面不平似的。与其说他在走，不如说他是跌跌撞撞地在戴着号码标价牌的奴隶群中前进。比起那些奴隶贩子害怕这位酋长一时高兴问他们要几个奴隶，其实奴隶们更害怕落在这个残暴的酋长手里。

内格罗一直跟随在奥维斯左右，跟着他的老板向这位酋长表达他的敬意。他们谈话时使用的是当地的语言，莫尼·龙加只用一些单音节词来表达他的意见，即使只是这样做，对他来说也很艰难，因为每个音节都是从醉醺醺的他的嘴唇里挤出来的。他只是一味地向奥维斯要酒喝，因为盛大的祭祀活动消耗了他所有的酒。[赏析解读：莫尼·龙加嗜酒成性，是引出下文的关键所在。]

“非常欢迎您的到来！”奴隶贩子说道。

“我渴了！” 酋长简单地说道。

“他想把他生意中的收益，抽一份送给您！”奥维斯补充道。

“酒！”从莫尼•龙加的嘴里只吐出一个字。

“这是我的朋友内格罗，他离开这里很长时间了，能再次见到您，他十分高兴。”

“酒！”醉鬼酋长喷着恶臭的酒气说道。

“好！拿些‘坡博’酒来！还有蜂蜜酒！”奥维斯非常了解莫尼•龙加，他马上大声吩咐下去。

但是那位酋长却说：“不！我要我的朋友奥维斯的烧酒！就是那种一滴就能点着火的酒，我愿意为它……”

“那就请您来一杯白人的血吧！”内格罗在说话的同时，冲着奥维斯使了个眼色，奥维斯马上就明白了他要说什么。[赏析解读：内格罗的计划开始实施了。]

“一个白人的血？杀一个白人！”莫尼•龙加嗜血的本性在这个葡萄牙人的挑逗下慢慢苏醒。

“您的朋友奥维斯的手下被这个白人杀死了。”内格罗答道。

“没错，他杀死了哈里斯，我一定要为他报仇！”奴隶贩子恶狠狠地说道。

“那就把他送到扎伊尔河，交给阿苏纳斯部落的酋长玛松戈吧！他们会把他砍碎了生吃掉！人肉对他们来说是最美味的了。”莫尼•龙加叫嚷着。

他说的是真的。玛松戈其实是一个食人部落的首领。在中非地区确实还有着这种公开吃人肉的情况存在。利文斯顿的旅行日记里也有过记载，他说住在卢阿拉巴河边界的马尼耶玛部落，不仅会将死掉的敌人吃掉，还专门买奴隶吃，据他们说：“人肉有点咸味，只需再加一点调料就行了。”卡梅伦也曾在姆内 - 布恩加发现有吃人的现象。他们那里的人会把死人放在流动的溪水里泡上几天，然后再拿出来吃掉。斯坦利在乌库苏居住的人中也有这样的发现。

所以说，当时中非地区吃人肉的部落是很常见的。

把迪克·桑德交给那些食人族已经是非常残酷的惩罚了，可是内格罗却不想就这样把自己的死囚交给别人。

“他就是在这里杀死了哈里斯，我们的哈里斯。”

“他应该也死在这里。”奥维斯补充道。

“你愿意怎么做就怎么做吧，奥维斯，”莫尼·龙加说道，“不过，他流多少血，你就要给我多少烧酒！”[赏析解读：对莫尼·龙加来说，他并不在意一个白人的死活，重要的是他能够得到多少酒。]

“好！你会得到名副其实的烧酒！我们会开怀痛饮那些能使我们变得快乐的饮料的！”奥维斯要给这位贪杯的酋长献上一种潘趣酒（是一种果汁鸡尾酒，有的也称为宾治，有的加入碳酸水或苏打水，通常调味后在底部混有葡萄酒或蒸馏酒）。

莫尼·龙加听到这样的话后，十分兴奋地拉着奥维斯的手，而他的妻子与随行人员都被这样的情绪感染着，虽然他们没有见过那种能够点燃的酒，但是在他们的想象中，认为喝这种酒一定和喝燃烧的火没有什么区别。如果他们能够在喝过这种烈酒后，再喝上一点儿人血，那么就会让他们凶残的本性得到最大的满足。

可怜的迪克·桑德这时还不明白等着他的将是怎样残忍的刑罚，无法想象在这个野蛮地区会出现怎样残酷的一面。

我们完全可以相信，用极其残酷的手段去残害一个白人会令他们多么高兴。不论是像奥维斯这样的黑人，还是像有着黑人血统的科因卜拉，更不要说那个对有着与自己同样肤色、怀着无限仇恨的内格罗了。

夜色来临，对于没有黄昏的夜晚，黑夜好像是一下子降临的。开怀痛饮的时候到了。

奥维斯有了一个新奇的点子，他要献给这位酋长一种潘趣酒。现在对莫尼·龙加来说，只听“烧酒”这两个字，就已经让他感到兴奋了。也许这燃烧着的烈酒才能将他早就麻木的舌头唤醒。[赏析解读：由此可以看出，莫尼·龙加对于酒的依赖，从侧面也体现出了酒是奥维斯控制他的一种手段。]

今天晚上的活动有两项：一是献潘趣酒；二是执行对迪克·桑德的刑罚。

迪克·桑德此时被关在阴暗的牢房里，只有在杀他的时候，他才会被带离这里。至于别的奴隶，不论卖没卖出去，都回到了原来关押他们的围栏里。

此时的广场上只有那些奴隶贩子、监工和当地的士兵。他们也很想尝一尝潘趣酒，如果酋长和他的随从没有喝完的话。

奥维斯事先安排好了一切。他先让人在广场的中央放了一个大铜盆，那个铜盆至少能装下两百品脱（容积单位，主要在英国、美国及爱尔兰使用。1 品脱在英国和美国代表的是不同的容量，而美国更有两种品脱：干量品脱及湿量品脱。1 英制品脱约为 568 毫升；1 美制湿量品脱约为 473 毫升，1 美制干量品脱约为 550 毫升）的烧酒。然后又命人在里面倒了好几桶经过高度提纯的劣质白酒。最后在铜盆里放了很多肉桂、多香果以及大量能够提高潘趣酒刺激性的东西。[赏析解读：此处为下文作铺垫。]

人们围在莫尼·龙加的身侧，他摇摇晃晃地走向大铜盆。事实上，那一大盆烧酒令他着迷，他恨不得一头扑进铜盆里。

奥维斯拉住了他，把一根已经点着的火绳放在他手里。

“点火！”奥维斯的脸上露出了一种怪异的神态，看起来既阴险又满足。

“点火！”莫尼·龙加重复了一句，然后用火绳抽打着铜盆里的烈酒。

蓝色的火焰顿时在铜盆上飞舞起来，神奇又迷人的火焰！奥维斯一定是在铜盆里加了海盐，因为这样可以让火烧得更旺。此时，围绕在铜盆四周的人们的面孔被照得像魔鬼一样青紫。

这群黑人嘴里还没有喝到酒，人就已经先醉了，他们开始胡乱地叫喊着，手舞足蹈，围着莫尼·龙加跳了起来。

奥维斯这时手里拿着一把巨大的金属勺，搅动着盆里的烈酒，一团白色的火焰窜得老高，映照着群魔乱舞的场面。

这时莫尼·龙加走上前去，他一把夺过奥维斯手里的金属勺，伸进铜盆里，然后舀出一勺正在燃烧的潘趣酒，把嘴凑了上去。[赏析解读：这里是引出下文的关键所在。]

突然，他发出一声惨叫！

一个意外就这样发生了！那位凶残的酋长自燃了！他全身开始起火，就像一个被点燃的油瓶子。他身上的火势虽然并不大，但是依然给他带来了毁灭性的灾难。

这一下，所有人都惊呆了，他们停下了舞动着的脚步。

莫尼·龙加手下的一个官员扑到了他的身上，想要将他身上的火扑灭。但是，他与莫尼·龙加一样，都是个不折不扣的酒鬼，所以很快他也被点着了。

看情形，酋长所有的随从人员都有被点燃的危险。

奥维斯和内格罗完全被眼前的一幕吓傻了，他们不知道该怎么做。酋长的那些妻子也开始四散奔逃。科因卜拉跑得最快，因为他身上的酒精含量，让他很清楚自己被点燃的概率有多大。[赏析解读：比起酋长的性命，这些人更在乎自己的性命，由此可见人性的自私。]

卡索塔酋长和他的大臣在地上凄惨地哀号着，痛苦地打着滚。

这两具常年被酒精浸泡的身体冒着蓝色的小火苗，虽然火苗不大，但是却无法用水浇灭。即使浇灭了外面，他们的身体内部还会继续燃烧。酒精已经渗透了他们身体的每一个组织，想要灭火已经无望了。

几分钟后，酋长和他的大臣就变成了两具尸体，但是火焰依然没有熄灭。最后，在两人倒下的地方，除了几块烧成了黑炭的骨头、一两块烧剩的脊椎骨、手指和脚趾，就只有一层散发着恶臭的灰烬了！

这就是那位酋长和他的大臣的下场。

# 第三十章　殉葬

[**名师导读**]

莫尼·龙加被烧死了！这让整个卡索塔都陷入了惊恐之中。奥维斯更是吓得不敢出门，内格罗想到了一个主意，不但可以帮老板解决眼下的问题，而且还能报复迪克·桑德。当然，一切都如他们预想的那样，莫尼·龙加的第一位妻子决定为老酋长举办一个隆重且特殊的葬礼，但是在别人眼中，那更像是一场残酷的屠杀。

五月二十九日，事发的第二天，整个卡索塔都笼罩在一种异常的氛围中。[赏析解读：莫尼·龙加的死使整个卡索塔都陷入了一片恐慌之中，“笼罩”一词增添了这种紧张的气氛。]每家每户都紧闭着门窗不敢出门。

他们从来不曾想过，一个自称是天神派来的酋长和一个重臣，竟然会被活活地烧死！他们只见到过一些普通人被烧死的情形，那些上了年纪的黑人永远也不会忘记自己是如何烹制那些被烧死后的人的肉的。

他们再清楚不过一个人的身体如何烧成灰，但是自己的君王和他的重臣也都会被烧死，这件事对他们来说是十分费解的。[赏析解读：在前文中提到莫尼·龙加声称自己的王位是神授的，对于这么一位天神派来的酋长还会被烧死，是他的子民所不能理解的。]

奥维斯更是吓得躲在家里不敢出门。他担心大家会把这件事的责任推给自己。内格罗时刻向他报告外界的情况，让他提高警惕。奥维斯知道，如果把莫尼•龙加的意外死亡的事件归罪于他，想要脱身的话就只能拿出钱来作为补偿。

内格罗这时给他出了一个好主意。他让奥维斯对外宣称，卡索塔酋长的死是上天的安排，是天神将他选定的人召回天国的一种特殊形式。

那些愚蠢迷信的当地人很快就相信了这样的说辞，而那些烧死他们的君王和大臣的火也变成了神火。[赏析解读：此处的描写，体现出了当地人的迷信以及愚昧无知。]

他们要为莫尼•龙加举办一个隆重且符合一个君王升天成神规格的葬礼，这个葬礼包括了非洲各个部落的葬礼仪式。同时，这也给内格罗提供了一个报复迪克•桑德的机会。他要让迪克•桑德在葬礼中扮演一个角色，当然这样的想法还要感谢卡梅伦上尉和那些曾在中非旅行的旅行家们的相关记载，不然人们很难想到在莫尼•龙加的葬礼上会出现怎样血腥的场面。

卡索塔酋长现在的继承人是他的第一位妻子。她要求立刻为丈夫举行葬礼，这样一来，她不但可以借此机会向所有人展示自己的权威，而且还能够打败其他竞争对手。其中就包括那个垂涎这里已久的乌库苏酋长。

另外还有一个最重要的原因，莫尼·龙加的第一位妻子会通过这次葬礼正式成为酋长，那样她就可以摆脱为老酋长殉葬的命运了，而且她还可以趁机除去那些让她怨恨已久的老酋长年轻的寡妇们。这个凶残的刁妇清楚地知道所有的一切都是对自己有利的，她迫不及待地宣布，在第二天傍晚就为死去的老酋长举行葬礼，而且包括所有的传统仪式。

所有人都对此没有任何异议，奥维斯和其他的奴隶贩子们对这样的安排也十分安心，他们知道只要给她多送些礼物，再说上几句好话，这位新任的女酋长就会完全听他们的话。因此，卡索塔酋长的权力就这样毫无阻碍地交接完成了。

卡索塔的酋长宫充满了一种令人恐惧的气氛，但是这一切都是有原因的。

隆重葬礼的准备工作马上就开始了。人们首先要做的就是把卡索塔主要大街尽头的小河改道，让河床空起来，然后在那里为老酋长挖掘一座坟墓。等到老酋长下葬后，再把河水引回原来的河床里。为了使这条河流改道通往卡索塔平原，卡索塔的土著们都在热火朝天地建造水坝。

内格罗想让迪克·桑德在这场葬礼中扮演的角色，就是让他和其他人一样成为老酋长的殉葬品，被埋进河道里。因为当哈里斯将韦尔登夫人母子死去的消息告诉迪克·桑德时，迪克·桑德那因极度愤怒而引发的疯狂行动让这个无赖都感到害怕。他害怕自己会落得和哈里斯一样的下场。在那件事之后，他再也没有出现在迪克·桑德的面前。但是现在不一样了，迪克·桑德的四肢全都被牢牢地绑着，自然也无法做出什么举动，这让内格罗觉得安心，并决定亲自去探访一下这位年轻的船长。

把内格罗称为“魔鬼”丝毫不为过，因为拷打他的囚犯并不能使他得到满足，他还要把自己的快乐建立在别人的痛苦之上。[赏析解读：此处的描写凸显出了内格罗阴狠的人物特征。]

临近中午的时候，内格罗来到了关押迪克·桑德的牢房。那里有监工守着。瘦弱、年轻的船长一动不动地躺在地上，身上的绳索深深地勒进了他的肉中，几乎一天没有吃过东西的他显得更加虚弱。这位年轻的船长所受的折磨已经足够多了，此刻他只是安静地等待着死亡的到来，好早点结束这一切痛苦。[赏析解读：迪克·桑德在得知韦尔登夫人母子已死的消息后，就陷入了深深的绝望中，他已经对生活丧失了信心。]

在看到内格罗出现的那一刻，愤怒让他全身颤动，迪克·桑德本能地想要冲上去和他拼命，但是他无法挣脱那些足以困住埃居尔的绳索。

迪克·桑德知道自己现在需要采用另一种形式与内格罗进行斗争，最好的办法就是不理会他。于是迪克·桑德安静下来，只是用鄙夷的眼神狠狠地瞪着他。

内格罗丝毫不在意，他先开口道："我觉得有必要来和我的船长做最后一次道别。而且我要让他知道，他不能再像在'流浪者'号上那样指挥我是多么遗憾！"

看到迪克·桑德没有反应，他继续说道："怎么了，我的船长，难道你不认识你的厨师了吗？他现在在向你请示，今天准备什么样的早餐？"

说完，他向躺在地上的迪克·桑德狠狠地踢了一脚。

"另外，我还有个问题想要请教你。我年轻的船长，你能告诉我为什么你的目的地原本是美洲海岸，现在却来到了安哥拉吗？"内格罗有意补充了一句。[赏析解读：内格罗在这里说的这些话，是为了故意刺激迪克·桑德，同时也是一种炫耀。]

迪克·桑德就像没有听到他的话一样，当然他也不需要听。当他意识到"流浪者"号上的罗盘指针是被这个邪恶的人有意破坏的之后，他就知道自己的猜测都是正确的。而内格罗现在提出这样的问题，不过是在承认那些事就是他做的。

迪克·桑德依然鄙夷地看着他，没有说话。

内格罗接着说："你应该承认我的确是一位合格的海员。天啊！如果没有我的话，我们现在又会在哪里呢？或许，我们早在暴风雨中触礁沉没了。你现在能活着在这里，不应该感激我吗？如果你今天能在一个安全的地方，就应该向我表达谢意，而不应该用这种鄙夷的态度啊，我年轻的老板。"

内格罗一边这样说，一边努力地克制着自己的情绪。他慢慢地凑近迪克•桑德，嘴几乎凑到了迪克•桑德的脸上，突然内格罗脸上的神色变得极为凶残，那样子看起来像要把年轻的船长吃进肚子里。[赏析解读：作者在这里用了一种夸张的修辞手法，是为了生动地刻画出内格罗这个魔鬼的人物特征。]

果然，他的镇静并没有保持很久。“每条狗都有这么一天！”内格罗气急败坏地大声叫道，迪克•桑德的毫无反应激起了他的怒火，“如今我是你的主人了！你的小命就握在我的手里！”

“你要就拿去吧！”迪克•桑德淡然地说道，“但是你别忘了上帝会对你犯下的一切罪行做出惩罚的！”[赏析解读：对死亡已经无所畏惧的迪克·桑德，在面对内格罗的威胁时表现得极为淡然。]

“如果上帝会管的话，那他现在就会来照顾你了。”

“我随时准备接受上帝的惩罚，”迪克•桑德无比冷静地说道，“我不畏惧死亡。”

“那我们就走着瞧吧！”内格罗大声喊道，“或许你还指望有谁能来救你。告诉你，这里是奥维斯和我的地盘！你个白痴，还指望那些黑人来救你吗？不要做梦了，他们已经被卖到桑给巴尔去了！不死在半路上已经是万幸了！”

“上帝有各种办法惩恶扬善。对上帝来说，他只需要一个小工具就能达到他的目的。埃居尔现在还活着！”

内格罗跺着脚大喊道：“那个埃居尔早就被野兽撕碎了。这件事是我的遗憾，我没有在那些野兽咬死他之前报仇。”

“如果埃居尔也死了的话，还有丁戈。大狗一定会来惩罚你这样的恶人的，内格罗。它一定会找到你这个卑鄙的胆小鬼，它一定知道怎么找到你。总有一天，你会被它咬死！”

迪克•桑德的话好像刺中了内格罗的软肋，他愤怒地咆哮着：“可恶的小鬼！可恶的小鬼！丁戈早就被我打死了！它已经死了，‘流浪者’号上所有活下来的人都会死！”[赏析解读：对内格罗言行举止的描写，写出了他暴躁易怒的性格特征。]

“包括你！”迪克•桑德平静地看着这个面色苍白、疯狂的葡萄牙人。

内格罗这时再也无法控制自己，他扑过去，发狂地掐着迪克•桑德的脖子，使劲地摇晃着。但是他突然清醒过来，松开了手。他应该是想到了，如果现在杀死了迪克•桑德，那么之后为他准备的痛苦折磨也就用不上了。

于是他吩咐监工要对迪克•桑德进行严加看管，接着便走出了木板房。

内格罗的造访并没有吓倒迪克•桑德，反而使他又燃起了斗志。迪克•桑德觉得自己的身体机能慢慢得到了恢复，难道是因为内格罗的剧烈摇晃，使那些原本紧紧捆着他的绳索稍微松了些？现在迪克•桑德觉得自己身体的某些部位比之前轻松了许多，这让他又重新振作了起来。

年轻的船长从中得到了些许安慰。他不停地告诉自己，也许自己不用费什么力气就能将胳膊从绳子中抽出来！在这样一个没有窗户的牢房中，双手得到活动的空间，至少可以减轻他的痛苦。通常人在绝望时，一点点的安慰都会变得很珍贵。[**赏析解读：此处表现出了迪克·桑德坚强、勇敢的性格特征。**]

不过迪克•桑德很清楚，能够逃出去的概率几乎为零。还有谁能救得了他呢？他只希望在自己死后，能够与韦尔登夫人母子及其他人相遇。现在他确信韦尔登夫人母子已经死了，因为内格罗刚才又重复了一遍哈里斯的话。

的确，埃居尔独自在危险的森林和荒野中逃亡，他或许已经死了，还有可能死得很惨。汤姆和他的同伴也被卖到了很远的地方，他们再也不会相见了。对迪克•桑德来说，死亡才是最大的解脱。

如果现在他还希望发生奇迹的话，那简直是痴心妄想。因此，他只希望自己能够保留最后的勇敢和坚强去面对死亡。

人一旦把所有都交给上帝时，就会有事情发生。当迪克•桑德把自己的身心都奉献给了上帝，在他的内心深处便产生了一缕光亮。虽然这缕光亮会千变万化，但是在上帝的帮助下，它会变成一个光明的世界。

时间在流逝，漆黑的夜里静得没有一点儿声音。关押迪克•桑德的小牢房也陷入了一片黑暗之中。

很快，整个卡索塔的人们都进入了梦乡。迪克·桑德也睡着了，不过两个小时后他便醒了过来。虽然休息的时间并不长，却让他恢复了一些体力。他成功地把一只胳膊从捆绑着他的绳索中抽了出来，能让手臂自由地伸缩，对迪克·桑德来说已经算是很好的了。

夜已过半，看守他的监工在酒精的作用下沉沉睡去。迪克·桑德突然想到现在正是夺取这个监工的武器、离开这里的好时机。正当他要行动时，好像听到有人抓门板的声音。迪克·桑德用那只刚挣脱束缚的手臂，支撑着身体快速地爬到门边。那个看守他的监工显然没有被惊动，依然睡得很香。

迪克·桑德并没有听错，外面的抓门声一直没有停下来，而且越来越清晰，看样子是有人要挖门下的地面。到底是谁呢？［赏析解读：悬念不断扩大，增添了紧张的气氛。］

“会是埃居尔吗？”年轻的船长心里想。

他的眼睛一边警惕地盯着那个睡死过去的监工，一边把嘴凑近木门，轻声地叫了一声埃居尔的名字，回答他的却是一声低沉、哀怨的狗叫。

“难道是大狗丁戈？它闻到我的气味了！它是不是又来为我送信的？如果丁戈还活着的话，那就说明内格罗在说谎，那么……”

就在这时，一只狗爪子从门下伸了进来。迪克·桑德马上伸手抓住了它，他认得这是丁戈的爪子！［赏析解读：这里用感叹句，体现出了迪克·桑德当时看到丁戈后的激动心情。］但是，即使它带了纸条过来，也只能放在项圈里。想让丁戈的头伸进来，就必须要把门下的洞挖得更大一些。不管怎样，总要试一试。

就在迪克·桑德准备动手的时候，广场上传来了其他狗的叫声。看来丁戈已经被发现了，它只好逃走。随后外面又传来了几声枪响以示警告，而看守他的监工这才从梦中惊醒过来。迪克·桑德只好不再想逃跑的事，重新爬回到原来的位置。

他在死一般的寂静中一直等到了天亮。这也许是他度过的最后一个清晨了。

整整一天，许多当地人都在女酋长的亲信大臣的指挥下，争分夺秒地进行着掘墓的工作，因为如果不能在规定的期限内完成任务，那么他们就会失去自己身体上的某个器官。新上任的女酋长已经宣布，会依照旧例去惩罚那些犯了错的人。

河水被引入临时的河道中，人们已经在河床上挖出了一个深十英尺、长五十英尺、宽十英尺的墓穴。在这一天临近结束时，那些被选中的女奴就会作为殉葬品，被活着埋入铺垫的墓穴地板下或四壁中。由于莫尼·龙加的死不寻常，所以他们决定要将那些殉葬的女奴慢慢淹死。[**赏析解读：由此可以体现出当时奴隶制度的惨无人道。**]

按照以往的风俗，老酋长在下葬前要穿上他生前最好的衣服，但是此时的莫尼·龙加只剩下几块焦黑的骨头，所以他们只好采取另外一种方式。他们将用柳条编成的假人作为老酋长的尸体，然后把没有烧掉的人体碎末放在柳条假人中。再为它穿上老酋长生前最好的衣服，即使这些衣服并没有什么实用价值。最后他们还把从贝内迪表兄那里抢来的眼镜戴在假人的眼睛上，以至于这个假人看起来既可怕又可笑。

天黑后，一支由卡索塔所有居民组成的送葬队穿过了卡索塔的主要大街，来到了墓地。哭叫声、咒语声、各种乐器的敲打声以及老式步枪的射击声交杂在一起，使得这个葬礼看起来盛况空前。[**赏析解读：此处的描写，为读者生动地刻画出了当时老酋长葬礼的盛况。**]

奥维斯、科因卜拉、内格罗和阿拉伯奴隶贩子，以及那些沙漠商队的监工们都在送葬队伍中。因为女酋长曾下令任何人不能离开卡索塔，他们也不想在新酋长刚上任时去挑战她的权威。

老酋长的假尸体躺在队尾的一顶轿子里，而轿子四周围绕的是老酋长生前的第二等妻子。在她们之中有些人一会儿还会陪着老酋长去往另一个世界。女酋长则穿着庄严肃穆的葬服，表情凝重地跟随在灵柩的后面。

人们来到墓穴的时候，天色已经完全暗了，当他们点起事先准备好的火把，墓穴里的景象就清晰地展现在人们眼前了。只见在墓穴底部铺满了黑人，那是被选中的五十个女奴，有些被铁链固定在地上的身体还在蠕动着。不管是一动不动，还是痛苦挣扎，都不能使她们免于被河水埋葬的命运。

而那些被女酋长挑选出来必须陪葬的老酋长的妻子们，穿着犹如节日礼服一般的盛装。老酋长生前的第二位妻子此时正趴在地上，就像老酋长活着的时候给他做肉椅一样。老酋长的第三位妻子扶着那具假尸体，而第四位妻子则伏在假尸体前作为老酋长的脚垫。

在假尸体的对面，墓穴的另一边有一根红色的柱子。这根柱子的一半露在地面上，此时在柱子上绑着一个白人，很显然他也是这场葬礼的牺牲品之一。

这个人就是迪克•桑德。他半裸的身体上布满了伤痕，那都是内格罗的杰作。迪克•桑德就这样被牢牢地绑在柱子上，在这种情况下任谁也不会再存有希望。

这时水坝决堤的时刻还没有到来。

在女酋长一声令下后，那位作为老酋长脚垫的第四位妻子，被卡索塔的刽子手砍掉了脑袋，血直接流进了墓穴。

真正的大屠杀这才开始。[赏析解读：此处是对上文的总结，引出下文。]

墓穴外的五十名奴隶相继倒下，墓穴渐渐被一片红色淹没。接下来的半个小时里，到处充斥着被屠杀的奴隶的号叫声，以及参加葬礼的人们的呼喊声、咒骂声。在这场残暴的葬礼中，没有人表现出不满，也没有人表现出同情。

最后，女酋长做了一个放水的手势。那条上游河水改道的水坝慢慢被打开，水慢慢地涌进墓穴。因为这样可以让那些殉葬者不会马上死掉，而是慢慢地被淹死。这显然是一场经过精心设计的残酷刑罚。[赏析解读：这里的描写，写出了当时殉葬制度的残酷，“精心设计”体现出了作者对这种惨无人道的奴隶制度的谴责。]

河水先是淹没了墓穴底部的女奴，她们拼命地挣扎着，极力地扭动着身体，想要以此来抵抗河水带来的窒息感。而此时河水已经慢慢没过了迪克•桑德的膝盖，在众人的目光中，他也在拼命地试图挣脱绳索。

河水越涨越高，慢慢地淹没了所有的殉葬者，一百多个牺牲品就这样悄无声息地被葬在了河水下的墓穴中，没有留下任何痕迹。

强调这样残酷的场面，并不是曾经的这些丑恶现实值得花费笔墨描写，而是至今还有人活在这样令人悲哀的国家中，这些情况再也不能视若无睹了。[赏析解读：“丑恶”“视若无睹”都表达出了作者的愤慨之情。]

## 第三十一章　在奴隶贸易机构中

[**名师导读**]

韦尔登夫人自从来到卡索塔后，就一直被囚禁在奥维斯的奴隶贸易机构里，她对外面发生的事情一无所知。她和小杰克以及贝内迪表兄的活动范围只在这个院子里。但是让韦尔登夫人觉得奇怪的是，自从来到这里后就没有看到过内格罗，这让她十分焦虑不安。直到有一天，内格罗出现在了她的面前并告诉她，他准备把他们三人卖给韦尔登先生。

哈里斯和内格罗都说韦尔登夫人母子已经死了完全是在骗迪克·桑德。此时她们母子以及贝内迪表兄都在卡索塔。

在他们遭到沙漠商队的攻击后，内格罗和哈里斯就带着十几个土著士兵把他们三人押送到了营地后面的某一个地方。韦尔登夫人母子是乘坐当地人的“卡塔达”被带走的。对于内格罗为什么会做这样的安排，韦尔登夫人从来不敢想其中的原因。[赏析解读：这里用“不敢想”一词，从侧面表达出了内格罗的阴险。]

从科安扎河到卡索塔的这段路程，他们虽然走得很快，但是却不累。贝内迪表兄被允许可以采集昆虫，所以他的脚步十分坚定，也没有什么可抱怨的。在这样的情况下，他们比伊本·哈米斯带领的沙漠商队提前八天来到了卡索塔，随后就被囚禁在奥维斯的贸易机构中。

自从离开了那个湿热的沼泽后，小杰克的身体就逐渐在恢复，现在已经完全好了。

如果让他们像沙漠商队那样历经艰苦地行军，他们一定会受不了。不过他们是乘坐“卡塔达”来到卡索塔的，也受到了一些照顾，因此他们的体力消耗并不大，身体状况也不错。[赏析解读：由此可以看出，韦尔登夫人等人受到的待遇还是相对较好的，也是值得庆幸的，此时之前的紧张气氛在这里得到了缓和。]

韦尔登夫人对其他同伴的情况一无所知。自从看到埃居尔逃走后，就再也没有人知道他的下落。至于迪克·桑德，只要没有哈里斯和内格罗在他身边折磨他，韦尔登夫人希望他能以白种人的身份免受虐待。而那些黑人朋友们的命运就比较悲惨了，他们一定会和其他奴隶一样，被贩卖到其他国家。如果没有受到哈里斯和内格罗的欺骗，他们永远都不会来到这个可怕的地方。

当沙漠商队来到卡索塔后，韦尔登夫人就彻底与外界失去了联系，所以无从知晓同伴们的情况。她无法从卡索塔喧闹的市场上听到汤姆与他的同伴们已经被卖给了乌季季的一个奴隶贩子，以及他们很快就要被带离卡索塔的消息；也不会知道哈里斯已经得到了应有的惩罚；更不会知道莫尼·龙加酋长已经被烧死了，而在他隆重的葬礼上，迪克·桑德也是众多的殉葬品之一。

这个可怜的女人被孤独地关押在卡索塔的奴隶贸易机构中，内格罗负责监视她。她甚至连死的权利都没有，因为她还有小杰克。

现在韦尔登夫人完全不知道她的命运将会向着什么样的方向发展。因为在来卡索塔的路途中，哈里斯和内格罗就没有和她说过一句话。等她到了卡索塔之后，哈里斯和内格罗就再也没有出现过，而他们也无法从这个富有的奴隶贸易机构逃出去。很显然，她无法从贝内迪表兄那个大孩子那里得到任何帮助。

对贝内迪表兄来说，当他知道自己是在非洲而不是在美洲后，首先想到的并不是这一切是怎样发生的，而是做出了一个恼怒的动作。因为他认为在美洲发现的舌蝇变得不值得一提了，那种六脚昆虫在非洲可是很常见的。[赏析解读：从这里的描写可以看出，对贝内迪表兄来说，昆虫研究比他的生命还要重要。]而且在他之前，许多昆虫学家就已经从非洲发现了它。那些将自己的名字与这些发现相联系的荣誉已经远去了。但是，他很快就不再沮丧了，因为他认为自己现在身在非洲，可以搜集到更多非洲昆虫的标本。

在经过最初的愤怒后，贝内迪表兄对自己说："也许在这个法老（对古埃及国王的称呼，也是一个神秘的名字，它是埃及语的希伯来文音译，其象形文字意为大房屋。法老自称是太阳神阿蒙之子，是神在地上的代理人和化身，令臣民将其当作神一样来崇拜）的大陆，我可以搜集到更多的昆虫标本。即使我从来没有来过这里，也不代表我会有所损失啊！"

"啊！"他不断地自言自语，甚至说给韦尔登夫人听，即使韦尔登夫人并不想听，"这里是虎甲虫（属鞘翅目、虎甲科，全世界大约有2000种。因吃起东西来一副狼吞虎咽相而得名，是世界上爬行速度最快的昆虫之一）的产地，那些独角虫的上颚很大，长着毛茸茸的长脚，锋利的多层鞘翅连在一起。其中最特别的就是癞皮虎甲虫。除此之外，这里还有金头节虫、几内亚和加蓬产的巨人甲虫（生活在热带非洲，靠树上的果子和浓汁为食，成熟的巨人甲虫身长可达10厘米、重100克，身形非常漂亮，可以作为宠物饲养）。那些昆虫的头部和脚上都长着尖锐的刺。还有一种身上长着斑点，喜欢把卵产在蜗牛空壳里的甲虫。这里还有一种被埃及的北方人当作神的圣甲虫，虽然它生活在狮身人面兽（在古代神话中，狮身人面兽是巨人与妖蛇所生的怪物：人的头、狮子的躯体，带着翅膀，名叫斯芬克斯。斯芬克斯生性残忍，他从智慧女神缪斯那里学到了许多谜语，常常守在大路口。每一个行人要想通过，必须猜谜，猜错了，统统吃掉，蒙难者不计其数。传说埃及开罗的狮身人面像就是依照斯芬克斯的形貌雕刻的）的故乡，但是并没有什么稀奇，因为它已经遍布欧洲各地。另外，这里还有一种名叫伊迪亚斯·比格特的昆虫，这是一种让塞内加尔人非常害怕的家伙。的确，这里能找到的标本太多了，如果那些善良的人们允许我出去的话，我一定会去寻找它们的！"

比起从海岸到科安扎河的旅途，从科安扎河到卡索塔期间，贝内迪表兄得到了更多的自由，所以在他的心中对哈里斯和内格罗是没有任何怨言的，甚至这位心地纯洁的大男孩对那样虚假的自由还心怀感激。[赏析解读：此处的描写，凸显出了贝内迪表兄的人物性格特征。]

如果他没有把自己的放大镜和眼镜丢失的话那就更好了。虽然铁皮标本箱一直背在他的身上，但是他鼻子上的眼镜和脖子上的放大镜早已不知去向。对一个生物学家来说，没有了这两件宝贝，他就无法成为生物学家了。不过，贝内迪表兄永远也不会想到，他的那两件宝贝已经成了老酋长的殉葬品，再也没有相见之日了。

现在，当他为了辨认发现的昆虫的最基本特征时，就不得不把眼睛凑到离昆虫很近的地方。唉！失去放大镜和眼镜对他来说损失巨大，如果这里有商店卖眼镜的话，贝内迪表兄一定不惜重金，然而在卡索塔的市场上根本没有这种商品。对贝内迪表兄来说，能够在这个奴隶贸易机构的院子里自由地走动已经足够了。看守他们的人也知道贝内迪表兄是不可能逃跑的，因为想要翻出院子四周高高的围栏并不是一件容易的事。

事实上，用围栏隔出的院子至少有一平方英里，围栏将院子与卡索塔的其他区域远远地隔开了。院子里种植了许多非洲特有的乔木和灌木，也长着许多高大的野草，甚至还有几条河流。而且这个院子里都是木屋和茅草屋，对那些罕见的昆虫来说，这样的环境无疑是最好的藏身之地。[赏析解读：对奴隶贸易机构环境的描写，为引出下文作铺垫。]

这一切已经让贝内迪表兄感到满足了，而且他也在这里发现了一些六足虫，虽然为了研究这些昆虫，他几乎弄瞎了自己的眼睛。但是无论怎样，他都为其宏大的非洲昆虫标本搜索工作奠定了基础，增加了他的收藏。他现在只希望能发现一种新的昆虫，然后以自己的名字为其命名。这样一来，他此生就没有任何遗憾了。

奥维斯的这个院子对贝内迪表兄的研究工作来说已经足够大了，而对可以自由活动的小杰克来说，更算得上是无边无际。虽然对这个年龄的孩子来说，跑来跑去是很正常的事情，但是这个孩子却很少离开妈妈。

韦尔登夫人出于安全考虑，不希望小杰克离开她的身边。小杰克常常会向妈妈问起许久未见的爸爸，他让妈妈带他去找爸爸。他还总是问到其他人的情况，还有大狗丁戈。他认为大狗丁戈不理他了。

他还非常想念迪克•桑德，他总是想到他的朋友迪克•桑德的笑脸是那样的亲切。[赏析解读：迪克·桑德对小杰克来说是哥哥一般的人，说明他们的关系很亲密。]韦尔登夫人无法回答小杰克的问题，只能把他抱在怀里，亲吻着他，并竭力克制住悲伤，不让自己在孩子面前流下眼泪。

韦尔登夫人知道他们在从科安扎河到卡索塔的这段路程中受到了许多照顾，而且现在的处境也并没有恶化。她在这里只能看到一些侍奉奥维斯的奴隶，而其他那些作为商品等待卖给奴隶贩子的奴隶，都被集中关押在卡索塔广场的围栏中。如今这家奴隶贸易机构的仓库里堆满了布匹和象牙；布匹是用来运送到非洲中部交换当地商品的，而象牙则是准备运往非洲各主要市场出口的。

这个院子很少有人来。韦尔登夫人母子住在一间茅屋中，贝内迪表兄住在另一间茅屋中。他们可以在一起吃饭，但是不能与其他奴仆交谈，食物并不差，还总会有一些时令水果。[赏析解读：从这里可以看出，韦尔登夫人等人的处境还是不错的，最起码并不危险，让读者为其紧张的心情得到了缓和。]

负责照顾韦尔登夫人的是一位名叫哈丽玛的年轻女奴，她以自己原始的方式竭力地向韦尔登夫人表达着她诚挚的好感。

不过，韦尔登夫人在这里几乎没有看到过奥维斯。那个富有的奴隶贩子的住处正对着奴隶贸易机构的大门。更让人觉得奇怪的是，自从来到这里，内格罗再也没有出现过。这种异常不但让韦尔登夫人觉得惊奇，更让她觉得十分的焦虑不安。[赏析解读：韦尔登夫人心中的疑团在慢慢增大。]

“他把我们带到卡索塔，到底想干什么呢？他在等什么？”韦尔登夫人不止一次地问自己。

在商队到达卡索塔的八天中，也就是卡索塔老酋长举行葬礼前和葬礼后的八天中，韦尔登夫人一直处于这种忐忑不安的情绪中。

韦尔登夫人在焦虑不安的同时总会想到，自己的丈夫在没有看到她与小杰克返回旧金山时，该有多么痛苦，多么绝望！

韦尔登先生想必一定非常担心，他从来都没有想过自己的妻子会产生乘坐“流浪者”号返回美国的念头。他认为他们一定会乘坐太平洋航运公司的客轮回到旧金山的，这家公司的客轮抵达旧金山的时间都是固定的，但是轮船上没有韦尔登夫人母子和贝内迪表兄。另外，按照以往的时间，“流浪者”号现在也该回到美洲海岸了，但是直到现在都杳无音信。

因此，韦尔登先生不得不做最坏的猜想，那就是“流浪者”号可能已经失踪了，所以他到现在也没有得到关于这艘船的任何消息。当他得知韦尔登夫人是乘坐“流浪者”号离开了奥克兰时，对他来说简直是晴天霹雳！他该怎么做呢？他要怎么接受自己的妻儿已经葬身大海的事实呢？不接受，他又该去哪里找他们呢？通常来说，他一定会去太平洋的各个岛屿或美洲沿线去寻找他们。但他永远都想不到，他要找的人现在会出现在可怕的非洲大陆。

这是韦尔登夫人能够想到的一切。但是她现在能做些什么呢？如果没有其他办法让他们恢复自由，她会毅然地选择逃走。

但是，在她做出决定前，她更希望能够了解内格罗想要做什么。

很快，她就清楚了。[赏析解读：这句话是对上文的总结，引出下文。]

六月六日这一天，也就是卡索塔老酋长下葬后的第三天，内格罗来到了她的面前。当时贝内迪表兄正在院子里进行科学漫步，而小杰克正在哈丽玛的陪同下散步，只有韦尔登夫人自己在房间里。

内格罗径直推开茅屋的门，走到韦尔登夫人面前说道：“夫人，你的黑人朋友们已经被卖到乌季季去了。”

“上帝保佑！”韦尔登夫人听到后流下了眼泪。[赏析解读：韦尔登夫人为这些黑人朋友的遭遇感到悲伤。]

“南已经死在路上了，迪克·桑德也死了。”

韦尔登夫人惊叫道：“南死了！迪克也死了！”

“没错，那个年轻的船长杀死了哈里斯，他作为杀人凶手必须偿命！”内格罗继续说道，“现在就只剩下你还掌握在‘流浪者’号曾经的厨师手里了，只有你一个了，你明白吗？”[赏析解读：此处提到了迪克·桑德的死，为下文埋下了伏笔。]

内格罗并没有骗她，甚至那些黑人朋友们的消息也是真的。老黑人和他的儿子巴特、阿克顿以及奥斯汀在前一天就被押往来自乌季季的奴隶贩子的沙漠商队里。他们再也没能看到韦尔登夫人，甚至不知道他的同伴就被关在奥维斯的奴隶贸易机构里。他们去的地方是远在几百英里外的大湖区，活着到达那里的人很少，而从那里回来的人几乎没有。

“是吗？”韦尔登夫人只是低声说道，并没有回答内格罗的问题。

冷漠的男声继续说道，“韦尔登夫人。我本来可以杀了你，为我在‘流浪者’号上受到的虐待报仇。但是迪克•桑德的死已经打消了我的报复欲。现在我只是商人，而你只是我的客户。”[赏析解读：这里内格罗把自己比作商人，将韦尔登夫人比作客户，这种身份的转变预示着他另一个计划的开始。]

韦尔登夫人只是看着他，没有说话。

“至于你，还有你的孩子，还有那个跑来跑去的笨蛋，你们还是有些价值的，我准备利用你们赚一笔钱。因此，我决定把你们卖出去。”内格罗说道。

“我是一个自由人。”韦尔登夫人的语气异常坚定。

“我说你是一个奴隶，你就是奴隶。”

“可是谁会买一个白种女人呢？”[赏析解读：由此可以看出，白种人的身份在当时还是会让那些野蛮人忌惮的。]

“谁肯为这个女人付出代价，我就卖给谁！”

韦尔登夫人侧着头陷入了沉默，她清楚地知道，在这个野蛮的地方，什么可能都会发生。

“你听明白了吗？”

“你想把我卖给谁？”

“我可以卖掉你，或是别人再转卖你。这样都是有可能的。”这个邪恶的葡萄牙人语气中带着轻蔑的嘲笑。

“那这个人叫什么？”

“他的名字是詹姆斯·W. 韦尔登，也就是你的丈夫！”[赏析解读：内格罗的计划已经完全浮出水面了。]

“我的丈夫！”韦尔登夫人不禁惊叫道，这是她万万想不到的。

“没错，就是你的丈夫，韦尔登夫人。我要他用高价来赎回你们。”

韦尔登夫人怀疑这是否又是内格罗的诡计。但是，她相信内格罗说的是真的。对一个卑鄙的商人来说，在他们谈论生意时，钱财就是他的一切。现在内格罗这么认真，无疑是在谈生意。

“那你准备什么时候做这笔生意呢？”韦尔登夫人问道。

“很快。”

“在哪里？”

“就在这里。我想韦尔登先生一定会毫不犹豫地为了他的妻子和儿子来到卡索塔的。”

“你说的没错。但是，谁去通知他呢？”

“我！我会亲自去旧金山面见韦尔登先生。我手里的钱买一张越洋船票还是足够的。”

“那是从‘流浪者’号上偷来的钱？”

“是，不过有很多是从别的地方得到的。”内格罗一说到这个就十分自豪，“虽然我很想快点卖掉你，但同时也想要把你卖个高价。我想韦尔登先生不会介意拿出十万美金的……”

“如果他能拿得出，他当然不会在乎。”韦尔登夫人语气冰冷地说道，“想必你还会告诉他，我们被关押在非洲中部的卡索塔……”[赏析解读：从韦尔登夫人的态度中可以感受到，她对这个卑鄙的人的厌恶之情。]

“是的。”

“没有证据，只凭你的一面之词，我的丈夫是不会轻易地相信你的。”

“他一定会来的，”内格罗说道，“我会带着你的亲笔信去见他，他就会来的。

只要你在信上告诉他你目前的危险处境，然后把我写成你忠诚的仆人，而我是冒死逃出这个可怕的地方去给他送信就好了。”

“我永远不会写出这种信的！”韦尔登夫人冷冷地说道。

“你竟然拒绝了？”内格罗惊叫道。

“我拒绝！”

韦尔登夫人知道，如果她的丈夫冒险来卡索塔，一定会遭遇很多危险。这个邪恶的葡萄牙人决不会信守承诺。他一旦拿到钱，就会把自己的丈夫也扣押起来。韦尔登夫人一想到这些，就毅然决然地拒绝了内格罗的要求。很明显，韦尔登夫人现在忘记了自己的孩子。[赏析解读：从这里可以看出，韦尔登夫妇的感情是非常好的，她不愿意让自己的丈夫涉险。]

“你必须这样写！”

“不！”

“啊！你要知道并不是只有你一个人掌握在我的手里，你的孩子也是一样的，我很清楚怎么样……”

提到小杰克，韦尔登夫人的心都碎了，她再也说不出一句话。[赏析解读：对一个母亲来说，小杰克无疑就是韦尔登夫人的软肋，也是这个卑鄙的葡萄牙人唯一可以用来威胁她的手段。]

“韦尔登夫人，希望你能好好想一想我的建议。八天后，要是拿不到你写给你丈夫的亲笔信，那么你会为此而后悔的！”

内格罗说完后离开了这里，他并没有表露出自己的愤怒，因为他知道自己有很多手段能使韦尔登夫人就范。

# 第三十二章　关于利文斯顿的消息

[名师导读]

韦尔登夫人拒绝内格罗的要求是有原因的，因为她从奥维斯和另外一个乌季季的奴隶贩子那里听说利文斯顿就要到卡索塔来了，如果是那样的话，他们三人就会得救了。那么，这个利文斯顿是什么人呢？为什么他的到来会让奴隶贩子忧虑呢？

内格罗走后，韦尔登夫人独自待在茅屋里，她一开始只是想到，八天时间是内格罗给她考虑和做决定的期限。对于这么一个丧心病狂的人，人们不能期望他还有良知和正义，对他来说自己的利益大过一切！［赏析解读：“丧心病狂”足以表明内格罗的邪恶。］但是对于像韦尔登夫人这样具有巨大商业价值的囚犯，内格罗一定会好好保护她，避免她陷入任何危险的。

也许韦尔登夫人正可以利用这一点，使自己既可以安然无恙地回到丈夫身边，又不需要他来卡索塔。［赏析解读：由此可以看出韦尔登夫人的冷静与睿智。］韦尔登夫人可以肯定丈夫在收到自己的信后一定会马上动身，不惧任何危险地来到这个可怕的地方。但是，她却无法相信内格罗做出的保证。即使内格罗实现了承诺，但反复无常的女酋长不同意怎么办呢？如果能把交换地点定在海岸的话，无疑是最好的。如果能够在这一点上达成一致，那么韦尔登先生既可以避免被扣押，又可以避免进入非洲内陆的危险，他们安全回到美国的概率也就增大了。

这正是韦尔登夫人为什么坚持拒绝答应给她的丈夫写信的原因。同时她还想到，内格罗把期限定在八天之后，这是不是说明他需要为长途旅行做准备呢？如果不是的话，那么他会很快来强迫她就范的。

“他真的会从我的身边把孩子带走吗？”韦尔登夫人低声说道。［赏析解读：这句话表达出了韦尔登夫人的担忧。］

这时，小杰克回到了茅屋里。韦尔登夫人情不自禁地把儿子抱在怀里，好像内格罗就在这里、随时准备把她的孩子带走一样。

“你很难过吗，妈妈？”小杰克察觉到了母亲的异样。

“没有，我亲爱的杰克。我只是想你爸爸了。如果能见到你爸爸，你会很高兴吗？”韦尔登夫人问道。

“当然，妈妈！爸爸会到这里来吗？”

“不！不能！他决不能来这里！”

“那我们还会再见到他吗？”

“一定会的，我的宝贝！”

“还有我的朋友迪克、埃居尔和老汤姆吗？”[赏析解读：对于杰克来说，那些同伴都是他最重要、最要好的朋友，他无时无刻地不在想念他们，体现出他们的感情深厚。]

“是的！是的！”韦尔登夫人边说边低下了头，她怕小杰克看到她的眼泪。

“爸爸给你写信了吗？”小杰克继续问道。

“并没有，亲爱的。”

“那你会写信给他吗，妈妈？”

“会的，可能会……”韦尔登夫人答道。

小杰克并不知道自己的问题触碰了妈妈的心事。韦尔登夫人轻轻地吻着孩子，打断了小杰克的问话。

在这里有必要强调一下，韦尔登夫人没有答应内格罗的要求是有很多原因的，而现在又多了一个。也许她可以找到一个既不让丈夫涉险，也不反抗内格罗就能恢复自由的机会。虽然这一线生机存在很大的变数，但是对她来说，多一线希望就多一条路。

其实韦尔登夫人有这样的想法，源自她前几天无意中听到的一段对话，让她觉得上帝派来救她的人就要到了。[赏析解读：起着承上启下的作用。]

当时那两个人就站在韦尔登夫人住的茅屋外几步远的地方说话，一个是奥维斯，另一个是乌季季的混血奴隶贩子。这两个有名的奴隶贩子的谈话内容理所当然地也离不开贩卖奴隶的事。他们各自谈论着自己的生意，同时也都有一件共同感到忧虑的事情，那就是英国人现在对贩卖奴隶这种商业交易的打压力度很强，他们不仅派出了大量船只在海上巡航，同时还向非洲大陆派出了很多的传教士和探险家，由此可以看出，他们对消灭这种行业所做出的努力。

奥维斯对这些来到非洲的勇敢的人是带有抵触情绪的，因为他预感到这些人将会对他的事业产生非常不好的影响。显然，他的谈话伙伴也是这样认为的，而且他们认为所有来到非洲的访客，都不配得到他们的友好对待。

事实上他们也是这样做的。让这些商人们觉得担忧的是，即使他们杀死一批好奇的探险家，很快就会有另外一批不怕死的探险家来到他们的地盘上。只要他们中有人活着回国，那么就像奥维斯说的那样，这种残酷的贩卖奴隶的交易就会被夸大，从而使他们的贸易活动受到损害，即便他们这个行业已经是非常遭人唾弃的了。

那位乌季季的奴隶贩子显然也是这样想的，甚至为整个黑奴市场的衰落感到悲哀和忧虑。斯皮克、格兰特、利文斯顿、斯坦利等探险家都相继去过尼昂威、乌季季、桑给巴尔等著名的黑奴市场，这对他们来说无疑是一种侵略！不用多久，英、美两国人就会将这些地区占为己有。

同伴的遭遇让奥维斯深感同情。的确，目前来看，进入非洲西部的探险家并不多，但是这些探险家所带来的影响已经在蔓延了。卡索塔现在还没有受到影响，不过奥维斯设在卡松戈和比耶两处的奴隶贸易机构已经受到骚扰了。

也许我们还记得，哈里斯曾在与内格罗的对话中提到英国海军上尉卡梅伦准备从桑给巴尔去往非洲内陆，然后再从安哥拉横穿非洲。

我们并不能把这些奴隶贩子的担忧看作杞人忧天，因为在几年后，卡梅伦与斯坦利分别从非洲的南部和北部先后进入了西非这个鲜有外人踏足的地区，他们将这里看到的一切残酷事实揭发了出来，同时指责了管辖这些地区的殖民政府。

当然，现在奥维斯和他的奴隶贩子同伴对于几年后发生的事情一无所知，但是他们谈论到的一个消息正是韦尔登夫人毅然拒绝内格罗要求的重要因素，那就是利文斯顿就快要来到卡索塔了。

韦尔登夫人认为如果利文斯顿和他的随从来到卡索塔，一定会得到当时殖民政府的大力支持。到时候无论奥维斯和内格罗多么不情愿，他们也必须放韦尔登夫人一家离开这里。韦尔登夫人三人或许就可以在不久后回到旧金山，这样韦尔登先生也不用来这个可怕的非洲涉险了。

可是这个消息可靠吗？没错，这个消息是有依据的，利文斯顿会沿着这条传教士的旅程，去进行他对整个非洲地区的考察工作。

也许我们应该先认识一下这位勇敢的探险家。戴维•利文斯顿一八一三年三月十三日出生于苏格兰拉纳克郡的布兰太尔村，他是位茶商的儿子，在六个兄弟姐妹中排行第二。从小就勤奋好学、获得了医学与神学双博士学位的利文斯顿，在“伦敦传教士学会”的进修见习期满后，于一八四〇年来到了南非的开普敦，希望能与当时正在南非的传教士莫法特一起共事。

这位勇敢的探险家的第一次考察工作是在博茨瓦纳（全称博茨瓦纳共和国，意为“茨瓦纳人的土地”，是一个位于非洲南部的内陆国），后来他又回到了南非的库鲁曼（位于南非北部，由北开普省负责管辖），娶了传教士莫法特的女儿为妻。那是一个勇敢的女人，足以与利文斯顿相匹配。

一八四三年，利文斯顿在马伯萨建立了一个传教机构。四年后，他在距离库鲁曼北部两百二十五英里的科洛朋定居。

一八四九年后，利文斯顿带着他的妻子、三个孩子以及他两个朋友奥斯威尔和缪雷离开了科洛朋。在这一年的八月一日，他首次发现了恩加米湖（博茨瓦纳西北部的内陆湖。在奥卡万戈沼泽南端，海拔约900米，现仅雨季时有水，严重干旱时湖水全部干涸），之后一行人又沿着苏加河回到了科洛朋。

由于当地土著人的阻挠，他的这次旅程没有穿过恩加米湖。直到第三次，利文斯顿才得偿所愿。随后他带着家人和朋友奥斯威尔一路向北，历经千辛万苦，终于来到了赞比西河的支流潮伯河岸边。在那个马科洛洛人聚集的地方，他们在利牙第受到了酋长赛比图尼的热情款待。

到了一八五一年六月底时，利文斯顿发现了赞比西河。然后他又重新回到了开普敦，把家人送到了英国。

毫无疑问，利文斯顿这样做是不想让家人跟着自己一起冒险，因为他还要继续他的下一次探险。[赏析解读：此处表达出了利文斯顿对于探险的执着与痴迷。]

这次探险路线的起点是开普敦，然后从南向西北斜穿过非洲大陆，最后到达安哥拉的罗安达。

一八五二年六月三日，利文斯顿带着几个非洲土著人再次踏上了探险之旅。他们先到了库鲁曼，之后沿着卡拉哈里沙漠（非洲南部内陆干燥区，也称作卡拉哈里盆地，是非洲中南部的主要地形区。这个沙漠中有许多珍稀动物，特别是在沙漠下面的“龙息洞”中有着世界上最珍稀、最与世隔绝的鱼——金鲶鱼）前进，在十二月三十一日到达图巴鲁巴地区，在那里考察了被布尔人（指阿非利卡人，是南非和纳米比亚的白人种族之一。以17—19世纪移民南非的荷兰裔为主，融合法国、德国移民形成的非洲白人民族，说南非语）破坏的博茨瓦纳族的领地。在这里需要说明一下，那些布尔人在没有被英国人打败之前，一直是开普敦的主人。

一八五三年二月十五日，利文斯顿离开图巴鲁巴，在横穿过巴芒瓜托人居住的中心地区后，于五月二十三日到达了里尼蒂。他们在那里受到了马科洛洛族年轻酋长的热情款待。

利文斯顿在里尼蒂发起了高烧，以至于他们无法继续前行。在这期间，他便专心研究当地风俗。正是这次研究，使他对贩卖黑奴的毁灭性影响有了深刻的认识。[赏析解读：此处提到了贩卖黑奴，与前文呼应。]

一八五三年六月，利文斯顿沿着潮伯河顺流而下，一直往东到达赞比西河，之后进入了纳尼埃莱地区，对卡松戈及利博塔进行了考察。随后，他便来到了赞比西河和利巴河的交汇处，开始计划沿着赞比西河逆流而上，最后到达位于西海岸的安哥拉，那里是葡萄牙殖民政府管辖的地区。这时距离他离开里尼蒂已经有九周的时间了，为了准备这次探险，利文斯顿再次回到了里尼蒂。

一八五三年十一月十一日，利文斯顿再次离开里尼蒂，这次他带着二十七个马科洛洛人随行。他们在十二月二十七日这一天回到了利巴河河口，然后一直沿着赞比西河逆流而上，来到了巴隆达部族聚居的地带，这还是第一次有白种人来到这个地区。马孔多河从这里汇入赞比西河。

一八五四年一月十四日，利文斯顿来到了巴隆达部族最强大的酋长辛泰的王宫，辛泰在那里热情地招待了他们。一月二十六日，他又横渡了利巴河，到达了卡蒂马酋长管辖的区域。二月二十日，他们的队伍来到了扎伊尔西南部的迪洛洛湖畔，并在那里露宿。

利文斯顿的好运气好像从那之后就结束了，之后的路途困难重重，不但沿途的土著人对他们提出各种苛刻的要求，他们还时刻面临着突然的袭击，甚至还要提防随行土著人的背叛以及死亡的威胁。这一切都不是常人所能想象的，但是利文斯顿坚持下来了。[赏析解读：此处表现出了利文斯顿面对艰险、坚持不懈的精神。]他在四月四日到达了刚果河畔。刚果河位于安哥拉的边界处，这里是隶属于葡萄牙的殖民地，它向北汇入扎伊尔河。

四月十日这天，利文斯顿来到了卡松戈。奥维斯就是在这里见到他的。

五月三十一日，利文斯顿到达了罗安达。这位伟大的探险家历时两年第一次从南非横穿整个非洲大陆到达了非洲西海岸。

一八五四年九月二十四日，利文斯顿离开了罗安达，沿着科安扎河右岸——没错，就是那个让迪克·桑德与他的同伴饱经痛苦的科安扎河，来到了隆贝河的交叉口。他在这段旅途中遇到了很多押送奴隶的沙漠商队。之后利文斯顿又途经了卡松戈，于一八五六年二月二十日离开这里，横渡科安扎河，到了赞比西河流域的卡瓦瓦。

六月八日，他又回到了迪洛洛，见到了酋长辛泰。之后沿着赞比西河顺流而下，重新回到了里尼蒂。距他上次离开这里大约有一年的时间了。

利文斯顿第二次的探险计划是要前往非洲东海岸，这次他将最终完成从西横穿整个非洲大陆的考察工作。

在拜访过享有盛名的维多利亚瀑布（当地人称为莫西奥图尼亚瀑布，意为“霹雳之雾”。位于非洲赞比西河中游，宽1700多米，最高处108米，是世界著名的瀑布奇观之一。1855年利文斯顿在旅途中发现了它，并以英国女王的名字为其命名）后，利文斯顿离开了赞比西河，向西北方向挺进，他穿过了巴托卡族聚居区。那里的人因为吸食大麻成瘾，面目呆滞。他在这里见到了极有权势的赛马兰卜埃酋长，随后又横渡了卢萨卜南部的卡富埃河，再次沿着赞比西河顺流而下，在此期间他还拜访了穆布鲁马酋长，参观了葡萄牙人的宗博古城的废墟。一八五六年三月二日到达了位于赞比西河沿岸的泰特。

这是他第二次探险的主要路程。

一八五六年四月二十二日，利文斯顿离开了这座当年也非常繁华的城市，向着赞比西河三角洲下行，五月二十日到达了出海口克利马内港。此时距他一八五二年六月三日从开普敦出发已有四年了。七月十二日，利文斯顿乘船去往毛里求斯，于十一月二十二日回到了阔别十六年的故乡——英国。

巴黎地理学会为利文斯顿颁发了奖金，伦敦地理学会也为他颁发了奖章，并为他举行了盛大的招待会。如果换一个人，会觉得该休息一下了。但是戴维·利文斯顿却不这样想。[赏析解读：由此可以看出利文斯顿对于探险的热爱。]

一八五八年三月一日，他带着兄弟查尔斯、比丁费尔德上尉、奇尔克、梅勒医生、托恩顿和柏恩斯等人再次出发。五月，他们到了莫桑比克海岸，计划考察赞比西河盆地的情况。

但是他们七人在这次探险中无一生还。[赏析解读：为下文埋下伏笔。]

他们乘坐一艘名为“我的罗伯特”号的小汽艇沿着罗格纳河上行，于九月八日抵达了泰特。一八五九年一月，他们考察了赞比西河下游和右岸的支流西利河，四月考察了奇尔瓦湖，访问了芒刚甲族的聚居区，九月十日发现了尼亚萨湖（指马拉维湖，位于非洲东非大裂谷最南面，是非洲第三大湖泊。湖面海拔472米，靠近北端处湖水最深 704 米，北部湖区被誉为中南非洲最壮丽的湖光山色。该湖有一种湖水涨落有序的奇特现象）。一八六〇年八月九日，他们回到了维多利亚瀑布。

一八六一年一月三十一日，英国的麦肯锡主教与他的几个传教士来到了赞比西河入海口。三月，利文斯顿的队伍乘坐一艘名为“先驱者”号的船考察了鲁伍马河，然后于一八六一年九月再次回到了尼亚萨湖，他们在那里一直待到了十月底。

一八六二年一月三十日，利文斯顿的夫人乘坐一艘名为“尼亚萨夫人”号的汽船来到了非洲。

上述这些就是利文斯顿的探险旅途中最初几年的主要经历。这时，麦肯锡主教和他的一名传教士已经由于当地恶劣的天气而病故。四月二十七日，利文斯顿的夫人也在丈夫的怀中永远地闭上了眼睛。

五月，利文斯顿第二次考察了莫马河。十一月底，他又回到赞比西河，之后再次沿着希勒河上行。一八六三年四月，他的同伴托恩顿先生病故，利文斯顿把已经病重的兄弟查尔斯和奇尔克医生送回了欧洲。十一月十日，他第三次对尼亚萨湖进行了考察，并结束了对该地区地形的考察工作。三个月后，他途经桑给巴尔又回到了赞比西河入海口。一八六四年七月二十日，利文斯顿回到了阔别五年的伦敦，并发表了《赞比西河及其支流考察》。

一八六六年一月二十八日，利文斯顿又来到了桑给巴尔，开始了他的第四次探险。

他这一次只带了几名士兵和黑人，一路上多次目睹了贩卖黑奴给这一地区造成的恐慌影响。八月八日，他们到达了尼亚萨湖岸边的马卡洛色。在这里待了六周后，他的大部分随行人员都逃回桑给巴尔去了，并且到处散播谣言，说利文斯顿已经死了。

然而，即使这样也没有吓倒利文斯顿。他计划去考察从尼亚萨湖到坦噶尼喀湖之间的这一地区。十二月十日，在当地向导的带领下，他横渡了虑安纳河。一八六七年四月二日，利文斯顿发现了利穆收湖。他在此地不幸身患重病，几经生死。八月三十日，他在病情稍有好转后，就前往姆韦鲁湖，考察了这个湖北岸的情况，然后于十一月十二日回到了卡耶贝城，在那里住了四十多天。［赏析解读：这里的描写，为读者生动地刻画出了利文斯顿对探险工作无比尽责、热爱的伟大形象。] 在那段时间里，他又曾两次去往姆韦鲁湖进行考察。

之后，利文斯顿从卡耶贝出发，再次向北前进，这次他的目的地是位于坦噶尼喀湖畔的乌季季镇，但是一场意外打乱了他的计划。一场突如其来的大水，使他的向导都离开了他，利文斯顿无奈之下只好回到了卡耶贝。六月六日，他向南前行，历经六个月的艰难险阻终于来到了班戈尼鲁大湖。直到八月九日，他才离开了那里，重新踏上前往坦噶尼喀湖的旅程。

旅程的艰辛是无以言表的！自一八六九年一月七日开始，这位伟大的探险家的身体已经虚弱到了极点，他一路上只能让别人抬着走。二月，他来到了坦噶尼喀湖的重镇乌季季，他在那里得到了加尔各答东印度公司寄给他的一些旅行物品。

利文斯顿当时只有一个想法，那就是要沿着坦噶尼喀湖北上，一直到尼罗河的发源地或尼罗河盆地。[赏析解读：在已经病重的情况下，利文斯顿仍没有放弃探险工作，令人无比敬佩。] 九月二十一日，他来到了邦巴勒，这里是食人族马尼威马人的一个聚居区。然后他又到了卢阿拉巴河。海军上尉卡梅伦曾经怀疑过这条河就是扎伊尔河，而斯坦利发现卢阿拉巴河确实是扎伊尔河的上游，或者可以说是刚果河。利文斯顿在马莫埃拉病了八十天，而此时他的随行人员只剩下三个人了。

一八七一年七月二十一日，他又动身前往坦噶尼喀湖了，这一次的时间较长，直到十月二十三日他才达到乌季季镇。这时他瘦得只剩下一把骨头了。

人们在此期间对他的消息一无所知。欧洲人甚至开始相信他已经不在人世了。利文斯顿自己也曾绝望过，他以为自己再也无法活过来了。

在他到达乌季季的十一天后，他听到距离湖岸四分之一英里的地方响起了枪声。于是，利文斯顿赶到了那里。那里站着一个白种人。

“你是利文斯顿博士，我没猜错吧？”

“是的。”博士微笑地说道，同时礼貌地摘下了帽子。

他们的手紧紧地握在一起。[赏析解读：“紧紧”一词表达出了两人的激动之情。]

“感谢上帝，让我遇到了你！”

“非常荣幸，能够在这里见到你！”

这个白种人不是别人，正是美国人斯坦利，他是《纽约先驱报》的记者。他来到这里也是因为受到了报社投资人班奈特先生的委托，专门来寻找利文斯顿的。一八七〇年十月，斯坦利毅然决然地接受了这项任务。他果敢地从孟买（印度西部滨海城市，印度第一大港口，也是印度最富裕的城市，有印度“西部门户”之称。“孟买”一词来源于葡萄牙文“博姆·巴伊阿”，意为“美丽的海湾”）上了船，来到了桑给巴尔。到达非洲后，他几乎完全沿着斯皮克和伯顿走过的路线，走向非洲内陆，一路上几经磨难，数次在生死边缘徘徊，最终才来到了乌季季。[赏析解读：由此可以看出，这一路上的凶险与艰难。]

两个人很快就成了好朋友，他们一起去往坦噶尼喀湖的北部地区进行考察。他们乘船一直到了麦加拉角，经过一番仔细的考察后，发现这个大湖是通向卢阿拉巴河的一条支流。

这也是卡梅伦和斯坦利在几年后对此作出的肯定结论。十二月十二日，利文斯顿和他的同伴斯坦利又回到了乌季季。

这时，斯坦利准备离开这里。十二月二十七日，经过八天的航行，利文斯顿和斯坦利来到了乌林巴，又在一八七一年二月二十三日到达了库伊哈拉。

两位探险家在三月十二日这天分别了。

利文斯顿对他的同伴说：“你已经完成了极少数人才能做到的事情，而且你取得的成就也已经远远超过了许多探险家。我十分感谢你，我的朋友，愿上帝亲自指引着你前进，上帝保佑！”

斯坦利紧紧地握着利文斯顿的手说：“亲爱的博士，愿上帝保佑你！你会安然无恙地回来的！”

说完，斯坦利快速地抽回了手，并转过身去，他不愿意让利文斯顿看到自己的眼泪。[赏析解读：此处表达出了斯坦利对利文斯顿的不舍及担忧之情。]

“再见博士，亲爱的朋友！”斯坦利言语哽咽地说道。

“再见！”利文斯顿的声音听上去十分的微弱。

就这样，斯坦利走了。一八七二年七月十二日，他到达了法国的马赛港（是法国最大的海港，也是欧洲仅次于鹿特丹港的第二大港）。

利文斯顿依然留在那里，进行着他的考察工作。他在库伊哈拉休养了五个月后，于八月二十五日再次向着坦噶尼喀湖南部进发，这次与他同行的有黑人仆人苏兹、舒马和阿莫达，另外还有两个仆人以及雅各布•温瑞特，同时还有斯坦利送来的五十六名护卫。

一个月后，利文斯顿带领的队伍来到了达姆拉，在前往达姆拉的旅途中，他们曾遇到了因严重干旱引起的风暴。在风暴结束后，又下起了大雨，由于那些土著人不服从命令，他们的马匹相继死在舌蝇的叮咬下。[赏析解读：对于整个大环境的描写，体现出了旅程中的困难重重。]

一八七三年七月二十四日，他们来到了车屯库，紧接着又向齐坦博村前进。

这就是黑奴贩子们知道的利文斯顿的行踪，也就是奥维斯和那个乌季季的混血奴隶贩子所了解的情况。

他们能够确定利文斯顿结束对坦噶尼喀湖南部的考察后，就会穿过罗安达，继续去考察非洲西部那些从没有外人涉足过的地方，很可能让他遇到危险。他会从那里上行来到安哥拉，考察贩奴活动猖獗的地区，然后一直到卡索塔。这条路线看起来是既定的，因此利文斯顿是不会更改路线的。

也正是这样，韦尔登夫人希望这位伟大的探险家马上就能来到卡索塔。因为现在是六月初，离利文斯顿预计到达班韦乌鲁湖南岸的时间已经过了两个月了。

六月十三日，也就是内格罗定下的逼迫韦尔登夫人写下求救信的最后期限的前一天，一个噩耗传来，那是一个令奥维斯与其他奴隶贩子都欣喜若狂的消息——一八七三年五月一日的黎明，戴维•利文斯顿博士逝世了！［赏析解读：此处用“噩耗”与“欣喜若狂”作对比，突显出了奴隶贩子对利文斯顿的憎恨，同时反衬出利文斯顿对整个人类做出的伟大贡献。］

四月二十九日，利文斯顿躺在一副担架上，被他的考察队员抬到了班韦乌鲁湖南岸的齐坦博村。三十日深夜，他在剧痛的折磨下不断呻吟，断断续续地喊着：“啊！

亲爱的上帝！亲爱的上帝！”说罢，就昏死了过去。

一个小时后，他醒了过来，让他的仆人苏兹拿来了一些药，然后用无比虚弱的声音说道：“好了，你去吧！”

大约凌晨四点钟时，苏兹与另外五个护卫走进了利文斯顿的茅屋。此时利文斯顿跪在他的床上，头伏在手上，似乎正在祈祷。

苏兹上前轻轻地碰了一下他的脸颊，一片冰凉。

这位伟大的探险家永远地沉睡了。

九个月后，他的几位忠实的仆人，历经千辛万苦，将他的尸体运回了桑给巴尔。

一八七四年四月十二日，戴维·利文斯顿被安葬在了威斯敏斯特教堂（又称为西敏寺，位于伦敦泰晤士河北岸，该教堂也是英国王室墓地，后来专门辟出一块墓地，埋葬那些为英国做出重要贡献的名人。著名的“诗人角”就在这），这里埋葬的是国王和那些受到英国人爱戴的伟人们，利文斯顿终于也安息在这些伟人中间了。

# 第三十三章　蝎狮虫的指引

[**名师导读**]

利文斯顿的死讯让韦尔登夫人无奈之下答应了内格罗的要求，给自己的丈夫写了求救信。奴隶贸易机构大院里的生活又恢复了往常的单调。但是，对贝内迪表兄来说，只要有昆虫的地方都不会让他失去兴趣。这不，一只罕见的鞘翅虫出现了，而且它还带着贝内迪表兄来了一场意外之旅！

落水的人会拼命地抓住一块可以救命的木板。同样的道理，一个身陷绝境的人只要有一线希望也会紧紧抓住，无论这个希望有多么渺茫。韦尔登夫人目前的状况就是这样的。其实这也很好理解，当她得知利文斯顿在班韦乌鲁湖边的一个小村庄中去世的噩耗时，她的内心会有多么痛苦！

这是一种她从未感受过的孤立无援。这位伟大的探险家是她回到文明世界中的唯一希望，现在这个希望也消亡了。[赏析解读："孤立无援"淋漓尽致地表达出了韦尔登夫人当时的绝望。]

这就像水中的救命木板突然从落水者的手里滑落，希望之光瞬间熄灭了。汤姆和他的同伴们已经被卖到了遥远的大湖区，埃居尔杳无音信，韦尔登夫人在这里举目无亲。她没有别的选择，只能对内格罗的提议屈服，然后千方百计地争取一个相对好一些的结果。

六月十四日，内格罗按照约定好的期限来了。正如他所说的，这个葡萄牙人对于利益丝毫不会让步，十万美元的赎金一分都不能少。不过，韦尔登夫人并没有在这个问题上与他过多纠缠，她很实际地说："如果你真的想要促成这笔交易，我希望你不要提出任何他人无法接受的条件。你所要求的赎金可以如数给你。但是，我的丈夫不能到这里来！对于这一点你也很清楚，一个白种人来到这里的危险性有多大！所以，无论怎样，我都不会让他来到这里的！"[赏析解读：韦尔登夫人虽然身处险境，但是她并没有因此而惊慌失措，由此可以看出这是位勇敢、睿智的女人。]

内格罗显然有些犹豫，他思索了片刻，最终还是同意了韦尔登夫人的要求。韦尔登先生不用冒险来卡索塔，他只要乘船到达安哥拉南部的穆萨米德小港口就可以了。内格罗很熟悉那个地方，因为常常会有奴隶贩子在那个港口出入。内格罗会让奥维斯安排人，提前把韦尔登夫人三人带到那里，然后在约定好的时间完成这笔交易。这样，他还可以在韦尔登先生面前扮演一个忠诚的仆人，等轮船一靠岸，他就会趁机溜走。

很明显，韦尔登夫人赢得了这次谈判。她争取到了一个非常有利的交易地点，这样不但避免了丈夫涉险，同时也不必担心他们拿到赎金后将丈夫扣押在这里，或是离开卡索塔后再遇到什么意外。至于从卡索塔到穆萨米德之间那六百英里的旅程，按照以前从科安扎河到卡索塔的旅行经历，她完全不必担心有什么危险，而且他们作为商品，能够安全地到达港口也是奥维斯希望看到的。

事情就这样敲定了。[赏析解读：这句话起到承上启下的作用。]

韦尔登夫人按照说好的条件，给丈夫写了信，信中说内格罗是一直照顾自己的忠诚仆人，他是从当地土著人手中逃出去为她送信的。

内格罗拿着这封信，坚信韦尔登先生在看到这封信后，一定会毫不犹豫地跟随他前往穆萨米德。第二天，他在二十多名黑人士兵的护送下，从卡索塔出发北上。

为什么要北上呢？内格罗是想要从刚果河河口乘船离开吗？他从那里走能够避开葡萄牙人的检查，免得再次入狱吗？也许是这样的，至少他对奥维斯是这样说的。[赏析解读：此处设下了疑问，起着吸引读者注意力的作用。]

韦尔登夫人在内格罗走后，觉得有必要重新安排自己的生活，以便自己在卡索塔最后的日子里能多一些快乐。即使一切顺利，他们也还要在这里待三四个月。因为内格罗往返美洲一次，大概也需要这么长的时间。

对于他们三人来说，奴隶贸易机构是相对安全的，韦尔登夫人希望这段时间内都待在这里。女仆哈丽玛的细心照料，也使他们的囚禁生活没有那么痛苦。更重要的一点是，奴隶贩子奥维斯不允许她们离开这里。为了能够获得这笔款的分成，他一定会严加看管韦尔登夫人。

奥维斯对自己这时候不用离开卡索塔感觉很不错。这时，不管是卡松戈还是比耶的奴隶贸易机构都没有急需他去处理的事情。科因卜拉已经代替他领着士兵去各地抢劫黑奴去了。他是不会为一个酒鬼没有出现在自己眼前而感到遗憾的。

内格罗在动身之前曾三番五次地嘱咐奥维斯一定要看管好韦尔登夫人，这是十分重要的。因为现在没有埃居尔的任何消息，如果他还活着，就一定会千方百计地营救他们！精明的奴隶贩子奥维斯心里很清楚，这事关乎自己的利益，所以他会像看管自己的身体一样，看管好韦尔登夫人。[赏析解读：此处运用了一种夸张的修辞手法，表达出了奥维斯对韦尔登夫人和自己利益的重视。]

韦尔登夫人现在的生活又回到了最初来到奴隶贸易机构时的那样，单调乏味了。这个大院子里的人的生活与外面没有什么不同。奥维斯完全是按照卡索塔当地人的生活习惯生活的。奴隶贸易机构里的妇女们，就像那些为了讨她们丈夫或主人

欢心而不停干活的妇女一样，她们用大木槌在石臼里捣稻谷，直到把稻谷变成干净的米粒。她们还将玉米剥皮去壳，然后经过碾压成为小玉米粒，制作成当地叫作“姆提耶列”的玉米粥。此时，刚刚举行了庆祝高粱成熟的仪式，她们会把那些谷穗丰硕的高粱收到仓库中。她们还会用那种名为“姆帕夫”的橄榄制成芳香的橄榄油，再从中提炼出一种在当地非常珍贵的香料。她们也会纺棉花，先把棉团缠在一个约有一英尺半长的纺锤上，然后再迅速地旋转纺锤。她们还会去地里挖木薯，耕好土地，种植各种各样的当地农作物。那些木薯会被磨成木薯粉，还从高达二十英尺的蚕豆上采摘那些长达十五英寸的蚕豆荚，当地人把这种蚕豆称为“莫西扎乃斯”。她们还会收获一种专门用来榨油的花生以及一种多年生、开浅蓝色花，当地人称为“奇罗克”的小豆，那些浅蓝色的豆花如果放在高粱米粥里，可以让粥里弥漫着香气。除此之外，她们还会种植咖啡、甘蔗，甘蔗可以用来制成蔗糖浆。还有洋葱、番石榴、芝麻和黄瓜。这里的黄瓜的瓜子是棕黄色的，可以炒着吃，味道如同栗子。她们还会酿制各种发酵的饮品，比如，用香蕉酿制的“马洛夫”甜酒、“朋贝”酒等。[赏析解读：这里的描写一方面写出了非洲物产的丰富；另一方面也写出了当时妇女繁重的劳作。]

另外，她们还要饲养家畜，给奶牛挤奶。她们养的这种奶牛有个特别的习惯，只有看着小牛犊或是在它身边放一个小牛犊的标本时，才肯让人挤奶。制作小牛犊的标本并没有难度，只要用牛皮缝成小牛的样子，再在里面填上稻草就行。这些妇女还要照看那些矮种的小牦牛，这些小牦牛头上长着短角，有的则是鼓出两块肉峰。她们还要喂山羊，山羊不但是这里主要的肉食，也是一种可以交换的商品，实用价值就和那些黑奴一样。此外，院子里的妇女还要饲养家禽、猪、绵羊、耕牛等。

这样繁重的劳动，足以说明在非洲这种落后的地区，柔弱女性肩上的担子是多么沉重！

妇女们在劳动的时候，男人们在干什么呢？他们或是吸着烟，又或是赶着大象或水牛去为奴隶贩子干活。在这里，不论是收获玉米还是捕捉黑奴，在特定的季节里都会成为他们增加收入的一种方式。[赏析解读：由此可以看出当时非洲女性地位的低下。]

韦尔登夫人只能在奴隶贸易机构的大院里活动，所以这些妇女从事的劳动，她也只能看到一部分。

她偶尔会站在那里看黑人女奴干活。这些黑人女奴每次都会冲她做一些令人不快的鬼脸。这其实是一种种族的本能，因为这些黑人女奴对白种女人带有仇视心理，而且她们内心对韦尔登夫人确实没有一丝怜悯之情。哈丽玛是唯一的例外，韦尔登夫人在此期间学会了一些当地的方言，没用多久就能够和这个年轻的女奴进行一些简单的交谈了。

每当韦尔登夫人在院子里散步的时候，身边总是会跟着小杰克。不过，对小家伙来说，外面的世界对他的吸引力更大。

在奴隶贸易机构的院子里种着一棵巨大的猴面包树，树上有鹳鹤（形似鹤，嘴长而直，顶不红，常活动于水旁，夜宿高树）的鸟巢和“苏伊芒加”的鸟巢。“苏伊芒加”是一种前胸和喉部都为猩红色，长得很像美洲织巢鸟（是一类会使用草和其他东西编织巢穴的鸟。这类鸟大约有145种，体长7.5~25厘米不等，雌鸟颜色单调，雄鸟则非常艳丽，成对的鸟会在一棵树上独自筑巢，两个巢并不相连。主要生活在非洲、澳大利亚和南亚）的鸟类。树上还住着一些“非洲寡妇鸟”（也译作主教鸟，有两种形态：一种成年以后体长仅仅只有13厘米左右，尾巴很短，蓬松的腰羽几乎遮住了短粗的尾巴，比如红寡妇鸟；另一种身体较长，比如成年的雄性长尾寡妇鸟体长可以达到50厘米，主要是尾羽特别长，大约是身体长度的4倍。而雌性长尾寡妇鸟的尾羽长度仅为7厘米左右；寡妇鸟是一夫多妻制，每1只雄寡妇鸟都至少会寻觅到6只雌寡妇鸟配偶），这种鸟常常会衔来茅屋顶上的泥和茅草搭巢。

除此之外，还有一种名为“卡洛斯”的鸟，它们的叫声十分优美。那种浅灰色身子、红尾巴的鹦鹉，被马尼耶马族人称为“鲁斯”，他们这个部族也正是用这种鸟的名字来称呼他们本族的酋长的。还有一种类似于美洲灰色朱顶雀的鸟，当地人称它为“德鲁戈”，专吃昆虫。

此外，在这个院子里随处都能看到飞舞的蝴蝶，品种大概有几百种吧，特别是在那几条穿过奴隶贸易机构大院的溪水两岸到处都是。

这一切对贝内迪表兄来说都是非常有趣的。[赏析解读：对这位昆虫学家来说，只要有昆虫，他就不会觉得乏味。突出人物的性格特征。] 小杰克此时最感到遗憾的是自己长得太矮小了，无法看到围墙外面的世界。

唉！他那位可怜的朋友迪克在哪儿呢？要知道迪克曾经带他爬上过“流浪者”号的桅杆！那么，他怎么才能与他最亲的朋友一起爬上这高达一百多英尺的大树枝头呢？如果他们现在还在一起该多好啊！

对贝内迪表兄来说，无论在哪里，只要有昆虫，他就不会觉得无聊。虽然他失去了眼镜和放大镜，但是他在这个奴隶贸易机构的院子里依然觉得很快乐。他在这个院子的树洞里发现了一只蜜蜂，除此之外，还有一种被称为“斯菲克斯”的蜜蜂，这种蜜蜂就像布谷鸟（隶属于杜鹃科、杜鹃属，学名为大杜鹃。无论是雌鸟还是雄鸟都不会筑巢，也不会寻找固定的配偶，有机会的话就会抢占其他鸟类的巢穴。它们也不会自己孵卵，在繁殖季节随意找个配偶交配，然后将自己的卵产在其他鸟类的巢穴里，让别人替自己孵化并养大幼鸟。布谷鸟主要的食物来源是各类害虫，它们除了保护庄稼以外，还消灭了数不清的森林害虫，是一种益鸟）总是去侵占别的鸟类的巢穴一样，专门在别人的蜂房里产卵。

这里的小溪边有许多蚊子，贝内迪表兄被这些蚊子咬得不成样子了。韦尔登夫人看他任由蚊子咬时责备了他几句，他却还为这些有毒的昆虫辩护：“这是蚊子的本能，亲爱的表妹！”他一边说，一边使劲抓着被蚊子咬过的地方，直到抓出血，“这是本能，不能怪它们！”六月十七日那天，贝内迪表兄几乎就要成为世界上最幸运的昆虫学家了。但是，这件事的后果是谁都始料不及的，我们有必要将这件事详述一下。[赏析解读：引出下文，渲染气氛。]

那天上午十一点钟左右，天气异常炎热，大院里的人不得不待在自己的茅屋里，就连卡索塔的大街上也几乎没有人影。[赏析解读：对于气候的描写，是为下文作铺垫。]

这时，韦尔登夫人正在熟睡的小杰克身边打着瞌睡。

我们亲爱的贝内迪表兄显然也受到了这种高温天气的影响，他放弃了自己最喜爱的捕捉昆虫的活动。这无疑让他觉得惋惜，要知道在这种正午的阳光下，他才能听到整个昆虫世界的交响乐。他带着遗憾的心情躺在自己的茅屋里，就在他昏昏欲睡时，突然听到了一种嗡嗡声——这是一种使他完全无法抗拒的昆虫的嗡嗡声。这些声音可能是某些昆虫在飞翔时，翅膀每秒钟振动高达一万五千次或一万六千次的响声。

“这是一只六足虫！”贝内迪表兄马上就清醒了过来，他惊叫着从躺卧的地方一跃而起。

确实，在他屋子中嗡嗡叫的是一只六足虫。虽然这位昆虫学家的眼睛近视，但是他的听觉很灵敏，甚至只需要听一下昆虫扇动翅膀的声音强度，就能辨别出是哪一种昆虫。[赏析解读：只凭借着声音就能辨别出昆虫的种类，此处可以看出贝内迪表兄对于昆虫的了解。]不过，这次他只感觉到这是一只巨大的昆虫，却不知道是哪一种。

“这是只什么样的六足虫呢？”他自言自语道。

想要仔细观察这样一只飞虫，对遗失了眼镜并眼睛近视的贝内迪表兄来说，无疑是件难事。不过，贝内迪表兄只是想从这只昆虫振动翅膀的声音里辨别出它所属的科目。

昆虫学家的本能告诉他，想要达到目的必然要经过一番周折。这只六足虫就像上天赏赐给他的一样，飞进了他的茅屋中，而且除了它还可能有别的来访者。

贝内迪表兄并没有随着那只昆虫跑来跑去，他只是静静地站在那儿，仔细听着，阳光洒在他的身上。这时，他发现空中有一个正在飞舞的巨大黑点，可是这个黑点离他的距离有点远，并不足以让他看清楚。他屏住呼吸，即使感到自己的脸上或手上被咬了一口，依然一动不动，他现在就怕把这只六足虫吓跑了。

终于，这只嗡嗡作响的昆虫围绕着他飞了半天之后，落在了他的头上。他顿时微微张开了嘴，露出了一个似笑非笑的表情。[赏析解读：贝内迪表兄的神态表达出了他的喜悦之情。]

他能感觉到这个小家伙正在他的头发上爬来爬去，他很想一把把它从头上抓下来，但是他还是忍住了，没有采取任何行动。

他心里想着：“不能抓！不行！我会吓跑它或是弄伤它的。再等一等，等到它离我更近一点的时候，我再抓住它好了。哎！它在向前走！它下来了，我已经感觉到它可爱的小爪子触碰到我的额头了！这一定是一只相当大的六足虫。上帝保佑！让它爬到我的鼻尖上，那么我只要眼睛向下，大概就能看清它了，然后就能确定它是属于哪一个科或是哪一个种类的昆虫了！”[赏析解读：贝内迪表兄的内心独白，表达出了他对这只昆虫的渴望与喜爱。]

贝内迪表兄就是这样想的。不过，他高高的额头到极长的鼻尖的距离确实有些远。这只不受约束的小昆虫或许会在这期间爬向别处，比如贝内迪表兄的两只耳朵或他的前额上，而这些地方都不在这位昆虫学家的视线之内。除此之外，还有另一种可能，那就是它随时可能会飞走，离开这个茅屋。毫无疑问，它更适合在阳光下生存，更不要说那里还有一些同类在吸引着它。

幸运女神无疑垂青了我们的昆虫学家。那只昆虫在他那如同野草般杂乱的半光秃的头顶上游荡了片刻后，开始顺着他的前额和发际处向下爬。贝内迪表兄此时内心充满了希望，但愿这只小虫子能够一直爬下来，来到他的鼻梁上。如果它能爬到鼻梁上，那么要爬到鼻尖上又有什么难的呢?

事实上，如果换成另外一个人遭遇与贝内迪表兄一样的情况，他一定毫不迟疑地照准自己的额头拍下去，打死这只讨厌的昆虫，即使不打死，至少也会赶走它。一个人能够清楚地感觉到一只六足虫在自己的脸上肆意妄为，不要说害怕被它咬，能够做到一动不动，就足以令大家钦佩他的英雄气概了。古时候，那些英勇的斯巴达人（斯巴达位于希腊半岛南部的拉哥尼亚平原，原来的意思是“可以耕种的平原”。约在公元前11世纪，多利亚人南下侵入拉哥尼亚，毁掉了原有的城邦，在这里居住下来，斯巴达人就是指来到这里的多利亚人）曾允许狐狸咬自己的胸脯，古罗马人曾用手指夹起正在燃烧着的木炭，贝内迪表兄的控制力完全不比他们差，他一定继承了他们的勇敢。[赏析解读：此处将贝内迪表兄以一种夸张的修辞方式与斯巴达人、古罗马人作对比，凸显出了贝内迪表兄的勇敢和对昆虫的热爱。]

这只小家伙在绕了二十多圈后，终于来到了贝内迪表兄的鼻子上。它只是在那里稍作停留，但这足以让贝内迪表兄热血澎湃了。他这时在想这只六脚小昆虫是要向下爬出自己的视线，还是会向上呢?

小家伙爬下来了！贝内迪表兄能感到它那毛茸茸的脚正在向着自己的鼻尖移动。这只小虫子既没有向左，也没有向右，它就停在我们的昆虫学家随着呼吸扇动的鼻翼之间，正在那微微翘起的鼻梁下面，那里是专门用来承载眼镜的。[赏析解读：这里将昆虫的移动进行了细致的描写，增添了紧张的气氛。]

小家伙爬过贝内迪表兄鼻梁上的小坑——那是由丢失的眼镜多年压出的，最后停在了鼻尖上。

此时这只昆虫占据的位置再好不过了！贝内迪表兄正好可以将两眼的视线集中在那一点上。他的眼睛就像两只透光镜一样，从两边投射到了昆虫的身上。

“万能的上帝啊！”他禁不住惊声叫道，“这是一只鞘翅虫（又称甲虫，全世界已知约37万种，中国已知约8000余种，是动物界最大的昆虫目，占昆虫纲的40%以上）！”

好吧，现在的情况可不允许他这样大喊大叫，他只能在心里默念一声。不过，这对一个痴迷于昆虫研究的昆虫学家来说，要求是否太过于苛刻了呢?

那只鞘翅虫正站在他鼻尖上，长着一对宽大的翅膀，这正是一只罕见的荧光鞘翅虫，是一种在南非早已灭绝的昆虫！这时没有什么能够阻止他兴奋地大叫。

不幸的是，这只荧光鞘翅虫听到了他的惊叫声，而且他又几乎同时打了个喷嚏。这个喷嚏使站在他鼻尖上的小家伙受到了震动。贝内迪表兄希望能够在这只昆虫飞走之前抓到它，于是伸手猛地一捂，但是手里抓到的只是自己的鼻子。

“真该死！”他先是大骂了一声，随后又马上恢复了冷静——那是一种超凡的冷静。他知道这只荧光鞘翅虫只是由于不安稍微飞开了一下，绝不是想要飞走，所以他跪在那里，看着这只移动的宝贝在距离他眼睛不到十英寸的地方，像一个小黑点似的、快速地在一束阳光下不停地飞舞。

显然，这只小昆虫活动的状态比刚才静止的状态更有利于贝内迪表兄对它进行观察研究。不过，他必须始终盯着它，保证它能一直在自己的视线范围里。

贝内迪表兄不停地在心里对自己说："如果要抓住这只荧光鞘翅虫，很有可能会弄伤它！不行，我要先这么跟着它好好地欣赏一下！无论如何，我都会抓到它的！"[赏析解读：连续的感叹句增强了语气，说明这只昆虫对于他的意义非凡，也表达出了他对这只稀有昆虫的渴望。]

我们且先不说贝内迪表兄这样的打算是对是错。不论怎样，他现在已经双手着地趴在地上了。他把自己的鼻子贴着地，看上去就像只大狗在嗅什么东西，然后跟在那只六足虫后面，在相距七八英寸的地方向前移动着。[赏析解读：对贝内迪表兄动作的描写，表达出了他对昆虫研究工作的忘我精神。]

没过多久，他就爬出了茅屋，来到了正午的阳光下。又过了一会儿，他已经爬到院子围墙的木围栏下面了。

这只荧光鞘翅虫会不会在这里一下子跳出木围栏，让自己与这位痴迷的昆虫学家之间竖起一道不能逾越的障碍呢？不！根据这种小昆虫的习性，贝内迪表兄知道它是不会这样做的。它只是一直停在那里，懒洋洋地向前爬着。但是对昆虫研究来说，这样的距离无疑太远了。不过，只要一直盯着这个缓慢移动的小黑点，这个距离还是合适的。

这只小家伙爬到了围墙的底部，在那里突然出现了一个鼹鼠（一种哺乳动物。体矮胖，长十余厘米，毛黑褐色，嘴尖。前肢发达，脚掌向外翻，有利爪，适于掘土。鼹鼠一词在某些国家中还有"间谍"的意思）挖的大洞。它没有丝毫迟疑地钻了进去，对这种鞘翅虫来说，阴暗的地洞是它们最喜欢的。贝内迪表兄以为他再也见不到那只小昆虫了。出乎他意料的是，这个鼹鼠洞的直径至少有两英尺，可以称得上是地下走廊了。像他这样又瘦又高的人，爬进去完全不成问题。于是，对研究的热爱驱使着这位昆虫学家毫不犹豫地钻进了地洞里。他这时根本没有想到这个地洞可以将他带出奴隶贸易机构的大院。

的确，鼹鼠洞已经成了连接奴隶贸易机构内外的一个通道。

只用了半分钟，贝内迪表兄就爬出了大院。但是这显然不是他关注的重点，他只是想要找到那只钻进地洞的小昆虫而已。[赏析解读：忘我的贝内迪表兄并没有意识到自己已经离开了那个囚禁他的牢笼，他的注意力完全在他渴望得到的昆虫身上。]

可是，那只鞘翅虫好像厌倦了这种漫长的爬行，于是它展开了鞘翅（甲虫的前翅，肥厚坚硬，覆在膜质的后翅上，如同刀鞘。也称为翅鞘），扇动着翅膀，准备飞走了。

贝内迪表兄看到这个情形后急坏了，他马上用手去抓，但是却没有抓到这只昆虫，它飞走了！

太令人惋惜了！好在它不会飞得太远，贝内迪表兄站了起来，四处张望了一下，然后伸出双手向前扑去。这只昆虫在他的头顶上盘旋，眼睛近视的贝内迪表兄只能看到一个黑点，却看不清它的模样。

这只鞘翅虫会不会再次落在地上呢？看情况可能会这样的。

爬出奴隶贸易机构的大院对贝内迪表兄来说并不是一件好事。这个大院所在的位置正处于卡索塔的最北边，它的旁边就是一片树林，这片树林占地几平方英里。如果这只鞘翅虫飞进了树林，从一根树枝上飞到另一根树枝上，那么贝内迪表兄就再也没有希望得到这个应该出现在他的铁皮标本箱里的珍宝了。

意想不到的事情就这样发生了！这只小昆虫再次回到了地面上。这对贝内迪表兄来说无疑是意外的幸福，他马上趴下来，爬了过去。可是这次鞘翅虫没有像之前那样慢慢爬行，而是一点点地向前跳去。

这可让贝内迪表兄累坏了。他也跟着鞘翅虫跳，导致他的膝盖和手指都磨出了血。他张开两臂，伸开两手，跟着那个到处乱跳的小黑点左扑右跳。如果非要用什么来形容现在这个场景，贝内迪表兄好像正在用自己的身体在滚烫的地面上作画，又像一位游泳健将在游泳。[赏析解读：作者以一种诙谐幽默的方式，将贝内迪表兄的形象生动地展现在读者的眼前。]

但是，不管他怎么做都是白费力气，他每次都会扑空。这只鞘翅虫好像在故意戏弄他，转瞬间又飞到了一片绿树丛中去了。然后，它又向贝内迪表兄飞过来，从他的耳边飞过，轻轻地扇动鞘翅，发出很大的嗡嗡声，不过声音里好像有股嘲笑贝内迪表兄的味道。之后，它就又飞走了。

“该死的！它又跑掉了！没良心的六足虫！要知道我可是在标本箱里为你保留了一个荣耀的位置啊！好！你想逃走，不行！我一定会抓到你的！”贝内迪表兄气急败坏地喊道。[赏析解读：贝内迪表兄的气急败坏恰到好处地体现出了那只昆虫对于他的重要性。]

气愤让他忘了想要用他的近视眼在这一片绿叶丛中找到鞘翅虫，那简直是天方夜谭。但是，他想不了那么多，愤怒和怨恨把他变成了一个无法思考的白痴。他不停地责备自己太笨，才弄成了现在这样的结果。

如果他一开始就把这只鞘翅虫抓住，而不是任由它“自由自在的活动”，那么就不会出现后来这些事了，而他也早就得到那个珍贵的标本了。这只虫子与埃及神话中的狮身人面兽一样，叫作“人面狮身虫”。

贝内迪表兄现在心烦意乱，他无法做出正常的判断，以至于他完全没有意识到这一连串的意外已经让他恢复了自由之身。他根本没有想到那个鼹鼠洞把他引向了自由的天地，使他离开了奥维斯的奴隶贸易机构大院。

他的眼前只有那片树林，他的鞘翅虫就躲在那片树林中。他下定决心，不论怎样都要找到它！

于是他跑进了树林，这完全是一种不假思索、无意识的行为。[赏析解读：“不假思索”“无意识”很好地说明了贝内迪表兄忘我的状态。]贝内迪表兄满脑子都是那只小昆虫，他幻想着自己能够再次见到它。他就像是一只巨大的蜘蛛，挥舞着自己的长臂。他会跑到哪里去？他以后怎么回来？他还能不能回来？所有这些问题他都没有想。贝内迪表兄就这样冒着被当地土著人发现或被野兽袭击的危险，向着森林深处跑了足有一英里。

当他跑到一大片灌木丛附近时，忽然一个庞然大物冲出来，一下子将他扑倒在地。然后就像贝内迪表兄对待那只鞘翅虫一样，这个庞然大物一手抓着他的后颈，一手托起他的后腰，贝内迪表兄在还没有反应过来是怎么回事的时候，就已经被带进了森林。[赏析解读：此处设下了悬念，增加了读者的好奇。]

确实，贝内迪表兄本来是有机会宣布自己是世界五大洲中最幸福的昆虫学家的，但是他与这个机会擦肩而过了。

## 第三十四章 大巫师

[**名师导读**]

贝内迪表兄的失踪让奥维斯十分愤怒，但又别无他法，他只能加强警戒看守住韦尔登夫人母子。就在一切看似正常的时候，卡索塔遇到了天灾，连续的降雨使整个卡索塔地区都被雨水淹没了。为了能够消除这场灾难，女酋长找来了许多巫师，但是都没有效果。于是她把那位住在安哥拉北部的著名大巫师请了过来。不得不说，这位大巫师确实有些不一样。

六月十七日一整天，韦尔登夫人都没有看到贝内迪表兄，这让她很不安。她无法想象那个大孩子发生了什么事情。

任谁也想不到他会逃出这个戒备森严的奴隶贸易机构。韦尔登夫人很了解她的这位表兄，如果为了逃走而让他扔掉那个铁皮标本箱里所有的标本的话，那么他会毫不犹豫地拒绝。现在他的标本箱还在屋子里放着，他到非洲后搜集到的那些标本也都完好地保存着。他绝不会自己舍弃这个箱子的。

但是事实就是这样，贝内迪表兄已经不在奥维斯的这个大院里了。

韦尔登夫人找了他一天。小杰克和女仆哈丽玛也跟着她一起找，但是没有任何结果。

韦尔登夫人忧心忡忡，她怀疑奥维斯因为某些原因带走了表兄。可是奥维斯为什么要带走他呢？他是不是被关在卡索塔广场四周关押黑奴的围栏里了？他们为什么在她和内格罗达成赎买的协议后还要带走他呢？贝内迪表兄也是协议中人质的一员啊？他们不是已经说好必须把他们三人一起送到穆萨米德才能拿到十万美元的赎金吗？[赏析解读：连续的问句表达出了韦尔登夫人深深的担忧。]

如果韦尔登夫人能够亲眼看到奥维斯得知贝内迪表兄失踪时那种暴跳如雷的样子，那么她就会明白这显然不是奥维斯干的，因为那并不是他希望发生的事情。但是如果贝内迪表兄是故意逃跑的，为什么事先不把自己的计划告诉她呢？

奥维斯的手下对大院进行了仔细的搜查后，终于发现了那个连接围墙内外的巨大的鼹鼠洞。于是奥维斯明白了，那个专门“追赶苍蝇的家伙”一定是从这个鼹鼠洞逃出去了。[赏析解读：奥维斯用“追赶苍蝇的家伙”来形容贝内迪表兄，表达出他对贝内迪表兄的厌恶。]贝内迪表兄逃走的责任完全落在奥维斯身上，他在这笔交易中所能获得的利益也将随之减少，他的狂躁也就更容易理解了。

“这个笨蛋并不值什么钱。”他想，“但是，没有了他我会少赚一大笔钱！啊！如果让我逮到他，一定要他好看！”但是，不论他们怎么在院子里及附近的森林中进行搜查，始终没有发现贝内迪表兄的踪迹。

韦尔登夫人只好接受自己的表兄失踪了的事实，而奥维斯也无可奈何。

人们当然知道他一定不是事先与外面的人取得了联系。他只能是在一种极为巧合的状态下发现了那个鼹鼠洞，然后钻进去逃跑了。他根本就没有想到还在这里的表妹及小杰克，好像他们根本不存在一样。

韦尔登夫人只得承认事实就是这样的，但是她丝毫没有埋怨自己的表兄，因为她相信那个大孩子当时一定不知道自己做了些什么。

“可怜的人，他会怎么样呢？”韦尔登夫人十分担忧。

不用说，那个鼹鼠洞在被发现后马上就被堵了起来，同时奴隶贸易机构内外的警卫也加强了。

韦尔登夫人母子单调又乏味的囚徒生活又重新开始了。

就在这时，卡索塔的气候变得极为异常，这是往常这个时节从来没有过的。从六月十九日开始，天上没完没了的下起了大雨，本来雨季到四月底就该结束了。可是现在依然乌云密布，大雨不断，很快就淹没了卡索塔。[赏析解读：对气候的描写，为下文作铺垫。]

这种连绵不断的大雨天气只是给韦尔登夫人增添了一点儿小烦恼，因为她不能去院子里散步了。但是对当地人来说，这样的大雨无疑是一场灾难。那些种植在较低地势上的农作物已经成熟了，可现在却被泡在了大水中。

这场大雨不但毁掉了卡索塔居民的收成，也让他们陷入灾荒。所有的生产活动都停止了。女酋长和她的大臣们面对着这场灾难不知所措。

他们只能向巫师求助。他们请的并不是靠魔法和念咒帮人治病的巫师，也不是请那些算命占卜的巫师。现在要为众生共同的苦难请巫师，这位巫师必须能够呼风唤雨、驱散风雨，也就是能够在祈祷后用法力为大家消除灾祸的巫师。[赏析解读：女酋长及众人的迷信为下文埋下伏笔。]

他们的努力都白费了。先后请来的那些巫师只是吟唱着他们那单调的圣歌，摇着手中的小钟和手铃，拿出了他们最灵验的护身符，特别是有一位巫师还拿出了装满泥土和树皮的喇叭，喇叭尾部有三个小角。这位巫师从喇叭里撒出小粪球，或是向身份最尊贵的大臣吐口水，但是他们的法力都不足以让乌云散去、大雨停止。

事情好像变得更糟糕了，女酋长这时想要去请另一位最著名的大巫师。这位大巫师是最高级的巫师，他当时住在安哥拉的北部，从没来过卡索塔，所以人们对他更是慕名已久。现在唯一的问题是他能不能阻止这场大雨呢？

六月二十五日的早上，这位大巫师伴随着一阵响亮的铃声出场了。

他一直走到卡索塔的广场上，当地人迅速将他围在中间。雨好像小了一些，风也好像有变化了，雨天转晴的征兆正好在这时出现了，使得人们对这位大巫师肃然起敬。

这位大巫师身材魁梧，看起来十分威严，身高至少有六英尺，而且格外强壮。人们的情绪很快就受到了他的影响。

通常那些巫师来时总是会带着三五个人，同行的还有一些助手或同伴。这位大巫师是一个人来的。他的前胸用白色黏土画了一些乱七八糟的符号，下身穿着一条草裙，不过他那现代的文雅气质却丝毫没有受到宽大裙摆的影响。[赏析解读：“文雅气质”引起读者的好奇，为读者设下了疑问。]

他的脖子上挂着用鸟头骨串起来的项圈，头上戴着镶着玻璃珠、插着羽毛的皮帽子。腰上系着一根铜带，上面至少挂着数百个小铃铛，这使他走起路来比戴满铃铛的西班牙骡子的响声还要大。这身打扮正是当地巫师们侍奉天神时最典型的服饰。[赏析解读：对大巫师服饰的描写，让读者了解到了当时非洲的风土人情。]

大巫师的全部道具都装在一个由葫芦底加工而成的篮子里，里面装满了贝壳、护身符、木制小神像和其他神器。除此之外，还有一大堆非洲中部的巫师念咒作法时常会用到的重要神器——小粪球。

大家很快发现这位大巫师是个哑巴，正是因为这个缺陷，使人们对他的能力更加信任了。他的嘴里发出了一种低沉、疲惫而且被拖得很长的声音，听不出有任何含义。人们完全被这种神秘的声音迷住了，这让他们更加坚信这位大巫师一定能够帮他们消除灾难。[赏析解读：大巫师不说话增加了自身的神秘感，使民众对他的能力更加信服，从侧面体现出他们的愚昧无知。]

大巫师绕着广场走了一圈，边走边跳着孔雀舞，这使他腰间的铃铛响作一团。人们跟着他，模仿着他的舞步，就好像一只体型巨大的猛兽后面跟着一大群猴子。

突然，大巫师走到卡索塔的中央大街上，一直向女酋长的王宫走去。

与此同时，女酋长听闻大巫师到来的消息后，马上带着自己的亲信大臣出来迎接。

大巫师向女酋长行了一个礼，头一直低到地上，然后抬头直起身来，让女酋长看到他那魁梧的身材。紧接着他将两只手伸向天空，只见天空中的乌云此时正在飞快地滚动。这位大巫师模仿着滚动的乌云，开始了他生动的哑剧表演。大巫师指挥乌云向西移动，乌云却开始向东移动，看上去没有任何力量能够阻止它们那样做。

就在这时，一件出乎所有人意料的事情发生了，大巫师突然抓住了那个相貌威严的女酋长的手。女酋长身边的几个亲信大臣立刻就要冲上来制止这种无礼的行为。可是力大无比的大巫师一把抓住第一个冲到他身边的大臣的脖子，一下子把他甩出去了十五步远，任由他在地上一阵乱滚。

不过，那个女酋长对这种无礼的行为倒是没有表现出有什么不满，她向大巫师做了个鬼脸，大概是在向他表示微笑。大巫师拉着女酋长快步走出了人群，人们自然也都跟随着。

大巫师一路没有停歇地走到了奥维斯的奴隶贸易机构门口。[赏析解读：大巫师为什么会来到奥维斯的奴隶贸易机构门口，这里引起了读者的好奇。]那扇紧闭着的大门被他用肩膀一顶就应声倒地了，他拖着此时已经百依百顺的卡索塔女酋长走进了院子。

奴隶贩子奥维斯、他的士兵以及院子里的奴隶们都跑了过来，他们想要惩罚这个破门而入的冒失鬼。不过，当他们看到女酋长并没有责备他的意思后，也就不敢贸然动手了，全都恭敬地肃立在一边。

对于女酋长的突然到访，奥维斯正要走上前去询问。但是大巫师没有给他开口的机会，他示意人群退后，给自己留出一块空地，然而又重新开始了他的哑剧表演，而且这次的表演比之前更加热情有力。

他手指着云团，做出一副威胁、恐吓的样子，这是在向云团施展法力。他先是命令云团停下来，接着又命令云团散开。他鼓起腮帮子，向着空中的云团吹去，就好像他真的有能吹散乌云的力量一样。然后他又挺直腰板，好像要把那奔驰的云团拦下来。此刻人们觉得他那庞大的身躯一定能把空中的云团挡住。[赏析解读：作者用一种诙谐幽默的手法，为读者生动地刻画出了大巫师作法的情景。]

那位非常迷信的女酋长，此时已经被这位强壮的喜剧演员深深地迷住了，她不由自主地随着大巫师的动作发出一声声尖叫，并跟着他的脚步舞动着。于是一种用本地语言组成的歌声、尖叫声和嘶号声将大巫师那沙哑的声音完全掩盖了。

那么，东方天边的乌云是不是就不再扩散了？热带的阳光是不是已经穿透了乌云呢？那些乌云在大巫师的咒语下是不是已经散去了呢？

当然没有。

事实恰恰相反。就在女酋长和她的子民们幻想着头顶那个一直降雨的恶魔就要被制服时，从早上开始有些转晴迹象的天空，此时变得更加阴沉了。随之而来的是砸在地上的巨大雨点。

这时，人们的情绪发生了变化，他们开始指责这位大巫师的巫术并不比其他巫师的高明。女酋长微微皱了一下眉头，于是大家认为这位大巫师可能会失去他的双耳了。大家把围起来的圈子开始缩小，向着大巫师举起了拳头，准备惩罚他。可是就在这时，一个意外的事件阻止了即将发生的恶性事件。

大巫师低头俯视着向他吼叫着的人群，猛地把手指向了奴隶贸易机构院子里的一个角落。他的手势如此庄严有力，使得所有人都向着他指向的地方望去。此时韦尔登夫人和小杰克因为刚刚听到喧闹声，从茅屋里走出来。而大巫师手指着的正是他们两个。只见大巫师的左手指着韦尔登母子两人，右手则指向了天空。

他们俩！就是他们俩！这个白种女人和她的孩子！这一切的灾难都是由他们带来的！他们将自己国家多雨的乌云带到了这里，然后淹没了卡索塔！

现在一切都明了了！女酋长指着韦尔登夫人做了一个威胁的手势，而那些当地人立刻发出了可怕的吼叫声，一起向着韦尔登夫人母子扑了过去。

韦尔登夫人只能感到绝望，她紧紧地抱着小杰克，站在那里一动也不敢动，就像是一尊雕像一样面对着这群愤怒的人。[赏析解读：很显然，韦尔登夫人被眼前的一切吓坏了，文章的气氛到了这里变得紧张起来。]

此时，大巫师向着他们走了过来，人群马上为他让出了一条路。既然他已经找到了天灾的祸根，那么想必也有消除灾难的办法。

奴隶贩子奥维斯紧跟在后面，他清楚地知道韦尔登夫人母子对自己的意义，但是他此时无计可施。

大巫师一把抓住小杰克，从他妈妈的怀里把他抢了过去，然后又将他举向高空。人们都认为为了平息天神的愤怒，让它不再降雨，这个孩子一定会被摔死。

韦尔登夫人发出了一声可怕的叫喊，随后便晕倒在地上。

不过，大巫师并没有像大家想的那样做。他先是向女酋长示意，请她放心，他会正确地处理这件事。然后他将那个不幸的妈妈也托起来，走过彻底被他的威势震慑住的人群。人群中没有任何人出来阻拦他带走这两个人。

不过，奥维斯就没有那么冷静了。大巫师的做法令他十分气愤，这完全出乎他的意料。本来由他看管的囚犯已经跑了一个，眼看着另外两个也要从他的手里被带走了，这样一来，内格罗答应付给他的佣金自然也就没有了！不！不行！他宁愿让一场洪水把这里都淹没，也不能让大巫师把人带走！［赏析解读：对奥维斯来说，利益大于一切，眼看到手的钱就要没有了，他必须要去阻止，体现出了他作为商人的丑恶嘴脸。］

但是当地人是不允许他这样做的。女酋长下令把奥维斯抓了起来，这个精明的奴隶贩子知道自己可能会吃大亏，也就不再说什么了。他在心里暗暗地诅咒这个迷信的女酋长，竟然能干出这么愚蠢的事。

事实上，那些野蛮人是真的希望天上的乌云和将乌云带来的白种女人一起消失。他们一点也不怀疑那位大巫师要用两个白种人的血去浇灭这场为他们带来灾难的暴风雨。

大巫师托着两个牺牲品，就像一头雄狮叼着两只小山羊一样，看起来完全没有负担。［赏析解读：此处的描写凸显出了大巫师的强壮。］小杰克被吓坏了，而他的妈妈已经吓昏了过去。这时愤怒到极点的人们用吼叫声护送着大巫师。

大巫师走出了奴隶贸易机构大院，穿过了卡索塔，直接走进了大森林。他一直向前，走了差不多三英里的路程，中途没有停留过。

那些当地人明白大巫师并不想让他们跟着，因此最后只有他一个人来到了一条由南向北、水势湍急的河岸边。

在这个河岸边的长长的茅草后面有一个很大的洞口。这些茅草的草叶下垂，遮住了整个河岸。在草丛后面的水洞里有一艘小船，上面有着用茅草搭起来的船篷。

大巫师把手里托着的两个人放进船里，自己随后也上了船，并将船推离了河岸。汹涌流动的河水载着小船飞快地向前驶去。

这时，大巫师开口说话了，他的声音清晰有力：“船长，我把韦尔登夫人和小杰克给你带回来了！我们走吧！但愿天下所有的乌云都变成大雨，用力地砸在卡索塔那群傻瓜的头上！”［赏析解读：大巫师的身份被揭晓，为上文做总结，同时吸引着读者的注意力。］

# 第三十五章　虎口脱险

[**名师导读**]

原来这位行为怪异的大巫师居然是埃居尔假扮的！通过简单的交流，大家了解到埃居尔在逃跑后一直都在暗中跟踪他们。他先是从水中救出了迪克·桑德，又想办法将韦尔登夫人三人带离了奴隶贸易机构。现在对他们来说，顺流而下尽快回到海岸才是最重要的。值得庆幸的是，他们有一只独木舟，在对这只独木舟进行了伪装后，他们出发了。

此时说话的人正是埃居尔，他这身怪异的巫师服遮盖了他的真面目，而他说话的对象则是迪克•桑德，由于迪克•桑德的身体还没有康复，此时他只能靠在贝内迪表兄的身上，在他一旁趴着的是大狗丁戈。

韦尔登夫人恢复了知觉，看着眼前的人，她只能惊叫着："是你！迪克！是你！"[赏析解读：表达出了韦尔登夫人的惊讶与欣喜。]

年轻的船长刚刚站起来，韦尔登夫人就将他抱进了怀里，小杰克也不停地抚摸着迪克•桑德。

"我亲爱的朋友迪克！我亲爱的朋友迪克！"小杰克不停地说道，接着他转过身子对着埃居尔说道："我，我真的没有认出你来！"[赏析解读：此处表达出了小杰克的喜悦之情。]

"嘿！多么完美的伪装！"埃居尔边说边将胸前那些乱七八糟的符号擦去。

"你太难看了！"小杰克说道。

"那当然！我是魔鬼，魔鬼能好看吗？"

"埃居尔！"韦尔登夫人对他充满了感激，她向着这位正直的黑人伸出手去。

"他把你救出来了，就像救出我一样，"迪克•桑德说道，"虽然他一直不愿意承认这个事实。"

"得救！我们还没有真正的得救！另外，如果没有贝内迪先生跑来告诉我们你在什么地方，韦尔登夫人，我们什么也做不了！"埃居尔说道。

原来五天前扛走贝内迪表兄的那个庞然大物就是埃居尔。贝内迪表兄为了追赶那只珍贵的鞘翅虫，从奴隶贸易机构的围墙下钻了出来，一路跟着那只小昆虫走了两英里。如果没有那个意外，迪克·桑德他们也就无法知道韦尔登夫人的所在之处了，自然也就没有埃居尔穿着大巫师的服饰，冒险去卡索塔营救他们了。[赏析解读：贝内迪表兄的误打误撞反而促成了韦尔登夫人的获救。]

小船在狭窄的河道中顺流而下，埃居尔利用这个机会向大家讲述了他的逃亡经历。

他向大家讲述了自己曾经偷偷在不被人察觉的情况下尾随着韦尔登夫人母子乘坐的“卡塔达”，后来又怎样找到了大狗丁戈，他和大狗丁戈又是怎样来到卡索塔近郊的。之后他让丁戈带着纸条找到迪克·桑德，并把韦尔登夫人的情况告诉他。在他意外地见到贝内迪表兄后，怎样偷偷翻过奴隶贸易机构的围墙，但是却因为警戒过于森严没有救出他们的。

最后，他终于找到了一个绝佳的机会，将韦尔登夫人母子从奥维斯的眼前抢了过来。

他说的绝佳机会是这样的：那位游走的大巫师——也就是卡索塔女酋长迫切期盼着的那位著名的大巫师——正好从埃居尔藏身的森林经过。埃居尔每天都在这里守望、观察着，以便能够随时发现好机会。这一天终于让他等到了！他跳出去抓住了那位大巫师，抢走了他的行头，然后又用藤条将他紧紧地绑在了一棵树下，他绑得很牢固，即使达文波特兄弟（19世纪美国著名的魔术家兄弟）一起来也不一定能够解开。

然后，他假扮成大巫师去为卡索塔的人们消除灾难。假扮成大巫师并不难，只需要几个小时，他的成功主要还是因为整个卡索塔的人都很迷信。

但是，在埃居尔的陈述中并没有提到与迪克·桑德有关的事情。

“迪克，你是怎么回事？”韦尔登夫人问道。

“我，韦尔登夫人！我该怎么说呢？在我生命的最后时刻，我想到的是小杰克！当时虽然很想从木桩上挣脱出来，但是白费力气，水慢慢地漫过了我的头顶，我就失去了知觉。等我醒过来后，发现自己正躺在河岸边的一个洞里，洞口藏在莎草纸的后面。那时埃居尔正跪在我身边，想尽办法救我。”年轻的船长说道。

“啊！因为我是巫师！我会占卜、巫术、变魔术，还会算命。”埃居尔说道。[赏析解读：埃居尔诙谐幽默的回答营造出了轻松的气氛。]

“埃居尔，你能告诉我，你是怎么把迪克救出来的吗？”韦尔登夫人问道。

“是我救的吗，韦尔登夫人？”埃居尔说道，“河水也能把绑着他的那根木桩冲断，然后又在半夜里把半死的他和那根柱子一起冲到了我这里，而我只是把他解下来而已。不过还有另一种方法：那就是趁着天黑，偷偷地潜入那些为卡索塔老酋长殉葬的牺牲品中，等待着河坝放水。河坝一打开，就马上跳进水里，稍用了些力气，就把那根柱子和我们的船长一起拔了出来！这并不是什么大不了的事情，无论谁都能够做到。即使是贝内迪先生，甚至是丁戈，都会这样做的！真的，为什么不说是丁戈做的呢？”[赏析解读：此处体现出了埃居尔的谦逊。]

这时传来了那只大狗的叫声。小杰克正抱着他的大狗朋友的脑袋，轻轻地拍着它呢！

小杰克问道：“丁戈，是你救了迪克吗？”

说完，他又抱着丁戈的脑袋摇了起来。

“丁戈说不是它，是埃居尔！”小杰克继续说道，“你们看，它说不是它！丁戈，是埃居尔救了我们的船长吗？”

这时，丁戈在小男孩的强制晃动下连点了好几下头。

“它说是你，是你！埃居尔！就是你！”小杰克大声地喊道。

埃居尔边说边抚摸着大狗，“亲爱的朋友，丁戈！这就是你的不对了，你不是答应要为我保密的吗？”[赏析解读：作者这里运用了一种拟人的修辞手法，表现出了丁戈与埃居尔之间无比亲密的关系。]

没错，确实是埃居尔冒死将迪克·桑德救了出来，但是谦虚的埃居尔不想把这件事情当作功劳去炫耀，而且这在他看来是一件极其寻常的事情。他一再说明，他的任何一个伙伴在这种情况下都会毫不犹豫地像他那样去做的。[赏析解读：埃居尔愿意为朋友付出一切，所以他不觉得救了迪克·桑德是多么了不起的事情，写出了他的憨厚和无私。]

埃居尔的话让韦尔登夫人想起了老汤姆父子、阿克顿和奥斯汀。那群可怜的人！

他们被押送到了大湖区。埃居尔亲眼看到他们和沙漠商队的奴隶在一起。他也跟踪着他们走了一段路，但是一直找不到机会与他们取得联系。他们走远了！已经没有希望了！

刚才还在大笑的埃居尔一想到曾经的同伴，忍不住潸然泪下。

“别哭，我的朋友，上帝会保佑他们的，我们一定会再见到他们的！”韦尔登夫人安慰道。

通过简单的交谈后，迪克·桑德已经对韦尔登夫人被囚禁期间发生的一切事情有了清楚的了解。

韦尔登夫人最后补充道：“我想，我们留在卡索塔会更好一些。”

“啊！我把事情搞砸了！”埃居尔惊叫道。[赏析解读：语气助词，表达出了埃居尔为自己搞砸了一切而感到内疚的心情。]

“不，埃居尔，并没有！这些卑鄙的家伙一定会将韦尔登先生引进一个新的圈套！我们不能再耽搁了，一定要赶在内格罗的前面返回海岸！我们在那里会得到葡萄牙殖民政府的帮助和保护，等到奥维斯来取那十万美元赎金时……”

“我保证我能做到在那个老混蛋的头上砸十万棍。”埃居尔说道。[赏析解读：此处表达出了埃居尔对奥维斯的憎恨。]

但是他们现在又面临着一个新的问题：韦尔登夫人已经不能再回到卡索塔去了，他们现在的关键是如何在内格罗回来之前赶到海岸。因为迪克·桑德所有的行动都是以此为目的的。

他们现在终于可以施行最早制订的那个计划了，那就是沿着一条大河顺流而下，这样韦尔登夫人一行人就能到达扎伊尔河口，而不是什么罗安达。不管怎样，几内亚的殖民地政府一定会给予他们帮助的。

迪克·桑德决定利用这条河漂流，但是他们首先要有一艘用高草编的草船，这种船就像漂浮的小岛，在这里的河面上十分常见。

不过，埃居尔在夜里巡视的时候，发现了一艘顺水漂流的无主小船。这个意外的收获对他们来说无疑是最好的，因为它不像本地人常用的那种船身很狭窄的渔船，而是一艘独木舟式的快船，长三十英尺，宽四英尺，通常出现在那种大湖面上，由很多人摇桨，跑得飞快。

韦尔登夫人他们只需要舒舒服服地坐在船里，只用一把橹掌控方向，就可以顺流而下了。

迪克·桑德刚开始怕被当地人发现，只计划在夜里航行。[赏析解读：为了能够顺利地到达海岸，迪克·桑德不得不提高警惕。]但是这样一来，按一天只能航行十二个小时算，那么他们的行期会多出一倍来。

还好迪克·桑德很快就想到了解决方法。他用长长的茅草在这艘船上搭起了一个船篷，把草横搭在横贯船身的一根长杆上，这样就能把船体全都遮盖起来。这艘小船看上去就像是一堆烂草在河中浮动漂流。[赏析解读：此处的描写体现出了迪克·桑德的睿智。]

这堆“烂草”甚至把那些野鸟都骗了。红嘴鸥、黑翅膀的“阿林加”、灰色和白色的翠鸟都会落到船篷上来吃草籽。而且这个绿色的船篷还能为他们遮挡炎热的太阳。乘坐这样一艘船前行可以说丝毫不费力，但是并不能完全保证安全性。

由于他们的行程相当漫长，所以每天都要自己去找吃的。如果钓到的鱼不够吃，他们就必须上岸，靠打猎获取食物，而迪克·桑德拥有的全部武器就是埃居尔从白蚁窝逃走时带出来的一支步枪。子弹对他们来说无疑是珍贵的。即使他能像猎人那样精准地击中那些水鸟，也不愿意浪费一颗子弹。

据迪克·桑德估算，他们在这种水流中的速度大约是每小时两英里，也就是说他们一天可以漂流约五十英里。但是由于这条河水流湍急，他们还要注意避开河道中的礁石、漂流在河面上的大树干以及河底的浅滩。同时，还要注意前方是否会出现瀑布，这在非洲的河道上是很常见的。

因为再次见到了韦尔登夫人和小杰克，迪克·桑德的心情很好，心情愉悦也使他的身体恢复得很快。此刻他正在船头观察前方，他的目光穿过茅草，落在了下游的河面上。他一边观察一边用手势或声音指挥着埃居尔，告诉他怎样保持正确的航向。

韦尔登夫人躺在一块铺着干草的船板上，思索着什么。

贝内迪表兄则是安静地看着埃居尔，但是从他那紧皱的眉头上不难猜出，他一定对埃居尔妨碍他抓鞘翅虫心怀不满。他想念他的铁皮标本箱，还有那些关于昆虫的笔记，那些野蛮人一定不会善待他的收藏的。[赏析解读：此处表达出了那个铁皮标本箱对贝内迪表兄的重要性以及他对箱子的留恋。]他半躺在船板上，伸直腿，两臂环抱，时而不由自主地用手推一下那早已不存在的眼镜。

对小杰克来说，虽然不能大声说话让他觉得有些烦闷，但好在还可以走动，因此他只好学着大狗丁戈的样子四肢着地，不断地在船头和船尾之间穿梭。

埃居尔在动身之前就已经准备好了大家这两天吃的东西，所以只有在夜里迪克·桑德才会让船停下休息一下，但是他们不会离开船，除非必须上岸去寻找或猎取食物。[赏析解读：在迪克·桑德等人的旅程中还存在着许多未知的危险，为了确保大家的安全，他必须要时刻保持警惕。]

这条陌生的河流至少有一百五十英尺宽，他们在最初的行程中没有发生任何意外。河面上漂浮着一些杂物，它们的速度几乎与小船一样，只要没有东西阻碍他们前进，迪克·桑德的船是不会碰到它们的。

沿途的河岸上荒无人烟，看起来当地人很少会来到这里。

河的两岸长着许多五颜六色的野生植物，品种也十分丰富，有白屈菜、菖兰、百合花、铁线莲、凤仙花、伞形花、芦荟花、桫椤树，还有一些可以提取香料的灌木等。森林有时会一直延伸到河岸边上。这里树木的种类也很多，有各种硬木树种，如柯巴脂树、阿拉伯树胶等，这些树迎着冷风的那一侧树干上长着一层苔藓，而那些无花果树则像红树林那样耸立着。还有一些繁茂的大树，它们的树身前倾，俯在河面上。这些大树的树冠离地近百英尺，枝叶繁茂，错综交错，形成一片不见天日的伞盖。还有一些大树隔岸而立，但是它们树顶上的枝蔓相连，看上去就像一道绿色的天桥。[赏析解读：景色的描写，为读者刻画出了一幅生动的自然景观。]

六月二十七日这天，突然出现的一大群猴子为无聊的小杰克带来了欢乐。它们彼此拉着尾巴爬过这道绿色的天桥，这样做是为了防止天桥的枝叶因为承受不了它们的重压而断开。

这种猴子是非洲小黑猩猩的一种，在中非地区被称为“索科”。它们的外貌丑陋，前额较低，有着黄色的脸，两只耳朵高高地竖起。它们一般情况下，十几只群居在一起，发出的叫声和狗叫声很像。因为这些猴子经常会抓伤或咬伤孩子，所以当地人十分害怕它们。

当这些猴子们在天桥上爬行的时候，完全想不到现在河面上漂浮的那堆烂草其实是一艘船，而在那艘船上还坐着一个可以供它们玩耍的孩子。由此可见，迪克·桑德给船设计的伪装连这些目光敏锐的猴子都没有看穿。[赏析解读：此处的描写说明了迪克·桑德为船做的伪装很逼真。]

这一天，船又漂流了二十多英里，突然停下了。

一直在掌橹的埃居尔问道：“发生了什么事情吗？”

迪克·桑德答道：“有一道天然的障碍！”

“迪克先生，必须要打开！”

“没错，埃居尔！我们必须要用斧头砍断它。还有一些漂浮物也漂过来了，看起来很牢固！”

“动手吧！船长！”

这道天然的障碍是由一些纠缠在一起的野草组成的，当地人称它为“堤卡堤卡”。如果有人不怕陷进这一英尺深的野草里，那么他就可以顺着这条长满漂亮荷花的天然堤坝过河了。

这时天色已经暗了下来，对他们来说并没有什么危险。埃居尔跳下船去，熟练地拿起斧头砍伐。两个小时后，这条天然的堤坝被砍断了。河水把障碍物冲向河的两岸，他们的船又可以顺流而下了。

有一点需要说明，贝内迪表兄有一瞬间是不希望障碍被消除的，因为这种漂流的日子对他来说太乏味了，他甚至后悔离开了奥斯维的大院里那间放着他的宝贝标本箱子的茅屋。他后悔极了，一副失魂落魄的样子。一只昆虫也没有了！再也没有昆虫可以收藏了！

不过，当跟他学过昆虫学的学生埃居尔将从障碍物上抓到的可怕虫子拿给他时，贝内迪表兄的心情马上就变好了。[赏析解读：得到一只昆虫就能让贝内迪表兄烦闷的心情变好，体现出了他孩子气的性格特征。]令人感到意外的是，当这位昆虫学家从埃居尔的手里拿过虫子时，脸上竟然浮现出了不好意思的神情。

当他用食指和大拇指捏起这只昆虫，拼命地用他那两只近视眼很近地去观察——对遗失了眼镜和放大镜的昆虫学家来说这是唯一的办法。忽然，他惊叫道："埃居尔！埃居尔！天啊！你带给我的东西太棒了！表妹！迪克！这是一只只会出现在非洲的独一无二的六足虫！我可以保证没有人能够拿出和我一模一样的昆虫了。这个宝贝一辈子也不会离开我了！"[赏析解读：此处的语言描写表现出了贝内迪表兄的激动之情。]

"它这么珍贵吗？"韦尔登夫人问道。

"对，太珍贵了！"贝内迪表兄显得十分激动，他大声说道："它既不属于鞘翅目，也不属于脉翅目，更不属于膜翅目，它不属于昆虫学界公认的那十类昆虫科目中的任何一类！可能有的昆虫学家会把它归到蜘蛛类节肢动物的第二个科目，简单来说，如果它有八只脚的话，它就是一种蜘蛛目昆虫。但是它只有六只脚！它是一只六足虫！天啊！朋友们，上帝保佑！我的姓名终于要和一个科学发现联系在一起了！这只昆虫将会被命名为'贝内迪六足虫'。"

这位激动的昆虫学家因为这只昆虫的出现变得欣喜若狂，他甚至已经忘记了曾经遭受的苦难，好像重新骑上了心爱的快马驰骋着。[赏析解读："驰骋"体现出了贝内迪表兄此时难以言表的愉快心情。]韦尔登夫人和迪克·桑德都向他表示了最诚挚的祝贺。

小船在夜色中漂流着。河面上一片寂静，岸边偶尔传来的鳄鱼鳞甲的撞击声或是河马熟睡中的鼾声，为这无声的黑夜增添了一丝热闹。

这时，一轮明月爬上了树梢，月光透过船篷上的茅草缝隙照进了小船里。

突然，河右岸先是传来了一阵喧闹的声音，接着又是一阵低沉的声音，听起来就像是巨大的抽水机在工作。

是大象，数量多达几百头！它们白天以树根为食，睡觉之前到河边喝水来了。不难想象，如果这些大象都像机器似的，把大鼻子伸进水中喝水，然后再一起扬起来，那么河水可能会被它们吸干的！

## 第三十六章　种种考验

[名师导读]

迪克·桑德一行人开始了漂流的生活，对他们来说食物是最大的问题。在漫长的旅程中，迪克·桑德不但要想办法避开野兽、寻找食物，同时还要防备当地食人族的袭击。一路上可以说是历经了千辛万苦，就在他们不知会漂向何处时，一道瀑布的出现使众人陷入了恐慌中。

他们就这样在河面上漂流了八天，一路上并没有遇到什么大的危险，只有两岸茂密的树林陪着他们度过漫长的旅程。小船继续前行，两岸的景色也由繁茂的大树渐渐地变成了广阔的大草原。[赏析解读：环境的转变，为下文作铺垫。]

值得庆幸的是，这一带很少会有土著人光顾，但是动物却很多。在河边漫步的有斑马、麋鹿（因头脸像马、角像鹿、颈像骆驼、尾像驴而又得名四不像。是世界珍稀动物）和一种被称为“卡阿马”的体形优美的羚羊，这些动物一到天黑就会躲藏起来，这时外面的世界都是属于猎豹的。他们经常可以听到猎豹的叫声，偶尔还能看到狮子在高大的草丛中肆意驰骋。

迪克·桑德一行人到目前为止还是安全的，至少还没有遇到任何攻击。

不过，迪克·桑德在每天下午都会将船驶向岸边，然后登岸去观察一下那里的情况。

他们每天都需要补充一些食物，但是这里根本没有粮食作物，像木薯、高粱、玉米和水果都看不到。即便能找到一些农作物，也都是野生的，没有办法，迪克·桑德只好去打猎，尽管枪声可能会给他们带来一些无法预料的危险。

他们偶尔也需要生火，生火的办法很有趣，就是用步枪上的探条在一根无花果树枝上不停地旋转，当地的土著人就是这么做的，甚至那些猿猴也会采用这种方法来点火。这是经过事实考证的，有些猿猴就是这样钻木取火的。有了火，他们就可以烤一些麋鹿或羚羊肉来作为之后几天的食物。

七月四日，迪克·桑德只用了一枪就打死了一只“波库”，为大家提供了鲜美的食物。这种“波库”长得很像梅花鹿，身长有五英尺，头上长着环形鹿角，皮毛呈土黄色，上面还点缀着发光的斑点，它们的腹部是白色的，肉质很鲜美。

他们就这样一路上航行、上岸或停船休息，到了七月八日这天，他们已经漂流了约有一百英里了。

这算得上是一段漫长的旅程了，迪克·桑德有些疑惑，他不知道这条河的终点在哪里。虽然一路上都会有一些支流汇入，但是河面却没有明显地增宽。原本水流是流向北方的，现在好像转向了西北方向。

但是不管怎样，他们从这条河中弄到了不少吃的。他们用很长的藤蔓制作成垂钓的绳子，然后在上面挂上尖刺当作鱼钩，这样就足以让他们钓到几条“桑鲫卡”了，这种鱼的味道还是非常鲜美的。当地人会把这种鱼制作成熏鱼随身携带。另外，还有一种好吃的名叫“乌萨卡”的黑鱼、一种可以用下牙床软骨制成梳子的宽头鱼，以及一种很喜欢水流、名为“达加拉”的小鱼，达加拉与鲱鱼（又叫青鱼，有着流线型的银色身体和鳞片，像一支支银色飞镖，喜欢集群行动，这样便于觅食和防御敌害。在瑞典有一种传统食品鲱鱼罐头，被认为是世界上最臭的食物，这是一种将处理过的鲱鱼装入罐头中任其自然发酵而成的一种散发着恶臭、味道偏酸的罐装食品）同类，长得很像泰晤士河中的银鱼（银鱼体细长，近圆筒形，后段略侧扁，体长约12厘米。银鱼体内并没有胃来负责消化食物，只有像管子一样的肠来贮存摄入体内的食物。这种比较特殊的生理结构决定了其不能摄入大量的食物，且摄入的食物体积不能过大）。七月九日，迪克•桑德经受了一次前所未有的严峻考验。当时，他一个人上了岸，瞄准了一只将长角露在灌木丛外的驼鹿（是世界上最大的鹿科动物，因其肩高于臀，与骆驼相似而得名。驼鹿为典型的亚寒带针叶林食草动物，单独或小群生活，多在早晚活动。分布于欧亚大陆的北部和北美洲的北部）。他刚开了枪，突然在离他只有三十米远的地方蹿出来一个可怕的大家伙！毫无疑问，这个大家伙是来抢夺猎物的，而且看样子它不会轻易让出唾手可得的驼鹿。

更准确地说，这个大家伙是一头体形巨大、异常凶猛的狮子，当地人称它为“卡拉魔”。这种狮子与那种脖子上不长鬃毛的“尼雅思”狮子不同，它有五英尺高，是一种令人生畏的猛兽。这头狮子猛地扑到那只被迪克•桑德射中的驼鹿身上，还未断气的驼鹿在这头猛兽的利爪下无助地挣扎着、哀号着。

迪克•桑德这时已经来不及把第二颗子弹推上膛了，所以他放下了枪。

狮子早就发现了迪克•桑德，但是它只是一动不动地望着他。

迪克•桑德之前就已经引起了狮子的注意，但是狮子并没有下一步动作。在这种情况下，迪克•桑德只能让自己保持镇定，因为这是他唯一能够得救的办法。他不打算把子弹上膛，也没有打算逃走，没有任何动作地站在原地。[赏析解读：在面对危险时，迪克·桑德表现出了超乎常人的冷静。]

狮子一直用它那双又红又亮的眼睛盯着迪克•桑德，看得出来它也有些迟疑。两个猎物一个在垂死挣扎，一个一动不动，它不知道自己要先从哪个下手。如果不是那只挣扎的驼鹿，现在迪克•桑德早就成了狮子的食物了。

就这样，狮子和迪克•桑德互相盯着对方，眼睛一眨不眨地对视了两分钟。突然，狮子一口叼起了那只还在挣扎的驼鹿，就像抓起一只小兔子，然后用坚硬的大尾巴抽打着身边的灌木丛，很快就消失在高高的茅草中。

迪克·桑德还是没敢动，他又在那里站了一会儿，才转身离开了。[赏析解读：这里表现出了迪克·桑德的谨慎。]

对于刚才那场无声的战争，迪克·桑德在回来后只字未提。他心里明白，如果他们一行人不是顺河漂流，而是步行穿越那些经常有野兽出没的森林和平原的话，那么“流浪者”号的幸存者可能早就全都丧命了。

这里虽然看起来荒无人烟，但是和以前不一样的是，在一些地势较低的地方明显有以前村庄的遗址。

像戴维·利文斯顿博士那样多次在这些地区进行考察的探险家就能够辨认出，在那些高大的大戟草（多年生草，叶如箭，有锯齿。花为褐色，有毒，常作为篱笆围在院子或村落四周）形成的篱笆中，虽然早已没有了茅屋的痕迹，只剩下祭神的无花果树孤单地站在空地中间，但是可以肯定的是，这里原来曾经有过村落。按照土著人的风俗习惯，只要部落的酋长去世，那么村庄里的居民就可以搬到别处定居。

另外，还有一种可能，那就是这条河流经区域的人们也像非洲其他土著人一样居住在地洞里。这样的人仍处于人类发展的最初阶段，他们只有到了夜间才会走出洞穴，就像那些日伏夜出的野兽一样。如果碰到了这种野蛮人，和碰上野兽没有什么区别。

迪克·桑德可以确定这里是食人族居住的地方。他有好几次在散落在林中空地的灰烬里看到了烧焦的人骨，这表明有食人族曾在这里吃过人肉。[赏析解读：为下文作铺垫，文章的气氛到了这里也变得再次紧张起来。]

迪克·桑德他们很可能会在上岸的时候遇到这些卡索塔的食人族，所以在没有绝对必要的时候，迪克·桑德是不会让船靠岸的。同时他还叮嘱埃居尔，只要他在岸上发出警报，他就必须马上将船开走。虽然这位正直的黑人朋友答应了迪克·桑德的请求，但是每次迪克·桑德独自上岸，他都无法在韦尔登夫人面前掩饰自己内心的担忧。

七月十一日晚上，河右岸出现了一个水上村庄，这个村庄的出现让大家更加警惕。由于河道越来越宽，在这个地区形成了一个小湖，湖水中有三十多间茅屋架在高出水面的木桩上，河水从茅屋的下面流过。迪克·桑德一行人乘坐的小船也要顺水经过茅屋下方，因为大河的左边有许多石头挡住了航道。

这个水上村庄确实是有人居住的，茅屋里闪着火光，而且还能听到一些类似于猛兽吼叫的说话声。在这些支撑茅屋的木桩间拉起一道拦网是当地常见的一种现象，如果迪克·桑德他们的小船撞到上面的话，必然会惊动屋里的人。

迪克·桑德站在船头，他低声指挥埃居尔，以免他们的船撞上那些已经被蛀虫蚕食过的木桩。今天晚上月色异常明亮，他们可以很清楚地看到四周的情况，当然也会很容易被别人发现。

突然，前面出现了一个意外。两个土著人正蹲在湖面上的两个木桩上大声地说话，而迪克·桑德的船必须要经过那两个木桩之间的通道，那是一个非常狭窄的通道，而且现在想改变方向也来不及了。

他们会发现迪克·桑德的小船吗？如果他们大声喊叫起来，整个村子的人都会惊醒的，那时该怎么办？［赏析解读：悬念层层，烘托出紧张的气氛。］

在小船距离那两个土著人不到一百英尺的地方，迪克·桑德听到他们谈话的声音更大了。其中一个土著人指着漂过来的草堆让另一个土著人看，大概是在说这个草堆可能会将他们正要拉起的那道用藤蔓织成的拦网撞破。他们一边提起拦网，一边大声喊人来帮忙。很快有五六个黑人沿着木桩走了过来，站在连接两个木桩的横梁上。他们大喊大叫，但是没有人知道他们在说什么。

船上的情况正好与岸上的情况相反，迪克·桑德在低声发出命令后，被伪装过的小船上就再也没有了声音。埃居尔摇动木橹的手变得更加小心，丁戈偶尔会发出几声沉闷的呜咽声，这时小杰克就会用两只小手用力地按住它的嘴。

船外除了流水声，就是流水冲刷木桩的声音，而在木桩上的土著人乱作一团。他们正拼命拉起他们的拦网。如果那些人能及时拉起拦网，那么小船就可以顺利通过。如果拉不起来，小船就会把拦网撞破，到时候他们也就会暴露。由于现在木桩下的水流很急，想要改向或是停船是根本不可能的，小船在水流的推动下不停地向前漂去，迪克·桑德此时也无计可施。

他们的船在半分钟之内就冲进了两根木桩之间。与此同时，拦网也刚好被那些土著人拉了起来。

就在船冲过木桩的时候，迪克·桑德担心的事情还是发生了，覆盖在船上的一片茅草被揭掉了。

一个土著人大叫一声。他是不是已经发现他们了？他是不是把发现的一切告诉给其他土著人了？想来这都是必然的。

迪克·桑德他们瞬间就脱离了危险区。湍急的河水载着他们飞快地前行，很快那个水上村庄就消失在了视野中。

“向左岸靠拢！河水已经适合航行了。”为了小心起见，迪克·桑德向埃居尔发出了命令。

“向左岸靠拢！”埃居尔重复着，用力把橹向外一推。

迪克·桑德走到埃居尔身边，望着泛着银光的水面，河面上没有任何异常，也没有土著人追来。可能那些土著人没有船，因此直到太阳升起，在河面上或岸上都没有发现有土著人的踪迹。

但是，迪克·桑德出于谨慎一直让船靠着左岸行驶。

从七月十一日到十四日这四天里，他们发现眼前的景色发生了改变，他们途经的地区不再是荒无人烟的森林，而是变成了沙漠——就像利文斯顿第一次来到非洲考察的卡拉哈里沙漠一样，这里气候干燥，土地贫瘠，和大河流经的上游地区完全不一样。

这时，他们仍在这条河上漂流着。不，现在称它为江更贴切一些，而且看起来它会一直流到大西洋。

贫瘠的土地使他们的食物来源变成难题。储备的食物已经吃完了，这里很难钓到鱼，更没有猎物。像驼鹿、羚羊和梅花鹿那样的野兽根本无法在这种地区生存，自然也没有以这些野兽为食的猛兽出没。

他们在夜里再也听不到习以为常的猛兽的吼叫声了。现在唯一能听到的只有蛙鸣。海军上尉卡梅伦曾经形象地将这种蛙鸣比喻成造船场上各种工具一起操作时的交响乐。[赏析解读：作者运用比喻的修辞手法，生动地刻画出了深夜蛙鸣的情景。]

两岸的原野向着东西两侧的山脉一直延伸，到处都是光秃秃的，没有一棵树。唯一的植物就是那遍地的大戟草。这种大戟草不能提炼淀粉，只能提炼出非食用油。

迪克·桑德目前急需解决的问题就是食物，他对此毫无办法。这时埃居尔告诉迪克·桑德，当地人常常以羊蕨草的嫩芽和纸莎草的嫩心来代替食物充饥。他自己在跟踪伊本·哈米斯的沙漠商队穿越森林时，也曾经吃过这种东西来度过饥饿难耐的时刻。值得庆幸的是，埃居尔说的这两种植物在这里遍地都是，而且因为纸莎草的嫩心是甜的，所以大家也都吃得津津有味，尤其是小杰克。[赏析解读：迪克·桑德等人只能用草来充饥，体现出他们生存条件的艰苦。]

不过，这些东西虽然能够充饥，却没有营养，不能撑很长时间。第二天，多亏了贝内迪表兄的主意，才让大家吃到了稍微好一点的东西。

自从贝内迪表兄发现了那只可以让他获得无限荣耀的“贝内迪六足虫”后，他又恢复了常态。他把他的宝贝放在了一个安全的地方——用别针别在自己的帽子里。停船的时候，贝内迪表兄经常会上岸捕捉昆虫标本。这一天，他正在高大的草丛中寻找昆虫的时候，惊飞了一只小鸟，这只鸟的羽毛引起了贝内迪表兄的注意。

就在迪克·桑德举枪要打这只鸟时，贝内迪表兄阻止了他。

“别开枪，迪克！一只鸟是不够五个人吃的。”

“它够小杰克吃了！”迪克·桑德一边说，一边又将枪瞄准了那只不急于飞走的小鸟。

“不要开枪！不要开枪！这可是一只引路鸟，它可以领着我们找到大量的蜂蜜。”贝内迪表兄赶紧说道。[赏析解读：由此可以看出贝内迪表兄学识的渊博。]

迪克·桑德放下了枪。他知道如果能够找到一点蜂蜜，那可比一只鸟有用多了。于是他们跟着这只鸟前行，小鸟飞一段，停一会儿，飞飞停停地好像在邀请他们。

没走出去多远——也就几分钟的路程——他们在一大片大戟草丛中发现了几棵老树，在树的周围飞着密密麻麻的蜜蜂。

贝内迪表兄不忍心去抢夺这些勤劳的膜翅目昆虫来之不易的“劳动成果”。不过，迪克·桑德就比他实际多了，他先点燃了一些干草将成群的蜜蜂熏跑，然后取出来很多蜂蜜，最后还扔了块蜂蜡（是由蜂群内适龄工蜂腹部的4对蜡腺分泌出来的一种脂肪性物质。在蜂群中，工蜂利用自己分泌的蜡来修筑巢脾、子房封盖和饲料房封盖。巢脾是供蜜蜂贮存食物、培育蜂儿和栖息结团的地方，因此，蜂蜡既是蜂群的产品，又是其生存和繁殖所必需的物料）给那只引路鸟作为感谢。之后，两个人回到了船上。

这些为数不多的蜂蜜受到了大家的欢迎，但是无法使他们不挨饿。十二日这天，他们的小船停靠在一个遍地是蚱蜢（是蚱蜢亚科昆虫的统称。雌虫比雄虫大，体绿色或黄褐色，触角短，基部有明显的复眼。后足发达，善于跳跃，飞时可发出“札札”声。常取食危害农作物及牧草，其营养成分丰富，是一种重要的营养源）的岸边。这些蚱蜢无法用数量计算，它们分成两三群，密集地分布在这片空地和灌木丛里。

这时，贝内迪表兄说当地人常常会把这种直翅目昆虫当饭吃。他说的没错，这个地方的蚱蜢多得可以装满十艘小船，大家拼命地捕捉这种天赐的食物，然后把这些蚱蜢放在小火上一烤，即使不饿的人也会馋得流口水。贝内迪表兄自己吃了很多，不过他是一边叹气一边吃的，但是不管怎样，他还是把这种昆虫吃进了肚子里。

无论如何，在这漫长的旅程中受到的各种物质上与精神上的考验也是时候结束了。

虽说这样的漂流生活不至于让他们像步行在森林里那样疲惫，但是白天热得要命，晚上湿气又重，还有蚊子不停地围攻，这种漂流确实也称不上享受。[赏析解读：对于天气与环境的描写，凸显出了他们处境的艰辛。]

应该快到终点了！迪克·桑德并不知道他们的旅程什么时候才能结束。也许还要一个星期，又或是一个月，他无法给出一个准确的期限。如果这条河一直向西流，那么他们早就应该到达安哥拉北部的海岸了，可是河水如果是一直向偏北方流，那么他们还要很久才能到达海岸。

七月十四日早上，水流突然改变了方向，这让迪克·桑德感到十分忧心。

在小杰克站在船头透过茅草的船篷向远处眺望时，天边出现了一片水域。[赏析解读：此处为下文埋下了伏笔。]

“大海！”小杰克叫道。

这个词的出现让迪克·桑德十分兴奋，他马上跑到小杰克的身边。

“大海？不是大海，还不到大海呢！或许是通往西部海岸的大江，我们现在所在的这条河不过是它的一个支流。也许那就是扎伊尔河！”

“上帝保佑！希望是这样的！”韦尔登夫人说道。

的确，如果眼前这片水域是扎伊尔河的话——也就是几年后斯坦利发现的那条又叫刚果河的河流——那么只要沿着它一路向下漂流，他们就能到达葡萄牙殖民政府在河口管辖的村镇了。

迪克·桑德希望是这样，他这么认为也是有一定根据的。

从七月十五日到七月十八日这几天里，迪克·桑德他们的小船一直处于高速漂流中，沿途的景色也不那么贫瘠了。不过，他们还是小心谨慎地待在这艘伪装过了的小船上，从岸上看，这艘船就像是顺流而下的一堆烂草。看来过不了几天，“流浪者”号上的幸存者们就要到达他们苦难旅程的终点了。到那时候，每个人都会因为自己的忠诚和勇敢受到奖赏，如果年轻的船长不要求拿最大一份奖励，那么韦尔登夫人也会为他要求的。

然而，到了七月十八日这一天，一场意外险些使他们全部丧命。[赏析解读：起着引出下文的作用。]

大约凌晨三点钟，从西边传来了一阵沉闷不清的声音。迪克•桑德为此十分担心，他想要弄清楚这声音是从哪里传来的。这时韦尔登夫人母子和贝内迪表兄还在睡觉。于是迪克•桑德把埃居尔叫到船头，让他听听那些巨响到底是什么声音。

恬静的夜里没有一丝风。

“是大海！是大海的声音！”埃居尔仔细听了一会儿，眼里闪动着兴奋的光芒。

迪克•桑德却否认了这个说辞，然后低下了头。

“那会是什么？”

“天亮了就会明白了。不过，咱们两个要时刻小心！”

接着，埃居尔又回到了船尾。

迪克•桑德还站在船头仔细聆听。这时，声音好像变得更大了，远处传来了一阵近乎怒吼的动静。

还没有看到黎明，天就大亮了。

有一大团云雾漂浮在下游半英里处的河面上空，不过这团云雾并不是水蒸气，而且阳光穿过云雾形成的一道绚丽的彩虹，它横跨在河两岸。

“快！快靠岸！”迪克•桑德忽然喊道，他的叫喊声惊醒了韦尔登夫人，“这是一道瀑布！那团云雾是飞溅出来的水花！埃居尔，快靠岸！”[赏析解读：迪克·桑德的惊叫声表现出了他的惊恐，烘托出紧张的气氛。]

事实上，迪克•桑德是对的。在下游的不远处，河床随着地势陡然下降，形成了一道大约一百英尺的落差，河水以一种不可抗拒的力量猛然跌落，而他们的船只要再漂流半英里，就会被急流拖着跌入深渊！

# 第三十七章　上帝的惩罚

**[名师导读]**

由于迪克·桑德及时发现了瀑布，使大家暂时逃过了一劫。无奈之下，他们只好登岸步行。但是这时大狗丁戈却表现得极为异常，它好像在带领着他们去往另一个地方。那是什么地方呢？难道它曾经来过这里吗？还有什么样的意外在等待着他们呢？

埃居尔拼命地摇着橹，把船停到了左岸。好在河水在这个地段的流速还没有变急，河床的坡度一直到悬崖边上都是正常的，其实只有在距离悬崖三百英尺左右的地方才能明显感觉到水位落差造成的巨大引力。

左岸是一片遮天蔽日的森林，任何光线都无法穿透那些繁茂的枝叶。迪克•桑德不禁有些担心，因为这里正是刚果河边食人族的聚居区，他们现在必须要徒步穿过这片森林，此时他们已经不能在河面上漂流了。想要把船运送到瀑布的悬崖下，那简直是痴人说梦。这几个可怜的人眼看着就能到达海岸了，现在又遇到了这样的挫折。不过他们一直在努力闯过难关，上帝怎么还不来帮助他们摆脱困境呢？［赏析解读：这句话表达出了这些人的艰辛与无助。］

在小船向左岸靠拢的时候，大狗丁戈表现出了一种特别异常的焦虑，看起来非常痛苦。

迪克•桑德看着丁戈的变化，心里不禁嘀咕，难道是有野兽或是土著人藏在那些高大的纸莎草后面？不过他很快得出结论，丁戈此时的情绪是激动，而并非愤怒。

小杰克双手抱着丁戈说道：“它在哭！”

丁戈从小杰克的怀里挣脱出来，猛地跳进了河水中，这时船离岸边还有二十英尺。丁戈游上岸，很快便消失在了灌木丛中。［赏析解读：大狗丁戈的异常表现起到了渲染气氛的作用，为下文作铺垫。］

大家完全不明白这只大狗在做什么。

几分钟后，船在野草和其他水生植物形成的绿色泡沫中靠了岸。一些翠鸟冲着他们叫着，几只雪白的小鹭鸶（是鹭科的鸟类，为大、中型涉禽。体形呈纺锤形，胸前有饰羽，头顶有的有冠羽，在繁殖期是重要的炫耀特征，还具有喙长、颈长、腿长的特征。鹭鸶也是文学作品和中国画的主题之一，还是明清两代六品文官朝服上补子的图案）飞上了天空。

埃居尔把船结结实实地绑在了一棵大红树的树根上，大家先后登上了岸。岸边向着河面倾斜的方向长着一排大树。

森林里没有路，但是地面上的青苔上有许多被践踏过的痕迹，这说明在不久前有土著人或野兽曾到过这里。[赏析解读：对环境简单地描述，表现出了当时他们处境的危险。]

迪克•桑德将步枪子弹推上膛，埃居尔手里拎着一把斧子，还没走出十步，他们就看到了丁戈。

这只大狗的鼻子正贴着地面，好像是在追寻着一种气味向前走，还不时地停下来叫几声。大家都明白大狗一定是受到了某种无法解释的指引，让它来到了河岸的这个地方，而且这种指引会带着它走向森林深处。

迪克•桑德说道：“小心！韦尔登夫人、贝内迪先生、小杰克，你们跟紧点！埃居尔，注意！”

这时丁戈扬起头，轻轻跳着向前走，看起来是在邀请大家跟随着它。

没过多久，他们就跟着丁戈来到了隐藏在密林深处的一棵无花果树下。

在树旁有一座已经废弃了很久的小木屋，木板墙都裂开了。丁戈在这间木屋前叫着，叫声中充满了哀伤。[赏析解读：大狗的表现很难不令人怀疑它跟这个地方有着某种特殊的联系，吸引着读者的注意力。]

“这是谁的屋子？”迪克•桑德充满了好奇。

于是他走进了木屋。

韦尔登夫人一行人跟着他走了进去。

在木屋的地板上散落着几块由于风化而变白了的人骨。“有个人死在了这里！”韦尔登夫人说道。

“丁戈认识这个人。他一定是丁戈的主人！看这里！”迪克·桑德惊叫道。

大家顺着迪克·桑德手指的方向看去，他指着的正是那棵无花果树的树干，那里有一块树皮被刮掉了。

那里有两个巨大的、几乎无法分辨出来的红字，不过仔细辨认的话，还是勉强能够看出来的。

丁戈把自己的右爪搭在树上，好像是在指给大家看。

“S · V！这就是丁戈认识的那两个字母！它的项圈上也是这两个字母！”迪克·桑德一声惊叫。

话还没有说完他就停了下来，因为他发现地上有一个铜盒子。他弯腰从木屋的角落里把这个已经长满铜锈的盒子拿了起来。

铜盒子里面有一张纸条，迪克·桑德将上面的几行字读了出来：

“一八七一年十二月三日……在这里……距离海岸一百二十英里的地方……我的向导内格罗杀了我……他抢走了我的一切……丁戈！……快救我！”

塞缪尔·韦尔农

一切都已经明了。塞缪尔·韦尔农当时带着他的大狗丁戈来非洲考察，内格罗是他的向导。旅行家随身携带的钱财引起了内格罗的贪心，于是内格罗决心杀人夺钱。[赏析解读：这里体现出了内格罗唯利是图、凶残至极的性格特征。] 所以当他们来到刚果河岸的这间木屋过夜时，内格罗动手了，他给了这位旅行家致命一击，然后带着他的钱逃走了，把他自己留在了这里。不过逃走的内格罗后来被葡萄牙殖民政府抓住了，他承认自己是奴隶贩子奥维斯的一个手下，于是被押送到了罗安达，被判处终身监禁，一辈子都要在监狱中度过。

我们知道他后来从监狱逃到了新西兰，在那里登上了“流浪者”号，并制造了之后的诸多灾难。[赏析解读：这里对整条故事线做出了总结。]

但是内格罗逃走后，这里又发生了什么呢？没有人知道！

不过，很明显，可怜的韦尔农在临死前，用尽全身力气写下了这张说明了凶手名字、杀人动机和行凶日期的纸条。他把这张纸条放进那个小铜盒里，那里之前可能装着的就是被内格罗抢走的钱。最后，他用自己满是鲜血的手，像为自己雕刻墓碑一样，写下了自己的姓名缩写。

丁戈一定是在这两个字母前守了很久，以至于认识这两个字母。这两个字母从此刻在了它的记忆里！后来它回到海边，被“沃尔德克”号的船长收留，最后又来到了“流浪者”号上，并在那里遇到了它的仇人内格罗。而丁戈的主人、旅行家韦尔农的尸体却随着时间的流逝逐渐风化了。

事实确实如此。

就在迪克•桑德和埃居尔正要以基督教的葬礼仪式来安葬塞缪尔•韦尔农的遗骨时，丁戈突然发出一声怒吼，紧接着飞快地冲了出去。

几乎是同时，从不远处传来了一阵可怕的叫声，那显然是一个人与一头猛兽正在搏斗。[赏析解读：“可怕”和“野兽”充分地表达出了当时丁戈的愤恨。]

埃居尔马上也像丁戈一样冲了出去。其他人也紧跟其后，只见丁戈正将一个人扑倒在地，而这个人的喉咙被它那可怕的尖牙死死地咬住不放。

这个人正是内格罗。

这个魔鬼为了乘船去美国，正在去往扎伊尔河口的途中。他让护送他的土著士兵先在后面慢慢走，自己则先来到了这个他曾经杀害旅行家韦尔农的地方。

很明显，他并不是无缘无故地来到这里的。当迪克•桑德一行人看到在一棵大树下新挖开的土坑里有一堆金币在闪闪发光时，任谁也会明白他来到这里的动机了。[赏析解读：疑团一点点被解开，真相就在眼前了。]在他谋财害命之后，他就已经为他抢来的钱找到了一个藏身之处，想要日后再来拿。可是，就在他刚才正要把钱拿走的时候，丁戈闻到了他的气味，将他扑倒在地并一口咬住了他的喉咙。

这个混蛋虽然突然受袭后被扑倒，但他还是在慌忙中抽出了匕首，刺向了丁戈。这时埃居尔扑到内格罗身上，边骂边掐住了他的脖子："你这个恶魔！我要掐死你！"

埃居尔要做的这件事对他来说并没有难度，那个卑鄙的葡萄牙人很快就断气了，也许可以看作上帝惩罚了他，让他死在了当年杀人的地方！［赏析解读：一方面表现出了埃居尔的强壮；另一方面向读者表达了恶人终将恶有恶报的思想。］

但是大狗丁戈受到了致命的一击，它拖着沉重的步子回到了木屋，然后倒在了塞缪尔·韦尔农死去的地方，永远闭上了眼睛。［赏析解读：此处强调出了大狗丁戈与韦尔农的深厚感情和它的无比忠诚。］

埃居尔把旅行家的遗骨和丁戈的尸体埋在了一起，所有人都感到十分悲痛。

内格罗虽然死了，但是那些护送他的土著士兵一定在离这里不远的地方。如果内格罗没有回去的话，他们一定会来这附近找他。这是一个非常严重的威胁。

于是迪克·桑德和韦尔登夫人商量了一下，他们时间紧迫，必须要马上采取行动。

现在已经很清楚了，这条河就是刚果河，当地人称它为宽果河或是伊库图亚·刚果河，它在赤道以北叫作扎伊尔河，在赤道以南就被叫作卢阿拉巴河。

这也正是斯坦利坚持要用利文斯顿这个荣耀的名字来命名的那条大河，也是中非最宽大的航运动脉。不过当时的地理学家可能更倾向以斯坦利的名字来为这条大河命名。

如果能够确认这条大河就是刚果河，那么从那位法国旅行家留下来的纸条上就可以说明这条河离入海口还有一百二十英里，而且更关键的问题在于这一段河道无法航行，因为那里有一道大瀑布，如果没有意外的话，应该是无法穿越的恩塔莫瀑布。他们现在唯一的办法就是沿着河边徒步，一直走到离瀑布下游一英里或两英里的地方，然后再造一个木筏，顺水漂流到达入海口。

"现在的问题是我们应该沿着左岸走，还是沿着右岸走呢？韦尔登夫人，我觉得无论怎么走，我们都面临着危险，要知道这里的食人族是非常可怕的。不过相比较而言，我觉得沿着左岸走的危险性会更大些，因为可能会遇上那些护送内格罗的土著士兵。”

“那我们去对岸呢？”韦尔登夫人答道。

“能行吗？”迪克·桑德有些迟疑，“内格罗走的刚果河口的左岸。好吧！没有时间让我们犹豫了！但是，在过河前，韦尔登夫人，你们先别过去，我先去确认一下，看看我们是否能从右岸走过大瀑布。”[赏析解读：在这样一个处处存在着凶险的地方，迪克·桑德必须要确定他们要走的每一步是否有危险，可以看出迪克·桑德的强烈责任心。]

迪克·桑德谨慎地做出了决定，而且希望能够尽快得到落实。

这一段河面大约有四百英尺宽，这对擅长划船的迪克·桑德来说并不是难事。

埃居尔留下来保护韦尔登夫人、小杰克和贝内迪表兄，他们在原地等着迪克·桑德回来。

迪克·桑德安排好一切后，就准备出发了，临行前韦尔登夫人对他说：“迪克，你不要被冲到瀑布那里了！”

“不用担心，韦尔登夫人，我会在离瀑布四百英尺远的地方游过去的。”

“但是，到了对岸……”

“有一点儿危险我都不会上岸的。”

“拿上步枪吧！”

“好的，别太担心！”

“我觉得我们还是不要分头行动了，迪克！”韦尔登夫人有一种很不好的预感。

“不！让我去吧。我必须为大家的安全负责。一个小时后我就会回来的！埃居尔，你要小心！”

迪克·桑德说完后便驾驶着船直奔扎伊尔河的对岸。

韦尔登夫人和埃居尔躲在高高的纸莎草后面，目不转睛地盯着迪克·桑德远去的身影。[赏析解读：渲染出了紧张的气氛，也表达出了韦尔登夫人与埃居尔十分担心迪克·桑德。]

迪克•桑德很快就来到了大河的中央。水流其实并不急，但是因为距离瀑布很近，所以流速稍快。在距离瀑布四百英尺的下游，瀑布的怒吼声响彻云霄。西风夹杂着瀑布溅起的飞沫，吹到了年轻的船长的脸上。[赏析解读：此处对环境的描写，增添了紧张的气氛，同时也从侧面表现出迪克·桑德处境的艰辛。]

迪克•桑德看到这一幕有些后怕，如果那天夜里稍有疏忽，他们的船就会跌下瀑布，所有人都会因此而丧命。现在总算逃过一劫，他熟练地摇动着手里的长橹，根本没有费力，小船就乖乖地驶向了对岸。

一刻钟后，小船抵达对岸，迪克•桑德正起身准备上岸。

忽然，一阵刺耳的叫喊声传来，只见十个当地土著人正向着这艘依然盖着茅草的小船冲过来。

这正是那个水上村庄的食人族土著人！他们沿着河的右岸跟踪迪克•桑德他们走了八天了。原来船在通过那两个木桩时，船篷上的茅草被揭掉了一块，他们便发现了迪克•桑德等人，这对他们来说可是送到嘴边的食物，而且他们知道前面有一道小船无法通过的瀑布，船上的人始终是要上岸的。[赏析解读：承接上文，引起下文，起着承上启下的作用。]

迪克•桑德觉得这下完了，他的脑子飞速运转，想着是不是有办法牺牲掉自己一个人而使其他同伴得救。他强迫自己要冷静，并将步枪的枪口对准了那些土著人。那些食人族一时也不敢再动了。

这时，有几个土著人已经把船篷上的茅草全都揭开了，他们认为船上还有人。但是他们只看到了迪克•桑德一个人，于是发出了一阵可怕的咒骂声，他们显然很失望，并且很愤怒。一个年轻的少年绝对不够他们十个人吃的。

这时，他们中的一个忽然站起身，把手指向了河的左岸，那里正是迪克•桑德的同伴们的藏身之处。韦尔登夫人他们看到了这里发生的一切，但是却不知道该怎么办才好，他们才刚刚上岸啊！

迪克•桑德这时已经无暇顾及自己的安危了，他希望上帝给够带给他灵感，让他能够想出拯救他的同伴们的办法。[赏析解读：在危险时刻，迪克·桑德想到的还是要保护他的同伴们，体现出了他的责任感与使命感。]

这些土著人把船推进河里，准备过河。因为迪克•桑德正在船头拿枪对着他们，所以他们不敢靠近那里。他们显然知道步枪的威力。不过他们中有一个土著人熟练地拿起长橹，划动起来，看起来是个擅长驾船的人。只见小船迎着水流斜着向对岸驶去，很快就到了离左岸不足一百英尺的地方。

迪克•桑德冲着韦尔登夫人喊道："快跑！快跑！"

但是韦尔登夫人和埃居尔一动不动，他们的脚好像被钉在了地上。

跑？能往哪里跑呢？不出一个小时，他们还是会落入这些食人族的手里，成为他们的食物。[赏析解读：几句简短的话说出了他们处境的危险。]

迪克•桑德清楚地知道这一点。

就在这个危急的时刻，上帝听到了他的祈祷，赐予了他灵感。他发现有一个机会可以牺牲自己而使其他人得救。他毫不迟疑地开始行动了。[赏析解读：这里体现出了迪克·桑德做事果断的性格特征。]

"愿上帝保佑我的亲人！愿上帝怜悯我！"他低声祷告着。

与此同时，他迅速把枪口对准了那个正在划橹的土著人，果断地开了枪。一声枪响，子弹击中了长橹，橹变成了碎片四分五裂。

那些食人族的土著人发出一阵惊恐的尖叫声。

没有橹的船彻底失控了，开始顺水而下。河水推动着小船，越来越快，一眨眼的工夫，船就出现在离瀑布不足一百英尺的地方了。

韦尔登夫人他们也明白过来，迪克•桑德是想要与那些土著人同归于尽。小杰克和他的妈妈一下子跪在了地上，向着迪克•桑德做着最后的告别。那位黑巨人此时也无助地向迪克•桑德伸着手。[赏析解读：对众人的分别描述更能突出他们此时的无助。]

那些土著人纷纷跳船，想要从河里游到左岸去，慌乱中掀翻了小船。

迪克•桑德现在面临着两种可怕的结果：一种是冲下瀑布被淹死；另一种是在湍急的河水形成的真空中被憋死。面对即将到来的死亡，迪克•桑德始终保持冷静的头脑，也许他可以利用这艘已经被掀翻的小船救自己一命。现在翻过来的船就像一只木箱，他可以钻进去，使自己的头露出水面，保持正常的呼吸，同时还可以避免在小船飞速跌落时船壳外面稀薄的空气会使他窒息的危险。如果头顶船壳下落，即使是从一个像尼亚加拉大瀑布（位于加拿大安大略省和美国纽约州的交界处，是美洲大陆最著名的奇景之一，也是世界三大跨国瀑布之一。大瀑布由马蹄瀑布、美利坚瀑布和新娘面纱瀑布三部分组成，平均流量为每秒 5720 立方米。落差最大的是马蹄瀑布，为 57 米）那样高的地方跌下去，运气好的话也可能不会被淹死或者憋死。

就在这闪电般的一瞬，迪克•桑德做出了决定。他出于一种求生的本能，快速地钻进了船壳，然后用两只手紧紧地抓住两侧的船板，并在船壳下面努力地把头露出水面。紧接着，他便感到了一股无法抗拒的激流带着他飞驰，然后垂直地把他扔了下去。[赏析解读：此处的描写一方面衬托出了当时情况的紧急，另一方面体现出了迪克·桑德的果断。]

小船直直地跌落在瀑布下面由急速的水流冲出的深渊中。

小船很快就重新漂浮在了水面上，精通水性的迪克•桑德此时将他的安危都交给了自己的双臂。

一刻钟后，他游到了左岸，在岸边找到了从瀑布上游跑来的同伴们。

那些食人族的土著人则彻底地消失在怒吼的河水中了。他们没有倒扣的船壳的保护，在跌下瀑布的过程中就已经被憋死了。他们的尸体或许早在急流的推动下被锋利的礁石割成了碎片。[赏析解读：此处将那些土著人的惨状描写得淋漓尽致，从侧面说明了迪克·桑德当时处境的危急。]

# 第三十八章　大结局

[**名师导读**]

韦尔登夫人一行人跟随着正直的葡萄牙商队到达了恩博马，并从那里搭乘轮船回到了美洲大陆。迪克·桑德重新投入到了学业中，因为这次的非洲之旅让他认识到自己的知识是多么匮乏。四年后，他以优异的成绩完成了学业，并成了一名真正的船长。与此同时，与老汤姆等人的相见化解了他长久以来的遗憾。

七月二十日，也就是他们遇险的两天后，韦尔登夫人一行人遇到了一个正要前往刚果河口恩博马的沙漠商队。这个沙漠商队并不是我们之前说的那种押送奴隶的商队，他们都是从事象牙贸易的正直的葡萄牙人。他们非常欢迎这几位死里逃生的人加入他们的队伍，迪克•桑德等人中非之行的最后一段旅途，就在颇为愉快的氛围里度过了。[赏析解读：“死里逃生”几个字突出了迪克·桑德等人一路的艰辛，紧张的气氛在这里得到了缓解。]

能够遇到这样的沙漠商队，对迪克•桑德一行人来说无疑是巨大的恩赐，因为他们无法再乘木筏顺流而下了。要知道从恩塔莫瀑布到亚拉拉瀑布中间是一连串的急流和瀑布。斯坦利曾经计算过，那里一共有六十二处关口，没有船能够通行。

四年后，无畏的旅行家斯坦利为了到达刚果河的入海口，曾经与当地的土著人进行了三十二场战争。斯坦利能够在靠近入海口的穆贝洛瀑布死里逃生，简直就是个奇迹。

八月十一日，韦尔登夫人和她的同伴们抵达了恩博马，在那里他们受到了驻地官莫塔•维加和哈里逊先生的热情款待。这时刚好有一艘开往巴拿马（是中美洲最南部的国家。巴拿马中央连接大西洋与太平洋的巴拿马运河拥有重要的战略地位，是南美洲和北美洲的分界线）的轮船准备起航。于是韦尔登夫人一行人便搭乘这艘船顺利地回到了美洲大陆。

他们还给身在旧金山的韦尔登先生发了一封电报，告知他，他的妻子和孩子就要回来了。韦尔登先生为了寻找妻儿，几乎已经绝望了，他找遍了他认为“流浪者”号可能失事的所有地方。

八月二十五日，“流浪者”号的几位幸存者到达了加利福尼亚州的首府。如果汤姆他们能一起回来，那该多好啊！［赏析解读：这里用一种遗憾的语气表达出了迪克·桑德等人对汤姆他们的思念与情谊。］

那么，迪克·桑德和埃居尔的情况怎么样了呢？迪克·桑德已经成了韦尔登夫妇的儿子，而那位正直的黑人埃居尔也成了这个家庭的朋友。韦尔登先生非常清楚年轻的船长和正直的黑人朋友的重要性。同时他也感到非常幸运，因为内格罗没有来找他，不然他一定会拿出他所有的财产去赎回自己的妻儿，而且他还要去往非洲海岸，要知道在那个地方，什么样的危险都有可能发生的。

在这里我们还要说一说贝内迪表兄。这位伟大的昆虫学家在抵达旧金山那天，与韦尔登先生进行了简单的握手后，就把自己关在了工作室里开始工作，好像昨天晚上有一个句子没有写完，今天要接着写一样。［赏析解读：几句简单的描述，将贝内迪表兄痴迷于科学研究的精神表现得淋漓尽致。］他正在计划撰写一部可以补充昆虫学研究方面空白的巨著，题目为《贝内迪六足虫》。

在贝内迪表兄的工作室里到处都挂着昆虫标本，他先是找来了一个放大镜和一副近视眼镜。这还是他第一次与那个从非洲带来的独一无二的昆虫标本在清晰的情况下相见，接着他便发出了一声绝望的叫喊。

那只“贝内迪六足虫”根本就不是一只六足虫！它只是一只普通的蜘蛛！它之所以有六只脚，完全是因为它的两只前脚断掉了！而它断掉的那两只前脚一定跟埃居尔有关！一定是他在抓它的时候不小心把它们碰掉了！天啊！这只“宝贝”竟然是一个残废，而且毫无用处，因为它只是属于最普通的蜘蛛类。都是因为他的近视眼，没有让他能够及早发现这个问题。贝内迪表兄因为这件事还生了一场病，不过很快就恢复了。

三年后，小杰克八岁了，迪克•桑德一边辅导他学习，一边刻苦地完成自己的学业。自从回到美洲后，他便深切地感受到因为自己的学识浅薄而使大家历经苦难，所以现在他带着忏悔的心情投入到了刻苦的学习中。

他常常告诫自己："没错，如果我当初在'流浪者'号上就已经具备了一个合格的海员所通晓的全部知识，那么我们就不会遭遇那么多磨难了！"［赏析解读：从这句话中可以感受得到迪克·桑德为他当时没有能够让大家免于灾难而感到自责，体现出他强烈的责任心。］

迪克•桑德在十八岁时，以优异的成绩学完了与水文地理相关的全部课程，并获得了荣誉证书。之后便去韦尔登先生的公司当了一名船长。

一个孤苦无依的孤儿靠优秀的品德和工作能力取得了杰出的成就，这本身就是令人为他自豪的事情。虽然他还很年轻，但是周围的人都很器重他，也很尊敬他。他自己却根本没有想过，他在那些考验中所表现出来的勇敢、坚定和顽强，会使他与英雄挂上钩。

然而，有一件事他一直耿耿于怀。他时常会想起老汤姆、巴特、阿克顿和奥斯汀，他总认为这些同伴们的不幸都是因为自己造成的。［赏析解读：这里表达出了迪克·桑德强烈的责任感与内疚。］而那些曾经同生共死的同伴们的悲惨命运也时常让韦尔登夫人感到悲伤。

于是韦尔登先生、迪克•桑德和埃居尔想尽一切办法寻找那些同伴们的下落。终于，在一位富有的船主派驻在世界各地的通讯员的努力下，他们得到了老汤姆等人的下落。原来老汤姆他们被卖到了非洲东南部的马达加斯加，而那里不久也废除了奴隶制。

迪克•桑德想要拿出自己所有的积蓄去赎回他们，但是韦尔登先生没让他这么做，他派一个通讯员处理好了这件事。

一八七七年十一月五日，詹姆斯·W. 韦尔登家的门铃被四个黑人朋友按响了。

他们就是汤姆、巴特、阿克顿和奥斯汀。这四位忠诚的黑人在历经无数危难后，终于再次与他们的朋友热情相拥了！［赏析解读：表达出了众人久别重逢时的欢喜与激动之情。］

被“流浪者”号扔在那个可怕的非洲海岸上的幸存者中唯独少了南。那个可怜的老仆人永远地躺在了异国的那片土地上，还有丁戈再也不能回到他们身边了。不过，不管怎么样，在经历了重重危险后，只牺牲了两个生命已经是个奇迹！

当天，在加利福尼亚船运公司巨商詹姆斯·W. 韦尔登的家中举行了一场盛大的宴会。韦尔登夫人在宴会上对迪克•桑德说的一句话赢得了大家最热烈的掌声。

“为我们十五岁的船长干杯！”［赏析解读：这句话在这里出现，既是全文的结束语，同时又起到了点题作用。］